我是猫

吾輩は猫である

夏目漱石　著

青红　译

天津出版传媒集团

天津人民出版社

图书在版编目（C I P）数据

我是猫 / (日) 夏目漱石著；青红译 . -- 天津：
天津人民出版社，2019.11
ISBN 978-7-201-15439-8

Ⅰ . ①我… Ⅱ . ①夏… ②青… Ⅲ . ①长篇小说－日
本－近代 Ⅳ . ① I313.44

中国版本图书馆 CIP 数据核字 (2019) 第 225132 号

我　是　猫
WO SHI MAO
(日) 夏目漱石 著　青红 译

出　　版　天津人民出版社
出 版 人　刘 庆
地　　址　天津市和平区西康路 35 号康岳大厦
邮政编码　300051
邮购电话　（022）23332469
网　　址　http://www.tjrmcbs.com
电子信箱　reader@tjrmcbs.com

责任编辑　谢仁林
装帧设计　苏洪涛

制版印刷　艺堂印刷（天津）有限公司
经　　销　新华书店
开　　本　880 毫米 ×1230 毫米　1/32
印　　张　14
字　　数　328 千字
版次印次　2019 年 11 月第 1 版　2019 年 11 月第 1 次印刷
定　　价　48.00 元

CONTENT | 目　录

《我是猫》最初是在《杜鹃》杂志上连载的。本身就不属于很规矩的小说，所以读者不管翻开哪一页，都可以单独来读，对情节的连贯性不会有丝毫的影响。

——夏目漱石

第一章

我是猫，

还

没有名字。

我是猫，名字嘛，暂时还没有。

我不知道自己在哪里出生，只是隐约记得自己曾在一个阴暗潮湿的角落哭泣。我就是在这里第一次见到了人类。后来听说，我第一次见到的那个人是人类里面最凶残的种族，他们被叫作穷学生。据说穷学生常常把我们捉起来，煮了吃掉。不过，那时的我还小，所以并不觉得害怕。只是被他放在手掌上，嗖地突然举高的时候，感觉有些晕晕的。当我在穷学生的手掌上，稍稍定下神来，终于看清了他的脸，那是我第一次见到人类。当时那种奇怪的感觉直到现在还深深留在我的记忆里。首先，本该长毛的脸却是光溜溜的，就像个水壶。后来我也遇到过很多猫，可是从来没有见过这么残缺的脸。而且，他的脸中央高高隆起，更奇怪的是，隆起的洞里还不时地喷出白烟，呛得我都快晕过去。直到最近，我才知道，这是人类抽的烟土。

我舒舒服服地在穷学生手掌上卧着，可是一小会儿工夫，我便快速地旋转起来。我不知道是这个穷学生在动，还是我自己在动，只觉得天昏地暗，头晕目眩，胸口发呕。正想着这下要死了，突然“啪”的一声响，我立刻两眼直冒金星。在这之前我都记得，在这之后发生了什么，却怎么也想不起来了。

当我清醒过来的时候，穷学生已经不见了。兄弟姐妹们不见了，就连我最重要的母亲也不知所踪。而且，现在我待在一个无比明亮的地方，亮得我都睁不开眼睛。真奇怪，我慢慢地往外爬，刚爬了几步，就觉得浑身疼痛难忍。原来我被穷学生从稻草窝扔到了竹子丛里。

拼命爬出了竹丛，在我眼前是一个大池塘。我坐在池塘边，思考着接下来该怎么办，却也想不出什么好主意来。不一会儿，我暗自想着假如我拼命哭出来说不定那个穷学生就会来找我。我又喵喵地哭了起来，可是叫了半天，还是没有人来。这时，冷风从池塘的水面刮过来，天色慢慢开始变黑。我肚子饿极了，想哭也哭不出来了。没办法，我只好决定先找个能吃饱的地方。我沿着池塘向左慢慢地走着，稍一用力，浑身就疼得厉害，我忍着疼痛，总算找到了一处好像有人住的地方。我想只要能过去，我就会活下来的，于是我从竹篱笆的破洞口钻进了一家院子。

缘分这东西真是奇妙啊，如果竹篱笆没有破，我很可能就要饿死路边了，常言道：“一树之荫，前世之缘。”这话一点都不假。这个竹篱笆上的破洞，现在已经成了我去拜访邻居三毛的通畅之途了。

书接正文，我进了这户人家，不知道接下来该怎么办。此时天色逐渐暗了下来，我肚子很饿，天气很冷，眼看着就要下雨，不能再迟疑片刻。万般无奈之下，我暂且朝着暖和明亮的地方爬去再说。现在回忆起来，那个时候我已经进入到这户人家里了。

在这儿，我遇到了穷学生之外的人，碰到的第一个人是她，这家的仆人。这个仆人比之前的那个穷学生还要凶残，一看见我就一把揪住我的脖子，把我扔到了门外。完了完了，我心想，我两眼紧闭，不敢睁开，打算听天由命算了。可是我实在是饥寒交迫，我乘她不注意，偷偷爬进了厨房。没过多久，我又被她扔了出来。我就这样爬进去又被扔出来，这样反复了四五次。

当时，仆人对我真是烦了。对了，我偷吃了她的秋刀鱼，总算是报了仇，解了我心头之恨。就在她抓住我正要扔出去的时候，这家主人走了进来，说："怎么这么吵？怎么回事？"仆人拎着我，说这是流浪猫，老是往厨房里跑，赶都赶不走，真是不知道怎么办。主人一边搓着鼻子下面的黑毛，一边看着我的脸，说："那就让它待着吧。"说完转身就回屋去了。这家主人貌似不太爱说话。仆人很恼火地把我扔在厨房里，就这样，我才终于在这户人家找到了安身之处。

我很少见到我家主人。听说他是教书的老师，从学校回来就一整天待在书房，几乎不出来。家里人都以为他勤奋好学，他自己也摆出一副有学问的样子。其实，他并不是家里人所说的那样用功。我有时蹑手蹑脚地去他书房里窥探，看见他常常在睡觉，口水流到正在看着的书上。他的胃一直很不好，皮肤发黄，没有弹性，缺乏活力。但是他的饭量很大，吃撑以后，就吃助消化药，吃完药翻开书，读上两三页就犯困了，口水流到书上——这就是他每晚重复的“功课”。

我虽然是一只猫，也常常会想：老师这个职业真是舒服。如果我投胎做人的话，最好当老师。像这样睡觉也能算是工作的话，连猫都完全可以做到。可是，主人却还说没有比做老师更辛苦的职业了。每次有朋友来时，他总是要发一通牢骚。

我刚住到这个家时，除了主人以外，我非常不受人待见。不管我去哪里，他们都会一脚把我踢开，没人搭理我。直到现在我都没有名字，可想而知我的处境。实在没有办法，我只好尽量跟在收留我的主人身边。早晨他读报时，我必定趴在他的膝盖上。他午休的时候，我就趴在他背上。如此这般并非主人喜欢这样，而是除了他以外没有人搭理我。

后来我有了经验：清晨趴在煮满热饭的木桶上，晚上睡在被炉上，天气晴朗的晌午就睡在檐廊边上。不过，最舒服的还是晚上钻进孩子们的被窝里，小孩一个五岁，一个三岁，每天晚上孩子们就睡在一间屋子里，同睡一张床上。我总是想办法在她们中间找个空隙，钻进去。运气不好的时候，其中一个醒了过来，我就倒霉了。这两个孩子，尤其那个小的坏得很——也不管夜深人静了，哭着大喊：“猫来啦！猫来啦！”我那个神经性胃病的主人一定会被吵醒，从隔壁房间跑过来，前几天就像这样，我的屁股才挨了尺子。

自从和人类生活在同一屋檐下，我愈细细观察他们，就愈发相信他们的任性。特别是我经常同床而眠的孩子兴致来了，便将我倒提起来，往我头上套袋子；或者将我抛来抛去，或是将我塞进灶台里。只要我稍微反抗一下，他们就全家人追赶着对我进行迫害。

前些日子，我刚在榻榻米上挠了几爪子，女主人就大肆咆哮，那之后，便轻易不让我进房间。即使我在厨房的地板上冻得发抖也不理我。我最尊敬的小白就住在斜对面，每次见面都会向我控诉，说没有什么比人类更冷酷无情的了。前些天，小白生了四只洁白如玉的小猫，出生后第三天，四只小猫全部被那家的穷学生丢进后院的水池里了。小白流着泪告诉我事情的经过，她说，我们猫族为了享受天伦，为了过上美好的家庭生活，我们必须和人类战斗，消灭他们。我觉得她说得很对。

隔壁的三毛也非常愤慨，人类根本就不懂什么叫所有权。原本按我们猫族的规矩，不论是小鱼头还是鲻鱼的肠子，谁先看到谁就有享用的权利，其他的猫如果不遵守这个规矩，就可以用武力解决。可是那些人类完全没有这种观念，我们发现的食物总是被他们抢夺。他们依靠身体强壮，理所应当地抢走原本属于我们的食物。小白的主人是军人，三毛的主人是律师，而我住在老师的家里，我的生活相对乐观一些，只要将就着生活就足够了。人类再厉害，也不会一直强大下去，就耐心等待猫时代的到来吧。

想起任性，我倒是想起我家主人由于任性而出丑的事了。我的主人任何方面都没有过人之处，却什么事都喜欢折腾一下。他有时写俳句投稿给《杜鹃》杂志，有时写新体诗投稿给《明星》杂志，写错误百出的英文，有时还练练弦乐，唱唱谣曲，甚至咯吱咯吱地拉过小提琴。只可惜，没有一样学得好的。虽然他的胃不好，可学起东西格外投入。他喜欢在厕所里唱歌谣，结果被邻居们起了个“厕所先生”的绰号。他也全然不在意，翻来覆去就只唱那句“我乃平宗盛也”，后来大家一听他唱歌就想笑，“看，平宗盛又来了。”

在我住进他家一个月后，不知主人怎么想的，领薪水那天提着一个大包急匆匆回到家，我正想着他买的什么，原来是画水彩画的画具、毛笔、颜料和“瓦特曼”牌的画纸。看这样子，他是要放弃谣曲和俳句，开始画画了。果然，从第二天开始，他一连好几天在书房里画画，午觉都不睡了。只是，他画的什么，没人可以判定。可能他自己也觉得画得不怎么样，有一天，他的一位研究美学的朋友来拜访，就有了这样一番对话。

“不知为何，我就是画不好，看别人的画觉得没什么，可是自己拿起画笔，才真觉得难啊。”我家主人发出了这样的感慨。确实，这话倒是实话。

他的朋友透过金边眼镜，看着主人说：“刚开始的时候，人都画不好的。别的不说，你这样整天在屋子里，只凭想象画画，根本不行。当年，意大利画家安德烈·德尔·萨托说过，如果想画画，必须先临摹自然。天有星辰，地有露华，有飞禽，有走兽，池中有金鱼，枯木有寒鸦。大自然就是一幅活的画面。如果你想画得像模像样，你先试试写生吧。”

“哎？安德烈·德尔·萨托这样说过嘛？我还真是一点都不知道呢。说的有道理，是这么回事。”主人无比称赞。而那个人的金边眼镜后面却露出了一丝嘲讽。

第二天，我和平时一样，躺在檐廊下舒服地睡午觉。主人破例走出书房，在我身后不停地忙活着。我突然醒了，就眯着眼看他到底在干吗。他正在专心致志地模仿安德烈·德尔·萨托在写生呢。看到这个场景，我忍不住笑了。原来主人受朋友的调侃后，竟拿我来做模特了。我已经睡足够了，尤其想要伸个懒腰。但是主人难得这么专心地作画，如果我动了，就太辜负他了。我尽力忍着。这个时候他已经画好了我的轮廓，正在给我的脸部涂色。

老实讲，作为猫来说，我确实不够出众，无论是身材、毛色，还是五官，都比不上其他的猫。但是我长得再差劲，也不至于是他画出来的那副怪模样。暂且不说其他，毛色就不对，我的毛是像波斯猫那样，浅浅的灰黄色，还有黑漆一般亮丽的斑纹。这可是怎么都不容置疑的。可是再看看现在主人涂的色彩，既不是黄色，也不是黑色，既不是灰色，也不是褐色，连以上几种颜色的混合色都算不上。这也只能说成是某一种颜色而已。更过分的是，竟然没有画眼睛，当然，当时我正在睡觉，画成这样也是情理之中。可是连眼睛的轮廓都无法辨出，完全不知道这是只瞎猫还是睡着的猫。

我心中暗自想着，无论怎么效仿安德烈·德尔·萨托，这个样子肯定是不行的。不过他的那股热情还是值得肯定的。即使我想尽力保持这样趴着不动，可刚才已经憋尿好久了，感觉浑身肌肉都很难受。已经到了一分钟都不能忍的地步了，只好对不住了，我把两条前腿拼命伸直，低低伸长脖子，大大地打了个呵欠。事到如今，主人的兴致已然全无，我索性到后院去尿尿了。

房间里传来主人的怒骂声："这个笨蛋。"骂声中透着失望和愤怒。主人骂人的时候总是用"笨蛋"这个词，除此之外，主人不知道其他骂人的话，所以随他骂吧。可是主人一点都不理解我已经忍耐那么久，张口就骂我"笨蛋"，实在是不讲道理。如果平日里我趴在他背上的时候，他好歹给我一点好脸色，我也就甘心接受这样的谩骂了。可是他从来没有对我有过一点点方便，我去小个便竟然就被臭骂"笨蛋"，实在是太过分了。话说人类总是觉得自己强大就很是傲慢，如果没有比人类还厉害的角色出来教训一下，他们还不知道要傲慢成什么样子呢。

如果人类的任性自私仅此而已，倒还可以忍受，可我曾经听说一件事情，人类的无良行为，比这还要厉害无数倍。

我家的后面有一个三十平方米左右的茶园，虽然不是多大的地方，但是收拾的还算干净整洁，是个晒太阳的好地方。家里的孩子们吵得我睡不着午觉，或者特别无聊、肚子空空的时候，我都会到这里来修养一下我的浩然之气。

一个小阳春的安稳日子，大概下午两点钟，我吃完午饭，悠闲地睡了个午觉后，便到茶园里散散步，活动筋骨。我嗅着每一棵茶树的树根，走到西边杉树篱笆前，看见一只大猫正躺在几株枯菊上呼呼大睡。我慢慢向他走近，他却没有意识到，又或者说根本毫不在意，打着呼噜，身体四仰八叉地躺着酣睡。跑进别人家的院子里，还能睡得如此心安理得，这胆量着实让我惊讶。

他是一只纯种的黑猫。正午过后的阳光将透明的光线照射在他的毛上，闪着光芒，就好像肉眼看不见的火焰在燃烧。他体魄健硕，身体足足有我的两倍大，堪称猫族中的王者。由于赞叹和好奇，我竟忘了动，就那样呆呆地在他面前直勾勾地看着。小阳春微风阵阵，轻抚着杉树枝叶，将三两片树叶吹落到枯菊丛里。大猫忽然睁开那双又圆又大的眼睛，那场景我至今还记得，那双眼睛比人类所谓的珍贵琥珀还要美丽绚烂。他一动不动，那双眼睛深处射出的目光直盯着我的额头，说道："你是个什么东西？"

作为猫大王，这样说话未免有些粗鄙，然而那低沉的声音，连猛狗都被他的锐气所折服。我特别畏惧，如果不回答的话，很有可能惹得他更加恼火。于是我假装镇定，冷淡地说：“我是猫，还没有名字。”这时候，我的心跳得厉害。

他很是轻视，说：“哈？你也是猫？真是笑死我了，你住在哪里？”

“我住在这个老师的家里。”我说。

“我猜一定是这样，看你瘦成这副样子。”他说话的语气很冲，从他的言谈中看出他肯定不是什么好人家的猫。可是，你看他那肥头大耳的样子，肯定吃食很好，不愁吃喝。

我不禁问他：“那您怎么称呼啊？”

“我是人力车夫家的大黑。”他傲慢地回答道。人力车夫家的大黑猫在这一片可谓无人不知无人不晓啊。他出生在车夫家庭，身强体壮，缺乏教养，没有猫愿意和他来往，大家都对他敬而远之。一听到他的名字，我便一阵不自在起来，同时还对他有些轻蔑的意思。我想试一试他究竟无知到什么地步，便有了下面的对话。

“车夫和教师，哪一个更厉害啊？”

“还用说？当然是车夫厉害。看看你家主人，瘦得跟皮包骨一样。”

“你不愧为车夫家的猫啊，看起来就非常强壮，可见你在车夫家里吃得很不错哦。”

“说什么呢？我无论走到哪里，都不会愁吃的。你这家伙别老在这个茶园里转，你跟着我，保管你不出一个月，就胖得没人认得出你。”

“那以后就得拜托您啦，不过，教师的房子可比车夫家的房子宽敞啊。”

“蠢货，房子再大，能管饱吗？”

他貌似大为恼火，抖动着寒竹叶一般尖尖的耳朵，满不在乎地走了。

自那以后，我和车夫家的大黑成了挚友，不过这算是后话了。

后来，我经常和大黑见面，每次见他，他都要大肆胡吹自己一通，跟他主人一副德行。至于前面说到的那些人类干的缺德无良的事情，也是大黑告诉我的。

一天，和往常一样，我和大黑躺在温暖的茶园里闲聊，他又开始胡吹自己，反正都是老一套了。说着他便问我："你这家伙捉过多少老鼠啊？"

论学问见识，我比大黑高出许多，可是论力气和勇气，我是肯定比不上他的。话虽这么说，可被这么问时，我还是感到很难堪。不过，事实如此，不可有半点虚假，我便如实回答："其实我是想捉老鼠来着，只是暂时还没捉到。"大黑听了之后，哈哈大笑，鼻尖两侧伸直的胡须抖动个不停。大黑本就是这样的一只猫，傲慢者必有傲慢者的短处，只要我喉咙里发出咕噜咕噜的声音，做出认真聆听他的样子，便很容易将他搞定。

和他熟络了以后，我很快就摸清了他的秉性，这种情况下，如果我贸然替自己辩解的话，只会对我不利，这绝不是明智的。所以我索性让他炫耀自己曾经捉老鼠的手段，补救眼下的尴尬局面。

我顺着他问："像您这样的年纪，肯定捉过不少老鼠吧。"

他听了之后，非常得意地回答："三四十只总归是有的。"接着他又说："捉一两百只老鼠，我肯定没有问题。可要是碰上黄鼠狼，就应付不来了，我可是领教过这家伙的厉害了。"

"哦？真的吗？"我应声附和道。

大黑眨着眼睛继续说道："去年年底大扫除的时候，我家主人拿了一袋生石灰放到檐廊下面，一只大黄鼠狼吓得猛蹿出来，你可以想象一下。”

“哦！”我故意装出惊讶的样子。

“说是黄鼠狼，其实比老鼠也就稍微大一些。畜生，看你往哪儿走！我撒开腿穷追不舍，终于把他追逼到阴沟里。”

“真厉害。”我称赞道。

“没想到，到了紧要关头，这家伙使出了他的撒手锏——放屁。那真是太臭了，自那以后，我一看到黄鼠狼就感到恶心。”说到这里，大黑抬起爪子在鼻头上来回蹭了两三下，好像又闻到了去年那恶心的臭味儿似的。

我觉得大黑也挺可怜的，想给他加加油，就说：“可是老鼠被您盯上也算是交了好运了，您算得上是捉老鼠的好手，因为常吃老鼠，所以才长得这么丰满，毛色才这么好的吧。”

没想到的是，他竟然长叹一声：“想想都觉得无聊，无论我怎么捉老鼠，也没有什么比人类更无耻了。他们把我捉到的老鼠送到警察局，警察也不管究竟是谁抓的，每次都按一只老鼠五分钱发放奖励。我家主人已经靠我捉老鼠赚了一块五毛钱，却从来不给我吃什么好东西，人类就是装模作样的小偷。”

就连无知的大黑都如此明白事理，所以对这种事情极为愤慨，连背上的毛都倒竖起来了，看起来一副很愤怒的样子。我有点害怕，于是安慰大黑几句就回家了。从那以后，我下定决心再不捉鼠。不过成了大黑的跟班以后，我也没有跟着他去寻找老鼠之外的其他美食。相比美食，躺着睡觉更舒服。住在教师的家里，就连猫都染上了主人的惰性，要是不小心的话，说不定也要落下个胃病。

说到教师，我家主人最近貌似明白了他在水彩画方面不会有什么造诣了，他在十二月一日的日记里写下了这样一段话：

今天在聚会上初次见到了某人，听说他曾是一个放纵不羁的人，今日得以一见，果然有翩翩风度。这类富有风情的男人，必定很讨女人的喜欢。与其说他风流，倒不如说他是不得不这般风流。听说他娶的老婆是一名艺妓，真是叫人羡慕啊。其实，那些说别人风流的人，大多数人是自己没有风流的资格罢了。而常以风流者自居的那些人，往往也是没有风流资格的。这些人并不是逼不得已风流，却非要装模作样。他们就像我画的水彩画一样，怎么也难以形成气候。可是总有人自我感觉良好，以为自己才算是真正的风流人。如果去酒馆喝喝酒，和艺妓调戏一下就算是风流的话，那我怎么也算得上是很不错的水彩画家了。就好比我的水彩画还不如不画一样，同样的，和那些愚蠢的玩家相比，反而是乡下搬送货物的大老粗更高尚一些。

主人的“玩家理论”，我不以为然。更何况，作为一名教师，羡慕别人娶艺妓当老婆，实在是不应该的。不过，他对自己的水彩画的评价倒还算中肯。尽管主人对自己的才能心知肚明，但是他始终无法摆脱他的自负心。隔了两天，他在十二月四日的日记里，这样写道：

昨天夜里我做了一个梦，梦见自己画废了丢弃一旁的水彩画，不知是谁把它装裱在一个漂亮的画框里，挂在楣窗上。画一旦被装了框，连我自已也觉得一下子高端了不少，不由得心生欢喜。我独自一人欣赏，越看越好看。结果，天亮了，我一觉醒来，那幅粗劣的画在朝阳的照射下，顿时现了原形。

主人在梦里也放不下对水彩画的喜爱。这样看来，正如老夫子所言，玩家看天赋，水彩画家大概也是这样吧。

主人梦到水彩画的第二天，那位多日不见的金边眼镜的美学专家再次来拜访。他刚一坐下，就问："水彩画画得怎么样啊？"

主人平静地说道："我听了你的建议，很努力地写生。就像你说得那样，写生时就发现了很多以前没有注意的物体的形态、色彩的细微变化等。西洋人历来主张写生，所以才有了今天绘画的辉煌。安德烈·德尔·萨托的确厉害啊。"主人对日记里的事只字不提，却对安德烈·德尔·萨托大肆赞美。

美学专家大笑道："那些都是我胡诌的呀。"

"你说什么？"主人没有意识到自己被玩弄了。

美学专家挠了挠头说："你崇拜的那个安德烈·德尔·萨托，是我随口说的，没想到你竟然当真了，哈哈哈……"他笑得前仰后合。

我在檐廊下听到了他们的谈话，不由得想，这件事主人是不会写到日记里了。

这位美学专家是个满嘴跑火车的家伙，把戏弄别人当作唯一的乐趣。他好像完全不考虑安德烈·德尔·萨托的玩笑对主人的情感产生怎样的影响，继续扬扬得意地说："我有时候会开个玩笑，听的人就会当真，所以我感觉开玩笑特别能引起巨大的滑稽感，非常有意思。之前我告诉一个学生说，尼古拉斯·尼克贝曾经劝爱德华·吉本不要用法文写他的毕生巨作《法国革命》，而是用英文出版了这部作品。谁知道那个学生记忆力超级棒，他在一次日本文学会的演讲中，把我说的话一字不漏地重述了一遍。当时听讲的大概有一百人，还都听得很认真呢。还有，前些天，在一次文学家的聚会上提到哈里森的历史小说《特班诺》，我评价道，这部作品是历史小说中的极品，特别是对女主人公之死的描写，相当凄美。我刚说完，坐在我对面的先生马上应声附和道，‘不错，那个描写确实是精妙啊。’由此我知道了那个人和我一样，没读过这部小说。”

患神经性胃病的主人瞪大着双眼，问道：“你这么信口开河乱说一通，万一人家读过这本书怎么办？”

听主人的意思，骗人好像倒没什么，关键是被人揭穿了可就太尴尬了。美学专家倒是很坦然，说：“这有什么？如果到那时候，就说跟其他的书搞混了不就行了。”他又哈哈地笑了起来。

别看这位美学专家戴着金边眼镜，可他的德行却与车夫家的大黑差不多。主人不说话，只是抽着“朝日牌”香烟，吐着烟圈，脸上露出一副“我可没你那样的勇气”的表情。美学专家的目光仿佛也在说，就因为你缺乏勇气，所以你再怎么努力画画也就那样了。

“话说回来，玩笑归玩笑，画画确实非常难。据说当年达·芬奇曾让他的学生去临摹教堂墙壁上的水渍。上厕所时，只要用心观察墙上渗水的痕迹，自然可以发现绝妙的天然图案。只要你用心去厕所写生，肯定也能画出非常棒的作品来。”

“你又在骗我吧？”

“没有，没有，这次绝对没有骗你。你不觉得这句话很有见解吗？这话只有达·芬奇才说得出。”

“确实是有见解。”主人半真半假地附和道。不过，他是不可能去厕所里写生的。

后来，车夫家的大黑成了瘸子。他那乌黑发亮的毛也渐渐没了色泽，日渐脱落。我曾经赞美过的那双比琥珀还要明亮的眼睛，现在堆满了眼屎，尤其让我在意的是，他的意志消沉，体格变得衰弱了。

我最后一次在茶园看见大黑时，问他是怎么回事。他说：“黄鼠狼的臭屁和鱼铺店老板的扁担，我真的是受够了。”

点缀在赤松间三三两两的红叶，如过往梦一般飞落。洗手石旁红白山茶的花瓣凋零落尽。三间半朝南的檐廊上，冬日的阳光早已西沉，寒冷的北风日日肆虐，我的午睡时间不得不随之缩短了。

主人每天都去学校，一回到家就立马钻进书房。有人来时，他总是对人家抱怨烦死了。水彩画也不怎么画了，还说胃药的功效也没啥用，就彻底不吃了。孩子们去上幼儿园，倒是一天不落，我感到钦佩。她们一回来，就唱歌打球，有时候还抓住我的尾巴，把我提溜起来。

我没什么好东西吃，所以没有发胖。不过体格还算健康，没有变成瘸子，就这样一天天凑合着过。我坚决不抓老鼠，至今我还是很讨厌那个女仆。我还是没有名字，不过欲望这个东西一旦有了就没有尽头，我还是打算在这个教师家里，一辈子做一只无名的猫吧。

第二章

读书，跳舞，

猫儿

享春日。

新年后我多少有了一点名气，作为一只猫，不免感到终于扬眉吐气了一回。

元旦早晨，主人收到了一张明信片，这是他的一位画家朋友寄来的贺年卡。这明信片上，上面涂了红色，下面涂了绿色，两色当中用蜡笔画了一只蹲着的动物。主人在书房里，拿着明信片仔细端详着，横竖翻看，赞不绝口，说是用色很好。他夸都夸了，我估摸着主人差不多要放下不看了。他却左看右看，一会儿扭着身体，伸长手臂，活像是老年人在看《三世相》。一会儿又把明信片对着窗户，凑到鼻子跟前看了又看。要是再不停下，卧在他膝盖上的我就要从他的腿上跌下来了。好不容易摇晃得不那么厉害了，忽然听见他小声说道："这画上画的什么呀？"原来主人对这明信片虽然很欣赏，但却弄不清楚那上面画的是什么动物，所以一直在琢磨这个呢。

莫非这明信片画得如此抽象？我悠然地半睁着眼，看了一眼，错不了，这不就是我的画像嘛。虽然画画的人不像主人那样刻意模仿安德烈·德尔·萨托，但毕竟是出自画家的笔法，无论是形态还是毛色，都很恰当，谁都能看得出来，是一只猫。但凡有点眼力的人，都能辨认出那画上的不是别的猫，正是我。这么简单明了的事情还这么煞费苦心地琢磨，人类真是可怜。如果可以的话，我真想告诉他画的就是我，哪怕认不出是我，起码也要让他知道这是一只猫。然而，人类毕竟不被老天眷顾，他们听不懂我们猫族的语言，十分遗憾，就这样吧。

在这里，我想跟读者说明一下：一直以来，人类说起我辈，总是张口闭口小猫小猫的，常以一种轻视的口气评论我们猫族，这很不合适。人类一贯以为牛马是来自人类的粪便，而牛马的粪便又造就了猫这类的动物。他们总是摆出一副高傲的样子，对自己的无知竟浑然不知。客观地讲，这类人不成体统。就算猫再卑贱，也不该这样粗陋地对待。在外人看来，所有的猫都是一个样子，没有差别，完全没有自己的特色。但是，只要进入猫的社群里仔细看一看，就会知道其实很复杂，人类的语言里的"十人十相"这个词同样适用于猫的世界。无论是眼睛，鼻子，毛发，脚，都各不相同。胡须怎么分布，耳朵怎样竖立，尾巴如何垂法，可以说是千姿百态，各不相同。要说美和丑，好和坏，风流与否，说是迥然不同一点都不过分。

这些差异如此明显，但是人类却视若无睹，他们的眼睛只顾着往天上看，还说什么梦想高远的借口。别说我们的个性了，就连相貌的细微差别都看不出来，真是可怜。古语有云，物以类聚，这话一点都不假。买年糕的还得去找年糕店，猫就是猫，猫世界的事情，只有猫才能了解。人类再怎么进化，就这一点来说，就很是无奈啊。更何况，他们并不是他们自己所想的那样了得，所以更是困难了。我家主人那种缺乏怜悯之心的人，对“坦诚了解彼此是爱的第一要诀”这样的道理毫不知晓，真是叫人无话可说。他就像个固执的牡蛎一样，窝在书房里，从来不对外界张开硬壳，还要装出一副最达观的样子，真是叫人无语。

其实他并不达观，证据就是，现在我的画像摆在他面前，他却一点都认不出来，还说什么“今年是日俄战争的第二年，估计画的是个熊吧”。

我趴在主人的腿上闭着眼想事情，没多久，仆人拿来了第二张明信片，我瞧了一眼，上面用活版印刷的技术印了四五只西洋猫，坐成一排，正在用功学习，有的拿着笔，有的在看书。当中一只猫离开座位，在桌边跳起了西洋的“猫步舞”。画的上端部分用日本墨写着“我辈是猫”，画的右边还加了一首俳句：“读书，跳舞，猫儿享春日。”这是主人以前的学生寄过来的，任何人一看就知道这当中的含义。可是愚蠢的主人似乎还不明白，歪着头自言自语道：“奇怪，难道今年是猫年？”他貌似还没有察觉，我如今已如此有名。

这个时候，女仆又送来第三张明信片。这次上面没有画，上面写着“恭贺新年”，另起一行写着“烦劳代我问候贵府的猫。”主人再愚蠢也明白了，他哼了一声，看了看我的脸。我忽然感觉那眼神与平日里不一样，多少有些尊敬的意思。一直以来，不为世人所认可的主人突然得以露脸，这完全是因为我啊。这点尊敬的眼神，还是应该要有的。

话说这时，门外传来丁零丁零的门铃声，可能有客人来了。每次有客人来拜访，都是女仆去迎客。我依然趴在主人的腿上，除非是鱼铺的梅公来，其他的人来我绝对不会动身。

主人心神不宁地向门外看去，就像讨债的人闯进来一样。他不喜欢陪着来拜年的客人喝酒。人怪癖到这步田地，简直叫人无语。既然这样，早早出门不就好了吗，可他又没有那个勇气，真是越来越暴露了他牡蛎的本性。过了没多久，女仆进来说，寒月先生来了。

听说寒月也是主人过去的学生，如今学成毕业，据说比主人混得厉害得多。可不晓得为啥，他常来拜访。来了以后，要么胡吹乱侃说什么有女孩子喜欢自己，要么就瞎聊一些世俗琐事，又或者胡诌一些奇闻怪事，大聊一阵，然后尽兴归家。他为何专门找我家主人这种无趣的人，还聊这些话题，实在是不可理喻。而我那牡蛎一样的主人听着寒月瞎扯，不时还要附和几声，那样子真是太可笑了。

“好久没有来拜访您了，去年年尾开始就忙得焦头烂额，一直想来看看，却总是得不了空闲。”他捻着和服罩衣的纽带，好像有什么想不通的事情。

“那你都去哪儿啦？”主人一本正经地问，一边拽着带有纹路的和服外褂袖子。这件衣服是棉的，下摆短了，里面的衣服左右各露了半寸。

“嘿嘿，去的地方和这里不顺道。”寒月笑着说。

主人发现寒月先生掉了一颗门牙，便问：“你的牙怎么了？”

“是啊，我在一个地方吃了香菇。”

“哈？你吃了什么？”

“吃了一点香菇，我正要用门牙咬香菇的伞盖，牙齿就掉了。”

“吃香菇还能把门牙崩掉？和老年人一样咯。说不定这个事能写个俳句，恋爱就谈不了了。”主人说着用手拍了拍我的头。

“啊，这就是那个猫吧。长得挺胖啊，不比车夫家的大黑差，真是不错。”寒月先生使劲地夸赞我。

“是啊，最近长大不少。”主人得意地拍了拍我的脑袋。被人夸奖当然开心，只是脑袋还是有点疼啊。

“前天晚上办了一次音乐会。”寒月先生又把话题拉了回来。

“在哪里呀？”

“在哪儿您就别问了，反正是三把小提琴和钢琴合奏，实在是有趣啊。如果有三把小提琴合奏，就算水平一般也会听得很舒服的。两个女的，我在她们中间，我觉得自己拉得还不错呢。”

“哦？那两个女士是干什么的？”主人有些羡慕地问。

别看主人平时总是一副枯木寒石的脸，可他绝对不是个对女人没兴趣的人。他以前读过一本西洋小说，书里写了一个几乎对任何女人都会迷恋的好色男人，据统计，街上见过的女人，百分之六七十都会被他爱上。主人读后，不由地感叹，这真是至理啊。

像这样轻浮的人，怎么会过像牡蛎一般的生活呢？这不是我们猫辈可以理解的。有人说这是因为失恋的原因，有人说是因为胃病，还有人说是因为他穷加上懦弱。不管是哪种原因，反正不至于影响明治历史的进程，那就无所谓了。不过，他羡慕地询问和寒月先生合奏的女性，这可是千真万确啊。

寒月先生对小餐盘里的鱼糕很有兴趣，拿筷子夹上，用剩下的门牙咬了一口，我担心他会再把牙崩掉，还好没事。

“那两位都是大家闺秀，说了您也不认识。”寒月冷冷地说。

“原来……”主人拉长腔调，没有说“如此”。

大概寒月先生觉得聊的时间差不多了，便约起主人说：“今天天气真好，老师如果有空的话，不如一同出去走走吧，旅顺打下来了，现在外面可热闹了。”

主人想了一下，看他表情，相比较旅顺沦陷，貌似他更想了解那两位合奏的女性的身份。于是他站起身来，说：“咱们走吧。”

主人依旧穿着那件印有家徽的黑面布的和服外褂，还有一件他哥哥生前留给他的结城绸面的棉衣，已经穿了有二十年，结城绸布再结实，也经不住这样穿，很多地方已经磨得透出日光了，都可以看见里面衣服补丁的针线痕迹。主人穿衣服，没有腊月和正月之分，也没有便服和正装之分，出门的时候，总是挽起袖子，随意地走着。是没有其他衣服穿呢？还是怕麻烦懒得换呢？我不知道。不过，估摸着不会是因为失恋。

他们两人出门后，我就不客气地将寒月先生吃剩的半块鱼糕给吃了。现在的我已经不是寻常的猫了，完全可以和桃川如燕笔下的猫，抑或是托马斯·格雷笔下偷鱼的那只猫平起平坐了。车夫家的大黑本就没放在眼里，更何况只是偷吃了一块鱼糕，也不会有谁来指手画脚吧。像这种偷吃点心的行为，又不是我们猫族所特有。主人家的女仆常常趁主人不在家的时候偷吃点心。不仅仅女仆，连女主人满口称赞受高等教育的两个孩子，也都有这种倾向。

大概是四五天前吧，两个孩子早早就醒了，主人夫妻俩还在睡梦中，两个人就面对面坐在餐桌前。她们每天早晨都和主人一样，吃些蘸糖的面包。可是那一天，糖罐正好放在桌子上，勺子也在，平时分糖的人却不在。一会儿工夫，稍大一点的孩子从罐子里舀了一勺糖，放在自己的碟子里。小的孩子也学着姐姐的动作，舀了一勺糖，放在自己的碟子里。姐妹俩互相看了看对方，大孩子加了满满一勺，小的也加了一大勺。姐姐又舀了一勺，妹妹不甘心，也舀了一勺。姐姐刚把手伸向糖罐，妹妹又去拿勺子。就这样，你一勺我一勺，面前的碟子里堆满了糖，糖罐几乎空了。

就在这时，主人睡眼惺忪地从卧室里走出来，把她们费好大劲才舀出来的糖又装回了糖罐里。我不禁感慨：由此可见，人类从利己的角度出发，推导出公平的概念，或许比猫要观念先进，但人类的智慧还不如猫呢。别等到糖堆满，要赶紧舔光才对呀。可是，我的语言她们听不懂，虽然我很同情她们，也只好趴在饭桶上静静地看着。

主人和寒月先生一起出门，不知道去哪里了，直到晚上很晚才回家，第二天早上坐在餐桌上吃早餐，已经是九点钟左右了。我趴在饭桶上看到主人默默地吃年糕呢。吃了一块，又添一块。年糕不算大，他一共吃了六七块，放下筷子，最后一块剩在碗里。要是别人这样随意吃剩饭菜，主人是绝对不会轻易答应的。可是他是威风的一家之主啊，看着浑浊菜汤里煮焦了的年糕，他毫不在意。

女主人从壁橱里拿了胃药，放在桌上。而主人却说："这药根本不管用，不吃了。"

女主人劝道："听说这药帮助消化淀粉，吃点吧。"

"什么淀粉不淀粉的，没用。"主人又开始固执了。

"你这人啊，真是没耐心。"女主人自己嘟囔着。

"不是我没耐心，是药没效果。"

“可前段日子你不是还说有效果每天都要吃吗？”

“有时候是有效果啊，但最近一段日子没效果了。”主人的回答就像是在对对子。

“像你吃一阵停一阵的，就算再好的药，也不会有效果的啊。不坚持吃的话，胃病可不像其他的病，不容易好的。”女主人回头看了看一旁手里拿着托盘候着的女仆。

“没错没错，太太说的都是实话，您再试着吃一阵，不然也不知道这药究竟有没有效果啊。”女仆总是站在女主人这一边。

“无所谓啦，不吃就是不吃，妇道人家懂什么？给我闭嘴。”

“对啊，我就是个妇道人家。”女主人说着就把胃药塞给主人面前，想逼他吃药，没想到主人一言不发地站起身，回书房去了。

女主人和女仆互相看着，无奈地笑了。这时候，如果我跟在主人后面，爬到他的腿上，肯定是要遭殃的。于是，我绕过院子，爬上檐廊从拉门缝隙往里看，主人正在读埃皮克提图的书，如果他能像往常那样读得进去，实在是让人佩服。可是，读了五六分钟，他就把书往书桌上一丢。我就猜到会是这样。我继续看着他，只见他在日记本里写下了这样的一段话。

今天跟寒月一起去根津、上野、池端、神田附近散步。在池端的酒馆门前，有几个艺妓穿着花哨的和服在打羽毛球。看她们的衣服很漂亮，脸却长得很丑，有点像我家的猫。

评论别人长得丑，也不必以我为比较吧。我如果去“喜多”理发店把脸刮干净，和人类的长相相比也差不多吧。人类总是这样傲慢，真是叫我受不了。

从宝丹药店拐过去，对面又走过来一名艺妓。这是一位身姿婀娜，两肩溜美的漂亮姑娘，穿着淡紫色的和服，更显得她的高雅。她微露牙齿，笑着说："小源，昨晚真是太忙了，对不起啊。"没想到她的声音就像乌鸦叫的一样沙哑，这给她那优雅的美貌大大减分啊。我懒得回头去看她所说的小源是谁了，我依然双手袖怀，向御城道走去。寒月不知怎么了，好像有点心神不安。

人类的心思真的是难以琢磨。主人现在是气愤？还是心神不宁？抑亦或是在先贤遗作中寻求一丝安慰？我不知道。他在冷眼笑世人？还是想要融入世俗里？是为琐事而大动肝火，还是超然物外？我也不得而知。无论怎样，猫就简单了，想吃就吃，想睡就睡，气愤时就尽情发飙，伤心时就尽情哭泣。别的暂且不说，我绝不会写日记这种没用的东西。像我家主人这样两面三刀的人，或许是需要写写日记，暗自发泄一下自己不能显在人前的真面目。而我们猫族，行走坐卧，拉屎撒尿，都是本真的自己，完全没有必要那么麻烦来掩饰自己的真面目。有写日记的空儿，还不如到檐廊上好好睡上一觉呢。

昨晚在神田某家饭店吃饭，好久没喝酒，就喝了两三杯名为"正宗"的酒。今天早晨胃口大开，于是以为晚上喝点酒，胃药肯定没用，谁说都没用，我就是不吃它，没用就是没用。

主人拼命地抨击胃药，就像和自己过不去一样。早上的怒气，竟还在这里流露出来。人类的日记说不定就是这种本色呢。

前段时间，听说不吃早饭对胃病有好处，我就试了试两三天没吃，结果弄得肚子咕咕叫个不停，没有一点效果。又有人告诉我不能吃咸菜，按照他的说法，所有的胃病根源就在咸菜。只要不吃咸菜，胃病很快就会好。于是，我一个星期没有吃咸菜，然而还是不见效果，最近又开始吃了。

某人告诉我说，腹部按摩对胃最好，不过，普通的按摩都不管用，必须用皆川疗法，只要按摩一两次，大多数的胃病都能痊愈。据说安井息轩[①]很喜欢这种治疗法，就连坂本龙马[②]这样的豪杰也经常接受这种按摩。我赶忙到上根岸尝试去找人按摩。谁曾想，按摩师说不按到骨头没有效果，又说不将五脏六腑翻一番，也没法根治，这种按摩方法也太残忍了。按摩以后，身子瘫软得像棉花，仿佛是得了昏睡症。实在是受不了了，我只去了一次，就不敢再去了。

A先生说，不可吃固体食物。我试着一天只喝牛奶，结果，肚子稀里哗啦，像发洪水一般，整夜睡不好。B先生建议我说，用横膈膜来呼吸，说是只要内脏运动起来，胃功能自然就好了。我试着这种方法做了一下，肚子难受得厉害，有时候忽然想起，专心地用横膈膜呼吸一会儿，过了五六分钟，又忘得干干净净。如果心里一直记着横膈膜，根本就读不成

① 安井息轩（1799—1876），江户时代学者。

② 坂本龙马（1836—1867），江户时代志士。

书也写不了文章了。美学家迷亭见我这般形象，嘲讽我说，你又不是临产的男人，就算了吧。于是，这段日子就放弃不做了。

C先生建议说，吃荞麦面好。于是我就立马去吃清汤面、蒸面，然而吃到拉稀也没有效果。一直以来，为了治疗胃病，我试了所有能想到的偏方，全都没有效果。还是昨晚和寒月喝的两三杯“正宗”酒效果好，以后每天都来喝个两三杯吧。

这个决定应该不会持续太久。主人的小心思，就像我的眼睛一样变幻莫测。无论做什么都没有长性。在日记里那么担心自己的胃病，在别人面前又非要逞强，真是奇怪。前些日子，他的某位学者朋友来家里拜访，大谈特谈一番，说所有的疾病，都是因为祖辈先人的罪过和自己罪孽的后果。学者貌似对此事很有研究，自有一套思路清晰、逻辑缜密的说辞。

可怜的是我家主人完全不具备反驳这种说法的脑子和学识。但主人由于自己苦于胃病折磨，至少要稍微辩解一下以保全自己的脸面，便说：“你说得很有意思，但是卡莱尔[①]也患有胃病。”言外之意就是卡莱尔都患有胃病，我得胃病也有面子啊。

“卡莱尔患过胃病这话不假，但不是所有患胃病的人，都能够成为卡莱尔的。”

主人无言以对。

虽然主人的虚荣心作祟，事实上，他还是觉得没有胃病为好。所谓的“今后每天晚上都喝点酒”，真是有些滑稽。话说，他今天吃了那么

① 托马斯·卡莱尔（1795—1881），英国评论家、历史作家、散文家。

多年糕，说不准就是因为昨晚和寒月先生喝酒的缘故。这么一想，我都想吃年糕了。

虽说我是一只猫，但是不挑食什么都吃。我既不像车夫家的大黑那么有力，跑那么老远到街里的鱼铺找吃的，也不像新开路二弦琴师傅家的三毛那样的福分，吃的那么高档。所以，我基本上没有讨厌的食物，我吃小孩剩下的面包屑，舔几口糕点的馅儿。咸菜虽说很难吃，但是为了尝尝，我也曾经吃过两片萝卜干。说起来很奇妙，往嘴里一送，感觉什么都能吃得下去。毕竟我是教师家的猫，不能对食物挑肥拣瘦。

听主人说，法国有个叫巴尔扎克的小说家，是个特别挑剔的人。当然，并不是说他在吃上挑剔，而是对写文章特别讲究。有一天，他想给自己小说里的人物起个名字，想了很多，都没有中意的。这时候，有一个朋友来找他玩，便一起出门散步。巴尔扎克想着顺便琢磨琢磨，让自己冥思苦想的名字有个结果。于是，走到街上，他只顾着看商铺的招牌，不过依然找不到中意的。他领着朋友到处走，朋友稀里糊涂地跟着走。他们就这样从早晨走到晚上，走遍了整个巴黎。回家的路上，巴尔扎克突然发现一家裁缝铺的招牌，招牌上写着“Marcus”。巴尔扎克拍手叫好，说：“就是这个，就是这个，就是这个了。真是个好名字啊。加上首字母 Z，必须是 Z，Z.Marcus 这个名字太棒了。自己起的名字，总是觉得有些做作，没有趣味，总算是找到中意的名字了。”他自己欣喜若狂，完全忘了陪着他受累一天的朋友。

为了给小说里的人物起个名字，就在巴黎街头晃悠了一天，实在是有点奢侈啊。挑剔到这种地步也算是很高级了。再看看我，主人的性格就像牡蛎一样，哪还有此奢望。不挑剔，有什么就吃什么，能吃饱就行，这也是环境给逼的吧。现在想吃年糕，绝对不是挑剔，有机会吃就先吃了再说，出于这样的考虑，我赶紧溜到厨房，去看看主人吃剩下的年糕还在不在。

早上见过的那块年糕，还粘在锅底。坦白讲，我还没有吃过年糕这玩意儿。看起来很好吃，感觉又有点怪怪的。我伸出爪子，扒开上面一层菜叶，爪子沾上了年糕皮，我闻了一下，就像是饭锅底的饭盛进饭桶时散出的那种香味。我环顾四周，心里盘算着到底是吃还是不吃呢?

不知道是幸运还是倒霉，总之，一个人都没有。女仆年尾和年初都是一副表情，还是忙着在外面踢毽子。孩子们在房间里唱着歌："小兔子，小兔子，你在说什么？"要是真想吃，就趁现在，如果错过这次机会，直到明年都不知道年糕的味道了。在那一瞬间，我悟出了猫族的一条真理："难得的机会，会让所有的动物做他们平时不敢做的事情。"坦白讲，我并不那么想吃年糕。相反的，碗底的年糕越看越觉得厌恶，已经不想吃了。如果这个时候，女仆进来，或者房间里孩子们的脚步靠近，我肯定会毫不惋惜地走开，而且直到明年，也不会总是惦记着有没有机会吃。可是偏偏就是没有人来，我犹豫再三，感觉耳边有个声音在说："还不快吃，还不快吃。"我看着碗里，心里想着要是有人来就好了。可仍然没有人来。终于，我下定决心要把这块年糕吃掉了。

我将身体的重心压低直到碗底，看准年糕的一角，猛地咬了一口，足足有一寸多。按理说，我这么用力平常的食物肯定能咬断，真是奇哉怪也。明明觉得应该可以把那块年糕咬断，当我向后拖拽时却丝毫都咬不动。我想要再咬一口时，牙齿却不能动了。当我意识到年糕是个怪物时，已经为时已晚。就像陷入沼泽里的人，想要拔出脚来，越是着急，越是陷得深。我越是用力咬，嘴巴就越是动弹不得，最后连牙齿都不能动了。牙齿还有知觉，但是仅凭牙齿是搞不定的。美学家迷亭先生曾经这样评价过我家主人，是个优柔寡断的人，说得一点儿没错。这年糕就跟我主人一样“优柔寡断”，无论怎么咬它，就像是用十除以三一样，永远都除不尽。在这心烦气躁的时候，我悟出了第二条真理：“所有的动物都有直觉，会预感行事是否合适。”

真理已经发现了两条，但因被年糕黏住牙齿，所以怎么也高兴不起来。牙齿被年糕牢牢黏住，疼得就要掉下来了。如果不尽早逃走，女仆就要来了，孩子们的歌声也歇了，她们肯定会到厨房来。我焦急万分，索性将尾巴甩得转起圈来，不见任何效果。竖起耳朵向后躺也没有用。看来，耳朵和尾巴和年糕没有关系，尾巴再晃，耳朵再竖，再往后躺，也都白搭，想通之后，我就不那么折腾了。

我终于想到，只能通过前爪来将年糕弄下来，我先抬起右爪，在嘴巴周围四处扒拉着，可并不是光扒拉就能弄掉年糕的。我又抬起左爪，绕着嘴巴快速地画着圈。靠着这样跳大神般的动作，也没有除掉那怪物。我心想，当下最重要的就是耐心。于是，我左右爪轮番去扒拉，牙齿仍然陷在年糕里。真麻烦，干脆两个爪子一起上吧。就在这时，怪事发生了，我居然靠着两只后爪站了起来，感觉自己已经不是猫了。

可是，事到如今，我是不是猫，并没什么意义。关键是我要想方设法把这个年糕怪物打下来。我使出浑身力气，两个爪子在脸的周围胡抓。由于前爪用力太猛，我开始失去重心，差点就要摔倒。每到这时，后腿就要来保持平衡，不能在一个地方固定站好，于是就在厨房里跳来跳去。连我自己都不由地佩服自己能站立得这么好。此时第三条真理倏然闪现：

“身处危险之时，能做平日里不能做的事，这是老天保佑啊。”

承蒙老天庇佑的我正在与年糕怪物殊死大战，忽然听到脚步声，好像有人从屋里走过来了。在这个时刻有人来，真是糟糕，我急忙四处逃窜。脚步声越来越近，真是遗憾，老天保佑还是不够啊。我终于被孩子们看见了。

“猫吃年糕啦！猫在跳舞啊！”孩子们大声叫喊。

女仆第一个听见了这话，扔下羽毛毽子和球拍，说着“怪了”就从后门跑进来。女主人穿着绉绸和服，说道：“呀，这猫真是可恶。”主人也从书房里出来了，骂道：“这个笨蛋。”只有孩子们叫着：“好玩，好玩。”然后大家一起笑起来了。我非常气愤，有苦难言，又不能停止蹦跶，真是无奈啊。好不容易大家笑声就要停了，那个五岁的女孩又说了一句：“妈妈，这猫真是太逗了。”这句话又逗得大家一阵狂笑。

人类缺乏同情心，我见过不在少数。但从来没有像这次这样让人感到可恨。“老天保佑”消失不再，我再也站立不住了，像以前一样趴在地上，翻着白眼，狼狈不堪。

主人似乎不忍心看着我就这么死去，便吩咐女仆：“把它嘴里的年糕弄下来。”

女仆看了女主人一眼，仿佛在问：“要不要让它再跳一会儿？”虽然女主人想看我跳舞，但并不想眼看着我憋死，于是沉默不语。

“再不弄下来猫就死了，快点儿。”主人转身瞪了女仆一眼说道。

女仆就像做梦正吃着美食被人打断一样，紧绷着脸，面无表情，抓住年糕，用力一拽。我虽然不是寒月先生，却感觉门牙全被弄掉了。要问疼吗？陷在年糕里的牙齿被这么恶狠狠地一拽，真是受不了。我体验了第四条真理："所有世间的安乐，必先经历一番苦厄。"当我睁开眼，四下打量时，所有人都已经回了房间。

真是丢人了。这个时候还待在家里，要是被女仆她们看到，真是没脸面。为了调整心情，索性就从厨房后门出去，到新道的二弦琴师傅家的三毛那里去，顺便散散心。三毛可是这一片出了名的美人儿。别看我是只猫，但也是颇晓情理的。每当在家看到主人郁郁寡欢，或者被女仆打骂心情不好时，我必定去拜访这位知己，找她聊聊天，心情就会舒畅很多。所有的烦恼和辛苦，都忘到九霄云外去了，仿佛获得了新生。如此说来，这女人的作用真是大啊。

我从杉树篱笆的空隙往里面看去，三毛正带着正月的新项链，婀娜地端坐在檐廊上。她背部的弧形曲线，美得无以言表，可谓曲线美之极点。她卷曲的尾巴，腿的坐姿，慵懒中抖动的耳朵，实在是美得叫人无以言说。尤其是她端庄地坐在阳光之下，给人温暖的感觉。尤其是她端坐安详，一身柔顺的毛发就像天鹅绒一般，泛着春天的阳光，即使无风，也会让人感受到在空气中微微的律动。我看得有些出神，过了好一阵才缓过神来。

我抬起前爪，轻声喊道："三毛姑娘，三毛姑娘。"

"哟，是老师来啦！"三毛跳下檐廊，红色项圈上的铃铛丁零丁零地响着。到了正月，她连铃铛都给戴上了，声音真是好听。三毛走到我身旁，向左晃了一下尾巴，说："老师，新年好啊。"

我们猫之间互相打招呼时，要将尾巴像木棍一样竖立起来，然后逆时针晃一圈。在这一片街上，只有三毛称我"老师"。前面已经说过了，我还没有名字，只是因为我住在教师家里，所以三毛总是尊称我为"老师”。被尊称为“老师”，感觉也不错，自然答应起来也痛快：“哎呀，新年好啊，您打扮得真好看啊。”

“是啊，这是去年年底师傅给我买的，不赖吧？”三毛将铃铛摇得叮当响。

“声音真是好听，长这么大，我还没见到这么好看的铃铛呢。”

“瞧您说的，大家都戴铃铛啊。”她又丁零丁零地晃着铃铛，“好听不？我好喜欢的。”然后又不停地晃着。

“看来你家师傅真是喜欢你啊。”

和她的境遇相比，我不由地暗生羡慕之意。三毛笑了，非常纯真地说：“是啊，师傅对我就像对待自己的亲生孩子一样。”就算是猫，也不见得不会笑。如果人类以为除了自己没有其他动物会笑，那就大错特错了。我们猫笑的时候，鼻孔呈三角形，振动喉咙，人类是不会懂的。

“你家主人究竟是干吗的呀？”

“叫主人，听着好别扭啊。她是一个师傅啊，教人演奏二弦琴的师傅啊。”

“这个我知道啊，我是问她的出身，应该在以前是个高贵的人吧。”

“嗯嗯，是的。”

“思先生不见先生，小松迎客盼先生临……”隔门里面，师傅弹起了二弦琴。

“琴声好听吧？”三毛骄傲地问道。

“听起来很不错，可是我不怎么听得懂，唱的到底是什么？”

“我也记不清了，好像是个很著名的唱段，师傅特别喜欢的……师傅已经 62 岁了，身体还很硬朗呢。”

62岁还活着，确实是很硬朗。“是啊。”我随便应了一声。这个回答虽然有些笨，但想不出更好的回答，也只好如此了。

“据说，以前师傅可是出身名门啊。”

“哦？原来是啥出身？”

“听说是天璋院大人的御书官的妹妹的婆家的外甥的女儿。”

“什么？”

“天璋院大人的御书官的妹妹的……”

“我知道了，是天璋院大人的……”

“对的。”

“接下来是御书官？”

“对呀。”

“出嫁后的……”

“是他妹妹出嫁。”

“哦，我搞错了，是妹妹出嫁后的婆家的。”

“婆家外甥的女儿。”

“是婆婆外甥的女儿吗？”

“是的，明白了吗？”

“还是搞不清，不知所以，搞在一起，太乱了，到底她是天璋院大人的什么人啊？”

“你真是，这都搞不清，天璋院大人的御书官的妹妹出嫁后的婆家的外甥的女儿，刚刚不是告诉过你了吗？”

“那些我都明白啊。”

“明白不就好了吗？”

“是啊。”没办法，我只好认输。我们猫有时候不得不说一些违心的话。

隔门里面的二弦琴声戛然而止，师傅呼唤：“三毛，三毛，吃饭啦。”

三毛笑着说：“师傅叫我了，我得回去了，好吗？”我说不好也没有用啊。

“有空再来玩儿吧。”丁零丁零地一串铃响，她便跑去前院去了，但很快又走回来问我：“你脸色不好，怎么了？”

我又不能说我因吃了年糕跳舞的事，就敷衍道：“没什么，思考了一些问题，有点头疼。我想，跟你说说话，可能就不疼了，所以就过来了。”

“是吗？那您可要保重身体。”三毛似乎有些不舍。

吃年糕的阴影已经散去，我现在心情很好。我想穿过茶园回家，踩着快要融化的冰霜，钻过兼仁寺式的竹篱笆，往里一看，又看见车夫家的大黑正躺在枯菊上伸着懒腰，打着哈欠。最近，我见到大黑早已不再恐惧，不过也懒得跟他打招呼，便假装没看见走过去了。但是，以大黑的脾气，只要是觉得别人看轻了他，是不会默不作声的。

“嘿，你这个无名小子，最近怎么也目中无人了，就算吃了再多教师家的饭，也犯不着这么一脸飞扬跋扈的样子吧。真把别人当笨蛋，你这个家伙真是没意思。”

大黑好像还不晓得我已经出名了，我想告诉他一声，可他又是个不懂的主儿，还是随意寒暄一下，尽快离开吧。

“嗨，大黑，恭贺新年快乐啊，您还是风采不凡啊。”说着我就竖起尾巴，向左转了一圈。大黑竖了一下尾巴，没有打招呼。

“恭什么贺啊？要是正月值得恭贺的话，那你这家伙天天都得恭贺[①]。你给我当心点儿，看你那唉声叹气的样子，像个拉风箱的风口。”风箱是什么？听这话的意思好像是骂人的话，但我不太懂。

“请问，风箱口是什么意思啊？”

“哈哈，这家伙被人骂了，还问人家什么意思，真是无语。你真是个正月野郎。”

“正月野郎”这个词还蛮有诗意的嘛，但其含义，却比“风箱口”更加让人不了解。我本想问问清楚，可是细细一想，就算问他，也得不到很明确的答案，站在大黑面前，和大黑相互看着不说话。就在这时，忽然传来大黑家的车夫老婆的叫骂声：“呀，放在厨架上的鲑鱼怎么不见啦，不好，肯定又是大黑这个畜生干的。真是个可恶的家伙，等它回来，看我不收拾它。”

这叫骂声惊扰了初春恬淡的空气，风平浪静的太平盛世彻底变得庸俗不堪。大黑摆出一副蛮横的神情，好像在说，你想骂就骂吧，随便你咯。它将方方的下巴往前伸出，向我示意：“你听见了吧。”

只顾着跟大黑说话了，没注意他的脚边有一块鲑鱼骨头，估计能值个二钱三厘，鱼骨头上沾满了泥。我忘记了离开，不由感叹道：“你没金盆洗手？威风不减啊。”

大黑并没有因为这句话而心情变好。“什么金盆洗手？你个笨蛋，搞一两块鲑鱼算什么？简直是小看人。不是我瞎吹，我可是车夫家的大黑呀。”说着他伸出右前爪，挠挠肩膀，就像人类撸袖子一样。

“您的大名我早就知道啊。”

---

① 日语里“值得恭贺”与“缺心眼”是一个词，此处为双关语。

“既然知道，那你还说什么金盆洗手，你脑子有问题吗？”他仍然不依不饶地挑衅我，就像人类揪住衣襟一样推搡。我有点害怕，心想情况不妙，一时不知如何作答。

就在这时，大黑家的女主人又在大声喊着：“喂，西川先生，西川先生，立马给我送一斤牛肉来，好吗？听见了吗？要一斤嫩的牛肉啊。”她买牛肉的声音，打破了街坊邻居的安静。

“呸，一年才买一次牛肉，至于这么大声吗？一斤牛肉也要向邻居炫耀，真是个臭女人。”大黑伸出四肢嘲讽着。我不知道该如何接话，就静静地看着。“区区一斤牛肉而已，我压根儿就瞧不上眼，真是没办法，等肉来了，就拿过来吃掉吧。”听大黑的口气，那牛肉就好像是专门为他买的一样。

我想让他早些回家，便说：“这次可是一顿大餐啊，不赖，不赖。”

“你知道个屁，闭嘴，真是烦人。”他突然用后爪蹬地，蹬起的霜碴子飞到我的脑袋上。吓了我一跳，赶紧抖掉身上的土。瞬间，大黑已经从篱笆底下钻出去，消失了。他大概是去打探西川家的牛肉了吧。

我回到家一看，房间里传来主人少有的笑声，爽朗的笑声中透着春意。我好奇地从敞门的檐廊跳上去，来到主人身边，发现来了一位生人。这个人梳着整齐的小分头，棉质和服外套，下面配上小仓布的裙裤，非常规矩的书生打扮。我瞄见主人手炉旁边，与春庆漆的香烟盒并排放着一张名片，上面写着：“谨介绍越智东风先生前来拜访，水岛寒月。”我知道了访客的名字，也知道了他是寒月先生的朋友。我刚进去，他们的谈话内容我不大清楚，但大致能猜出，应该是与上次介绍过的那位美学家迷亭先生有关。

“迷亭先生说，有其他有趣之事，务必要我一同前往。”客人不紧不慢地说道。

“什么？去那家西餐厅吃个中饭有什么趣味吗？”主人边说边给客人添了茶水，递到客人面前。

“额，他所说的有趣，当时我也不是很懂。不过他做事总是喜欢别出心裁，我想……”

“是吗？你俩一起去了啊。”

“不过，结果真是叫人意外啊。”

主人拍了一下正趴在主人膝盖上的我。我脑袋有点疼。

“又瞎搞了吧，他就是那个臭癖好。”主人他忽然想起了安德烈·德尔·萨托的故事。

“哈哈，他问我，你要不要吃点特别的东西？”

“吃什么了？”

“一开始就是看着菜单，聊了一些关于菜谱的事。”

“是在点菜前面吗？”

“是的。”

“那后来呢？”

“他皱着眉对服务员说，你们这儿好像没啥新鲜的菜嘛。服务员不服，便说鸭里脊肉和小牛排如何？迷亭先生说：‘这样的常物，也用不着特地来你家吃吧。’服务员貌似听不懂常物的意思，表情很怪，不敢接话。”

“那必须的。”

“后来，迷亭先生转身对我说：‘你如果去法国和英国，能够吃到天明调或是万叶调的菜。可在日本，到处都像是一个模子刻出来的，真没兴趣去西餐馆吃。’对了，他有没有留过洋哦？”

“迷亭先生什么时候去过外国啦？当然啦，他有钱，有空闲，想去的话当然可以去。他这么说，大概是把打算去做的事说成了已经经历过了吧。”主人自认为自己说得很幽默，呵呵笑道。他想以笑逗笑，客人却没觉得有什么好笑的。

“是吗？我还以为他已经去过外国了，我还专心地听他说呢，他好像亲身经历过一样，活灵活现地描绘蛞蝓汤、青蛙汤。”

“他大概是从谁那儿道听途说来的，他可是个瞎说八道的行家啊。”

“看来是这样吧。”客人将目光转向花瓶里的水仙，脸色有点不甘懊恼。

主人继续问：“趣味是指的这个吗？”

“哪里，这只是个开始，马上进入正题。”

“哦？”主人发出好奇的感慨。

“迷亭先生接着说：‘蛞蝓炖青蛙这些，就算想吃也吃不到了，我们就将就着吃些橡面坊丸子[①]吧！咋样？’我也没多想，就随口应了一声‘好吧’”

“嘿，橡面坊有点儿搞笑啊！”

“是啊，是有点搞笑，但是迷亭先生说得极其认真，我也没想那么多。”客人好像在向我家主人检讨自己的疏忽。

“后来怎么了呢？”主人毫不在意地问道，对客人的检讨没有丝毫

---

① 橡面坊原为明治时期一个俳句诗人的笔名，日本读音与西餐中“牛肉土豆饼”类似，迷亭此处用该发音迷惑服务生。

的同情。

“后来他就叫服务员：‘喂，给我上两份橡面坊丸子。’服务员问：‘您是点牛肉洋葱丸子吗？’迷亭先生更加一本正经地纠正说：‘不是牛肉洋葱丸子，是橡面坊丸子。’”

“那到底有没有橡面坊丸子这道菜呢？”

“我也觉得有点怀疑，可是迷亭先生特别沉着，况且还是那么一位西洋通，外加我对他留过洋这件事深信不疑，于是，也附和着对服务员说：‘是的，没错，就是橡面坊丸子。’”

“服务员怎么回答的？”

“服务员嘛，现在想来，当时也真是好笑。他想了一下，说：‘抱歉，今天不巧，没有橡面坊丸子。要是牛肉洋葱丸子，倒是可以立马给您上两份。’迷亭先生表现出一副很遗憾的样子，说：‘专程跑来这儿吃的，要是没有的话，岂不是白跑一趟嘛！你看能不能想办法给我们上两盘啊？’说着给服务员拿了两角银币小费。服务员说，那我去和厨师协商一下，然后就走进了厨房。”

“看样子，他很想吃橡面坊丸子啊。”

“不一会儿，服务员出来了，说真不凑巧，您要是真点这个菜，可以的，不过我们备货要一些时间。迷亭先生显得十分淡定，说反正是在正月里，我们没啥事情，有的是时间，等就等一会儿吧，吃了再走。他边说边从口袋里掏出香烟，抽起了烟。我也只好拿出《日本新闻》来读。这时候服务员又到厨房去商量了。”

“吃个饭真麻烦啊。”主人特意往前凑了凑，好像是看战争通讯报告一样。

“一会儿，服务员就又从厨房里出来了，说是最近橡面坊丸子食材都断货了，去龟屋和横滨的十五番的西洋食品店都买不到。所以，一时间不能准备这个。迷亭先生唠叨说，真是的，好不容易来一回。我赶紧附和说太遗憾了。”

“有道理。”主人也表示赞同。到底哪儿有道理，我可就不明白了。

“服务员为表示抱歉，便说：‘等过几天，店里来了货，再请各位来品尝。’迷亭先生便问他要用什么材料？服务员只是嘿嘿嘿地笑，并没有回答。迷亭先生追问道，材料大概是日本派的徘人吧？服务员说，您说的没错，所以最近横滨都买不到，真是不好意思啊。”

“哈哈哈，原来搞笑的包袱在这儿呢，真是有趣。”主人难得地哈哈大笑。双腿剧烈晃动，我差点掉下去。而主人还是无所谓，继续哈哈大笑。看来，主人一听到中了安德烈·德尔·萨托的招儿的不止自己一个人，明白了这个，心情一下子就变得好起来了。

“后来，我们两人从西餐厅出来，迷亭先生扬扬得意地说，怎么样？很开心吧！橡面坊丸子这个笑料用得不错吧。我说，十分佩服。说完便分开了。结果早就错过了午饭的时间，我的肚子饿得有些受不了了。”

“确实，让你受累啦！”主人这时候才表示有些同情。对此，我也没有异议。谈话暂时间断了一会儿，我喉咙里发出的呼噜呼噜的声音，传进了主客两人的耳朵里。

东风先生端起已经凉了的茶，一饮而尽，郑重其事地说：“其实今日登门采访，实则有事想请教先生。”

“哦？什么事？您说！”主人也不甘示弱，摆出一副很正经的样子。

“您也知道，我喜欢文学和美术……”

“这样很好嘛！”主人顺嘴夸道。

“前些日子，几个同道中人组织了一个朗诵会，每个月聚一次，计划着今后继续这方面的研究。去年年底，已经办了第一次活动了。”

“听起来，所谓的朗诵会就是配上旋律，朗诵诗歌文章之类。我想问的是，你们到底是怎么进行的？”

“我们打算先从古典诗歌开始，以后还打算朗诵同人的作品。”

“说到古典诗歌，是指白居易的《琵琶行》之类的吗？”

“不是。”

“那是与谢芜村的《春风马堤曲》之类的吗？”

“不是。”

“那到底朗诵什么类型的作品啊？”

“上一次读的是近松的苦情剧。”

“近松？是那个写《净琉璃》的近松吗？”哪还有第二个近松？只要说起近松，肯定是戏曲家近松，可是主人还在追问，真是蠢蛋。主人并没有察觉，还温柔地摸着我的头。这个世上就是有那种自作多情的人，被女人斜眼看了一眼，就把自己当成万人迷。相比较而言，主人这点毛病简直不值一提。我装作若无其事的样子，任凭他摸吧。

“是的。”东风先生察言观色，回应道。

“那是一个人朗诵呢？还是几个人分角色朗诵呢？”

“分角色配合着朗诵，这样做是考虑到尽可能地真实表现出作品中那个时代的人物特点。并且加上了手势和动作。对白尽可能地表现出当时的时代，无论是小姐还是伙计，都力求表演到位。”

“这不是和演戏差不多了吗？”

“是的，只不过我们没有服装和布景。”

“冒昧问一下，你们进行得还算顺利吗？”

“嗯，还行，第一次做成那样我觉得应该算成功的。”

“你说的前阵子演的苦情剧是……”

“那是船老大载着客人去芳原那一段。”

“真是不容易啊。”主人不愧是教师，歪着脑袋，装模作样，从鼻孔里喷出的“朝日牌”香烟烟圈轻掠耳畔，飘过脸颊。

“哪有？这一幕没什么难的，出场的人物也就是嫖客、船夫、花魁、女仆、老鸨和龟公几个人。”东风先生淡定地说着。

主人听了“花魁”二字，微微皱了皱眉头，略显不悦，显然他对女仆、老鸨、龟公等这些行话不甚了解。于是便问道：“所谓女仆，说的就是妓女的用人吧？”

“没有深入研究过，不过，我觉得女仆应该是酒馆里的婢女，老鸨是帮忙打理妓院的。”东风先生刚才还说什么要模仿作品人物的腔调，尽可能演得逼真，可他竟然对女仆老鸨这些人的特点都不甚了解。

“没错，女仆是属于酒馆的，老鸨是委身在妓院里的女人。至于龟公嘛，到底是指人还是某种特定场所？如果是人的话，是男人还是女人？”

“我想龟公应该是男人吧。”

“那他主要管些什么呢？”

“这个嘛！我还没有仔细研究，有空我了解一下。”

我猜，像他们这样什么都不知道，还在一起对词呢，合演那天肯定是笑料百出。我抬头看了看主人，没想到的是，主人却特别认真。

“朗诵的话，除了你，还有谁？”

“好几个呢，演花魁的是法学士 K 先生，他留着小胡子，模仿女人娇弱的声音说台词，听起来有些搞笑。特别是有一个情节，花魁突然腹痛的场面……”

“朗诵的时候也要表现出腹痛的样子吗？”主人担心地询问。

“是的，表情很重要。”东风先生始终表现出一种艺术家的做派。

“那么，腹痛要演得很逼真吗？”主人也巧妙地回了一句。

“腹痛第一次演，确实有些困难。”东风也回了一句妙语。

“那你是演的什么角色呀？”主人问道。

“我演的是船老大。”

“哦？你演船老大？”主人的潜台词就是，你如果都能演船老大，那我也能演龟公了。

过了一会儿，主人毫不客气地问：“船老大演得很辛苦吧？”

东风先生并没有生气，而是平静地说：“正因为我演船老大，好不容易才组织的朗诵会，也就草草收场了。原来，会场隔壁住着四五个女学生，不知道从哪儿知道那天有朗诵会，来到窗下偷听。我模仿着船老大的语气，正准备进入状态，本以为这样肯定没问题，正来劲儿呢。可能我动作太过夸张，一直忍着没笑的女学生们突然就哈哈大笑起来。结果弄得我吓一大跳，要多尴尬有多尴尬，我的心情受到影响，后来就怎么都进不了状态，只好就此罢了，散了。”

号称第一次很成功的朗诵会竟是如此这般，那失败又将是哪种情景呢？真的让人忍不住想笑。我的喉咙里又发出咕噜咕噜的声音，主人更是温柔地抚摸我的头。嘲笑别人，却受到疼爱，我很庆幸，但也有些感觉不对劲儿。

“那可是不太顺利呀。”主人竟然在正月里说出不吉利的话。

“我们想第二次加把劲儿，搞得大一点。今天来拜访您就是为了这事儿。希望您也入会，助我们一臂之力。”

“我可不会演什么肚痛。”一贯消极的主人立马打了马虎眼。

“哪里，不需要您亲自表演腹痛，这是赞助会员册子。”他说着就打开紫色的包裹皮，小心翼翼地拿出手纸大小的册子，打开后，放在主人面前，“请在上面签下您的大名，盖上章印。”

我一看，上面工整地写了很多当下著名的文人学士的名字。

“嗯，当赞助人，也不是说不可以，只是，有什么义务吗？”主人貌似有些顾虑。

“关于义务嘛，倒是没什么特别要您做的，只要您签上您的大名，以示赞成之意即可。”

“这样的话，那我就入会吧。”一听不需要承担义务，主人立马变得轻松了。那表情好像在说，只要不负责任，就算是造反联名书我也敢签。加上自己的名字能够进入众多著名学者的名单之列，对于从未有过如此境遇的主人来说，那是无比的荣耀啊，也难怪他能这么爽快地答应。

“稍等一下。”主人说着就起身去书房拿印章，扑通一声，我掉在了榻榻米上。东风先生拿起一块碟子里的卡斯提拉蛋糕塞进嘴里，闭嘴嚼着，好像噎住了很难受。这让我想起了今天早上的年糕事件。

主人从书房里取了印章回来时，蛋糕已经稳稳地进入东风先生的胃里了。主人似乎并未发现碟子里的蛋糕少了一块，如果被他发现了，首当其冲，肯定第一个怀疑我。

东风先生离开以后，主人回到房间，不知何时，桌上多了一封迷亭先生寄来的信。

“恭贺新年……”

主人显得很高兴，迷亭先生的信几乎没有正经的。前段时间甚至还寄来这么一封信：“此后既无美人可恋，亦无佳人书信往来，无所事事且以虚度年华，万望安心为念。”

和那些比起来，刚才这封贺年信显得格外正经。

“吾常欲登门拜访，只因吾非兄之消极主义者，竭力以积极方针，迎接比千古难遇之新年，故而日日忙碌，还望兄谅之！”

这种人正月里肯定会到处游乐，忙碌得不行。主人肯定认同迷亭先生。

“昨忙里得闲，本打算请东风兄去吃橡面坊丸子，不料材料售罄，未能得愿，煞是遗憾。”

“这就原形毕露了啊。”主人暗自微笑着。

“明日需赴某男爵的和歌纸牌赛，后日是美学会新年宴会，之后又是鸟部教授欢迎会，再之后……”

“真是烦人。”主人跳着往下看。

“如上，谣曲会，俳句会，短歌会，新体诗会，等等，纷至沓来，分身乏术，实则无奈，谨以此新年贺卡代拜戈之礼，不周之处，还望海涵。”

“你根本不用来。”主人对着信回答道。

“他日光临寒舍，企盼与兄共进晚餐，一叙情义。寒舍虽无珍馐，然亦有橡面坊丸子招待……”

“又拿橡面坊丸子在说事，真是没分寸。”主人有点生气。

“但因近日橡面坊丸子材料售罄，恐不能如愿，故而欲以孔雀舌供兄品尝。”

“简直圆滑至极。”主人忽然对下文有了兴趣。

“请兄明鉴，孔雀之舌尚不及小指一半之大小，若以兄之胃囊健啖……”

“满嘴胡言。”主人不屑地怒斥道。

“私以为非捕获三二十只孔雀不可。然孔雀之于动物园，浅草花园仍有些许，于市井商铺中尚未可见，愚为此费尽心思矣……”

简直是一厢情愿，主人并不领情。

“此孔雀舌之美食，往昔于罗马帝国鼎盛之时盛行，叫人垂涎三尺，还望兄万为体谅……”

“体谅什么呀？真是个笨蛋。”主人极为冷淡。

“至十六七世纪，孔雀已然成为欧洲宴席之上不可缺之珍馐也，莱斯特伯爵于凯尼尔沃思招待伊丽莎白女皇时，亦上过孔雀。著名画家伦勃朗所画的《飨宴图》中，也有孔雀开屏卧于餐桌之上……”

“这么有闲心写孔雀菜谱史，可见不是那么忙碌呀！”主人煞是气愤。

“总之，如近日这般宴会频频，愚既为壮牛，想必不久之将来，愚亦如兄这般患胃疾也……”

“什么就跟兄一样？废话真多，实在没有必要跟我比。”主人独自嘟囔着。

“据史学家考证，罗马人每日赴宴两三次。若每日两三餐，面对满桌的美味，就算再健啖之人，亦难以消化，与兄……”

“又说什么与兄，简直太不像话了。”主人说。

“然，为使健康与奢侈得以平衡，他们精心研究之后，以为有必要在取大量美食之同时，仍不伤及肠胃。因此，发明了一个方法……”

主人顿时来了兴致。

“他们每每饭后，必沐浴也。沐浴后用一法使其食下之物悉数吐出，以清肠！尽享美味佳肴，却无损于肠胃。愚以为此法可谓一举两得。”

的确是一举两得啊。主人一脸羡慕。

“二十世纪之今日，交通频繁，宴会增多，自不必说。正值帝国征伐俄国两年的多事之秋。我等战胜国国民，务必要效法罗马人，研究其沐浴呕吐之法。否则，虽幸为大国子民，恐不久之将来，亦将追随兄长，沦为胃病之人，深感痛心……”

“又说什么追随兄长，真是让人讨厌。”主人想着。

“此时，愚以为，我国之精晓西洋文明者，若能考证西方之古史，发掘失传之秘方，使其运用于日本明治之当世，则可防患于未然也，以报素来安逸之先生恩也……”

这家伙真是莫名其妙。主人有些不知所以。

“愚近来广猎吉本、蒙森、史密斯等诸家著作，然未能发现所需线索，遗憾不已。如兄长所知，愚一旦起愿，不成功绝不罢休。愚坚信假以时日，便可复兴呕吐之法。以上为愚之谬见，望兄知之。另，此前提及橡面坊丸子和孔雀舌等美食，亦待上述发现后方为实施，如是，于我之利暂且不论，对素来苦于胃病的兄长而言，那是大有裨益。草草不述。”

“哎呀，又被他捉弄了。看他写得那么严肃，竟不觉中认真读完了。新年里，迷亭就开这种玩笑，可见这家伙真的闲啊！”主人笑着说。

之后的四五天安静地度过了。白瓷花瓶里的水仙花日渐零落，而绿萼梅却在瓶中含苞欲放。整日里等待着花开，实在是有点无聊。曾去拜访了三毛两次，都没见到她。一开始，以为她不在家，第二回去，方才得知她生病了。我偷偷躲在洗手池旁边的叶兰花后面，听到二弦琴师傅和女仆在隔门后面的谈话。

“三毛吃东西了吗？”

“没有，从早上到现在什么都没吃。我让她睡在火炉边上，这样暖和一些。”女仆答道。

这完全是把三毛当成人来对待啦，不像对待一只猫。反观我的遭遇，不由心生羡慕。同时，想到心爱的三毛受到这样的优厚待遇，我也感到安慰。

“这可怎么行啊？不吃东西的话，身体会越来越虚弱的。”

“是呀，就连我们这些下人，要是一天不吃东西，第二天肯定干不动活了。”

女仆的话，好像猫比她来说，是还要高级的动物。事实上，在这户人家，说不定猫确实比人更重要。

“带她去看医生了吗？”

“去了，可实在太奇怪了。我抱着三毛去了诊所，他就问我是不是着凉了，说着就要给我把脉。我说生病的不是我，是她，说着就把三毛放在腿上给他看。他笑嘻嘻地说，猫的病我可看不了，随她吧，过几天就好了。这也太过分了。我生气地说，那就不劳您费心给她瞧了。我把三毛抱在怀里就回来了。”

“难为你了。”

这样的话在我主人的家里是万万听不到的。不愧是天障院大人的什么什么贵人才能说出的话，非常高雅，让人钦佩。

“三毛的喉咙里好像有嘶啦嘶啦的声音。”她接着说。

“是啊，肯定是受了凉，嗓子疼。只要受凉，都会咳嗽的。”

不愧是天障院大人的什么什么人的女仆，就连她说话用词都那么有腔调。

“听说最近好像流行什么肺病呢。”

“是啊，这段日子像什么肺病，鼠疫之类的新疾病越来越多，可不能疏忽大意了呀。”

“旧幕府时代没有出现过的东西，都是怪东西，所以你要多多小心呀。”

“您说的是。”女仆非常感动。

“虽说三毛是得了风寒，可她最近都不怎么出门。”

“不是的，您所有不知，最近她交了一个坏朋友。”女仆像是在谈论国家机密，很是得意。

“什么坏朋友？”

“就是街对面那个教师家的那只脏兮兮的公猫。”

“是不是每天早上都会乱喊乱叫的那个人？”

“嗯嗯，每次洗脸的时候都会发出像鹅被勒死一样的声音。”

鹅被勒死一样的声音，真是个极妙的比喻。我家主人有个毛病，每天早上在浴室里洗漱时，总喜欢用牙刷往喉咙里捣，旁若无人地发出怪声。心情不好的时候，他还会扯着嗓子嘎嘎乱叫。总之，不管心情好坏，都会不停地放声大叫。听他老婆说，在搬到这儿之前，他并没有这个坏毛病。突然某一天他叫了之后，就一天都没停过。真是个让人讨厌的习惯，可为什么能这样坚持，绝不是我们这些猫族可以搞懂的。这也就罢了，可“脏兮兮的猫”这个说法未免有些太刻薄了，我竖起耳朵继续听着。

“这样乱叫，没准是在念什么咒语呢。明治维新之前，从武士的随从到仆人，都是懂规矩的，在府邸区，没有谁像他那样洗漱的。”

“您说的是。”女仆一个劲地表示佩服，拼命地“哦哦”着。

“主人那个样子，他家的猫也好不到哪里去，只能算是一只野猫。下次它再来的话，我要教训教训它。”

“是的，该打。三毛生病肯定是它传染的，我一定要为三毛报仇。”

这真是无辜受到不白之冤。这种人，还是能躲就躲吧，以后不能轻易再去了，我心里有点怕，最后还是没有见到三毛，就回去了。

我回到家，看见主人正在书房里拿着笔低头沉吟。要是将我在二弦琴师傅那里偷听来的对他的评价告诉他，他肯定会大发雷霆。耳不听为净。主人正在喃喃自语，装作神圣的诗人模样。

这时，特意寄来新年贺信，号称“当下忙得分身乏术，无法拜谒”的迷亭先生悄然来访。

“您是在写什么新体诗吗？要是有不错的作品，还请给小弟我拜读一下。”

“嗯，我发现了一篇不错的文章，正打算翻译呢。”主人郑重地说。

“文章？谁写的呀？”

“不知道谁写的。”

“佚名写的吗？佚名的作品也有非常不错的，不可轻视。作品在哪里发表的？”

“《第二读本》。”

“《第二读本》是什么？”

“我的意思是说，我要翻译的文章发表在《第二读本》上的。”

“别说笑了，您是故意想报孔雀舌的仇吧。”

主人捋着小胡子神情自若地说道：“我可不像你，我从来不骗人。”

“我给您说个故事吧：以前有人问赖山阳先生，最近可有好文章？山阳先生拿出马夫写的讨债信给对方看，说，要说近日好文章，非这篇不可了。所以我想，没准您的审美很特别呢，是哪一篇呀？说来听听，我给您评价一下。”迷亭先生的语气就像是个美学家一样。

主人用禅师朗诵大灯国师遗训的语气诵读起来。

“巨人，引力……”

“什么意思？哪个巨人？什么引力？”

“文章题目叫《巨人引力》。”

“这标题真是奇怪，我都不懂。”

“这意思就是说，有个名叫引力的巨人呗。”

“虽然这有点牵强，但只是个标题，我就不跟你较真了。好了，快点读正文吧。您的音色还行，听起来蛮有意思的。”

“你可不能胡乱插嘴。”主人叮嘱他，开始诵读起来。

“凯特望向窗外，孩子们在玩抛球游戏，球被他们抛向空中，飞得越来越高，很快就掉下来了。球再次被抛起，重复做了三次这样的动作。球抛一次掉一次。‘为什么球没有一直往上飞，每次都会掉下来呢？’凯特不解地问道。母亲说：‘因为地里有一个巨人，他带着巨人引力，所有的东西都会被他吸引到自己那里，他可是很厉害的啊！要不是有他在啊，咱们的屋子可就飘在天上了，多亏他拽住啊！不然孩子们也会飞走哦。你看看树叶，掉落在地上，这就是巨人的呼唤。想想，书掉在地上呢，这是巨人引力的召唤。巨人引力一叫，往空中飞的球便掉落下来。'”

“就这些吗？”

“嗯，写得挺好吧？”

“不好意思，说句题外话，这个我就先收下了，作为下回橡面坊丸子的回谢礼。”

“回谢礼什么的就不必了，文章写得真是不错啊，我试着翻译了一些，你看看如何？”主人朝着金边眼镜后边望去。

“真是想不到，你竟然也了解这个手段，我信了你的邪，我认栽，认栽。”他服输道。

主人却不以为然：“我可没有想要你认输啊，只是看文章确实写得有点意思，试着翻译看看罢了。”

“这样才有意思，玩得很地道，很厉害，真是佩服啊。”

“没什么可佩服的，最近我改写文章了，都没有画水彩画。”

“水彩画远近没有区别，不分黑白，可不能和这个相提并论啊，还是对你甚是佩服！”

“啊呀，再这么夸我我可要膨胀了。”主人从头到尾都没能理解对方想要表达什么。

这时，寒月先生突然来访，他说着“上次真的是不好意思”就走了进来。

“嗨，真是失礼啊。刚刚听了一段妙文，总算驱除了橡面坊丸子的亡灵。”迷亭的话有些不知所云。

“哦？是吗？”寒月先生的回答也是糊里糊涂。

只有主人像往常一样淡定，他说：“前些日子，你介绍的那个越智东风（tofu）先生来过了。”

寒月先生说：“哦，已经来过啦？越智东风先生是个特别正直的年轻人，不过稍微有点怪癖。我还担心会给您添麻烦呢，可他一定要我把他介绍给您……”

“哪里，没什么麻烦的……”

“他来您这儿，没为自己的名字做一下解释吗？”

“没有，好像没说吧。”

“是吗？他有个习惯，无论去哪里，初次见人肯定要解释一番自己的姓名。”

“解释什么呀？”迷亭先生迫不及待地插了一嘴。

“他特别在意名字的读音，一定要让别人读 koti。”

“哎呀。”迷亭先生从金漆皮香烟盒里取出了香烟。

“他每次都跟人家说，我的名字不是越智东风，而是 koti。”寒月先生说。

“真是个怪人。”迷亭先生将“云井牌”香烟雾猛地吸入了肺里。

“这完全是因为文学热爱。这么读就谐音成了远近这个成语了，这样姓名也比较有韵律，因此，他十分得意。他常抱怨说，如果把这两个字用音读来念的话，我这一番苦心就白费了。”

“这人确实够古怪的。”迷亭先生更来劲了，烟圈从腹部升起，由鼻腔喷出。那烟圈半道迷了路，又迂回到喉咙口处。他被烟呛到了，拿着烟杆，不停地咳嗽。

“前些日子他来这里，说他在朗诵会上演船老大，还受到了女学生们的嘲笑。”主人笑着说道。

“哦？是吗？”迷亭先生用烟管敲着膝盖说道。

“我觉得有些危险，就离他远一些。”

“朗诵会的事情，前几天请他吃‘橡面坊丸子’的时候，听他说过。他打算第二次举办朗诵会时会请一些知名的乡绅参加，希望到时候先生务必赏光。后来我问他，下次朗诵会还会演近松苦情剧的题材吗？他说要选个更新的，就是《金色夜叉》。我就问他这回他演什么角色？他说这次扮演女主阿宫。东风扮演阿宫，一定很有看头，到时我一定参加，为他加油。”迷亭先生说。

“应该挺有意思的。”寒月笑得有点诡异。

“他这个人倒是真诚，不浮夸，还不错。和迷亭这类人可是完全不一样。”主人一下子把安德烈·德尔·萨托、孔雀舌跟橡面坊丸子的仇一起报了。

迷亭却毫不在意，他笑着说：“说穿了我这样的人无非就是‘行德之俎’而已啊。”

“大概是吧。”主人附和道。

事实是其实他根本不知道何为“行德之俎”，做了多年老师，总是糊弄了事，现在又把这些在教学方面的经验用到社交上了。

“行德之俎是什么意思呢？”寒月率直地问。

主人朝着壁龛方向望去。“那个水仙花还是我年尾去澡堂回来的时候在路边顺便买来的，花还开着，花期挺久的吧？”他硬是把“行德之俎”的话题岔开到水仙花上了。

“说到年末啊，我去年年末确实遇到一件很奇怪的事。”迷亭把烟杆子像陀螺一样在指尖旋转着说道。

“碰到什么稀奇事了，说来听听。”主人这才松了一口气，觉得已经把‘行德之俎’的话题抛到身后去了。经我旁听，迷亭先生的离奇经历是这样子的。

“我记得大概是年底27日，东风先生事先和我说过要来我家拜访，请教一些关于文学艺术方面的高论，让我在家候着他。我从一大早就在家恭候，却迟迟不见先生到来。吃过午饭，我在暖炉边上读巴利·佩恩的滑稽小说的时候收到了住在静冈的母亲的来信。打开来一看：信上都是一些晚上不要出门啦，洗冷水澡可以，但是不要忘了事先生好火盆把房间弄暖和起来，不然会感冒啊，有很多的叮嘱。毕竟是母亲啊，旁人是怎么也不会做到如此细致的。叫我这样一个向来我行我素的人也十分感动。每当这样，我总感觉自己这么无所作为太不成体统了，必须要写出一部经典著作名垂青史，能在母亲的有生之年让天下人都知道明治文坛有位迷亭先生。

“我接着往下看，信上还说：‘你们这样无所作为的人真是太幸福了，自打和俄国战争爆发以来，多少年轻人在辛辛苦苦为国效力，而你们呢，这样的寒冬腊月还过得跟正月一样清闲，只知道玩乐——事实上，我也没有像母亲想的那样游手好闲啊——信的后面还列举了一些我小学时期的同学的名字，在这次战争中，他们有些人负伤了，有些人阵亡了。我依次一个个地读着这些名字，突然感到尘世凄凉，人也无聊得很。在信的最后母亲说：‘我已经这么大年纪了，恐怕也是最后一次吃这贺新春的年糕汤了……’信的内容都是一些让人看了心神不定的话，我的心情也愈发的烦躁，真希望东风先生能早些光临，可却迟迟不见他来。不一会儿就到了吃晚饭的时候，我想起要给母亲回个信，就写了十二三行。母亲写的信长达六尺，这是我无论如何也学不来的本事，我每次都是写十行左右。信写完了，一整天都没怎么活动，感觉胃里很不舒服。我决定等东风来的时候，让他先在家等我，我先去寄信，顺道散散步。

“我没有像往常一样去富士见町方向，而是无意中走向了三番町方向。那天晚上天有些阴，寒风从护城河那端刮来，冷风刺骨。神乐坂驶来的火车呼啸着从河堤下飞驰而过，寂寞之感油然而生。迟暮，战死，衰老，世事无常等等词汇，在我脑海中快速闪过。我想，人在上吊自杀时，大概就是受这种情绪的左右而心生轻生的念头吧。我抬头往河堤上看去，不知不觉中我已经站在那棵松树下了。”

“那松树是指什么呀？”主人问道。

“上吊的那棵松树呀。”迷亭说着缩紧了脖子。

“上吊的松树不是在鸿台吗？”寒月又来煽风点火。

“鸿台的那棵是悬钟松，三番町的那棵才是上吊松。话说为什么取这个名字。据说自古以来就口口相传，凡是来到这棵树下的人，就想上吊自杀。河堤上有好几十棵松树，可是只要有人上吊，肯定就吊在这棵树上。一年里至少有两三个人吊死在这棵树下。其他的松树就怎么也勾不起人要自杀的欲望。我定睛一看，那树枝正好朝向大路，还挺好看。好想看看有人上吊的样子。我四周看了一下，可是没有一个人来。没办法，只好我自己来了。不行，我要是上吊了，可就一命呜呼咯。太危险了，还是算了。可是，我听说古希腊人在宴席上模仿上吊来助兴。具体玩法是：一个人脚踩在凳子上，脖子里套着绳子，同时，别人踢翻凳子。

套绳子的人在凳子被踢开的瞬间，解开绳索，跳下来。如果真有此事，也没什么害怕的。我想尝试一下，伸手去够树枝，弹性十足，树枝的弯曲形状美极了。我想象着脖子吊在上面，身体摇晃的样子，忍俊不禁。我特别想上吊，可是转念一想，要是东风还在家里等我，让他扑空，实在对不住他。还是先回去见东风吧，聊聊约好的事情，再回来上吊，于是我就回家了。”

“那这么说来，故事是圆满结束了？”主人问道。

“真的挺有意思的。”寒月嗤笑着说。

“等我回到家发现东风还没来，不过倒是寄来了一张明信片，说自己今天临时有事来不了了，期待春天见面。这下我也放心了，这么一来我就没什么可牵挂的了，可以心无二用安心上吊了，心情都好了不少。连忙穿上木屐，匆忙赶回之前准备上吊的地方一看……”说着他突然停下来，故意若无其事地望着主人和寒月的脸。

“你到底看见了什么？”主人有些耐不住性子了。

“渐入佳境了。”寒月摆弄着自己胸前垂下的衣绳。

“我到那一看，已经有人捷足先登，先我一步吊在上面了。真遗憾哪，就差了一步啊。现在再回想起来，我当时一定已经被死神附体了。用詹姆斯[①]等人的话来说就是我潜意识里的幽冥界跟我存在的现实世界按一种因果关系在互相感应。难道这不算怪事吗？”迷亭说得好像真的有这事一样。

主人没有说什么，只是低着头一口一口地吃着年糕。

---

① 威廉·詹姆斯（1842—1910），美国心理学之父，实用主义的倡导者，美国最早的实验心理学家之一。

寒月在一旁认真地把火盆里的灰烬都拨弄平了，低着头嬉笑起来。过了一会儿，他说话了，语气特别冷静。

“您这么一说，尽管这事儿似乎古怪得好像并不存在，但我最近正好也经历了类似的事情，所以我一点儿都不怀疑。”

“哦？你也想要上吊来着？”

“我遇到的倒不是上吊，说来也巧，好像也是去年年尾的样子，和先生说的事几乎是同日同时发生的，越发觉得奇哉怪也了。”

“这可太有意思了。”迷亭说着也吃了一块空也年糕。

“那一天，住在向岛的朋友家里举行忘年会暨演奏会，我也拎着小提琴去了。参加晚会的估摸着有十五六位夫人和小姐，晚会很热闹。万事俱备，真是近来一大乐事。吃完晚宴，演奏结束，大家便开始走动四处聊天。不知不觉时间已经很晚了，我正打算打个招呼回家，一位博士夫人走到我身边，小声问我知不知道某位姑娘病了。我在两三天前还见过某某小姐，她脸色和平常一样，并没有看出哪里不对劲。我有点惊讶，便询问具体情况。说是从我见过她那天晚上开始，她就突然发烧，还不停地说胡话。如果只是说胡话，倒也罢了，可是她在昏迷时，还不停地叫我的名字。”

主人就不用说了，就连迷亭先生也没有说什么“你俩关系不一般啊”之类的俗话，而是静静地听着。

“据说请了医生来检查，结果是查不出什么毛病，总之发烧得厉害，伤了脑子。如果安眠药没有效果的话，那就比较危险了。我听了之后有种不祥的感觉，仿佛被噩梦缠身，感觉身体很沉，好像要窒息，周遭的空气凝固成固体，从四周八方将我压在其中。回家的路上，我一直脑子里想着这件事情，痛苦不已，那么美丽、乐观、健康的姑娘，怎么就……”

“对不起，打断一下。刚才就听你说了两次某某姑娘，如果方便，能否告之一下姑娘的芳名啊？”迷亭回头看了一眼主人，主人也跟着“嗯”了一声。

“这个……我怕给她造成困扰，还是不说了吧。”

“那你就打算这么暧昧地说下去吗？”

“你们可别笑话我啊，我说的都是很认真的。一想到那姑娘得了那种病，我满心飘叶落花之伤感。我全身的活力就好像突然罢了工，感觉很无力，步伐踽踽好不容易来到了吾妻桥。我靠着栏杆，俯瞰桥下，也不知是涨潮还是退潮，只是看到黑色的河水在晃动。这个时候，花川户方向来了一辆人力车，从我身边的桥上跑过。我看着这车灯越来越远，最后消失在札幌啤酒的灯箱那附近了。我继续向水面望去，这时，我远远地听到远处的河上游传来了呼喊我名字的声音，我感到很奇怪，这个时候，怎么会有人喊我的名字呢？到底是谁呢？我盯着水面看，一片漆黑什么都看不见，兴许是错觉，还是早些回去吧。我这么安慰自己，刚走出一两步，又听到了那远处传来的细微声音。我又停下来，侧耳倾听。第三次听见的时候，我扶着栏杆，膝盖在发抖。那声音分不清是来自远处，还是来自河底，但可以肯定的是就是那姑娘的声音。我忍不住应了一声‘哎’。声音在河面之上荡漾，发出阵阵回音。我被自己的声音吓了一跳，便向周围看去，人、狗和月亮都没有。当我被那‘夜色’缠住之时，我不由地想要去追寻那声音所在。姑娘的呼唤声再次传来，穿过我的耳膜，声音幽怨，像是在求救一般。我大声回答道‘我马上来’，说着我就从栏杆上探出半个身子，望着这漆黑的河水。我总感觉那声音就是从这水面之下传来的。就在水下啊，我心里想着，半坐在大桥的栏杆上。我下定决心，如果再听到呼唤声，我就跳下去。果不其然，又传来了细如游丝的可怜声音。念从心起，我纵身一跳，像一块小石头一样，毫无悬念地往下坠落。”

“你到底是跳下去了？”主人眨着眼睛问。

“倒是没想到会到这一步。”迷亭先生捏了捏自己的鼻尖。

“跳下去之后我就没有意识了，好一阵犹如在梦中。当我醒来时，虽然觉得冷，但是身上一点都没有湿，也没有呛水。心中疑惑不已，我明明跳下去了，真是太奇怪了。我往四周看去，大吃一惊。原来我以为自己跳下去了，可是却弄错了方向，跳到桥面上的中间去了。当时我真是遗憾啊，只是因为把前后方向搞错了，结果没能去那声音呼唤我的地方。”寒月先生尴尬地笑着，仍然摆弄着那和服外套上那条绳子。

“哈哈哈，真是太有意思了，居然和我的遭遇如此的相似，真是巧合啊。这又可以成为詹姆斯教授的研究案例了。若是以‘人的感应’为题，写一篇写生文，一定可以震惊文坛。话说，后来那位姑娘的病怎么样了？”迷亭先生刨根问底地问道。

“两三天前，我去她家拜年，看见她在院子里正和女仆打羽毛球呢。应该是病痊愈了。”

刚才一言不发的主人终于也不服输地开口说道：“我也遇到过。”

“你也遇到过？遇到什么了？”毫无疑问，迷亭先生丝毫没有把我家主人放在眼里。

“也是在去年年尾吧。”

“大家都是去年年尾，居然如此之巧，真是不太正常啊。”寒月先生笑道。他的门牙豁口处还粘了一块年糕呢。

“也是同日同时吗？”迷亭故意打岔道。

“日子不一样，大概在二十号左右吧。妻子说不要新年礼物，要我陪她去看一场摄津大椽的演出。带她去看演出也不是不行，便问她今天演的是哪一场。她看报纸上说是《鳗谷》场。我不喜欢听这场，于是就说：‘今天就算了吧。’第二天妻子拿来报纸，说今天演《崛川》，这总行吧。我说，‘《崛川》是三弦琴为主的节目，太闹，没什么可看的，算了吧。’她不开心地出去了。又过了一天，妻子说，‘今天是《三十三间堂》，这回我一定要去看摄津大椽的戏。你该不会也不喜欢吧，我不管，反正我要听，一起去好不好？’她的表情很严肃。‘你想去也行，不过这场是大师的最后一场演出，观众肯定爆满，就这样仓促前往，肯定没座位。正常来说，想去那种地方，要先和茶屋联系，让他们预订一个合适的位子，这才是正常的程序。不按程序走的话，可不太好。虽然很遗憾，但是今天就算了吧。’妻子一听，立马不高兴了，眼里充满了怨气，反问我：‘我一个妇道人家，我怎么知道程序这么复杂？但是大原的妈妈，铃木家的先生君代都没有走正常的程序，人家不也照样去看了吗？你是老师，就了不起吗？这么烦琐的演出，不看就不看吧，你太不像话了。’她的声音里略带哭腔。这样可不行，那就去吧。我退步认输，说吃过晚饭坐电车过去。她忽然起劲了，说要四点之前到达，这样磨磨唧唧可不行。我问为什么非要四点前到达，她说问了铃木家的先生君代了，不早点去的话，就占不到位子。‘那要是超过四点的话，就赶不上了吧。’我又追问了一句。妻子说：‘那肯定赶不上啦。’就在这个时候，怪事发生了，我的身体忽然打起了冷战。”

“是贵夫人？”寒月问道。

“我夫人身体健朗得很，是我有点不舒服。整个人都没有精神，好似漏气皮球一般。眼睛也睁不开，身子都有些不得动弹。”

“那这有点严重啊，算是急病了。”迷亭补充道。

“是啊，这下可就麻烦了。我夫人难得求我一回，无论如何我得办成啊。这些日子以来，我总是责怪，不听她劝，她为了这个家也是操碎了心。清扫庭院，照顾家人，还要做饭洗衣，我实在没法报答啊。今天刚好有时间，口袋里也有几个钱，带她去看是可以的。夫人想去我也想带她去，想着不论怎样都要带她去。可就在这时候我突然头晕眼花，全身哆嗦，别说是去坐电车了，连换鞋的地方都不一定能走到。唉……真是遗憾啊！我对不起她！正这样想着寒战打的愈发厉害了，头也比之前晕乎。想着早点喊医生来看看，吃点药，也许四点之前还可以恢复健康。

“我跟夫人商量，去请甘木大夫。真不凑巧，他昨晚去大学值班还没回来，他家里人说会让他两点左右到家就立马过来。真是着急！如果现在喝点杏仁水的话四点以前肯定可以康复。真是运气不佳，诸事不顺，难得有这雅兴想看夫人笑逐颜开，现在眼看就要落空。夫人满脸怨气，恨恨地问了句‘到底还去不去？’我嘴里附和着：‘一定去，你放心吧，四点之前我一定可以恢复好，你先洗脸，换好衣服，等着就是。’虽然我嘴上这样说，但心里真是万分着急，身上越来越冷，头也昏得更严重了。我已经承诺夫人四点之前一定会痊愈，女人气量小，万一四点之前未能病愈还不知道会发生什么呢。情形真是糟糕，这可怎么办哪。以防万一，我有必要提前和她说说世事无常，生者必灭的道理，这样就算有什么变故她也能有心理准备，不至于乱了阵脚，这也是为夫该做的啊！

“我赶忙把夫人叫到书房来，对她说，虽然你是个女人，但应该听过‘酒杯碰嘴之前，不知道会发生什么’这句西洋谚语吧。谁料夫人气势汹汹地回了一句：‘谁知道那种外国文字呀，又不是不知道我不懂英文，还故意用我听不懂的英文来嘲笑我。你真是的，你这么喜欢英文，为什么不娶个教会学校毕业的女学生回家当老婆呢？真是没想到，世上再没有你这么冷酷无情的人了！’夫人很生气，我的一片苦心也付诸东流。不过我可要跟你们解释一下，我提英文绝对没有恶意的，完全是出于对夫人的一片真情啊，却被她误会了，真是颜面无存！原本就身体欠佳，脑子一片混乱，着急让夫人知晓世事无常，生者必灭的道理，竟然把她不懂英文的事忘了，信口说了一句英文。现在想来，真的是我不对，全都怪我，失策了啊。这个失误使我寒意更浓，头也更晕乎。

“夫人已经按照我说的梳妆好，等着随时出发，似乎也在提醒我：‘我已经准备好了，你自己看着办。’我心里万分着急，只盼着甘木先生能够早点来，我看了一下表已经三点了，还有一个小时就到了和夫人约好的时间。‘可以走了吗？’她推开书房门探着脑袋问。夸赞自己的老婆好像有点不太合适，但我确实觉得妻子从来没有这么漂亮过。皮肤因为用肥皂细细洗过变得很有光泽，跟穿着的黑色绉绸和服有鲜明对比。她的面色也如云霞一般灿烂，好像能散发出光芒。我决定无论如何要满足她的期望，一起去。我点着一根烟，打算硬着头皮出门的时候甘木先生如约而至。

“甘木先生看了看我的舌头，握了握我的手，一会儿敲胸一会儿摸背，翻眼皮，摸脑门，之后思索了片刻。我说：‘好像病得挺重啊！’医生听了之后镇定地回答：‘不用担心，不碍事。’夫人问：‘那外出一趟没有关系吧？’‘是啊。’医生又思索了片刻，‘只要不觉得难受就行……’我说：‘我很难受啊。’‘那我先给你开点退热剂跟药水吧。’‘好，我总觉得这病会越来越严重一样。’‘不用太紧张，不会像你担心得那么严重的。’说完医生就离开了。已经过了三点半了，安排女仆去拿了药，在夫人的要求下她快去快回，药拿回来还差一刻钟四点。就在此时我突然感觉恶心想吐。夫人煮了一碗汤药放在我面前，我本想端起喝下，可碗刚到嘴边胃里就翻江倒海，只得放下碗。妻子催促道：‘还是得快点喝啊。’对啊，快点喝早些出门，不然如何交代啊。再次把碗放到嘴边，胃又开始折腾，死活不让我喝下去。如此端起放下，放下端起重复了好几次。

“‘当，当，当，当’，客厅里的挂钟敲了四声，哎呀，都四点了！不能再这样磨磨蹭蹭了，我再次端起汤药，放到嘴边，这回可是你们怎么都想不到的，就在四声敲完以后我完全不会想吐，一鼓作气把汤药全都喝下了肚。四点十分的时候我终于明白为什么大家都说甘木先生是名医了。身体不再感到冷，头也不晕了，之前的病痛感觉就好像只是发生在梦里一样，梦醒了，一切都消失了。真是让人欣慰啊，原本我以为我会连站立都很难呢！没想到这短短十几分钟……”

“后来带您夫人去看歌舞伎了吗？”迷亭装作不得要领地问。

“原本是打算去的啊，但是夫人说了，四点以后就进不了场了，所以只能作罢了。要是甘木医生早来个十五分钟我也就能尽一下为人夫的义务了，夫人也会欢喜。可就偏偏晚了这十五分钟，想想真让人遗憾哪！当时的处境还真是危险，现在回想起来都觉得后怕呢！”

说罢，主人露出了好像完成了自己的义务一样的神情。可能是他认为自己这么一说在两个朋友面前也算争回面子了。

寒月又露出豁牙，笑着说：“那确实是遗憾啊！”

迷亭呢，在一边假装一副傻傻的模样，自言自语道：“夫人真是幸福啊，能有你这么体贴的丈夫。”这时隔门后传来了女主人故意咳嗽的声音。

我按部就班地听完这三个人的故事，既不觉得有趣，也不觉得有什么伤悲。我觉得像人类这样为了消遣时光，而强迫自己做逞口舌之事，胡侃一些并不好笑的事情，而后不知所以地傻笑一通，除以此为乐之外，别无所能。

对于我家主人任性、固执的个性，我是早就知道的。他平日里寡言少语，有点儿捉摸不定，正是这一捉摸不定的地方让我多少对其有些敬畏，可是刚刚听了他说的话，我突然对他充满鄙视。为什么他就不能静静听那两个人说呢？不甘示弱而说一些极其愚蠢的话，又有什么用呢？爱比克泰德的书里难道说了一定要这样做吗？我并不是很清楚。

追根究底，主人也罢，寒月、迷亭也罢，都是“太平逸民”，他们就像是风中的丝瓜，超脱自然，平静如水。其实不单单是有名利之心，还有些许欲念。他们的日常玩笑中，竞争之心，争强斗胜之念隐约可见，他们和平日里骂街的凡夫俗子仅有一步之遥，跨出去了便就是一路货色。在猫的眼里，真是可怜至极。不过，他们的言谈举止正如那些孤陋寡闻的人，尚且没有沾染上那些陈旧的坏习气，还有一点值得肯定。

想到这些，我忽然觉得这三个人的谈话很无聊，不如去看望三毛。于是我便遛弯到二弦琴师傅家的院子门口。门口装饰的门松和秋草绳已经取了，正月也过到了初十。春日的阳光高高悬在万里无云的天上，照耀着四海天下，不到三十平方米的院子也显得比元旦时更加有生机。檐廊上有一张坐垫，看不到人，隔门关着，师傅兴许去洗澡了。师傅不在也无所谓，我只是关心三毛有没有好一些。我看四周空无一人，顾不得擦掉脚上的泥，直接就上了檐廊，睡在坐垫的中央。一时间舒服得很，竟然忘了三毛，恍恍惚惚地打起了盹儿。这个时候隔门里忽然传来了人说话的声音。

“辛苦了，做出来啦？”是师傅的声音，原来她并没有外出。

“我回来晚了，我到佛像师傅家的时候，正好刚刚做完。”

“是吗？拿给我看看。做得真是好看啊。这样的话三毛终于可以超度了。这金漆字不会褪色吧。”

“嗯，我特意嘱咐了，用了高档的材料，说是比人的还经用……另外，他说猫誉信女的誉字写得不拘泥才好看，所以就调整了一下笔画。”

“可以了可以了，赶紧放到神龛上去，给她敬香。”

三毛究竟怎么了？我感到有点不正常，从坐垫上站了起来。“叮……”我听到二弦琴师傅在念念有词：“南无猫誉信女，南无阿弥陀佛，南无阿弥陀佛。”

“来，你也来上柱香，拜一拜吧！”

丁零……“南无猫誉信女，南无阿弥陀佛，南无阿弥陀佛……”女仆也在念叨着。我呆呆站立在垫子上，眼珠子都不转了，心扑通扑通得在加速，仿佛是只假猫木雕。

“可真是遗憾啊，不是只是受了点凉吗？”

“甘木先生怎么不给开点药啊，说不定都没事了。”

“都怪甘木先生，一点不把我们的三毛放心上。”

“别这么说啦，这全都是命！”

这么看来，她们之前也找甘木先生来替三毛看过病的。

“我看，都怪临街老师家的那只猫老是勾引她出去玩才生病的。”

“就是的，那畜生就是三毛的仇人啊！”

按我性子肯定是想要辩解一下的，不过仔细一想，这个时候我一定得克制住。吞了一口唾沫，接着听着她们说，听得不是很清楚，断断续续的。

“世事难料，三毛这么好看的猫竟然夭折了，那只丑猫还逍遥自在，到处搞破坏……”

“是啊是啊。三毛这么可爱，就算是敲锣打鼓也找不到第二个喽！”

没说“第二只”，说的是“第二个”。看来在女仆的眼里，貌似猫和人是同类，再细细一看，这女仆的面相和我们猫倒真有几分相似呢。

“如果可以，我真希望让那只野猫代替三毛去死啊……”

“那个老师家的野猫要是死了，可就如了您的愿啦！”

她倒是如愿了，我可就惨了，死亡到底是什么样的，我还没有经历过，所以还谈不上喜不喜欢死。但是，前几天因为天实在太冷，我钻到灭了火的罐子，女仆不知道我在里面把盖子盖起来了，别提了，那个痛苦啊！现在想起来都毛骨悚然。“要是再迟一点，你的小命可就不保啦！”小白是这么和我说的。代替三毛姑娘死，我自然是情愿的。不过，如果不受那份罪就死不掉的话，替谁去死我都不情愿！

“不过，请僧人给猫颂了经，戒名也起好了，没有遗憾了。”

“当然啦，好猫有好报啊。如果说有美中不足的地方，那就是那个僧人颂的经实在是太短了。”

“我觉得太短，就问怎么这么快就颂完啦？月桂寺的师父说，颂的经文是最灵验的部分，死的是只猫，这些经文足够让她进入西方极乐了。”

“真是的……话说起来，那只野猫……”

尽管我常说自己没有名字，可那个女仆总是开口闭口喊我野猫野猫的，真是个没有礼数的人。

“它业障深重，再好的经给它念也无法超度了它。”

不知道她们后来又叫了我几百次野猫。她们没完没了地聊着，我听了一半便中途而退，飞奔着离开了坐垫，纵身一跃，下了檐廊。就在那一刻，我身上八万八千八百八十根毛发陡然竖立，浑身发抖。自那以后，我再也没有去过二弦琴师傅家那附近。现在，月桂寺的僧人应该也为她颂过缩水的经文了吧。

我最近没有勇气出门。不知道为什么，觉得世间让人心生郁闷，没有精神。我成了一只不逊色于主人的懒猫。我终于明白了，难怪闷在书房里的主人老是被人说是失恋了。

我从没捉到过老鼠，女仆以此为借口，一度提出要将我放逐。好在我家主人知道我不是一只平凡的猫，也因此我仍然可以游手好闲地在这家里悠然度日。单凭这一点，我要感恩主人的恩德，并且很佩服他那双慧眼。就算被不待见我的女仆欺负，我也不是很恼火。假以时日，左甚五郎[①]再世，把我的画像刻在门楣上；日本的斯坦朗[②]也在画布上画我的画像，这些有眼无珠的家伙大概就会为自己的孤陋寡闻而感到羞愧了吧。

① 左甚五郎，日本江户时期的著名雕刻家。

② 斯坦朗（1859—1923），瑞士出生的法国画家，以画猫闻名。

第三章

我慢慢忘记了

自己

还是一只猫！

三毛去世了，我和大黑又处不来，难免有些孤独。幸运的是在人类当中，我还交了知心朋友，倒也不觉得生活有多枯燥无味。前段时间有人给主人来信，请求主人寄一张我的照片给对方。最近又有人特意给我寄来了冈山特产——吉备团子。随着人们对我日渐怜惜，我慢慢忘记了自己还是一只猫，不知不觉地，我感觉和猫族渐行渐远，相反地，和人类倒是越来越亲近了。因此，当下丝毫没有想集结我猫族同类和两条腿的人类一决胜负的雄心。不仅如此，甚至还常常觉得自己也是人类中的一员了，真是越来越长进了。

诚然，这并不代表我就轻视同类，不过就是顺其自然，向性情相投之处寻一个安身之所罢了。假若斥责我见异思迁或是轻率、背叛的话，可真是有点担当不起啊。倒是那些搬口弄舌、咒骂别人的人，大多是一些不知变通，顽固不化的东西。

我撇开猫的本性，忽然意识到我不应该固执于三毛和大黑，还是应该站在和人平等的高度，自信笃定地评论人类的思想言行，这不是理所当然的事吗？怎奈主人仅仅是把我这么一个见闻广博的猫当作一只稍微聪明一些的猫罢了，连一句客套话都不讲，就直接把黄米面团像吃自家东西似的吃了个精光，真是遗憾啊。别人要我的照片，好像也没寄出去。要说不满，肯定是有。只不过，主人是主人，我是我，观念自然稍有不同，也很无奈。

由于我每时每刻都是以人自居，因此对于那些已经不再走动的猫族同胞的近况，我实在是很难说得清，还是听我将迷亭、寒月几位先生的趣闻细细说来吧。

那是一个晴天，星期日。主人优哉游哉走出书房，将笔墨和纸放在我旁边，然后就趴在榻榻米上，嘴里振振有词。这种怪腔怪调，大概是为打草稿做铺垫吧。我定睛一瞧，不一会儿的工夫，主人就写了“香一柱”三个大字，这究竟是诗还是俳句？对主人来说，写出这三个字，难免有些附庸风雅了。这时候，他另起一行，龙飞凤舞地写了起来。

“方才一直在考虑写一篇关于天然居士的故事。”

只写了这么一句话就驻了笔，半天不见成效。主人拿着毛笔，绞尽脑汁，却想不出好句子，竟然舔起了笔头，结果就是弄得嘴唇沾满墨水，乌漆嘛黑。然后又在那句话下面画了一个小圈儿，在圈里点了两个点，安了一对眼睛。接着又在正当中画了个鼻翼张开的鼻子，最后是一横，变成了一个一字形的嘴。这既算不得是文章，也算不上是俳句。主人好像看着也很别扭，就三下五除二地将那张脸给涂掉了，又另一起了一行。主人想当然地以为，只要另起一行，写的东西就自然而然会成了诗、赞、语、录一样。不一会儿，他用文言文的文体一气呵成了一篇不明就里的文章："天然居士者，乃洞悉空间、钻研《论语》、吃烤白薯、流鼻涕之人也。"

接着，主人又毫不顾忌地读起来，读完大笑说："哈哈哈，真有趣。"但是他转念一想，又说："'流鼻涕'有点过分，还是去了吧。"然后就在这个词上画了一笔。原本画上一笔就行，可他却接二连三画了好几笔，画成了漂亮的平行线，而且已经画出了界限，他仍不停下。一直到画了八条平行线，仍然没有想出下一句，这才放下笔摸着胡须。就在他正猛地摸着胡须，上下摸着，好像在说"我一定要从胡须里摸出个文章给你们看看"的时候，女主人从茶房走过来，一屁股坐在主人面前，说："跟你说件事儿。"

"什么事啊？"主人的声音就像是水里敲锣，闷声闷气的。

妻子好像不太满意主人的回答，又重复了一句："跟你说件事儿。"

"什么事啊？"

这时主人正在用大拇指和食指捅进鼻孔，狠狠地拔下了一根鼻毛。

"这个月的钱有些紧张……"

"不可能不够用的。医生的药费已经付了，书店欠的账上个月不是也还掉了吗？这个月肯定有余款的。"主人说着，还泰然自若地将拔下地鼻毛当成是天下奇观一样欣赏着。

"只是，你不要吃米饭？不要吃面包？不要吃蘸果酱吗？"

“一共吃了几罐果酱？”

“这个月已经吃了八罐了。”

“八罐？我不记得有吃那么多呀。”

“不仅你吃啊，孩子们也吃的呀。”

“再怎么吃，也不过五六块钱一罐吧。”

主人面无表情，小心翼翼地将鼻毛一根一根竖着放在草稿纸上。由于根上面稍带了一点油脂，那鼻毛站得笔直。这意外的发现，主人特别起劲，“呼”的一声吹了一口气。可是由于黏性太强，那鼻毛竟纹丝不动。“真是固执啊。”主人拼命地吹着。

“不单单是果酱，还有很多必须要买的东西啊。”女主人一脸不屑地说道。

“可能吧。”主人又将手指捅进鼻孔，拼命地拔了一撮鼻毛。有红色的，有黑色的，各种色彩中，夹杂着一根雪白色。主人大惊失色，目不转睛地盯着看。他将夹杂着那撮鼻毛的手指，伸向女主人的面前。

“哎呀，真是讨厌啊。”女主人皱着眉，推开主人的手。

“你看看，鼻毛都白了。”主人很是感慨。

就连原本来谈钱的事情的妻子都被逗乐了，笑着回茶房去了，似乎不打算再和主人提及钱的问题了……

主人又开始继续写他的天然居士了。

主人用鼻毛哄走了妻子后，摆出一副暂时可以安心写文的样子，一边拨弄着鼻毛，一边急着写出文章，可是，笔却岿然不动。

“‘烤白薯’也是多此一举，还是舍弃了吧。”他终于狠下心把这句也划掉。“香一柱”也太突兀了，也不要了。又毫不在乎地用笔涂抹，只剩下一句话："天然居士，乃洞悉空间、钻研《论语》者也。"主人觉得这样写又显得有些单调。真是麻烦，还是不写了吧，只写一个碑铭吧。他大笔一挥，画了一个叉，气势磅礴地画了一株奇怪的南画风格的兰草。刚刚费了好半天的力气写成的文章已经被他删得一个字都不剩了。他又把纸翻过来，在反面写了些不知所云的句子："生于空间，探索空间，死于空间。空也，间也。呜呼！天然居士。"

就在这时，迷亭先生又来拜访了。他似乎把别人家当成自己家了，经常不请自来，大摇大摆就进入房间，甚至有时候还会从后门悄然而至。他这种人，什么惆怅、客气、顾忌、辛苦之类的，他自打一出生就通通抛之脑后了。

"又在写《巨人引力》吗？"迷亭先生还没等坐好，就开始问道。

主人夸夸其谈，说道："嗯，不过，也没有一直在写《巨人引力》，现在正在写天然居士的墓志铭呢。"

"话说天然居士，是不是就和偶然童子一样，都是戒名吧？"迷亭仍在满嘴胡说。

"有偶然童子这么个人吗？"

"没有啊，不过我估计应该会有这个名字的。"

"我见识浅薄，虽然不知道偶然童子是何方神圣，不过，天然居士，你应该认识的。"

"究竟是谁啊？竟然一本正经地起了个天然居士这个名字？"

"就是那位曾吕崎啊，毕业以后进入研究生院，研究的课题是'空间论'。由于用功过猛，得腹膜炎死了。这么一说的话，曾吕崎还算是我的至交呢。"

“是兄长的至交，我肯定不会说不中听的，不过让曾吕崎变成天然居士，到底是谁干的啊？”

主人好像在炫耀自己起的天然居士这个称呼如何风雅一般，说道：“肯定是我啊！我帮他起的这个称呼。和尚起的那些法号就没有不俗气的。”

“让我先来看看你写的墓志铭吧！”迷亭先生笑着说，顺手拿过原稿大声读起来：

“这是什么啊……‘生在空间里，探索这个空间，死也死在空间之中。空也，间也，唉！天然居士。’文笔出众啊！果真和‘天然居士’相称。”读完以后迷亭先生奉承地说。

“还可以吧？”主人开心极了。

“这个墓志铭应该是刻在腌咸菜的缸里的压菜石上的，再把它像掷‘试力石’一样抛到佛殿后头去，高雅固然是好，不过天然居士也应当要得道升仙啦！”

“我也这么想的，正准备这么做呢！”主人认真地说，“稍等一下，我马上就来，你先和猫玩一会儿吧！”

还没等到迷亭先生答应，主人已经一溜烟走没影了。

谁能想到我会被任命成为迷亭先生的接待人员呢？为了显得不那么冷淡，我爬到他膝盖上，喵——喵——喵——亲热地叫着。

“哎呀，这真是一只大肥猫啊！”迷亭先生突然一把抓住我的颈毛把我拎起来，“再瞧瞧这后腿，拉拢着，应该不是捉老鼠的料吧！嫂子，您觉得呢？”

看样子光我接待他远远不够，他又跟在隔壁屋子里的女主人攀谈起来。

“就别指望它捉老鼠了，不过吃起年糕跳起舞来倒厉害呢。”万万没想到啊，女主人居然揭我短。就算我被迷亭先生抓提在半空中也实在是难为情。可迷亭先生还是没有放我下来。

“说得真对啊。瞧这猫的面相就像能跳舞。嫂子，你看这猫的脸呢，真是不可大意，像极了通俗读物里头提过的双尾猫呢！”迷亭先生为了搭讪女主人简直满嘴跑火车。女主人放下了手中的针线活，走了过来。

“让您等了这么久，真是抱歉啊，他差不多也要回来了。”女主人又给迷亭先生斟了一杯茶。

“他去哪了？”

“我也不知道，他这个人向来都是这样，出门不会告诉你要去哪里的。可能是去看医生了吧。”

“甘木医生吗？甘木医生真是倒了大霉啊，遇上这么一个缠人的病人。”

“唉。”女主人都不知道该怎么接话，含糊地应了声。

迷亭先生置若罔闻，又说：“他最近怎么样？胃病好点没有？”

“哪里知道好坏，他那么爱吃果酱，无论怎么找甘木医生也治不好他的胃病。”女主人借题发挥，把刚才和丈夫堵的气跟迷亭先生发泄出来。

“他真像个孩子一样啊，那么爱吃果酱吗？”

“不只是吃果酱，他还吃很多萝卜泥，说是治胃病的良药啊，所以……”

“很难想象！”迷亭先生很惊讶地说。

“因为他之前在报纸上看到过，说是胡萝卜泥里面含有淀粉酶，打那儿开始……”

“哈哈哈……难怪呢，他这是想用萝卜泥来缓解果酱给身体造成的伤害啊！也真亏他能想得出来。”迷亭听完女主人的抱怨之后大笑道。

“前两天还让孩子也吃呢……”

“果酱？”

“不是，萝卜泥。他说着：‘乖宝贝，快来，给你吃个好吃的。’我以为他突然喜欢起孩子来了，没想到竟然做这种荒唐事！大概在两三天前，他把二丫头抱上了衣柜……”

“有什么意趣吗？”迷亭不论听到什么都统一叫作意趣。

“有什么意趣啊？就是想让孩子从上面跳下来看看。一个三四岁的小女孩子，怎么可以让她做这么危险的动作？”

“确实一点也没有意趣啊！但是，他真的是个耿直的人呢！”

女主人愤愤地说道：“要是再是个有心机的人，谁还能跟他过得下去啊！”

“唉，还是不要抱怨了！其实现在这般生活已经很有福气了，起码吃喝不愁啊！苦沙弥兄很适合过日子呢，既不嫖赌，又不讲究穿戴。”

“那您可真是错了！”

“莫非他还有做过见不得人的事？这世道还真是人心难测啊！”迷亭先生说。

“倒不是说他玩乐，他总是喜欢买一些自己根本不会看的书。总是爱一个人去丸善书店，一买就买好几本，到了月底就开始装傻了，根本不知道适可而止。就像去年年底吧，因为他每个月都欠人家书钱，聚少成多，搞得紧巴巴的。”

“唉！不就是买书嘛，他爱买你就让他买好了，没什么的。等到有人来要账的时候你就告诉他很快就会给的，人家也就走了。”

女主人板着脸说：“话是这么说，但也不能一直这么拖着啊！”

“那就说清缘由，让他减少书的开销嘛。”

“没用的，跟他说什么都没用的，他怎么会听得进去啊？最近还教育我说：‘看看你这个样子，哪里像个学者的妻子。一点儿也不懂书的价值。以前罗马有个故事，为了让你开开眼，我来说给你听听。’”

“有点意思。什么故事啊？”迷亭先生起劲了。与其说是对女主人表示同情，不如说是好奇心在作祟。

“据说古罗马时期，有个国王，名叫塔尔金……外国人的名字真是太难记了，我真记不住。据说他是第七任国王……”

“是吗？第七任国王叫塔尔金，真是有趣啊。那个第七任塔尔金国王怎么了呢？”

“唉，要是连您也寻我开心，那我可就汗颜了。您要是知道，就直接告诉我好了，您还真有心眼儿。”女主人又把矛头指向了迷亭。

“取笑？我才不干那种缺心眼的事情，不过我觉得那什么第七任国王塔尔金有点古怪而已……稍等一下，您是说古罗马的第七任国王吧？这个我虽然记不太清楚了，但是大致说的应该就是卢修斯·塔克文·苏佩布吧。是谁都无所谓的，那个国王怎么了？”

“据说，有一个女人拿着九本书去找国王，问他要不要买。”

“原来是这样子啊。”

“听说国王就问她那书多少钱才愿意卖，于是那个女人要了很高的价格。国王说太贵了，可不可以便宜一些？那女人忽然将九本书里的三本，丢到火里烧掉了。”

“真是可惜啊。”

“听说那些书里记录的都是不为人知的预言之类的。”

“哦哦。”

“那国王以为九本只剩了六本，这样的话价格怎么说都要降一些吧，便问六本书总共多少钱。可是，那个女人说还是之前的价格，一分钱都不少。国王说，这也太不讲道理了。于是那个女人又拿出三本书丢进火里烧掉了。国王貌似有些不死心，便问那女人，余下的三本书多少钱。那女人说还是之前九本书的价格。九本变成六本，六本又变成三本，可是价格却还是一分不少。要是再还价的话，那女人没准儿就将剩下的三本也丢进火里。最终，国王花了一笔巨款，买下来幸免灾难的三本书……丈夫说完还兴致勃勃地问我，怎么样？听了这个故事，你多少有些明白书的珍贵了吧？可是我还是不知道有哪里珍贵的。”

女主人说完自己的想法，便催着迷亭回答。就连一向精明的迷亭先生也无言以对似的，从和服长袖里掏出手帕来逗我。“只是，嫂子。”他貌似忽然想起了什么一样，大声说：“正是因为他那样瞎买书，胡乱一通往脑袋里塞，人们才勉为其难地称他为学者。前几天我看到一本文学刊物，上面还登了一篇评论苦沙弥的文章呢。”

“真的？”女主人转身问。看她对丈夫的评价如此关心，不愧是夫妻啊。

“只写了两三行而已，说苦沙弥兄的文章‘真如笔走龙蛇一样’。”

“只说了这些吗？”女主人露出了笑容。

“还有什么‘出神入化，神龙见首不见尾’。”

女主人狐疑道：“这是在夸奖吗？”

“嗯，应该算是吧。”迷亭满不在乎地拿着手帕在我面前摆弄着。

女主人说：“书是挣钱的工具，也不是说就不让他买。可是，他太固执了。”

迷亭心想：女主人又换了个角度发牢骚了，索性就顺便既向着女主人，又好像是在为主人说情一样的若即若离地巧舌如簧说道：“他是有些固执了，可是做学问的人不就是这样嘛。”

“前几天从学校回来，说是吃完饭还要出门，觉得换衣服太麻烦，你猜怎么样，他连外套都不脱，就直接坐在矮桌上吃了起来。他将饭菜放在火盆架上吃，我捧着饭盆坐在旁边看着他吃，真是滑稽……”

“这倒是挺像现代版的‘验明首级’的。不过，这一点正是苦沙弥兄成为苦沙弥的原因啊……归根结底，他肯定不是‘俗调’之人。”迷亭就这么肉麻地奉承着。

“什么俗不俗调的，我们女人可不明白。不管怎样，他实在是太过分了。”

“总比俗调要好一些吧。”

女主人看迷亭一直向着主人说话，便以不满的语气，转而问起了俗调的定义：

“人们常说的俗调，究竟什么是俗调啊？”

“俗调嘛，就是……哎呀，这个不好说。”

“既然说不清，即使是俗调，也没什么不好的吧？”女主人以一介女流的想法继续问道。

“不是说不清楚，都在我肚子里，只是不太好解释而已。”

“看来是把自己不喜欢的事都称为俗调咯？”女主人一语中的。

既然如此，迷亭先生就不得不对俗调做一番解释了。

“嫂子，所谓俗调，其实就是指那些见到‘二八佳人、二九佳人’就‘日思夜想，夜不能寐’，‘恰逢此晴朗之日’必‘携一壶佳酿游墨堤’。”

“有这种人？”女主人不明白说的是啥，只好将就地问了一句，态度稍有缓和，说：“什么乱七八糟的，我不懂这些。”

“这就好比在曲亭马琴[①]的身上装了彭登尼斯上尉[②]的脑袋，再呼吸个一两年欧洲的空气一样。”

“这样就是俗调啦？”

迷亭笑着不说话。然后说：“何必费那么大的力气，很简单。只要将中学生和‘白木屋’百货公司掌柜两者相加，再除以二，就是一个很好的俗调案例了。”

“这样吗？”女主人不解地思考着。

“你还没走啊？”不知何时主人回来了，说着就在迷亭旁边坐了下来。

“什么叫‘还没走啊’？这话怎么听着这么不舒服呢。你不是说‘一会儿回来’，让我在这儿等的吗？”

“他一向如此。”女主人转头看着迷亭说。

“兄长不在家的这当口，我可是一丝不漏地听了你不少的趣事啊。”

“妇道人家就是喜欢多嘴，真是没办法。要是人也能像这只猫一样一言不发，那该多好啊。”主人抚摸着我的头说。

---

① 曲亭马琴（1767—1848），日本江户时代最出名的畅销小说家。

② 彭登尼斯上尉，英国作家萨克雷 1849 年的小说《彭登尼斯》主人公，知识渊博但庸俗不堪。

“听说你给孩子吃萝卜泥啦？”

“是啊。”主人笑着说，“虽然是个孩子，可现在的孩子真是太聪明了。自从给她吃了萝卜泥，只要问她，‘好宝宝，哪里辣？’她一定会把舌头伸出来，真是奇怪了。”

“这不是就跟训练小狗一样了吗，太残忍了。不过，话说寒月兄也差不多该到了吧。”

“寒月也过来？”主人有些意外。

“是啊，我给他寄了一封明信片，要他下午一点之前到苦沙弥家来。”

“你真是喜欢自作主张呢，也不问问我是不是方便。你叫寒月来做什么？”

“真是冤枉。今天的约会可不是我的主意，是寒月自己要求的。他说他将要在物理学会上发表演讲，想排练一下，让我帮忙听一听。我说，那正好啊，叫苦沙弥兄也一起帮着听听吧。所以，才叫他到你家来的呀。我觉得你反正挺闲，这不是正好吗？他不是一个妨碍别人的人，你还是听听吧。”迷亭自言自语道。

“物理学的演讲，我可不懂。”主人好像有些恼火迷亭私自做主似的说道。

“不过，这个演讲可不像镀镁喷嘴那么枯燥无味的内容哦。是关于‘自缢力学’这样超脱的命题，值得听来。”

“你是个差点就上吊的人，你听听还好，可我就……”

“你该不会是得出‘连去歌舞伎座看戏都会打冷战的人，听不了’这样的论断吧？”迷亭照常没有个正经。

女主人呵呵笑了，回头看了看丈夫，便退回隔壁房间了。

主人不声不响地摸着我的头，也只有这个时候，他才会格外温柔地抚摸我。

过了差不多七分钟，寒月先生果然来了。由于晚上要演讲，破例穿了一身帅气的长礼服，刚刚浆洗过的雪白衬衫精神笔挺，这样使寒月先生的男人气息比平日里更多了几分。

“让二位久等了……”他优雅地抱歉道。

“我们俩已经恭候多时了，请你快开始吧，是吧，老兄。”

迷亭说完，看看主人。主人只好敷衍地“嗯”了一声。寒月却不急，说：“您给我倒杯水吧。”

“哟，你还挺当真啊？接下来是不是该让我们鼓掌了啊？”迷亭一个人在起哄。寒月先生从礼服内口袋里掏出草稿，缓缓地说了一句开场白：“因为是演练，请不要顾忌情面，万望多多批评指正。”

然后演练就开始了。

“对罪犯施以绞刑，主要是在盎格鲁－撒克逊民族当中施行的一种刑罚。可追溯到该民族的上古时期，吊颈，主要是一种自杀的方式。据说犹太人的习惯是向受罚者扔石头来执行。经研究《旧约全书》得知，‘Hanging’一词，最早起源于：将罪犯的尸体吊起来，当作喂养野兽或食肉飞禽的食饵。按照希罗多德的学说，犹太人在离开埃及之前，最忌讳夜里曝尸。据说埃及人将罪犯斩首之后，只将尸体钉在十字架上，夜里曝尸荒野。而波斯人……”

“寒月兄，这和‘自缢’的题目好像渐行渐远了，不碍事吗？”迷亭插嘴说道。

“马上就进入正题，少安毋躁。波斯人是怎样施刑的呢？据说也是采用磔刑。只是不清楚，是把人活活钉死，还是等死了以后再钉上去的……”

“那些事不知道也无妨。”主人百无聊赖，竟打起了呵欠。

“我还有好多事情要向各位说明,但是考虑到各位可能会感到厌倦，所以……”

“会感到厌倦的，不如‘想必会厌倦的’听起来舒服。是吧？苦沙弥兄。”迷亭又在挑刺。

苦沙弥满不在乎地说：“都是一样的。”

“那么，现在就进入正题，且听我一一道来。”

“‘道来’这些词都是说书先生才讲的行话啊，演讲者还是用点高雅一些的词比较好。”迷亭又在插嘴。

“不知迷亭是在听演讲？还是在拆台？他老是瞎起哄，寒月先生不用睬他，赶紧往下说吧。”主人是想着赶紧过去这个关口。

“这就似‘勃然自辩，望见庭中柳’吧。”迷亭仍在云山雾罩，胡说一些叫人摸不着头脑的话，寒月也忍不住扑哧一声笑起来了。

“据我所查,真正处刑时施以绞刑的,出现在《奥德赛》第二十二卷，就是特勒玛科斯绞死佩内洛普的十二个侍女那一段。虽然我也能用希腊语诵读原文，但是担心有卖弄学识之嫌，因此作罢。请从四百六十五行看到四百七十三行，自会明白。”

“希腊语之类的，还是免了为好。这不是等于在炫耀自己会说希腊话吗？是吧，苦沙弥兄。”

“这个我也赞同。还是减去那些过于露骨的言辞吧,显得雅致一些。”主人少有地立即偏向了迷亭，因为两个人一句希腊语都听不懂。

“那今晚就把那两句省去，听我继续道来……哦，听我继续说明。”

“现在来想象一下这种绞刑，我猜应该是有两种执行方式：其一，那位特勒玛科斯借助欧迈俄斯和菲洛提奥斯的帮助，将绞绳的一头系在柱子上，然后在绳子扣上好多活扣，把侍女的脑袋一个一个套进活扣里去，将绞绳的一头猛地一拉，就将人吊起来了。”

“也就是说，把侍女吊起来，就像西方浆洗房晾晒衬衫一样，就对了吧？”

“是的。我们再来说第二种，是这样的：将绞绳地一头如上所说，系在柱子上，另一头则已经早早高吊在顶棚上了。然后从那吊在高处的绳子放下来几条，将绳子头打成圈儿，套在侍女的脖子上。到行刑的时候，将侍女们脚下的凳子撤走就行了。”

“打个比方吧，想象成绳下面吊着一些小圆灯笼一样的场景，应该差不多吧。”

“小圆灯笼倒是没见过，因此，不好发表感想。如果真有这种，大概是可以类比的吧……下面以实例给大家证明：从力学角度来看，第一种方法是怎么都不可能成立的。”

“真有趣。”迷亭说。主人也表示赞成：“嗯嗯，真有趣。”

“首先，如果侍女们被等距离吊起来，而且假如吊在距离地面最近的两个侍女的脖子和脖子上套的绳索是水平的，那么，把 α_1、α_2……一直到 α_6 看成是绳子和地面形成的角度，把 T_1、T_2……直到 T_6 看成是绳子各部分所受的力，把 $T_7=X$ 看成是绳子最下面部分所受的力。不用说，W 就是侍女们的体重了。怎么样，大家明白了吗？”

迷亭和主人互相看了一眼，说：“大概是明白了。”但是，这个明白的程度，只是两人明白的范围，应该与他人常说的范围不同。

“那么，根据各位所知的多边形平均性原理，可成立十二个以下的方程式:（1）$T_1 \cos \alpha_1=T_2 \cos \alpha_2$……（2）$T_2 \cos \alpha_2=T_3 \cos \alpha_3$……（3）……”

“方程式就不用每一个都说了吧。”主人毫不留情地打断了演讲。

“其实，这些方程式才是演讲最关键的部分。”寒月显得特别遗憾。

“这样吧，关键部分回头再领教吧。”迷亭也有些为难。

“如果删掉这些方程式，我煞费苦心研究的力学，就全都玩完了……”

“何必这么多顾虑，能删的就尽量都删了吧……”主人轻描淡写地说。

“那就听您的，狠狠心就删了吧。”

“这样才对嘛。”迷亭竟如此不知趣地啪啪鼓起掌来。

“接下来我们来谈一谈英国的绞刑。在《裴欧沃夫》这部英国最古老的史诗里可以看到‘绞首架’这一词汇，即 gallows，可见绞刑是从这个时代开始施行的。根据布莱克斯通的言论，被处以绞刑的犯人，万一由于缴绳的原因没有死去，那就必须再受一次同样的绞刑。奇怪的是，在长篇宗教议论诗《农夫皮尔斯》中却有‘即便是恶人，也不可以重复绞首’这么一句话。这个说法真实与否虽不清楚，但由此可见，不幸的话，不能一次毙命的受刑者还是不少的。有这么一个例子，1786 年，有一起绞杀臭名昭著的费茨·杰拉尔特的案例。巧合的是，第一次，他的脚刚刚离开绞首架的时候，绞绳竟然断了。又吊了第二次，但这次由于绞绳太长，脚着了地，还是没有死成，最后在围观者的帮助下，才将他送上西天。”

“哎呀。”听到这种稀奇的事情，迷亭一下子就来劲了。

“这可真的是想死都难啊。”连主人都跟着起劲了。

“稀奇的还不止这个呢。据说一吊脖子，人的身高就会被拉长一寸左右。这确实是医生测量过的，不容置疑。”

“这可是个新招啊。怎么样，苦沙弥兄，如果你申请上吊，把脖子拉长一寸出来，说不定还能成为中等身材呢。”迷亭看着主人开始调侃。

主人竟特别认真地问：“寒月先生，把身体拉长一寸左右的话，人还能活吗？”

“那肯定活不了。说什么一被吊起来，脊椎就被拉长了，那哪里是个子变高，那是脊椎骨被拉断了。”

主人死了心，说：“既然是这样，那还是算了吧。”

演讲还很长，寒月本来想一直论述到上吊的生理反应为止，却因迷亭的胡乱起哄，乱说一通，主人又不时毫不在乎地打呵欠，寒月不得已中断了演讲，回去了。至于当天晚上寒月先生是以何种姿态，进行了怎样的阐述，因为发生在很远的地方，我不得而知。

后面两三天的宁静日子过去了。一天下午两点钟的样子，那位迷亭先生，又照常是个偶遇童子一样悄然而至。他刚一坐下，就冷不丁来一句：“老兄，越智东风的‘高轮事件’你听说了吗？”看他那神态，简直就像是来报告攻克旅顺的最新情况的。

“不知道，最近没有见过。”主人一如往常，满脸抑郁。

“今天我是来向您汇报东风先生惨遭败北的事，才在百忙之中特意跑过来的。”

“又胡说，你这家伙反正永远不靠谱。”

“哈哈哈……与其说‘不靠谱’，不如说是‘不挨调’比较合适吧。

这两者要是不分清的话，可是事关本人的名声的。”

“都差不多。”主人装糊涂，完全就像是天然居士再世。

“听说上个星期天，东风先生去了高轮的泉岳寺。这么冷的天，按理说是不该去的。可是，最起码，这个年月去泉岳寺，岂不是像个第一次来到东京的乡下人吗？”

“那是东风的自由，你又无权干涉他。”

“不错，我确实无权阻止他。可有权没权并不重要，可是那个寺院里有个叫‘义士遗物保存会’的展览，你知道吗？”

“这个……”

“你不知道？可你不是去过泉岳寺的吗？”

“没去过。”

“什么？没去过？真是不可思议。怪不得你拼命为东风先生辩护。老江户居民，居然没去过泉岳寺，怎么好意思的？”

“不知道也照样可以当老师啊。”主人越来越像个天然居士了。

“这个暂且不说，东风去那个展览会参观时，来了一对德国夫妇。一开始，他们好像用日语问了东风一些什么。可是，你也知道，东风就喜欢没事卖弄几句德语。结果他叽里咕噜说了两三句，说得还挺流利。事后一想，这却给他惹了麻烦。”

“后来怎么了？”主人终于被吊起了兴趣。

“那德国人看到一个大鹰源吾的漆金印盒，就问东风，他想买下来，不知道可否卖给他。当时东风的回答相当有趣了。他说，日本人都是谦谦君子，绝对不会卖的。直到此时，他还很得意，但后来，那个德国人以为好不容易碰到了一个懂德语的人，便不停地问东问西。”

“问了什么？”

“问题就在这儿，要是听得懂，还没事，可那德国人语速太快，像发炮一样地问，他完全听不懂，偶尔听懂个一句半句的，对方又问起鹰嘴钩和大木棒槌。西洋的‘鹰嘴钩’和‘大木棒槌’这两个词，东风先生没有学过，不知道怎么翻译，所以就呆若木鸡了。”

“难怪呢。”主人联想到自己当老师的遭遇，深感同情。

“可是，周围的一些无事者好奇地渐渐向那里围拢过来，最后将东风和一对德国人围了起来，在那儿看热闹。东风面红耳赤，非常难堪，最初时的得意扬扬早就没了，真可谓狼狈不已。”

“最后呢？”

“最后，听说东风实在是对付不了了，便说了一句日语‘撒以娜拉’，仓皇中溜之大吉。我问他：‘撒以娜拉’好像没听过这个词哎。难道你的老家方言里将‘sayonara’说成‘撒以娜拉’？他回道：‘不是，当然是说‘sayonara’。只是他们是西洋人，我特意为了和他们外语发音协调，所以才故意念成‘撒以娜拉’。东风先生身临尴尬之处，仍旧不忘调和气氛，真是叫人佩服啊。”

“关于‘撒以娜拉’这件事就算了，那西洋人后来怎么样了？”

“据说那西洋人听得是一愣一愣的。哈哈，滑稽不？”

“也没什么滑稽的。倒是为此事而特地跑来一趟的你，真是滑稽多了。”

主人将烟灰敲进了火盆里，这个时候，门铃突然响了。

“家里有人吗？”是个尖细嗓子的女人声音。迷亭和主人忍不住互相看了一眼，沉默不说话了。

女客人到访主人家，真是少有。我一看，那个发出尖细声音的女人，穿着一身双层丝绸和服向屋里走来，衣服太长都拖拉在席子上。她估摸着四十来岁，那光额头上立着一排发帘，就像是一道堤坝，使得至少半张脸都朝天指着。她的眼睛就像是斜坡一样，斜成两条直线，左右对立着。

我所说的直线，是指她比鲸鱼眼睛还要细。唯独鼻子特别的大，就好像把人家的鼻子偷过来装在了自己的脸的正中央。就好像是将石头灯笼搬到了十平方米不到的小院儿里，尽管不可一世，却叫人感觉很不舒服。那鼻子是所谓的鹰钩鼻，一度高高矗立，倏而觉得过分，中间又谦逊起来，到了鼻尖，没有了一开始的锐气，开始下垂，偷瞄鼻子下面的嘴唇。由于有这么不可一世的鼻子，这个女人在说话时，不得不让人觉得她不是用嘴在说话，而是用鼻孔在发音。我为了向这个伟大的鼻子致敬，打算以后称她为“鼻子夫人”。鼻子夫人叙完了初次见面之礼，高冷地看了一圈屋内说：“这房子不错啊。”

“撒谎。”主人心里一定这么想，嘴上吧唧吧唧吸着烟。

迷亭则望着屋顶说：“老兄，那到底是水渍，还是木板纹？图案很奇怪啊。”他在暗示让主人说话。

“当然是下雨后漏水啊。”主人回答道。

迷亭安然自若地说：“挺好看的啊。”

好一阵子三人就那么坐着，相顾无言。

“我今天来是想问您一些事儿……”鼻子夫人再次说道。

“哦。”主人特别冷淡地回答道。鼻子夫人觉得这样下去也不是办法，便说：“其实我家离您这儿不远——就是对面街角那个房子。”

“就是那个带大仓库的别墅吗？怪不得呢，门牌上写着金田。”

主人好像终于知道了金田家的别墅和仓库了。但是，对金田夫人的尊重度依然如此。

“是这样的，我丈夫本打算自己来和您商量一下，可是公司事务太忙……”鼻子夫人的眼神里好像在说：“这下应该多少有点儿用了吧。”

不过，主人却处之泰然。他对于初次见面的鼻子夫人刚才说的话耿耿于怀，觉得太不礼貌了。

“想来你应该也是知道的，我家男人可不是只管一个公司，而是同时兼顾着几个公司呢，而且都是身居要职……”夫人的神色好像在告诉别人“我这么说，你还不对我恭敬一点吗”？

要是对方说自己是个大学教授或者博士的话，我家主人会毕恭毕敬，很奇怪，他对于实业家并不会很尊敬。他坚信中学老师可比实业家们伟大多了。就算不那么确定，就凭他那个不懂变通的倔脾性，要想得到实业家跟财主们的眷顾，怕也是没希望的。不管对方是有权有势还是有钱，既然已经能确定没有得到眷顾的可能了，那对方的利害得失也就不关自己事了。所以，除了学者圈子以外，别的方面他都一副迂腐至极的样子。对于实业界表现得尤为明显，谁在哪里干什么他全都不知道。就算是知道也不会有任何敬畏之心。

鼻子夫人恐怕做梦到没有想到，还有这么一个怪人和她一样活在世界的某个角落。她见过很多人，只要提到金田夫人没有谁不刮目相看。不管出席什么会议，也不管对方身份如何高贵，“金田夫人”就像一块金字招牌，非常吃得开，别说面前这个迂腐至极的老夫子了。她坚信只要一提“街角的那家公馆就是我家”，不用被问是干什么的之类的问题，他就会瞠目而视了。

“你知道金田吗？”主人不以为意地问迷亭先生。

迷亭先生却郑重其事地回答：“当然啦。金田先生是我伯父的一位友人，前段时间还来参加游园会的呢。”

“嗯？你伯父是哪位？”

“牧山男爵啊！”迷亭更加郑重其事起来。主人刚准备开口说点什么，鼻子夫人猛地转身看着迷亭先生。迷亭先生穿着大岛绸的衣服，外面穿着一件印花的布衫，盛气凌人地端坐在一边。

“哎呀，哎呀！您和牧山先生是……真是失敬啊，我一点也不知道。我家男人经常在家念叨‘一向多亏了牧山先生关照’呢。”鼻子夫人突然变得满嘴敬语，还躬身行礼。

“哪里哪里，哈哈哈……”迷亭先生大笑着说。

主人已经被迷亭先生搞得昏头昏脑了，呆呆地看着两个人。

“就连我女儿的婚事，牧山先生都费了不少神呢。”

“嗯？是吗？”迷亭先生也觉得很惊讶，发出一声惊叹。

“其实呢，也有很多人要来我家求婚。可我们这种有身份的人怎么会把女儿随随便便嫁人呢，所以……”

“那倒是。”迷亭先生这才放下心来。

“今天到你家里来，就是想问问你这件事的。”鼻子夫人转身看着主人，突然语气又变得慢起来。

“听说有个叫水岛寒月的男人经常来你府上，他是个什么样的人？”

“您问寒月是有什么事？”主人不高兴地说。

“我猜是和你家小姐婚事有关，想打听一下寒月兄的为人吧？”迷亭先生讨巧问道。

“要是能这样，当然是最好了……”

“这么说来，你是要把你家小姐许配给寒月？”主人问道。

“我没有说过要把女儿嫁给他啊！”鼻子夫人出人意料地回了一句，“寒月以外，还有很多人来提亲吧。就算寒月先生不同意，也不担心嫁不出去。”

“那既然这样，干吗还打探寒月兄的情况啊？”主人不耐烦地回答。

“那也没有替他隐瞒的必要吧？”鼻子夫人俨然一副要吵架的姿态。

迷亭夹在两个人中间，手上拿了一根银杆烟袋，好像相扑裁判手上的指挥扇，心里在呐喊：“预备，开始，加油……”

“请问，寒月兄曾经有说过一定要娶你家小姐吗？”主人给了鼻子夫人当头一棒。

“虽然没有说过……”

“那你是觉得他有想娶的意愿？”主人好像领会到，对付这个女人一定得用大棒伺候。

“虽然还没到那份上，但寒月先生也不一定就不同意吧。”眼看就要输了。鼻子夫人又由被动变主动。

“那有什么依据可以证明寒月兄爱慕你家小姐呢？有的话，不妨说来听听。”主人往椅背上一倚，派头十足。

“估计有这么回事吧！”

主人这一棒并没有起作用。

“寒月兄有给你家小姐写过情书之类的吗？岂不快哉！过年时候又多了一个趣闻，有得聊了！”一直把自己当作裁判在一旁看热闹的迷亭先生，好像对鼻子夫人这句话很好奇，立马放下烟袋，探身笑着问。

鼻子夫人来劲了，有意嘲讽说：“不是情书，比起情书，这个可更热烈呢！您二位不全都知道了吗？”

“你知道？”主人充满疑问地问迷亭先生。

迷亭先生则装傻一样说：“我不知道，不是只有老兄知道吗？”向来迷亭先生对于这种小事都是很谦虚的。

鼻子夫人得意扬扬地说：“哪里哪里，您二位可都清楚这事的。”

“嗯？”迷亭先生和主人都愣住了。

“如果二位已经不记得的话，那我提个醒吧！向岛阿布先生去年年底在府上举办了一场音乐会，寒月先生不是也有去吗？那晚在他回家走到吾妻桥上发生过什么事的吧……具体的嘛，我就不细说了，弄不好会给他本人惹来什么麻烦呢——有这些凭证我觉得应该就够了。您二位觉得呢？”

鼻子夫人把戴着钻石戒指的双手并排放到膝上，挺直了身板。她的鼻子更加出众，不管是迷亭先生还是主人都渺小到不值一提。

别说是主人了，一向老道的迷亭先生对于这突然一击都有些惊慌失措，简直就像一个发疟疾的病人，大眼瞪小眼地坐在那里，好久才缓过神来。恢复常态之后又觉得实在滑稽，两人不约而同地大笑起来。这让鼻子夫人有点意外，睁大眼睛，生气地说：“什么时候了，还笑，简直太不礼貌了！”

“那位就是你家小姐吗？难怪啊，是好事啊，您说得对。对吧？苦沙弥兄！寒月兄一定是爱慕金田小姐的……这也不是说瞒就能瞒得了的，还是老实交代了吧。”

主人"哼"了一声应和道。

"当然瞒不住了，已经掌握证据了啊！"鼻子夫人又一副得意的样子。

"事情已经这样了，还能怎么办呢？还是把寒月兄的恋爱事实都说了，让人家参考一下吧。喂！苦沙弥兄，你可是家里的顶梁柱啊，不要总是嘿嘿地笑嘛！'秘密'这东西真是可怕啊，没有不透风的墙，任凭你如何掩饰，也说不定就会在某个方面暴露……不过，说来也是奇怪，真让人意外，金田夫人，您是怎么打探到这个消息的？"迷亭一个人嘟哝着。

"我当然也没有疏漏啦！"鼻子夫人依旧是扬扬得意的模样。

"简直是毫无疏漏！你到底听谁说的？"

"你家后边那个车夫家的老婆。"

"家里养了一只老黑猫的那个车夫家？"主人瞪大眼睛问。

"对啊，就为了打听寒月先生的情况，我可没少破费。每回寒月先生来你这，我就会拜托车夫家老婆帮我打探他都说了什么，然后一一跟我汇报。"

"你这也太过分了！"主人发生说道。

"您千万不要误会啊，我并不关心您说了什么，干了什么，只是想了解寒月先生的消息。"

"我不管你是要了解寒月先生还是谁，反正车夫的老婆就是个让人讨厌的人！"主人生起气来。

"可到你家篱笆墙根偷听也是人家的自由啊，要是不想被人家听到，你可以小点声啊！或者搬到大房子里去，这不就好了？"鼻子夫人毫不在乎，理直气壮地说。“不仅仅是车夫家，我还从胡同里那位二弦琴师傅那打探了不少消息呢。”

“有关寒月的？”

“不单单是寒月先生。”听起来好恐怖啊。她觉得主人肯定会惊讶，没想到主人却破口大骂：“看那个琴师装得多么优雅一样，我还以为就她长了一张人脸，混账！”

“混账？恕我直言，人家可是一介女流啊，这么说不对吧？”

鼻子夫人的措辞再明显不过了，她就是上门吵架的。就算已经这种局势了，迷亭先生不愧是迷亭先生，还在一旁神态自若，像铁拐李看斗鸡一样听着这两人的对话。

主人明白，自己在吵架方面绝对不是这个女人的对手，他不得不闭嘴，这时候才想起向迷亭先生求救：“你一直声称寒月先生爱慕你家小姐，不过我所了解到的好像不太一样。对吧？迷亭。”

“对，我们听到的是，你家小姐身子有些不舒服……好像说了点胡话……”

“什么？没有这回事！”金田夫人立马否认道。

“可是寒月兄确实说的是听一位博士的夫人说的。”

“那都是我策划好的，是我请求某某博士的夫人帮我试探一下寒月的心思的。”

“那位某某博士的夫人答应你了？”

“是啊。虽然是同意了，不过也不会让她白帮忙，前前后后也送了不少礼物呢。”

迷亭先生好像也有点不开心，和从前不同，语气很冲地对鼻子夫人说："您是不是下定决心，不把寒月的情况查个底朝天就不走呢？苦沙弥兄，唉，说也没什么，你跟她讲吧！金田夫人，不论我还是苦沙弥兄，关于寒月兄的事情，我们但凡知道的，一定会全部实话实说……还是麻烦你按顺序问吧。"

鼻子夫人终于同意了，开始问想了解的有关寒月先生的问题。虽然总是出言无状，现在又一副恭恭敬敬的样子了。

"我听闻寒月先生是理学士，他的具体专业是什么？"

"在大学研究地球引力。"

可惜，鼻子夫人对于主人所说的答案根本听不懂，"啊"了一声，却满脸疑问，又说："这个研究了能当上博士？"

"您的意思是他当不了博士您就不把女儿嫁给他，是吗？"主人有点生气地反问道。

"是啊，普通的学士不是很常见吗？"鼻子夫人神色自若地说。

主人望向迷亭先生，脸色越来越难看。

迷亭也有些不悦："寒月兄日后是否能当上博士，这个我们没法保证，那请夫人问下一个问题吧！"

"现在寒月先生还在研究那个地球什么的吗？"

"前两天他在理学协会做了个'缢死力学'课题的科研成果演讲。"主人说。

"哎呀，真是受不了啊，研究上吊，这人真是特别呢。研究这个应该很难当上博士的吧？"

"要是他是自己上吊，那自然就很难了，但是，研究'缢死力学'就不一定了。"

“是吗？”鼻子夫人试探地看了看主人，想从他脸上找寻答案。可惜她完全听不懂什么力学，心里根本没底。不过，要是问这么基本的知识好像有点没面子，她也就只能察言观色来猜个大概了。主人呢，一直板着脸，什么表情也没有。

“那除了这个，他有没有研究一些粗浅的学问呢？”

“前些天他写过一篇题为《论粒子的稳定性和天体运行的关联》的论文。”

“这就开始研究粒子了？”

“我也不懂，但是寒月既然在研究，就说明有价值。”迷亭打算糊弄过去。

“还有一件事，我听说正月的时候寒月吃香菇，碰掉了两颗门牙？”鼻子夫人转移了话题。

“对，空出来的位置也被空也饼填满了。”迷亭开着玩笑。

“他是个有身份的人，为什么不用牙签扎着吃呢？”

“你可以在下一次提醒他。”主人说道。

鼻子夫人又提出了新问题：“如果您这里有他亲手写的东西，我很想看一看。”主人从书房抱来一大堆明信片，让鼻子夫人自己挑选。

“我给您找几张有意思的。”迷亭找出一张明信片说，“这张不错。”

“呀，还会画画呢，真是有才气呀，让我欣赏一下。”

她说着就拿过来看了一眼，说：“哟，真是的，这不是狐狸吗？画什么不好，为什么非要画狐狸——不过，画出来的能让人认出是狐狸，也着实不易啊。”说话语气中不无欣赏。

“请读读那些句子。”主人一边笑着一边说。

鼻子夫人像女仆读报纸一样，念道："除夕夜，山狸举办游园会，又唱又跳。唱的是：'快来吧，除夕夜，没人上山玩啦。嘿哟嘿哟嘿哟哟。'"

"这都什么跟什么啊？这不是戏弄人吗？"鼻子夫人小声说道。

"这个仙女您喜欢不？"迷亭又拿出一张。画的是一个仙女穿着霓裳羽衣，在轻弹琵琶。

"这仙女的鼻子未免也太小了吧。"鼻子夫人说。

"哪有，大小正好啊。暂且不说鼻子，还是先把上面的题字读一下吧。"

画的旁边写的是："以前，某地有位天文学家，一天夜里，他像往常一样登上高地，专注地观看天上的星星。这时，天空中出现了一位美丽的仙女，弹奏起了人世间很难听到的优美乐曲。天文学家听得入迷，竟然忘却了寒风刺骨。第二天清晨，只见那位天文学家的尸体上落满了白霜，那个爱瞎说的老者说：'这是一个真实的故事。'"

"这都什么乱七八糟的，真没劲。就写这些东西，居然还自诩为理学士？还不如去看《文艺俱乐部》有意思呢。"鼻子夫人数落了一番。

迷亭先生要笑不笑地拿出了第三张明信片，说："这张呢？"

这次是铅印的帆船，画下面依旧瞎写道："昨夜泊船上，一二八少女。面朝礁石上的白鸻，半夜惊醒的白鸻，诉苦没了爹娘，爹娘本是船家，命丧在浪里。"

"蛮好啊，很感人，值得唱出来！"

"值得唱？"

"对啊，这个故事唱出来，再配一个三弦琴的伴奏。"

“有三弦琴的伴奏的话就更好听了，再来看看这张如何？”

“不用了，看过这几张，别的就不爱看了。我已经知道他不是一个庸俗的人了。”鼻子夫人自以为是地说。

这么看来，鼻子夫人应该已经问好了关于寒月先生的问题，之后她又提了一个非常不讲理的要求：“今天真是打扰了。我来过的事，还请二位不要跟寒月先生讲。”

可见在她那里就是：寒月先生她想了解什么就了解什么，而有关她的却不能告诉寒月一丁点儿。迷亭先生和主人都爱理不理地应了一声。

“以后一定会再次登门感谢！”说着，鼻子夫人起身站了起来。

把女客送走以后，两个人刚坐下来便异口同声地问了一句：“她算什么啊？”这时里头房间里传来了女主人的笑声。迷亭先生大声说：“嫂子，嫂子！刚刚来的可真是‘俗调’的范本啊。就算是俗调，竟能粗俗到这个地步，真是让人长了见识了！不用有所顾忌，放声笑吧！”

“看她那脸就叫人不顺眼。”主人板着脸，生气地说道。迷亭先生立即补充说：

“脸中间全是鼻子，真是可笑！”

“还带着弯钩呢！”

“像驼背一样，哈哈哈，驼背鼻子，太奇葩了！”迷亭先生乐个不停。

主人仍不解气，骂道：“一看就是一脸克夫相！”

“那是十九世纪就卖剩了，到了二十世纪又碰上了滞销的面相。”迷亭老是说一些调皮的话。这时，女主人从里面走到客厅来。毕竟是女人，提醒说：“坏话说多了，车夫的老婆又该去告密了哦。”

“有人告密，对她来说是件好事啊，嫂子。”

“不过，数落别人的长相，可就太不厚道了。没有谁天生就想长那么一个鼻子啊。更何况人家是个女人哎。你们说话太难听了。”她在为鼻子夫人的鼻子打抱不平，同时也是间接地为自己的容貌辩解。

“这有什么难听的？那种人根本就不能算是女人，那就是个笨蛋，是吧？迷亭先生。”

“可能是个笨蛋，但还是有两把刷子的。咱俩不是还被她嘲讽了一番吗？”

“她到底把教师当成什么啦？”

“估摸着和后面的车夫差不多吧。要是想要让那种人尊重您，恐怕只有当博士了。反正，不弄个博士当当，就要怪你自己没有远见了。是吧，嫂子。”迷亭一边笑一边回头对着女主人说道。

“他何德何能当博士哦！”就连主人的夫人都有些瞧不起主人了。

“我没准儿也能很快就当上博士了哦，别把人看扁了。你等怎么会知道，古时候有个叫伊索克拉底的人，九十四岁了还写出了巨作；索福克勒斯发表作品，名扬天下时，已经快一百岁了；西摩尼得斯八十岁写下了美妙的诗篇。我当然也……”

“真是笑死人了。像你这样胃病缠身的人能活那么久真是怪了。”女主人已经预计好了主人的阳寿。

“瞎说。你去问问甘木医生，还是不因为你让我穿着这皱巴巴的黑布褂子和满是补丁的旧衣服，才被那女人瞧不起。明天开始，我也要穿迷亭那样的衣服，赶紧给我备好。”

“‘赶紧给我备好’，你说得轻松，那么漂亮的衣服，我们家哪里拿得出来。金田夫人之所以对迷亭先生谦逊有礼，是因为听到了迷亭伯父的名号罢了，根本和衣服扯不上关系。”女主人巧妙地逃避了责任。

一听到说迷亭的伯父，主人好像忽然想起了什么，问道：“今天听你说才知道你还有个伯父，以前怎么没听你说过啊，真有一个伯父吗？”

“有啊，我那伯父啊，也是个老顽石，不过他和那个女人一样，都是从十九世纪一直慢悠悠活到了二十世纪来的。”迷亭好像就等着主人问似的，然后看了看主人夫妻俩。

“哈哈哈，真会说笑，他在哪儿活着呢？”

“静冈啊。但他可不单单是活着。头上顶着个发髻，因此让人感到敬畏。让他戴帽子吧，他却傲气地说：‘我活了这么久，还没有冷到过需要戴帽子呢。’跟他说天气冷了，不要那么早就起床，他却说：‘人只要睡上四个小时就够了，凡是四个小时以上，简直就是浪费。’于是天还没亮，就起床了。他还说：‘我将睡眠时间缩短为四个小时，是多年训练的结果。’他还吹牛说自己年轻的时候总是贪睡，这几年才开始进入随心所欲的境界，特别欣喜。六十七岁的人了，睡不着是很正常的，跟什么锻炼根本一点关系都没有。可他自己却以为全是因为自己刻苦修炼的成果。所以，他出门的时候，肯定带着一把铁扇。”

“带这个干吗？”

“不知道要干吗，总之就是带着出门。也许他是当文明棍用的吧。不过，这是前一段时间弄的这么一档子事。”虽然是主人问的，迷亭却在对着女主人说。

女主人“哦”了一声。

“今年初春，他忽然给我寄来一封信，让我将圆顶礼帽和长礼服快快寄过去。我有些惊讶，于是写信过去问。回信里说，是他自己穿。信中还命令说：二十三日在静冈举行祝捷大会，所以，在这之前赶紧给买了寄过来。搞笑的是命令里还有这么一段：帽子买一尺寸差不多的就行，西服也估计一下尺寸，到大丸绸缎店去定做……”

“最近，大丸绸缎庄也开始做西服了吗？”

“不是，他是跟白木屋西服店搞混了。”

“就让你约莫着尺寸来做，有点难为人了吧？”

“这就是伯父的性格。”

“那你怎么做的？”

“没法子，就约莫着裁剪了一身寄去了。”

“你也真是胡来啊，那后来赶上了吗？”

“嗯，总算是赶上祝捷大会了！后来再看家乡的报纸，上面说，当天牧山老先生身着燕尾服，手持一铁扇……”

“看来他跟那把铁扇还真是寸步不离啊！”

“是啊，日后他死了，我一定帮他把那把铁扇放进他棺材里去。”

“不过还不错，西服和帽子都穿戴上了。”

“那你就错了。我原本也觉得他顺利参加了大会，就大功毕成了呢。哪知道没过几天我就收到了老家寄来的一个包裹。我以为是他给我寄来了什么礼物，拆开来一看，原来是那顶礼貌。另外还有一封信：‘特意购买的礼帽，尺寸偏大。最好还是麻烦你去帽子店改小一点。改帽子的钱我会再另汇给你。’”

“真是够迂腐的。”当主人发现这世上还有比自己更迂腐的人时非常满意。一会儿又问，“那后来你怎么做的？”

“什么怎么做？我能怎么办，只好我自己戴了。”

“就是那顶帽子？”主人哈哈大笑。

“那个伯父是男爵？”女主人忍不住好奇心问。

“哪个？”

“你那位手持铁扇的伯父啊！”

“不不。他是汉学家。幼年曾在一家圣堂一心专研过朱子学之类的，就算是在灯光下，他也是毕恭毕敬地梳着发髻，真拿他没办法。”迷亭先生一边搓着下巴一边说道。

“可你刚才和那个女人有提到牧山男爵的啊！”主人说。

女主人也附和道：“是啊，你说过的，我在一边也有听到。”在这点上，女主人还是赞同丈夫的说法的。

“哈哈……我这样说的吗？都是我瞎说的，如果有一个做男爵的伯父，我现在早就是局长啦！”迷亭忽然大笑着说。他倒是很淡然。

“我说嘛，有点奇怪……”主人露出了一副既担心又惊喜的表情。

女主人感叹道：“哎呀！撒了这么大一个谎，竟然还能装得那么像，你可真是个吹牛行家啊！”这点让女主人佩服不已。

“那女人比我可能装多了！”

“你们俩半斤八两！”

“不过，嫂子啊！我是纯粹为了吹牛而吹牛，但那个女人吹牛就是心术不正，暗藏猫腻啦！性质恶劣。如果不把生性滑稽和雕虫小技区别开来，那喜剧之神也要感叹世人有眼不识泰山呢！”

“谁知道呢？”主人低着头说。

“都差不多吧！”女主人笑着说。

我还没有去过对面那条街，所以没见过街角处的金田家是什么样的，今天还是头一回听说。因为在主人家里从没有说到过实业家，所以，哪怕是来家里混吃混喝的我们也都和实业家没有任何关系，并且一点也不想了解。不过，鼻子夫人刚才毫无征兆地登门拜访，我也刚好在一边听着她说的话。脑子里构思着她家女儿的相貌，还有她家是怎样的有钱、有势，即使是作为一只猫，也不能就这么屈在回廊里享清闲啊！更何况我真是同情寒月先生，被对方神不知鬼不觉地打探着。车夫的老婆，博士的太太，就连天璋院的琴师也都被收买了。寒月先生吃香菇磕坏了牙齿的事情都被她探听到了！可寒月先生呢，还只是个刚出校门的理学士，就知道拨弄外褂上的衣带，真是太没用了！

虽然话是这么说，毕竟对方是一个把伟大的鼻子放在脸正中间的女人，也就是说并不是谁都能亲近的。这事来说，我宁可说是主人太过冷淡和穷酸了。迷亭先生固然不差钱，可他这样一个“偶然童子”，帮助寒月先生的情况应该也不多见吧。这么看来，还是这位讲“缢死学”的寒月先生最可怜啊！倘若我不亲自出马，暗入敌营替他查探一下敌情的话，对他真是太不公平了。

虽然我只是一只猫，但我是一只寄居在看两页爱比克泰德的著作、就会摔在桌上的学者家的猫，跟世上那些笨猫、傻猫肯定是不一样的。敢于冒风险的侠义之心，已经存在我的尾巴尖上了。我并没有欠寒月先生什么人情，也不是为了谁心血来潮装勇士。说得大一点，我这是把“好公正，爱中庸”的天意现实化。那位金田夫人既然没有得到寒月先生本人的同意就到处传播“吾妻桥事件”，既然她暗派他人到窗下偷听，还把打听到的内容到处散布，既然她不惜利用起车夫、无赖、穷学生、佣婆、产婆、妖婆等人给国家有用之人捣乱的话，就休怪我猫辈不客气啦！

幸亏今天是个好天气。虽然路面冰霜融化，走起来有些困难，不过，为了成就我的正义之心，就是死也没什么可遗憾的了。脚底沾满了泥浆，走廊上全是我走过留下的梅花爪印，估计给女仆制造了些麻烦，对我来说还算不上痛苦。

现在就出发，不等明天了！我下定了决心，跑到厨房时，突然想到：等等，我作为一只猫来说，不光已经达到了进化最顶端，而且智力也不比初中三年级的学生差，可悲的是喉咙永远是猫的构造，说不了人类的语言。就算能顺利打入金田家，完全查探到了敌情，也没办法告诉作为当事人的寒月先生，也不能向迷亭先生或者主人传达啊！既然不会说人话，那就跟被泥土掩埋的金刚钻一样，在阳光下却没法发光。就算是有着很高的智商，也无法施展啊。这是做蠢事，要不算了吧，我窝在门槛上，内心纠结。

可下决心想做的事半途而废，就感觉像快要下暴雨了，等着等着乌云却从头顶飘过，直奔隔壁县了，总觉得有些可惜啊。再者，如果是自己的错暂且另当别论，如果是为了人道，为了正义，那就应该义无反顾，哪怕是把命搭进去也值得，这才是一个有担当男儿平素的心愿啊！只是因为投胎做了猫，就没法用三寸不烂之舌跟寒月先生、迷亭先生还有主人交流思想。但是，因为我是猫，我的忍耐力诸位先生高超得多。能成全他人做不到的事，这件事本身就比较让人开心。就算只有我一个人知道金田家的内幕，也比没人知道让人高兴吧。虽然我不能把看到的听到的告诉人类，但是让金田家知道他们的事情已经不是秘密，也已经很开心了。我怎么可以不去呢，前面有这么多令人开心的事在等着我呢！我还是按照之前计划的到他家去一趟吧！

到了对面街巷一看，果然有座洋房占据在街角。我想这房子的主人一定跟这房子一样，傲慢无礼吧！走进大门，先把外观大致看了一遍，就看到那幢二层洋房除了结构兀立，仗势欺人外再没有什么了。难道这就是迷亭先生嘴里的“俗调”？

进了大门右拐，穿过园子，转到厨房门口，果不其然，厨房也不小，比主人家的厨房大了十倍左右。明光烁亮，干净整洁，跟之前《日本新闻》里详细介绍的大隈长官家的厨房不相上下。“这才是厨房的模范啊。”我暗自在心中赞叹，钻了进去。在六七平方米的水泥地上，车夫的老婆跟金田家的厨子，车夫正在叽叽咕咕聊着什么。这个女人可不敢惹，我立马躲到水桶后边。

“那个教师知道我家老爷的名字？”厨子问道。

“这周边除了没眼睛没耳朵的废物，哪个不知道金田公馆呢？”就听见金田家的车夫在一边回应道。

“那个教师？简直没法说啊，就是一个除了书本别的什么都不懂的怪人。就算是稍微了解一点金田先生的身份，他都有可能会敬畏几分，可这个家伙，都不知道自己孩子几岁！”车夫老婆回答说。

“真是个难缠的榆木疙瘩！竟然连金田先生都不怕！不过也没什么，要不我们几个一起吓唬吓唬他？”

“好主意！他就会瞎说八道，什么金田夫人的鼻子真大啊，看她脸就不顺眼啊……真是过分啊！也不看看自己的面相，完全就是个今户烧狸子嘛！自己那副模样还觉得自己挺像个人，真是受不了这种人！”

“不只是他那张脸啊，你看他提着毛巾去澡堂的模样，真是霸道啊！他就觉得没人比他更厉害了！”可怜的主人，做饭的厨子也看不上他。

“干脆我们一起去他家墙角，把他臭骂一通？”

“这样他一定会害怕的！”

“但是不能让他看到我们在骂，这样就没有意思了。只让他听到骂声，打扰他读书，让他着急上火，刚刚金田夫人不也这么吩咐过嘛！”

“这个我当然知道。”这句话表明了车夫家老婆也担负着三分之一的叫骂任务。

原来这帮人准备去戏弄主人啊，我一边思考着，一边悄悄从他们三人身边穿过，走到室内。

猫走路从不会发出笨重的声音，不管是走到哪里，这就是所谓的“有形无声”。就像腾云驾雾，水中击磬，洞中弹琴，又像“尝遍人间醍醐味，不言冷暖我自知”一般。不管是“俗调”的洋房，还是堪比模范的厨子，也不管是车夫老婆、男仆、女佣，或是小姐、鼻子夫人和金田先生，我想上哪里上哪里，想听什么听什么，吐吐舌头，甩甩尾巴，胡子支棱，优哉游哉回家去。

在这方面，整个日本也没人比得上我。有时候我自己都怀疑，是不是我继承了草双纸当中所写的猫怪的血统！传言在癞蛤蟆的前额藏着夜明珠，而在我的尾巴里装着作弄世上人的祖传灵丹妙药，可以把全天下的人都不当回事。我在金田家走廊里穿行，神不知鬼不觉，比金刚力士踩烂一堆凉粉还轻而易举。这时，我对自己的本事简直佩服得五体投地。

当我意识到幸亏平时对尾巴爱护有加时，更觉得不能怠慢它了，应该要顶礼膜拜我这尊敬的尾巴大神明，祷告它可以猫运恒久。于是，我低头望去，却总是找不准方向。我一定要对尾巴行三拜之礼的。转过身子想看到尾巴，尾巴也跟着转动了，想要追上尾巴，转过头去，尾巴也等距地向前转去。难怪被称作收纳世间万物于三寸之尾的灵物，不是我辈能对付得了的。我追着尾巴绕了七圈半，完全没力气了才作罢。

头晕眼花，一时不知自己身在何处了。不管了，我晕乎乎得四处转起来。突然，纸拉门里传来了鼻子夫人说话的声音。就是这里了，我立马停住，竖起耳朵，屏住呼吸听着。

“一个穷教书的，还那么嘚瑟！”是鼻子夫人尖声尖气的声音。

“确实是个嚣张的家伙！先给他闹腾一下，让他先吃点苦头！那个学校里有我们的老乡呢！”

“是谁？”

“津木贫助，福地细螺，可以托他们去嘲弄那个穷教员。”

我不知道金田的家乡是哪儿，光听这些奇怪的名字就觉得有些吃惊。金田接着问：

“那家伙是教英语的吗？”

“是的，听车夫老婆说，他是专门教英语课本之类的。”

“反正不是什么正派教员。”

这话都说得出口，不得不让我佩服。

“前两天我遇到乒助，他跟我说他们学校有个怪人，学生问他粗茶的英语怎么说，他郑重其事地回答是‘savage tea’，这件事在教员当中都传为笑柄了。贫助说：‘就因为有了这个教员，弄得其他人都不得安生。’我估计他说的就是那个家伙吧！”

“绝对是他！不会错的。看那面相就知道会说出那种蠢话，还装模作样蓄着胡子。”

“不知廉耻的东西！”

倘若留个胡子就是不知廉耻的话,那我们猫类可就没有猫配活着啦!

“还有一个叫什么迷亭的，还是个醉鬼，简直就是个疯疯癫癫的跳梁小丑。还跟我瞎扯说什么伯父是牧山男爵，就他那副模样，就觉得不可能有个男爵伯父的！”

“你也是笨，也不看是哪种杂话你就相信。”

“你还说我笨？还不是他们欺负人？”鼻子夫人一副后悔模样。

让人奇怪的是，他们并没有说到寒月先生，到底是在我来之前就已经评论结束了呢，还是他已经落选，不值一提了呢？真让人发愁啊，可又没有任何办法。我正站着思索着，就听见一阵铃声从隔着走廊对面的屋子传来。一定是发生什么事了，不能错失良机，我奔跑着过去。

走到跟前一看，一个女人在大声说些什么，听她的声音和鼻子夫人很像，由此猜测，这位就是金田家的小姐——那位驱使寒月先生投河未果的佳人吧！真是遗憾啊，中间隔着一个纸隔扇，不能一睹芳容，没办法确认是不是在她的脸中央也供奉了一只奇大无比的鼻子。但从听她讲话的腔调跟重重的鼻息等方面来判断，这应该不会是个不引人注目的塌鼻子。那个女人一直说个不停，却没法听到一丝对方的声音，估计她正在打人类总说的“电话”吧。

“大和茶馆吗？明天我要去看戏。帮我订鹌鹑间的三座……可以吗……听懂了吗……什么？没懂？哎呀，真是讨厌。我是说要订鹌鹑间三座……什么？订不了？怎么会呢？我就是要订……你还笑，你说我跟你开玩笑？谁开玩笑了……老是拿人寻开心！你究竟是哪个啊？长吉吗？你懂什么！快喊老板娘来听电话……你说什么？不管什么都可以跟你说……你这也太不上规矩啦，你知不知道我是谁啊？我是金田小姐……你笑什么，你都知道？真是的，你这人傻到家了……我不是有跟你说嘛，我是金田小姐……什么‘多谢惠顾，万分感谢’……我现在没时间和你说这个……又笑什么啊？你真是笨得可以了……什么我说的是什么啊？……你再这样胡说八道我可就挂电话了啊！行不行啊？你就不害怕？……你不吱声我也不知道你想什么啊……你说话啊……”

可能是长吉把电话挂断了吧，好像并没有回答。金田小姐发起脾气来了，电话铃被拨的丁零零直响，边上的哈巴狗都被吓得汪汪直叫。我赶紧蹿下走廊，跑到了地板下面。

这时候，有人在走廊上越走越近，隔扇被拉开了。是哪个呢？我竖起耳朵仔细听。

“小姐，老爷、夫人喊您过去一趟。”应该是女仆的声音。

“不去！”金田小姐给女仆吃了第一颗枪子儿。

“老爷跟夫人说是有事，让我来请您过去的。”

“真是烦人！说了不去！”女仆又吃了第二颗枪子儿。

“……好像说是有关水岛寒月的事情。”女仆使了个小聪明，想让小姐开心一下。

“什么水月，寒月，不知道是谁！不知道！最烦那个家伙了！长得像个傻蛋一样！”可怜的寒月先生啊，都没有出门就挨了这第三颗枪子儿。

“哎哟，什么时候开始梳起西式发束来了？”

“今天。”女仆松了一口气，简明地回答了小姐的问题。

“真是臭美！一个女仆！”女仆吃了第四颗枪子儿。

“而且，你还用新的衬领？”

“是的，这是前些日子小姐赏赐给我的，我看太漂亮了，没好意思戴，收到箱子里去了。但是之前旧的衬领都脏了，我就拿出来换上了。”

“我什么时候给过你这个衬领了！”

“就今年正月，您去‘白木屋’商店买的，茶绿色的，还印着相扑力士的名号。您说：‘我戴着太素净了，送你吧！’就是那条衬领。”

“哎！真是让人生气！你戴着真好看！气死我了！”

“谢谢您的夸奖。”

“我没夸你，是气你啊！”

“是的。”

“这么好看的东西，怎么不吱一声就收下了呢？”

“是的。”

“你戴着都这么好看，我戴也不至于难看吧！”

“一定特别好看的。”

“明明知道我戴了好看，你为什么还一声不吭地就收下？而且还若无其事地戴上了！真是不像话！”

一串狂轰滥炸。

我正倾耳细听局势将会怎么发展，只听到对面屋子传来了金田先生的声音：

“富子！富子！”

小姐被动地应了一声，走出了电话间。

那只比我大一点点的眼睛、嘴巴都耸在脸上的哈巴狗也跟着跑出去了。我依旧轻手轻脚地再次从厨房出来，跑到街上，急忙回到主人家。这次刺探敌情首战告捷，获得了十二分的成功。

回到家一看，由于从美轮美奂的公馆突然回到了脏乱的茅舍，感觉就像从艳阳高照的山顶突然掉进了黑黑的洞里一样。探险的时候，由于心不在焉，对金田公馆的室内装饰、隔扇、拉门等物件都没有留意，但是还是觉得我住的地方太寒碜，同时我也对所谓的“俗调”开始留恋起来了。我觉得相对于教师这个职业来说，还是那些企业家比较厉害。我觉得这样的想法有些反常，于是打算向尾巴请教。于是，从尾巴末梢里发出了神祇：“确实是这样，确实是这样。”

我走进屋里，大吃一惊，迷亭先生竟然还没有离开，火盆里插满了烟头，像马蜂窝一样密集。他盘着腿，正在大谈特侃些什么。不知何时，连寒月先生都来了。主人取肱为枕，凝视着顶棚漏雨的地方。仍然是一群太平逸民的集会场景啊。

“寒月先生，哪怕是吹牛你都在念叨着你的那位知己的名字，之前你还保密，现在总该公布于众了吧。”迷亭故意拿他开心。

“如果只是涉及我一个人，说什么都没关系，但是这会给对方带来烦恼的。”

“现在还说不得吗？”

“何况我都跟某某博士夫人发过誓了。”

“发誓绝不说出来吗？”

“是的。”寒月照样拨弄着自己的衣服带子。那条紫色衣带很少见，不太容易买到。

“这衣带的颜色，有些‘天保调’的意思啊！”主人横卧着调侃道。主人对“金田事件”并不上心。

“是的，毕竟不是日俄战争时期的东西嘛！这颜色的带子，只有戴上武士的斗笠，穿上有德川家徽的后背开缝披挂才配得上。据说当年织田信长去拜谒岳父的时候，头上梳了个茶刷一样的发髻，当时他系的好像就是这种带子。”迷亭依然那么啰唆。

“事实上，这条带子是我爷爷在攻打长州的时候用过的。”寒月一脸正经地说。

“差不多该捐给博物馆了，咋样？你这个‘上吊力学’的演讲家、理学家水岛寒月先生，如果装扮得像个过时的武士，那可太没面子啦。”

“按你说的也不是不可以，只是也有人说我扎这条带子特别合适呢……”

“谁说的？竟然这么没审美！”主人一边翻身，一边大声呵斥。

“这人您不认识，所以……”

“就是个女人吧。”

“哈哈哈，真是搞笑，我猜一定还是从隅田川水下叫你名字的那个女人吧？老弟你干脆穿上那件褂子，再演示一遍跳水怎么样啊？”迷亭不停地挖苦道。

“嘿嘿嘿，她已经不在水下喊了，她在天堂的清净世界了……”

“好像并不清净吧，她可是有一只狠毒的鼻子的哦。”

“什么？”寒月满脸不解。

“刚刚对面街的那位大鼻子女人不请自到，真是吓到我俩了，对吧？苦沙弥兄！”

“嗯。”主人正躺着喝着茶，应了一声。

“哪个大鼻子？”

“就是你那个亲爱的永远的充满女性光辉的岳母大人！”

“什么？”

“金田先生的妻子来打听你的情况的！”主人神情认真起来。

我偷偷看了一下寒月先生的脸色，到底是惊讶？惊喜还是害羞呢？可他却没有任何改变，依旧原来的口气说：“肯定是希望我娶她家小姐呗！”说罢，又拨弄起紫色衣带。

“这你就错了！因为小姐的母亲拥有一个伟大的鼻子……”

迷亭先生才说了一半，主人就开始胡乱接茬了：“告诉你们，刚才我一直在给那个鼻子夫人构思一首俳体诗呢！”

女主人在隔壁房间发出笑声。

“你们真是闲得慌，诗作好了吗？”

“才想了几句。第一句是‘在她脸上祭大鼻’。”

“下一句是……”

“给她鼻子前面供奉神酒。”

“下一句呢？”

“也就才想出两句而已。”

“很有趣。”寒月眯着眼笑着说。

“下面接‘两个深洞黑幽幽’，怎么样？”迷亭立马想出了一句来。寒月又张嘴就来：“再接上‘黑洞深深不见毛’，可行不？”

就在他们你一句我一句胡说八道时，有四五个人站在靠近主人家墙根的马路上大声哄闹道：“今户烧的狸子！今户烧的狸子！”

主人和迷亭很惊讶，从篱笆缝往外面看去，只听到一些人哈哈大笑着向远处跑远的脚步声。

“今户烧的狸子说的是什么啊？”迷亭奇怪地问。

“鬼才知道说得什么。”主人说。

“倒是蛮新奇的。”寒月还不忘评价一下。

迷亭先生突然想到了什么，倏地站了起来，用演讲的语气说：“鄙人近年来从美学角度对鼻子进行了研究，借今天这个机会细说一二，还请二位聆听。”

由于太过突然，主人只能呆呆地看着迷亭先生。

“一定侧耳倾听。”寒月先生小声说道。

“虽然进行了多方面的查阅考证，鼻子的起源还是扑朔迷离。第一个问题便是：如果它是作为实用性器官存在，只需要两个鼻孔就行了，为何还要如此这般傲然挺立在脸的正中呢。而且，如诸先生所见，这鼻子为何还越长越高了呢？”说着，他便捏着自己的鼻子给他们两人看。

“并不是很高啊。”主人满不在乎。

“总之没有凹下去啊。如果和只有一对窟窿的形状混在一起，没准还会产生误会呢，因此，我首先要请诸位留意。那么，依鄙人愚见，鼻子的发达是源自于擤鼻涕这一细微动作导致的。这一自然的动作，日积月累，便造就了如此高耸的形象。”

“真是名副其实的愚见啊。”主人又说了一句评价。

“人所共知的是，人们擤鼻涕的时候，一定会用手捏住鼻子，于是，被捏的部分受到刺激，按照进化论的基本原则，这一部位因为不断被刺激，会比其他部位不协调的发达起来，皮肤自然而然就愈发坚硬，肌肉也渐渐变硬，终于变成了骨头。”

“这就有点儿……这肌肉怎么会一下子变成骨头呢？”

寒月先生不愧为理学士，立即提出了质疑。迷亭却不以为然，继续大谈特谈。

“您有质疑，可以理解。不过事实胜于雄辩，鼻子里确实有骨头，这没辙啊。鼻骨已经形成。即使已经有了骨头，鼻涕该流还是要流的。一流鼻涕，就必须要擤。由于这种力量，鼻骨的左右两侧逐渐被磨薄，并鼓了起来，又高又细……这擤鼻涕的作用真是厉害至极，就像滴水穿石鼻梁就变得这样又高又硬。”

“可是你的鼻子还是软塌塌的啊。”

“关于演说者的鼻子的局部构造，为了避免为自己辩解的嫌疑，鄙人就不再多谈了。下面就着重向两位介绍金田小姐的母亲大人所拥有的鼻子，这个鼻子才是最发达、最伟大的天下臻品。”

寒月有些坐立难安。

“不过，事物一达到极致，壮观倒是壮观，可是却让人觉得有些畏惧，只能敬而远之。她的鼻梁一定是超凡脱俗的，然而，稍微有些显得险峻。古人之中也有苏格拉底、奥利弗·哥德史密斯，或是威廉·梅克比斯·萨克雷等人的鼻子，从构造学上来讲，确实是无法苟同。但是，正因为有一些小瑕疵的地方，才显得特别让人喜欢。正所谓‘鼻不在高，有奇者贵’，说得就是这个道理吧。俗话说‘高鼻子不如米粉团子。’由此可见，我觉得从美学角度考虑，我的鼻子最标准。”

寒月和主人嘿嘿地笑，迷亭也开心地笑了。

“却说，刚才讲了……”迷亭接着说道。

“先生，‘讲了’貌似有些说书人的口气，略显俗套，就不要使用了吧。”寒月先生报了前面的仇。

“是吗？那就换种说法吧。接下来想关于鼻子和脸的比例稍微谈一二点。如果不涉及其他部位，就单说鼻子的话，那位母亲大人拥有一个无论走到哪里都不失体面的鼻子……就算是在鞍马山开展览会，恐怕也可以获得特等奖。然而可悲的是，她的鼻子是只顾自己生长的，并没有和嘴巴、眼睛等各位邻居打招呼。恺撒大帝的鼻子无疑是不同凡响的。然而，如果用剪刀将恺撒的鼻头剪下，放在您家的小猫的脸上，想想看，将会是怎样。打个比方吧，在猫额头那么小的地方矗立着一个伟岸的鼻子，就像在棋盘上摆了一个奈良的大佛，由于比例过分失衡，导致丧失了其美学价值。金田夫人的鼻头和恺撒大帝的一样，真可谓是英姿飒爽，岿然耸立，这一点是毫无疑问的。可是，环绕在鼻子四周的其他面部器官呢？诚然，怎么也不至于像您家的猫脸那么拙劣，不过要说是像患有癫痫病的丑女的脸那样，眉根呈八字形，细眼高悬，这是不争的事实。各位，这怎能不叫人叹息：'既生面，何生鼻啊？'"

当迷亭的话稍微停顿的时候，忽然听得屋后有人说话："还在说鼻子的事儿呢，多么食古不化啊。"

"是车夫的老婆。"主人跟迷亭说。

迷亭又开始演讲起来："没有想到在屋后，居然发现有新的异性听众，这真是演讲家的无上光荣啊。尤其是那婉转动听的妩媚嗓音，给乏味的讲堂增添了一丝惊艳，真是让人喜出望外啊。按理说应该尽量说得通俗一些，以不辜负美人淑女的眷顾，然而下面将要稍微涉及一些力学方面的问题，所以，我估计女士们听起来必然吃力，还望多多包涵。"

寒月先生听到"力学"这一词汇，不禁又呵呵笑了起来。

"我想要论证的是：这鼻子和这脸永远无法和谐。换而言之，也就是说背离了柴依辛的黄金分割理论。接下来就打算严格使用力学公式来演示一下鼻子和脸的比例给诸位瞧瞧。诸位要知道，首先以 H 表示鼻子高度；以 α 表示鼻子与脸平面交叉形成的角度；W 则是表示鼻子的重量。如何？大概明白吧？”

“怎么会明白呢？”主人说。

“寒月兄，你呢？”

“我也不太明白。”

“这可就不好弄了。苦沙弥还情有可原，你是个理学士啊，我还以为你明白呢。这个公式是我这段演讲的灵魂，如果删去的话，前面说的都毫无意义了……算了，真是没办法，那就省去公式，直接说结论吧。”

“还有结论呢？”主人惊讶道。

“当然啦！没有结论的演讲，就像没有上甜品的西餐。请二位听好了，下面就开始说结论了。以上的公式，如果参照鲁道夫·魏尔肖、魏斯曼等诸位学者的学说，当然不能否认鼻子是先天的遗传。而伴随其形体所产生的心理状态，即使有认为是后天形成并不是遗传的有力学说，但在某种意义上讲是必然结果。因此有那么不协调的大鼻子的女人生下的孩子，可想而知，她的鼻子也会有些奇怪。寒月兄还年轻，也许并不认为金田小姐的鼻子有什么不妥，但是这种遗传的潜伏期很长，说不定什么时候气候异常，鼻子就突然变得跟她母亲大人一样了。所以，这门亲事，按照迷亭的学术论证，趁早结束，是最安全的。这一点，不单单是这家主人，就连睡在那边的猫也不会反对的。”

主人终于翻身起来，非常热情地说：“那是自然。那种女人的女儿，谁会娶呢？寒月兄，这千万不能要啊。”

我为了表示认同，也喵喵地叫唤了两声。寒月并不情绪激动，说：

“既然二位如此坚定，我断了这念想也不是不可以。只是万一对方一时想不开，得了病，这可就是我的罪过了……”

“哈哈哈，这大概就叫作‘冤孽’吧。”

只有主人怒发冲冠，嘀嘀咕咕：“谁去当那冤大头啊，那种货色的女儿，肯定也不是什么好东西。初到人家，就给我下不来台。真是个傲慢的家伙。”

这时，墙根那边又传来三四个人的笑声。一个人说：“真是个傲慢的老家伙。”另一人说：“大概是想住更大的房子吧。”还有一个大声说道：“真是可怜啊，再怎么威风，也终究是窝里横啊。”

主人跑到檐廊上，大声喝道：“吵死了，为什么偏偏要跑到我家墙根下吵个不停？”

“哈哈哈哈……savage tea，savage tea……”墙根的人异口同声地骂道。

主人大为恼火，猛地站起来，拿起手杖冲向马路。迷亭拍着手笑说：“有意思，有意思。”寒月笑着摆弄着那条衣带。我跟在主人后面从篱笆墙的破洞钻出去，来到马路上一瞧，只见主人拄着手杖，茫然地站在马路中央，街上一个人都没有，主人的样子就好像被狐妖上身了一样。

第四章

既然拿人不当人，

自然

也不会把猫当猫的。

我像往常一样偷偷溜进了金田的宅子里。

为什么说“像往常一样”呢，现在也无须做过多的解释。那是代表我已经到了将“多次”加以平方来计算的程度了。有了第一次，就还想有第二次，有了第二次，就想干第三次，这种好奇心不只是人类才会有，就算是猫，也是带着这个心理来到这个世上的，人类必须意识到这一点。

反复干过三次以上的事，才能称之为“习惯”，这种行为是生活的需要和进化导致，在这个方面，我们也和人类是一致的。如果有人质疑我如此频繁地往金田家跑的话，那么我会在人类提出疑问之前，先反问其一句：为何你们人类从嘴里吸入烟雾，然后又从鼻腔里喷出？人类既然这样恬不知耻地胡乱吞吐这种既不能当饱，又不能补血的玩意儿，就不要那么大声斥责我出入金田家。金田家就是我的香烟。

使用“溜进”这个词，多少有些欠妥，听上去和小偷、奸夫差不多似的。我到金田公馆，虽然是不请自来，但也绝不是就为了偷点鲣鱼干，或者跟那只鼻眼痉挛一样地聚集在脸正中的哈巴狗密约——什么？侦探？太扯了吧——要说这世界上干哪一行业最低贱，我觉得没有什么比侦探和放高利贷的更低贱了。没错，为了寒月，我生出猫不该有的侠义之心，曾经一度偷偷去侦察金田家的一举一动。但只去过那一次，后来就再也没有干过那种与猫族良心相左的卑鄙勾当。

也许有人会问：既然这样，又为什么说用“溜进”这个词不准确呢？其实，这里面还是蛮有趣味呢。

我原本以为，天空为了覆盖万物，大地为了承载万物而存在——无论怎么爱强词夺理的人类，也不会否定这个事实的。那么，为了开天辟地，他们人类到底花了多大的力气，那岂不是一丁点儿功劳都没有过吗？将并不是自己亲手创造的东西占为已有，这是毫无道理的吧。占为已有也就算了，可又有什么理由禁止异类出入呢？人类耍些小聪明，在这茫茫大地之上，筑墙、围桩，画地为界，占为已有。这些举动就像是以绳圈天，宣告这一片是我的天，那一片是他的天一样可笑。

如果可以将土地切割成小块，按平方米算价钱进行买卖所有权的话，那我们呼吸的空气，也可以切成一尺见方的小块进行交易了。假若既不可以售卖空气，也不可以分割天空的话，那土地私有岂不是也不合情理吗？由于我辈猫族的依据即是如此，奉行的也是这样的法则，所以想去哪里就去哪里。当然啦，不想去的地方自然是万万不肯去的，而想去的地方，不管是东西南北，晃晃悠悠地前往便是。对于金田之辈，何足挂齿！然而猫族的可悲之处在于，论力量毕竟不是人类的对手。“强权就是公理。”既然我生活在这样名言的俗世之中，就算再有道理，猫的逻辑也是行不通的。硬是要行得通，就会像车夫家的大黑一样，会冷不丁被鱼贩子痛扁一顿。

真理虽然在我这里，权力却在别人那里。这个时候，只有两条路可以走，要么委曲求全，俯首帖耳；要么偷偷地我行我素。我当然是选择当后者。然而，因为必须要提防着挨扁担，所以就不得不用“溜进”。这就是我溜进金田宅子的理由。

随着溜进的次数越来越多，我虽然无意当什么侦探，可金田一家人的一举一动都在我不屑一顾的眼帘里，刻在了我不愿记忆的脑海里，这也是无奈之事。鼻子夫人每次洗脸的时候，总是会仔细地擦拭着她的鼻子；富子小姐特别爱吃阿倍川的年糕；还有金田先生——不像他夫人那样，金田是个塌鼻子。不仅是鼻子，整个脸都是扁扁的。以至于不得不让人起疑：难道是小时候打架，被坏孩子掐住脖子死命地摁在墙上挤压过，结果直接导致了四十年后的今天那张脸仍然平坦？

且不说那是一张极其安稳、极其安全的脸，但总感觉缺点变化。无论有多愤怒，依然还是一张平静的面孔——就是这位金田先生，他在吃金枪鱼片的时候，总是啪啪拍自己的秃头。他不仅脸是扁的，个子也矮，所以不管在什么场合，总会戴着一顶高帽，穿一双高木屐。车夫觉得他这身装扮很搞笑，将这些说给学生听，学生无比佩服地说：“您的观察力真是细致啊……”诸如此类，这里就不一一赘述了。

近来我从厨房旁边穿过院子，躲在假山后面观察前方。如果发现房门关着，悄无声息慢悠悠地爬进去。如果有人说话，或者感觉可能会被客厅里的人看到的话，就绕到水池东侧，从厕所旁行踪诡异地钻到檐廊下面。我从没做过坏事，没有必要躲躲闪闪，或者说害怕什么，但是如果在那里被人类这种目空一切的家伙撞见的话，就只好认栽了。因此，如果说世界上的人，都成了大盗熊坂长范这样的人，那无论是怎么有素质的谦谦先生，也会采用我这样的态度的。

金田先生堂堂一位企业家，所以不用担心他会像熊坂长范那样，抡起五尺三寸的大刀来对付我，但据说他有个不把人当人看的毛病。既然拿人不当人，自然也不会把猫不当猫的。可见生而为猫，无论怎么有德行，在这个公馆里也决不能掉以轻心。然而，正是“不能掉以轻心”这一点，让我觉得特别有趣。所以我这样反复来往于金田家，说不定只是单纯是为了冒这个风险呢。这个问题，等我后面再好好考虑，等我将猫的思维彻底分析后，再来跟你们说吧。

不知道今天的情况怎样？我这么想着，将前额靠在那片有假山的草坪上，向前方眺望，只见到五十平方米榻榻米的客厅开着窗门，三月的春光洒满一地。屋内金田夫妇正在和一位访客交谈。恰巧鼻子夫人的鼻子正对着我这边，隔着水塘，盯着我的额头看。我被鼻子盯着看，有生以来还是头一遭。

金田先生转过脸面对着客人，他那扁平的脸只能看到一半，而鼻子就无影无踪了。不过，由于花白的胡须在各处恣意生长，所以不难得出结论：在胡须的上方应该有两个洞窟。我顺便引起遐想：如果春风总是吹拂着这样平滑的脸，应该很轻松吧。

访客在三人之中，相貌最为平庸。正因其平庸，关于他的相貌也就没什么可值得说道的了。说起平庸，也不算什么坏事，但要是平庸到登平凡之堂，入庸俗之室的话，那未免有些让人悲怜。身负这么一副无聊透顶的面孔，生于明治之太平盛世的那位访客，究竟是何方人士？如果我没有像往常一样钻进檐廊的地板下，听了他们的谈话，我是绝不会知道的。

“……因此，贱内特地到那家伙的家里登门造访，了解情况……”金田先生的口气依然很傲慢。虽然傲慢，但却不够严厉。说话和他的相貌一样无趣且庸俗。

“是的，因为他曾经教过水岛先生……是的，这主意不错……没错。”

满嘴都是“是的，是的”的人是访客。

“不过，我总觉得那个人很难搞。”

“难怪，苦沙弥就是个不明事理的人……以前他和我住一个公寓时，就像滚刀肉一样……想必您也觉得头疼吧？”访客看着鼻子夫人说。

“且不说头不头疼了，我跟你讲，我活这么大岁数，还没有在别人家里受过这样不礼貌的待遇呢。”鼻子夫人呼哧呼哧地说。

“他说什么不礼貌的话啦？他以前就是个特别顽固的家伙。只要看看他十年如一日只能教教初级英语，就可见一斑。”客人识趣地附和道。

“哎，只要贱内问他什么，他的回答里总是带着刺，简直无法沟通……”

“这可真是不像话。人有一点文化，就容易自以为是，再加上贫困，就会更加争强好胜……这么说吧，这世上居然有那种目中无人的刁民。自己不干活，还老是跟富人反着来，不以为耻……就好像富人把他们的财产给卷走了一样，真是可笑。哈哈哈……”客人好像心情很好。

“哎，真是荒谬至极！之所以会这样，大概是因为没怎么见过世面，从而导致恣意妄为。所以，还是要稍微教训他一下，好让他收敛一些，就让他尝尝苦头吧……"

"有道理。那家伙确定会收敛吗？这么做也全是为他好啊。"客人没等听完是怎么治的，就先表达了赞同。

"你想不到了吧，铃木兄，他是个有多固执的家伙。听说他到了学校，竟然不睬福地先生和津木先生。本以为他是因为内心有愧才不说话的，谁知道据说他最近竟然手持手杖，追赶无辜的学生……三十多岁的人了，怎么会干出这种愚蠢的事来呢？真是破罐子破摔，脑子有点神经了。"鼻子夫人说。

"什么？他怎么又做出这样粗鲁的事情来……"连这位精明的访客听了都有些诧异。

"哎，就是因为学生从他面前经过的时候嘀咕了些什么，他便立马拿起手杖，赤着脚就追了出去。就是那孩子小声嘀咕了几声，那毕竟是个孩子，他可是个满脸胡子的成人啊，而且还是个教师。"鼻子夫人说。

"是啊，还是个教师呢。"客人附和着说。金田先生又重复了一遍："还是个教师呢。"

既然是教师，就算受到再大的侮辱，也应该像个木头一样默默忍受，看来这三人的观点一致。

"还有那个叫迷亭的家伙，也完全是个目空一切的主儿。只知道信口开河，满嘴胡言。我还是头一遭碰到这样的怪人。"

"您说的是迷亭吗？这样看来，他还是那么爱吹牛啊。夫人也是在苦沙弥家里见到他的吗？他可不是个善茬儿。那家伙以前也是和我住在同一个屋檐下的室友，就因为他总是喜欢捉弄人，我常和他打起来。"

“像他那样的人，谁能忍受？其实撒谎骗人也就算了……碍于朋友面子，不得不应付几句……那种情况下，是谁都会说上一些表里不一的话来。可是只要那家伙不吱声就没事了，但他却一直在胡说八道，结果弄得没法收场。我真的是不明白了，他那么满嘴胡言究竟图什么呢……竟然夸夸其谈地睁着眼睛说瞎话。”

“您说得对。撒谎已经成了他的爱好，所以才更加难搞了。”

“你说说看，我好不容易特地去看看水岛先生的情况，都被他给搅黄了。我是既生气，又后悔……即使这样，人情往来还是要有的。既然到人家去了解情况，总不能装作不懂人情世故吧，这种事我可做不出来。所以，后来我让车夫送一箱啤酒到他家去。可你猜怎么样？他说：‘我无功不受禄，这份礼物退回去吧。’车夫说：‘只是聊表心意，还是收下吧。’谁知他却来一句：‘这也太可恨了，我天天吃果子酱，还从来没有喝过啤酒那种苦水呢。’说完，就转身到屋里去了。你看看，这多没礼貌，哪有他这么说话的？”

“确实是过分。”客人这一次好像真的觉得过分了。

“所以，今天特地把你请来。”金田先生稍微停顿了一下，“对那些愚蠢的家伙，原想暗地里戏弄他们一下就算了，可有个事有点儿麻烦……”说着，金田先生像吃金枪鱼片时的样子，啪啪地拍自己的秃顶。

当然，由于我是躲在檐廊的地板下面，所以他究竟有没有真拍他那秃顶，我是肯定不会亲眼看见的，不过最近，他那拍秃头的声音早就耳熟能详了。就像尼姑擅长辨别出木鱼的声音一样，我就算藏匿在地板下面，只要那声音清楚，我就立刻能够辨别出那是金田先生在拍脑袋。

“所以，我想劳烦老弟一下……”

“只要我能办到，定当义不容辞……我这次能调到东京来工作，还不都是仗着您帮忙。”客人非常痛快地答应了金田先生的委托。听口气，这位客人也是受过金田先生帮扶的人。哎，看样子，事情发展得越来越有意思了。只是因为今天天气好，我才临时改了主意来这偷听，万万没有想到这么多有关主人的事情。这可真是无心插柳啊。

我很好奇金田先生拜托访客究竟何事，于是趴在檐廊下面附耳倾听。

“苦沙弥那个怪人，不知道为什么会给水岛出谋划策，话里话外都在暗示他千万不要娶金田小姐……是这样吗？夫人。”

“何止暗示，他直接说：‘普天之下，哪有这种傻瓜，会娶那种货色的女儿。寒月老弟，千万不可以娶她啊。’”鼻子夫人说。

“‘那种货色’？真是太无礼了。他当真说了这么粗俗的话吗？”

“何止是说过，是车夫老婆亲口对我说的。”

“铃木先生，怎么样？你都听到了吧，可见他很难对付啊。”

“这不太好办啊，这种事和别的事还不太一样，按理来说外人是不该妄加论断的。苦沙弥就算再蠢，这点道理也该懂的。这到底是什么情况呢？”

“所以啊……你从学生时代就和苦沙弥同吃同住，不管怎样，听说以前你们关系还不错，所以我才拜托你见到他，一定要彻底告知其个中利害。好不好？也许他会发火，但发火是他的错。只要他还算识趣，我一定会极力帮衬他的，而且也不会再惹他生气。不过，他要是执意不改，我们也会以牙还牙的……也就是说，再那么冥顽不灵，吃亏的是他自己。”

“是的，就像您说的那样，要是再那么冥顽不灵、垂死挣扎，吃亏的是他自己，没有任何好处。我会好好劝他的。”

“还有，向我家小姐提亲的人有很多，并不是说非他水岛不嫁。不过呢，据我所知，这个人学识和品行都还挺好，所以如果他肯钻研学问，他日能考上博士的话，或许还有希望结亲。这个意思，你也可以旁敲侧击地告诉他。”

“让寒月知道这些，对他来说是一种激励，这样他学习起来就更有劲了，真是太好了。”

“还有啊，就是那个事很怪……我觉得和水岛的身份不相符，可他却张口闭嘴都称那个怪人苦沙弥为老师。对苦沙弥说的话，好像大部分都是很听从，这就麻烦了。当然，我女儿也不是非水岛不嫁，所以无论苦沙弥说什么，搅和什么，对我们来说，毫无影响……”

“只不过水岛先生怪可怜的。”鼻子夫人插嘴说道，“水岛这个人我还没见过。总之，能和我家结亲，是他上辈子修来的福气，我想他本人应该不会拒绝吧。”

“是的，水岛先生当然是求之不得呢，可是苦沙弥、迷亭这些怪人总是在那里说长论短的。”

“这就不好了，这不是受过良好教育的人干的事。回头我去苦沙弥家里跟他好好聊聊。”

“那可就让你费心啦。还有啊，实际上水岛的情况苦沙弥最清楚，可上次贱内去他家里时，由于遭到了刚刚说的那种不愉快的境况，没有好好地打听。所以，希望你这次去，可以替我们仔细了解一下水岛的德行、才能等各方面的情况。”

“知道了，今天是周六，我现在就去的话，他应该已经回家了。不知他最近住在哪里？”

“从我家门口向右走，直走到头，再向左走一百多米，有个摇摇欲坠的黑墙房子，就是他家了。”鼻子夫人说。

“如此说来，就在这附近啊。这就更好弄了，我回去时顺便去一下。很容易找到，看门牌就行了。”

“不过他家的门牌有时候有，有时候没有。恐怕是用饭粒把铭牌粘在门上的吧，一下雨就被冲掉了，等到了晴天再粘上，所以门牌是靠不住的。与其这么费事，为什么不直接用木牌钉紧，那多好啊，真是个莫名其妙的人。”

“真是让人震惊啊，不过稍微打听一下黑墙要倒的那家在哪儿，估计就知道了吧。”

“嗯，那么脏的人家这条街上找不出第二家来，很好找的。对了，如果仍然找不到，倒是有个好标志，只要找到屋顶上长草的房子，就没有错了。”

“真是个有特点的人家啊，哈哈哈……”

我要是不趁着铃木光顾之前回去，恐怕不妙。听了这些谈论，已经够了。我从檐廊地板下面一直走到厕所，再往西拐，从假山后面走到大路上，疾步快走回到屋顶长草的房子里，不动声色地绕到客厅的檐廊上。

只见主人在檐廊上铺着一块白色毛毯，趴在上面，让明媚的春光沐浴着他的后背。阳光果然是非常公平的，对屋顶上长满杂草的破屋，就同对金田公馆的客厅一样，照耀得暖暖的，唯有那块毛毯毫无春天气息可言。那块毛毯，厂家是按照白色来织成的，洋货铺也是按照白色来售卖的，而且主人也是当成白色来订购的，怎奈何那已经是十二三年前的事了，白色的时代早已过去，如今，正式进入了深灰色的时代。这条毛毯是否可以度过这深灰色时代尚不知道，更别说存活到变成暗黑色的那天了。就算是现在，那毛毯上已经是伤痕累累，经纬线清晰可见，称之为毛毯，已然是名不副实，倒是去掉“毛”字，称之为“毯子”更为恰当。不过，按照主人的逻辑，既然用了一年、两年、五年、十年，那就一定要用一辈子。

闲话少说，却说主人趴在那块历史久远的毛毯上，在做什么呢？原来他正双手托着腮帮，右手指间夹着香烟在发呆呢。当然，他那满是头皮的脑袋里，宇宙间的最高真理说不定正如火轮一般飞速旋转呢，但从表面上来看，却一点都看不出来。

香烟已经渐渐烧至烟嘴了，一寸多长的烟灰掉落在毛毯上，主人也毫不在意，眼睛跟着烟圈的方向紧紧不放。烟圈随着春风沉浮，画出了一个又一个烟圈，不停地飘向妻子刚洗完头披散着的深紫色发根上……哎，忘了应该先交代一下女主人的事。

女主人的屁股正对着丈夫……什么，你说她是个没规矩的妻子？倒也不是什么没规矩的。规矩与否都是相对的，要看怎么去解读。主人十分坦然地双手托腮，面对着妻子的屁股，而妻子也毫不在意地将庄重的屁股高高耸立在丈夫面前，不过如此，还谈什么规矩不规矩的。这二位是一对结婚还不到一年时，就已经成了摆脱繁文缛节束缚的超然夫妻。

再说了，这位将屁股对着丈夫的妻子，今天不知道怎么想的，趁着天气晴朗，用海藻和生鸡蛋，把一尺多长黑得发绿的头发搓洗了一遍，将顺溜的长发从肩部一直披到后背，就像在炫耀似的。其实，她是为了晾干头发才拿着薄坐垫和针线盒来到檐廊，恭恭敬敬地将屁股对着丈夫的。不过，说不定是主人自己靠近妻子的屁股后面来的。

于是刚才说到的那团烟圈，不断地向浓密而飘逸的黑发上飘去，就像是不合时宜的烟圈正在上升，主人看得入了神。然而，烟不会在某处停留，必然要不断向上升起，所以主人若是不想错过欣赏这青烟和黑丝缠绕的奇景，就必须要转动眼珠。主人首先从妻子的腰部开始看起，顺着脊背逐渐往上，从肩部到了脖颈。然后绕过脖颈，终于到达头顶，主人不禁大惊——原来和主人定下白头偕老约定的妻子头顶正中竟然有一块圆圆的秃斑。而且那秃斑反射着温和的阳光，正堂而皇之地闪闪发光呢。无意间竟然有如此不可思议的大发现，这会儿主人的眼睛尽管迎着阳光，但还是露出了极为惊讶的眼神，他顾不得刺眼的阳光照射放大的瞳孔，专心地盯着那块秃斑看呢。

主人发现这块秃斑时，脑子里首先想到的是他家那盏祖传的不知在佛坛上放了多少年的佛灯盘。他们家信奉真宗。真宗居士的家历来就有把不符合身份的钱花在佛坛上的家训，主人小时候他家黑洞洞的储物间里供奉着一个厚厚的镀金大佛龛，佛龛里总是挂着一个黄铜质的灯盘，那个灯盘白天也点着朦胧的灯。由于储物间很暗，唯有这灯盘闪着微光，因此，想必在他幼小的心灵里，还不知道看过多少遍的佛灯的记忆，一下子灵光闪现，被妻子的秃斑唤醒。

佛灯盘的影像不到一分钟就消失不见了。这时主人又想起了观音菩萨的神鸽。观音菩萨的神鸽和女主人的秃斑似乎毫无关联，但是，在主人的脑子里，两者之间却有着千丝万缕的联想。还是他小时候的事，每次去浅草，他一定要买豆子给神鸽吃。一碟豆子两个铜钱，装在红色瓦碟子里。那个瓦碟子无论是颜色还是大小，都和妻子的秃斑十分相像。

“真是太像了。”主人惊讶地说道。

“什么太像了？”女主人背对着他问道。

“还问什么？你头顶上有一块大秃斑，你知道吗？”

“知道啊。”女主人回答，手里还继续做着针线活儿，一点都没有觉得不好意思，真是个超凡脱俗的模范妻子啊。

“出嫁时就有了，还是嫁过来之后长出来的？”主人问。他嘴上没说，心里却想着：如果是结婚前就有的话，那自己真是上当了。

“记不得什么时候有的了。秃不秃有什么关系吗？”她倒是想得开的。

“有什么关系？那不是你自己的脑袋吗？”主人有点恼火。

“正因为是我的脑袋，才没关系啊。”她虽然表面上嘴硬，但毕竟还是在意的，说着右手伸到头上，摸了摸那块秃斑。“哎呀，长大了不少啊，原先没有这么大。”

如此说来，她到底是明白了，以她的年龄来说，这块秃斑是有点大了。

“女人只要一挽发髻，那里的头发就会被揪起来，是谁都要秃的。”她又为自己辩解起来。

“按这个速度秃下去，到了四十岁，不就变成秃子了吗？这肯定是病，没准还传染呢，赶紧请甘木医生来看看吧。”主人一边说，一边不停地摸自己的脑袋。

“你总这样乱说别人，你自己的鼻孔不也长了白毛吗？秃斑要是传染的话，白毛也会传染的吧。”女主人有点愤愤不平。

“鼻孔里的白毛外面看不见，所以并无大碍，而头顶，特别是年轻女人的头顶，秃成这个样子，丑死了，那岂不是成了残疾了吗？”

“既然是残疾，那你又为何要娶我？是你自愿要娶我的，现在又说什么‘残疾’……”

“因为不知道啊，到今天才知道。既然你那么满不在意，为什么出嫁的时候不给我看看头顶呢？”

“瞎说什么呢？没听说过非要女方婚前还要检查脑袋的，难道说还得合格了才能出嫁吗？”

“秃斑也就算了，可你这个身高也真是太矮了，怎么看都难受。”

“身高不是一眼就可以看明白吗？你当初娶我的时候，不是明明知道我矮吗？”

“是知道啊，可那是以为你还能再长高一些，才娶回来的。”

“都二十岁了，还能长吗？你这也太难为人了。”女主人将婴儿坎肩一丢，转过来对着主人说。看她那阵势，若是主人再说些什么不中听的话，她是绝不会就这么算了的。

“哪有这种说法的，人到了二十岁，就不能再长了？我还以为你过门以后，让你吃些补品，还可能长高一些呢。”主人正堂而皇之地在强词夺理，这时门铃突然响了，有人在门口大声喊叫。看来是铃木先生顺着房顶的杂草标志，终于找到了苦沙弥先生的“卧龙居”了。

女主人只好抱着针线盒和婴儿坎肩躲到茶房去了,回头再和他争论。

主人也收起灰色的毛毯，丢进了书房。不一会儿，主人看到女仆拿来的名片，脸色大惊。他嘱咐了一句“快请他进来”，说着就拿着名片进了厕所。他为什么突然要上厕所呢，不得而知，为什么要将铃木藤十郎的名片拿进了厕所，就更不知道了。反正最倒霉的是不得不陪着主人去臭茅厕的名片。

女仆将花布坐垫放在壁龛前，说了一声“您请坐”，就退下了。铃木先生环顾屋内四周。只见到壁龛里挂着一幅木庵的赝品轴画——《花开万国图》，还有插着春分前后开的樱花的廉价京都青瓷瓶。全部看过后，他突然看见女仆给自己放好的那张坐垫上，不知何时肆无忌惮地坐着一只猫。毋庸置疑，那只猫正是我。

我敢保证铃木先生的心里瞬间波涛汹涌，差点就怒气冲天。这块坐垫毫无疑问是为铃木先生准备的。为自己准备的坐垫，自己还没坐下，居然被一只莫名其妙的动物悠然地坐了上去，这是破坏铃木先生内心宁静的第一个原因。如果这个坐垫空着，任凭春风轻抚，那么，铃木先生没准还会在主人进来后，在请他坐上坐垫之前，在坚硬的地上忍上一会儿，以表示其谦逊有礼呢。然而，在早晚是自己的坐垫上，连个招呼都不打就坐下的家伙是谁呢？要是个人的话，也许还能忍受，可对一只猫岂有忍让的道理。因为是一只猫，这让铃木先生更加不爽，这是破坏他内心宁静的第二个原因。最让他生气的是那猫的表情。不仅丝毫没有一丝的抱歉意思，而且还傲慢地坐在不该坐的坐垫上，眨着两只一点都不可爱的圆眼，盯着铃木先生的脸看，好像在问："你谁啊？"这是破坏他内心宁静的第三个原因。

既然有这么多的不爽，本应掐住我的脖子，把我拖下去，但是铃木先生却默默地看着我。堂堂人类，怎么能被一只猫给吓得不敢动手呢。要说他为什么不立马把我拖下去，以此来发泄心中的不爽呢？我估计，这完全是出于保持其作为人体面的尊严吧。如果付诸暴力，三尺的小孩都能毫不费力地将我甩来甩去。然而从体面这个角度去考虑，铃木藤十郎尽管是金田先生的亲信，但对于我这个镇守于二尺见方的坐垫之上的猫大神来说，也是无可奈何啊。无论在多么背人耳目的地方，要是跟一只猫争夺起坐垫来，多少也有些丢脸。认真地和猫争个是非对错，毕竟有失男子风度，太滑稽了。

为了避免这不光彩的行为，他也只好受点儿委屈了。可正因为不得不受点委屈，他对猫的憎恨也随之加深。铃木先生苦着脸不时还看我一眼，而我觉得欣赏铃木先生那张愤恨的脸真是有意思，我尽量克制着滑稽感，装作毫不在意的样子。

就在我和铃木先生这样表演着哑剧时，主人整理好衣服从厕所出来，“哦”了一声便坐下了，可手里那张名片却不见了。可见铃木藤十郎的大名已经被扔进了茅坑里，被判了无期。这名片可够倒霉的，我正可惜着呢，“这个畜生！”主人一把抓住我脖子后的毛，把我扔到了檐廊上。

“来来，把它铺好。你可是稀客啊。什么时候来东京的？”主人对老朋友寒暄道。铃木先生将坐垫翻了过来，坐在了上面。

“还没安顿好，所以一直没有告知沙弥兄。坦白讲，最近我已经调回东京总部了……”

“那太好啦！真是好久不见啊。自从你下乡后，这还是第一次相见呢。”

“是啊，快十年了吧。其实，后来也常到东京来出差，可是工作太忙，所以一直没有来拜访。沙弥兄不要见怪，公司的工作和沙弥兄的职业不同，抽不开身啊。”

“十年了，你变化很大啊。”主人上下打量着铃木先生。铃木先生梳着光溜的分头，穿着英国制的毛料西服，系着好看的领带，胸口露出了一条金光闪闪的表链。看他这派头，真叫人不敢相信他是苦沙弥的朋友。

“就这个，也是不得已才戴的。”铃木先生不断地炫耀着他的金链。

“这是纯金的吗？”主人问了个很突兀的问题。

“18K 金的。”铃木先生笑着回道，“你看起来也老了不少啊，记得沙弥兄有个孩子，是一个吧？”

“不是。”

“两个吗？”

“不是。”

“还有吗？那是三个咯？”

“是的，三个。不知道以后还有多少。”

“沙弥兄还是那么洒脱啊，最大的几岁啦？不小了吧？”

“哎，我也不清楚几岁了，六七岁了吧。”

“哈哈，当教师真是自在逍遥啊，羡慕死我了。当年要是我也当教师就好了。”

“你可以试一下，不出三天就厌倦了。”

“是吗？又高尚，又快乐，又清闲，可以做自己喜欢的学问，不是挺好吗？虽然说实业家也不赖，但像我这样的还是不行。要做实业家，就要做顶层的。要是在底层的话，见人就得笑脸迎合，或者不得不应酬，跟人推杯换盏，真是蠢极了。”

“我从上学的时候就特别厌恶实业家。只要可以赚钱，他们什么事都干。俗话说就是市井小民。”主人竟然当着实业家的面胡说八道。

“不至于吧，也不能说所有的实业家都如此，不过确实有些卑微。总之，如果不下‘人为财死’的决心的话，是做不了这一行的。话说回来，钱这种东西，也是很厉害的。刚才我还在一位实业家那里听说，要想发财，就必须学会‘三无战术’——无德、无情、无耻。有趣吧，哈哈哈……”

“是哪个笨蛋？”

“他可不是笨蛋。他是个非常精明的人，在企业圈可是很有名气呢，你不知道吗？就住在前面那条街上。”

“金田？他算哪根葱？”

“火气很大啊。何必呢？其实那只是一句玩笑罢了，就是打个比方，连这‘三无’都做不到，就别妄想赚钱了。像你这么爱较真，怎么行？”

“‘三无战略’这种玩笑就算了，可他老婆的鼻子该怎么比喻啊？你去过他家的话，应该拜访过那个‘鼻子’了吧。”

“金田夫人吗？那位夫人可真是个开明的人啊。”

“我是说她的鼻子。就是她的那个大鼻子，前几天，我还给她写了一首俳诗呢。”

“什么是俳诗？”

“连俳诗都不懂啊，你也太落伍了。”

“哈，像我这么忙，对文学之类的毕竟是一窍不通。再者说了，我以前就不太喜欢附庸风雅。”

“你知道查理曼大帝的鼻子长什么样子吗？”

“哈哈哈，沙弥兄真是闲情逸致啊，我不知道。”

“威灵顿被他的部下起了个‘鼻子’的诨名，你知道吗？”

“你怎么这么跟鼻子过不去啊？干吗操那个心，鼻子是圆是尖，无所谓啦。”

“荒谬至极。你知道帕斯卡尔的传说吗？”

“又是什么‘你知道吗？’我就像来考试的一样。帕斯卡尔又怎么了？”

“帕斯卡尔曾经说过。”

“说什么？”

“假如埃及艳后的鼻子能稍微短一些，会给世界的外观带来极大的改变。”

“哦，原来是这样。”

“所以说，像你这样不当鼻子是事，看轻鼻子，可不行啊。”

“好吧，以后我一定重视起来。这事儿先这样吧，我这次来，有点事要跟你商量。那什么，听说原来有个你教过的，叫水岛……那个水岛……哎，名字一时记不起来——听说他常到您这儿来？”

“你说的是寒月吗？”

“对对，是寒月，寒月。我今天来就是想了解他的一些情况的。”

“难道说跟婚事有关？”

“哈，稍微有些关系吧。我今天去金田家了……”

“前几天，‘鼻子’已经亲自来过了。”

“是啊，金田夫人也这么说的。她说想向苦沙弥先生详细了解一下，可是不巧迷亭也在，被他胡说八道搅和一通，什么也没问出来。”

“那还不是怪她长了个大鼻子吗？”

“她并没有责怪沙弥兄的意思。她说，上次因迷亭在，没法详细询问，感到很遗憾，所以委托我再来详细问问。我还从没有帮过人家这种忙呢，不过若是当事人双方都不嫌弃的话，我在当中盘活，以促成事，倒也不见得是一件坏事。就这样，我就来叨扰了。”

“有劳你了。”主人冷冷地说道，但他心里不知怎么，听了“当事人双方”这个词，竟有些动摇。有种像在炎热的酷暑之夜，一缕凉风沁入衣袖一般。原本，主人是被塑造成一个粗鲁、固执而无趣的人，然而，他又把自己与那冷酷无情的文明产物区别开。想要知道他是什么人，只要看他莫名发火，怒发冲冠的样子，你就可见一斑了。

前几天他之所以跟鼻子夫人吵架，是因为看那个大鼻子不爽，对鼻子夫人的女儿倒没什么偏见。因为讨厌实业家，所以必定也会讨厌实业家之一的金田，但对金田小姐本人，可是毫无瓜葛。他和金田小姐往日无怨，近日无仇，而寒月又是胜似手足的爱徒。若是果真如铃木所说，当事人双方你情我愿的话，即便是间接地阻碍了这段良缘，也绝非君子之举。苦沙弥先生当然自诩为君子了——假设当事人双方彼此相爱的话……可是，问题来了。要想摆正自己对这件事的态度，就必须要先弄清楚情况。

“我问你，那个女的真愿意嫁给寒月吗？金田和‘鼻子’怎么想，我不管，她本人是怎么想的呀？”

“这个嘛，叫我怎么说呢，好像……对的，好像愿意的吧。”铃木先生的回答有些含糊不清。他本想只要了解清楚寒月先生的情况，能回去回复就算完事了，至于小姐的心意他并没有问过。所以，就算左右逢源的铃木也难免有些尴尬。

“‘好像’太含糊了吧。”无论什么事情，主人不正面进行进攻，就不会甘心。

“哪里，是我表述的不好。小姐对寒月先生确实是有意。不，那是相当有意啊……什么？是夫人跟我说过的啊。据夫人说，小姐有时还说寒月的坏话呢。”

“那个女子吗？”

“是的。”

“真是岂有此理，还说人坏话。这不是表示她对寒月没有意思吗？”

“这就是尘世繁杂啊，对自己喜欢的人，有时候会骂得更厉害。”

“哪里有这样愚蠢的人啊。”

即使听到对人情世故这些入木三分的分析，主人仍然是不开窍。

“那种蠢货世上随处可见，真是无奈。金田夫人就是这么说的：‘虽然小姐常常说寒月是个没脑子的废物，但这正表明了小姐心里非常挂念他啊。’”

主人听了铃木这一通奇怪的谈话，由于出乎意外，而瞪圆双眼，并不作答，像摆地摊的算命先生一样，死死盯着铃木的脸。看这样子，弄不好会白跑一趟。铃木似乎意识到了这一点，将话题转向了主人也能参与的方面来。

“沙弥兄想想就懂了。小姐家家财万贯，有那么出众的相貌，自然不会愁嫁个门当户对的好人家咯。寒月或许很不错，但要说地位……不，说地位的话可能有些不礼貌，从财产方面来说，我想谁都会觉得这两人不般配吧。尽管这样，做父母的还是操心派我专门为这事跑一趟，岂不是足够证明小姐对寒月有意了吗？”铃木先生巧言令色地解释道。

见主人终于有所领悟，铃木这才放心，但他知道在这关键的时候如果磨磨唧唧，仍然会有被当头一棒的危险，所以加快推进这事，尽快完成任务是上上策。

“总之，就像我刚说的那样，对方表示，金钱、财产什么的都可以不要求，但是希望寒月能够取得一个资格。所说的资格就是学位——倒也不是说他当上博士，才把闺女嫁给他。请不要误会，只是上次金田夫人来的时候，碰到迷亭兄也在，净说了些不着调的胡话的缘故……不，没有怪你。夫人还夸你是个耿直率性的好人呢。全都怪迷亭的不是……所以，人家说了，寒月如果成了博士，女方在世人面前也有脸面了。怎么样？水岛先生近期是否可以着手写博士论文，以便早日获得博士学位啊？其实，金田家对博士啦、学士啦都无所谓的，可是流言蜚语啊，真的是无法将就。”

听他这么一说，主人顿时觉得对方要求有个博士学位也不是没有道理。既然觉得有道理，主人就打算按照铃木先生的话去做。那么要主人活或者要主人死，那就全凭铃木先生一句话了。主人真的是个率性又耿直的人。

“那就等下一次寒月来的时候，我让他写一篇博士论文好了，不过，必须要先问清楚，寒月究竟想不想娶金田小姐。”

“问那么清楚干什么？像你这么老古董，任何事都会办砸了的。还是像往常聊天时一样，不动声色地试探一下，才是上策。”

“试探一下？”

“是的，说‘试探’也许不太准确。其实也不用试探，闲聊时自然而然会弄清楚的。”

“你可能会搞得清，可是我，不问个清楚是不会清楚的。”

“搞不清楚，就算了吧。不过像迷亭那么爱管闲事，胡言乱语，破坏人家姻缘可不好。这种事，就算不成全，也应该尊重人家本人的心意。下次寒月来，请尽量不要过多干扰——不，我不是说你，我是说迷亭。那个家伙只要一插嘴，就没啥希望了。”

正当他替主人编派迷亭时，“说曹操曹操到”，迷亭先生又是踏着春风从后门悄然而至。

“呀，这可是稀客啊。对像我这样的熟人，苦沙弥一直都是怠慢的，不像话。看来，苦沙弥的家，最好是十年上一次门。这点心不是都比往常要贵重吗？”说着，迷亭就毫不客气地大吃起了藤田点心铺的羊肉羹。

铃木先生不知所措，主人讪讪地笑着，迷亭吧唧吧唧吃着点心。我从檐廊看见这一瞬间的时候，就觉得这足以构成一幕哑剧。如果说禅家的无言问答是以心传心，那这出无言的哑剧分明就是以心传心的一幕，尽管很短暂，却还是很精彩。

“我还以为老兄你会羁马一生，志在天涯呢，不成想是什么风把您给吹回来了。看来还是惜命，谁知道会碰上什么运气呢。”

迷亭对铃木说话也跟对主人一样，完全没有什么客气。尽管以前还是在一起吃饭的老朋友，但毕竟十年不见了，总是觉得生疏了，可是，唯独迷亭先生定然不会这样。不知道这是精明还是愚蠢呢？这我可判断不来。

“说得多可怜啊，我可不记得对你曾有过不敬啊。”铃木先生虽然回答得模棱两可，但显然心里有些不安，只好拨弄着那条金链。

“嘿，你坐过电车吗？”主人突然对铃木问了一个奇怪的问题。

“看来我今天来是为了让各位数落的呀。虽然我是个粗人，可我还是有市电公司的六十张股票的。”

“那可不能小看你啊。我原本有八百八十八张半的股票，可惜的是全被虫子蛀了，现在只剩下半张。假如你再早点到东京来，还可以送你十张虫子没蛀的。真是遗憾啊。”

“你这张嘴还是那么尖酸。不过玩笑归玩笑，有那种股票是不会亏的，股价逐年看涨啊。”

“是啊，即便是只有半股，在手里放上一千年，也能盖上三间储物间的。在这方面，你和我都是精明过人的当代人才啊，不过，若说这事，苦沙弥兄可就可怜了。你一提到股票，他没准还以为是白萝卜的同辈呢。”

迷亭说着又拿了块羊羹，向主人看，主人看迷亭拿，也不禁将手伸向点心盘。看来，这世上凡事争先的人就享有被别人模仿的权力。

“股票的事就不要再说了，我是真想让曾吕崎坐坐电车，哪怕一次也行啊。”主人惆怅地看着羊羹上留下的牙齿印。

“说起曾吕崎，听说好像死了。真遗憾啊，他是个很聪明的人，太遗憾了。”

铃木先生刚说完，迷亭立马接过话茬：“虽然很聪明，但厨艺确实最烂的。到他做饭的时候，我总是到校外去吃荞麦面来填饱肚子。”

“没错，曾吕崎做的饭又糊又夹生，我也吃不下去。而且还总用凉拌豆腐糊弄人，冰凉得叫人根本没法吃。”铃木先生也在记忆深处唤醒了十年前的旧事。

“苦沙弥就是从那个时候和曾吕崎成为好朋友的，天天晚上一起出去吃小豆年糕汤，因为吃得太多，结果落下了毛病，现在害了慢性胃炎，相当遭罪啊。坦白说，苦沙弥小豆年糕汤吃多了，按理说，应该比曾吕崎死得早才对啊。”

“真是谬论。我吃小豆年糕汤怎么了，你自己呢，号称什么锻炼身体，每天晚上拿着竹刀到学校后面的卵塔墓地里敲打石塔。后来被和尚们发现，挨了一顿训。”主人也不甘示弱，说了迷亭的糗事。

“哈哈哈……是啊，是啊，记得和尚说了：‘你敲了死人的脑袋，会打扰他们安息的，别敲了。’不过，我只用竹刀敲了，可这位铃木将军却是大打出手。他跟石塔相扑，搬倒了大小三座的石塔。”

“那时候真是把和尚给气坏了，非让我扶起来。我说，等我找人来一起扶。他说：‘不准找别人，为表悔过，你必须自己把石塔扶起来，不然就是触犯佛旨。’”

“当时你上半身穿了一件白布衬衫，下面扎了兜裆布，站在雨后的水洼里吭哧吭哧将石塔扶起来……”

“你居然还煞有介事地给我画素描，真是可恨。我虽不轻易发火，可那时候心里想：这家伙也太过分了。你当时给我说的那套理由我到现在都没有忘，不知你还记得吗？”

“十年前说的话，谁还记得啊。不过，我还记得那座石碑刻的字：‘归泉院殿黄鹤大居士，安永五年辰正月。’那石塔真是古朴啊。我搬走的时候甚至想过将它一并偷走呢。真是一座符合美学理论的哥特式石塔啊。”迷亭又开始得瑟他那半吊子的美学知识。

“你当时是这样说的：‘吾乃有志于美学专业之学子，故须写尽天地之所有趣味之物也，以供未来之参考。诸如可怜、可悲等私情之言，则不应出自忠于学业之吾辈之口。’我觉得这人太不通情理，便用满是泥巴的脏手将你的写生画册全都撕了。”

“我这个前途无穷的绘画奇才遇到摧残，从此一蹶不振，就从那时候开始的。是你断送了我才华啊，我真恨你。”

“别反咬一口啊，我才应该恨你。”

“迷亭那时候就喜欢吹牛。”主人吃光了羊羹，又插嘴进了两人的谈话，“约定的事情，他从来没有践行过。要是有人责怪时，他绝对不会认错，总是那么蛮横无理。当那寺院里百日红盛开之时，迷亭说要在百日红凋零之前，写出一部关于美学理论的作品。我说那简直不可能，你根本就写不出来。迷亭的回答是：‘别看我放荡不羁，其实是个硬汉，你要是不信，我们打赌如何？’我竟信以为真，便以谁输了就请对方到神田吃西餐为赌注。我虽然料到他肯定写不出什么作品，才跟他打赌，但心里还是忐忑不安，因为我根本就没钱请他吃一顿西餐。不过，一直看不到这位老兄有动笔的意思。过了七天，又过了二十天，还是一页都没有动。百日红渐渐凋落，终于最后一朵也都落了，可人家还是没有动笔。我心想：这顿西餐是吃定了，便催着他请客。谁承想他却装聋作哑不睬我。”

“一定又找了理由吧。”铃木先生挑拨离间地说道。

“可不是嘛。真是个厚脸皮的家伙。他还强词夺理说什么：‘我虽然没什么其他本事，可论比决心，肯定不输给老兄你啊。’”

“一页没动笔，还这么说？”这次连迷亭自己也提了疑问。

“当然，当时你还说：‘单说意志的话，我绝对不让任何人。然而可惜的是，记忆力却比别人差了一倍。我想写美学理论的意志力很坚定，可这意志力跟你约定后的第二天，我就忘得干干净净了。因为如此，没能在百日红凋落之前完成我的作品，这是记忆力的罪过，而不是意志力的过错。既然不是意志力的过错，就没有请你吃饭的理由了。’一点都不示弱呢。”

“这次可是让迷亭老兄充分发挥了他的特点，有趣。”铃木先生不知怎么那么有兴致的，和迷亭不在时的口气很不一样，这或许就是聪明人的特点吧。

“有什么意思呢？”看样子主人现在还在气头上。

“说来惭愧正是为了弥补这个过错，我不是不惜花费重金，到处在寻找孔雀舌吗？请暂时消消气，耐心等待吧。不过，说起我的作品啊，我今天可是带了一个特大奇闻来的。”

“你每次来都说有奇闻，我再也不会轻信了。”

“不过今天的奇闻是真的。是正儿八经的奇闻。你知道吗？寒月先生动笔开始写博士论文了。寒月既然是那么一个喜欢卖弄学识的人，应该不会白费心思写什么博士论文吧。由此可见，他还是色心不灭啊，可笑吧。要我说，你一定要通知鼻子夫人，没准儿这会儿他正在做橡子博士的好梦呢。”

铃木听迷亭说起寒月，赶紧用下巴和眼睛提示主人：不该说的话千万别说啊。而主人却毫不理解他的意思。刚才他听了铃木的开导，只是觉得金田小姐蛮可怜的。可现在听迷亭张口闭口‘鼻子’的叫，又想起了前几天和鼻子夫人吵架的事情，觉得‘鼻子’又滑稽，又可恨。然而，迷亭说寒月动手开始写博士论文，就这点来说，算得上是迷亭所说的大奇闻。何止是奇闻，简直就是令人兴奋的大喜讯啊。娶不娶金田家的小姐并不重要，重要的是寒月能当上博士这件大好事。就像自己这样刻废了的木雕，就算白白扔在佛像店的角落，直到被虫蛀了仍然只是个木头，就算一把火烧了，也毫不姑息，但寒月可是一件工艺精美的佛像雕塑，还是早些镀金为好。

“他真的开始写论文了？”主人将铃木的提示抛至九霄，关心地问。

“你这人，老是不相信别人的话……当然了，还不清楚他是打算研究橡子，还是吊颈力学。总之，关于寒月的消息，一定会叫那个‘鼻子’目瞪口呆的。”

每当迷亭不客气地说“鼻子、鼻子”的，铃木总会露出不安的表情。

迷亭却丝毫不知，继续大谈特谈。

“后来我还专门研究了鼻子。最近在《项狄传》[1]这本小说里发现了关于鼻子的论述。假设金田夫人的鼻子被斯特恩发现的话，一定会成为极好的创作素材吧，真是遗憾。尽管她的鼻子有十足的资格载入史册，千古传扬，事实上却这般岌岌无名，真是令人惋惜至极啊。等她下次来的时候，我一定要给她画一幅素描，供美学做参考。”迷亭仍在满口胡言。

“不过，听说那位小姐想嫁给寒月。”主人把铃木那里听来的话学了一遍。铃木不断给他使眼色，意思是这样会惹麻烦，而主人是个绝缘体，根本就不通电。

“这可有点意思啊。那种人的女儿还会爱上别人？一定不是爱情吧，最多是‘鼻恋’而已。”

“哪怕是鼻恋，只要寒月愿意娶她就行了。”

“肯就行了？前几日你不是还大加反对吗？今天怎么又软了？”

“我绝对没有，只是……”

“只是，有点糊涂了吧？铃木，你也算是位列实业家末席，为供你参考，我专门说给你听啊。就是那位金田某人，想让他的爱女当上闻名天下的秀才水岛寒月的夫人，简直就是癞蛤蟆想吃天鹅肉。我们作为他的朋友，当然不能漠不关心，就是你这位实业家，也不能有什么异议。”

“真是精力充沛，风采不减啊。佩服，迷亭兄还是和十年前一样，一点没变，不容易。”铃木敷衍了事，想糊弄过去。

“承蒙夸奖，那就再让你见识一下我的渊博知识。古希腊人非常重视体育，所有的竞技项目都有高额奖赏，想方设法地给予奖励。可奇怪

① 《项狄传》，18 世纪英国文学大师劳伦斯·斯特恩的代表作之一。

的是，唯独对学者的知识毫无嘉奖的记录，直到现在都是一个极大的谜团。”

“确实有些奇怪。”无论别人说什么，铃木总是能附和一句。

“然而，就在两三天前，我研究美学时，竟然发现了当中的缘由。就这样，多年的疑问一举破冰，犹如醍醐灌顶，恍然大悟，到了欢天喜地的境界。”

由于迷亭的话太过云里雾里，就连能说会道的铃木先生都表露出甘拜下风的神情。主人早就料到迷亭又要开始大摆龙门阵了，低下头，用象牙筷子乒乓敲打点心盘。

只有迷亭趾高气扬地继续夸夸其谈。

“那么大家可知道，这位阐明这个矛盾现象、将我从黑暗深渊中解除困惑、救人于千载之下的人是谁呢？他就是号称开人类学问之先河的希腊哲学家、逍遥派鼻祖亚里士多德。据他解释——嘿，不要敲点心盘，给我认真听。由于他们希腊人竞技中所获得的奖品远比他们表演的技艺本身要贵重许多，所以，奖品才成了其表彰和激励的方式。然而，对学识该怎样奖励呢？假设要对学识进行奖励的话，那就必须给以远比学识更有价值的奖品才可以。然而这世上有比学识更贵重的珍宝吗？当然没有。如果授予其低于学识价值的东西，只会有损于学识的尊严。

“当然，人们宁愿将百宝箱堆成像奥林匹克山那么高，倾尽克罗伊斯[①]的财富，也要对学识给予相对应的奖励。但是他们想来想去，最终还是认为无论多少财富都不可能和学识相媲美。从那之后，就直接什么奖励都没有了。

① 克罗伊斯是第一个发行金币的人，后世用他的名字形容非常有钱。

“像上面说的，大家能够彻底明白钱财没法跟学识匹敌的道理了吧！那接下来，以铭记这条真理为前提，我们一起来分析一下现实问题。金田是什么人？也就是个见钱眼开的人而已。打个奇葩一点的比方吧，他就是一张行走的钞票。行走钞票家的女儿，也不过就是一张行走的邮票罢了。回过头来，寒月是什么人啊？他以第一的成绩毕业于最高学府，这是何等的幸运啊。到今天为止，都一直毫不懈怠地系着祖上征讨长州藩时用过的那根衣带，不舍昼夜地钻研橡子的稳定性。尽管这样，他并没有安于现状，能压倒开尔文勋爵[①]的长篇大论不也快要发表了吗？虽说偶尔搞出途径吾妻桥时差点投河的闹剧，但这也是热血青年常有的冲动行为啊，并没有损害一丝他大学问家的身份。倘若用迷亭之辈的比喻来评判寒月的话，他就像一个行走的图书库，一颗由知识铸造的二十八毫米的子弹。一旦这颗子弹在时机成熟后，在学术界爆炸了的话……倘若爆炸了……迟早会爆炸的吧——”

迷亭先生说到这儿，由于他自封为“迷亭之流”的比喻没有及时跟上节奏，因此正像俗话说的，难免有些虎头蛇尾，他稍微有些面露难堪，但马上又开始说：“走路邮票之类，就算有几千万张，也会变成尘土。因此对寒月来说，那样不般配的女人是万不可要的。我坚决不同意。这就像百兽之中最聪明的大象和最贪婪的小猪结婚一样。你说对吧，苦沙弥兄。”迷亭妄言。主人又默默地敲起了点心盘。

铃木先生有些服软了，无奈地说：“就像你说的那样吧。”

刚刚他说了迷亭不少坏话，如果这时候自己再说些不着调的话，主人那种冒失鬼，不知道还会再说出自己多少秘密呢。现在要避开迷亭的

① 开尔文勋爵，热力学之父，第一个认识到绝对零度的人。

锋芒，安全度过这一关才是关键。铃木先生是个聪明人。他深知尽力避免一些不必要的抗争是最要紧的，没有意义的争论的封建时代的残余。人生的奋斗目标不在于雄辩，而在于行动。只要事情能够按照自己的想法顺利开展，人生的目标也就达成了。如果没有辛苦，没有焦虑和争论，事情又可以顺利进行的话，那人生就是极乐世界了。铃木毕业以后，靠的就是这种乐天派的精神获得了成功，靠着这种乐天精神戴了金表，靠着这种乐天精神接受了金田夫妇的委托，又靠着这种乐天精神巧妙而圆满地说服了苦沙弥。正当这件事已经八九不离十就快成功的时候，偏偏就杀出个不受常规约束、心理又有别于常人的痴狂的迷亭，铃木先生被这半路杀出的程咬金弄得有些不知所措了。发明乐天派精神的人是明治绅士，实践乐天派精神的人是铃木藤十郎，而此时因乐天派精神而陷入困境的，同样也是铃木藤十郎。

“由于你的无知，才装模作样地说：‘不至于吧！’还少有地摆出一副沉默寡言的优雅姿态，可是，要是你看到前几天鼻子夫人来这里的那个派头，就算是你这样的维护实业家的人，也肯定会吓到的。是吧？苦沙弥兄，你不是还跟她吵了一架吗？”

“就算如此，据说对我的评价也还是要比你好很多哦。”苦沙弥说道。

“哈哈，真是个自负的家伙。否则的话，被学生、老师嘲讽为‘savage tea’，怎么还可能舔着脸去学校呢？虽说我自以为比任何人都倔强，却怎么也做不到那么厚脸皮。不禁佩服至极啊。”

“学生和老师的几句闲话，有何可怕！法国人圣佩甫可是学贯古今的评论家，但是他在巴黎大学讲课的时候却很不受待见。据说他为了应对学生的攻击，外出时一定会在袖口里藏一柄匕首，当作防身武器。布吕纳介也是在巴黎大学，抨击左拉的小说时……”

“可你和大学教授怎么也挨不上啊。充其量就是个教英语入门的老师，居然还引用世界文豪的案例，就像‘小鱼自诩为大鲸鱼’一样，你说的那些话，更要遭人嘲笑了。”

“闭嘴！无论是圣佩甫还是本人，都是学者。”

“沙弥兄很有见解啊。不过，走路时袖口藏剑是蛮危险的，至少这个还是别模仿的好。如果大学教授袖口里藏剑的话，那么教英语入门的中学教师只配携带一把小刀吧。不过，说归说，身上带刀出门毕竟有些悬，不如到商店里去买个玩具气枪背在后面比较安全些。而且还很有趣。是吧？铃木兄。”

听迷亭这么问，铃木终于察觉话题已经偏离了“金田事件”，稍微松了口气，说：“你还是那么天真无虑啊。阔别十年，今天和两位老兄重逢，好比从狭窄的巷子一下子来到了宽阔的原野。我和公司同事说话的时候，一点儿都不能松懈。无论说什么，都要小心提防，又担心，又紧张，真是痛苦不堪。还是畅所欲言舒服啊。和学生时代的同窗交谈，最无拘无束了。今天和迷亭兄偶遇，真是高兴啊。我还有些事，先告辞了。”

铃木刚起身，迷亭就说：“我也差不多该走了。现在必须去日本桥参加演艺矫风会，刚好顺路，一道走吧。”

“那真是太好了，好久没有一起散步了。”

于是，两个人携手离去。

第五章

说到底，爱情本就是宇宙间的

活力源泉。

这是万物生灵的天性。

要想将一天里发生的事情一丝不漏地记述下来，一字不落地读完，至少也要花二十四小时吧。我再怎么提倡“写生文”，也不得不坦白承认，这东西毕竟不是我们猫族可以企及的技术。所以，尽管我家主人整天都在搞什么值得精细描绘的奇怪言行，而我却没有逐一将它们向读者报告的本事和毅力，真是遗憾。没办法，休息是猫生活的重中之重。

铃木和迷亭走后，就像凛冽的寒风突然平息，雪花飘飘的冬夜一般宁静。主人照例进了书房，孩子们在一个榻榻米上睡得正香。

隔着一道两米多长纸隔扇的朝南屋子里，女主人正躺着给三岁的绵子喂奶。樱花盛开的时节，白天很短暂，此时已经日薄西山，就连外面走过的行人的木屐声都能很清晰地传到饭堂来。邻街公寓里有人在吹奏明笛，断断续续，不时刺激着昏昏欲睡的耳根。外面已经暮色霭霭了吧。晚餐就着鱼肉山芋饼汤，吃光了鲍鱼壳，肚子撑撑的，实在是需要休息一下。

听说这世上有人以写什么《猫恋》的俳谐为乐的情况，说是早春时分，到了夜晚，街上的猫们会倾巢而出，兴奋地四处奔走，以至吵得人夜不能寐。可我还未曾领教过这类心情的变化。说到底，爱情本就是宇宙间的活力源泉。上至爱神丘比特、宙斯，下到土里鸣叫的蚯蚓、蝼蚁，一旦陷入其中，无不心力交瘁，这是万物生灵的天性。因此，我猫族同胞，春心荡漾，真情流露风流快活，也就无可厚非了。回首往事，就连我也曾暗恋过三毛姑娘。

“三无主义”的创始人——金田老板的千金，就是那位大吃安倍川甜年糕的富家小姐，也传出爱慕寒月的八卦新闻。由此，对于天下的雄猫雌猫，在那一刻千金的春宵，心神恍惚，痴狂游走，我丝毫没有三千烦恼而予以轻视的念头，但无论其他猫怎么勾引，我都不会动心，没办法。当下我只想好好休息，这种困意，也没法谈情说爱。我慢慢地转到孩子的被子脚边，美滋滋地睡着了……

忽然睁眼一瞧，不知何时，主人已经从书房来到了卧室，钻进妻子旁边的被窝里了。以主人的习惯，临睡前一定要从书房带一小本洋文书。但躺下后从来没有连续翻过两页以上。甚至有时候拿过来放在枕头边，碰都不碰就呼呼大睡。既然一行字都不看，似乎完全没有必要特意带进卧室来。然而，这就是主人之所以是主人独特的地方，无论妻子怎么嘲讽，让他不要这样，他也是绝对不会改的。每晚照样不辞劳苦地把书搬到卧室来，有时甚至要抱上三四本。

更过分的是，前几天将韦伯斯特主编的大辞典抱过来。话说这是主人的毛病，就像一些讲究人，要是不听龙文堂茶壶发出的松涛之声就难以入睡一样，主人不把书放在枕边，就不能入睡吧。这样看来，对主人来说，书不是供人阅读的，而是催眠的工具，是铅印的催眠剂。

今晚主人也会带来一些书的吧？我看了一眼，果然，有一本很薄的红皮书扣在主人嘴上靠近胡须的地方。主人左手的拇指仍然夹在书里，由此可见，今晚主人应该是破例看了五六行。和红皮书并排的那块镍金怀表，发出了和融融春夜不和谐的颜色。

妻子将吃奶的孩子放在离身子一尺多的地方，然后张着嘴打呼噜，枕头也丢在一边。要说世上什么最难看，我想再也没有比张着嘴睡觉更难看的了。我们猫族一辈子都未曾这样出丑过。本来嘴是发声的器官，鼻子是呼吸空气的工具。当然，到了北方，人都懒了，尽量少说话，这样图省力的结果就是出现了用鼻子说话的鼻音方言。但是鼻孔紧紧闭合，用嘴来代替鼻子呼吸，要比用鼻子方言更不像话。至少，从天花板掉老鼠屎下来，多危险啊。

孩子们的睡相如何呢？一看，她们的丑态也不比她们母亲差。姐姐敦子伸出右手，搭在妹妹的耳朵上，好像在告诉妹妹“姐姐有这个权力”一样。妹妹澄子以牙还牙，肆无忌惮地将一只脚伸到姐姐的肚皮上。双方都比睡觉时转了九十度，而且，两个人都保持着这种别扭的姿势，毫无怨言地静静睡着。

春宵的灯火果然不同以往。在这家人天真烂漫又极不雅的睡相里，灯火好像珍惜这样的良辰一般闪着微光。我环顾四周，想知道是什么时辰了。四邻寂静，只听得钟表的嘀嗒声，女主人的呼噜声，以及远处女仆的磨牙声。这女仆只要别人说她磨牙，她一定不承认，非说什么："我从出生至今，就从来不记得有过磨牙。"就是不说"以后努力改正"或者"抱歉"之类的话，只是一味地说自己不记得有这事。

说的也是，睡着的时候做的事，本人肯定不记得。但是有时候即使不记得，事实也是存在的，所以才麻烦。世上有一种人，一边做着坏事，一边还自以为是正人君子。要说这是因为他们自信没有罪过，而这样天真地以为倒也没事，然而，他人遭的难总不会因为其天真而减少半分。这类绅士淑女也和这个女仆是同类人——看来已经夜深了。

这时传来咚咚两声。估计是那些老鼠吧。如果是老鼠，我是定然不会去捉的，由它们恣意胡闹去吧——又听见砰砰两声。总感觉不像是老鼠。假设是老鼠，也一定是个谨慎的家伙。主人家的老鼠，都像主人任教的那所学校里的学生一样，不分白天黑夜，一心修炼如何耍赖撒欢，由于他们是一群以惊破可怜的主人好梦为天职的浑小子，所以绝对不能这么客气。

又听得吱的一声从下往上推窗的声音，同时，还将拉门尽量慢慢沿着沟槽滑动。我越来越肯定这不是老鼠了。肯定是人。在这深夜里，也不叫门，就自己开门，肯定不会是迷亭先生和铃木先生，说不定是久闻大名的梁上君子。既然如此，我还真是想看看其庐山真面目。那人这时似乎已经抬起巨大的脚，跨进厨房两步了。当他跨第三步时，被绊倒在地板上了，发出咕咚一声。吓得我只觉得好像被人用鞋刷倒刷后背的毛一样竖了起来。

过了一会儿没有听见脚步声。我一看女主人，还是张着嘴，拼命呼吸着太平空气。主人也梦见了他的大拇指被夹在红皮书里了吧。不久，从厨房传来了擦火柴的声音。别看是小偷，似乎还不如我拥有一双夜眼呢。他看不清屋里的样子，估计行动不方便，也蛮为难他的。

这个时候，我蹲在地上思考起来。那小偷是从厨房往茶房移动呢，还是向左转，穿过玄关，直奔书房而去呢？……听脚步声，是打开拉门后去了檐廊。看来他是去了书房，后来就没有声息了。

到这会儿我才想起来，应该趁机赶紧叫醒主人夫妇俩。但是，怎么才能叫醒他们呢？莫名的方法在脑子里滚水车似的一圈圈乱转，就像一团糨糊。我想，要不咬住被脚晃他们看看，试了两三次，没有用。又想到用冰凉的鼻尖去蹭主人两边腮帮的方法，便将鼻子凑近主人的脸，可是主人虽在睡梦里，却用力一伸手，一巴掌扇到我的鼻子上。鼻子对猫来说，是个重要器官，疼得我要命。

我没法子了，便喵喵地叫了两声，想叫醒他们。但不知怎么回事，偏偏这个时候，喉咙里像卡了东西似的，发不出声音来。好不容易喊出一声来，还把自己给吓了一跳。主人没有醒来，却忽然听见小偷的脚步声，沙沙地顺着外廊走近了。到底是来了，这次没救了。我彻底死心了，藏身在纸隔扇和柳条包之间，偷窥动静。

小偷的脚步声到了卧室拉门前停下来。我屏住呼吸，全神贯注地等着看他下一步做些什么。事后回忆，我当时的气势真是两眼瞪圆，就像灵魂出窍了一样。假如捉老鼠时能拿出这个劲头的话，哪里有功亏一篑的道理？多亏了这梁上君子，让我终于开窍，真是难得啊。

只见拉门第三道格纸就像被雨淋湿了一样，中心部分开始变色。淡红色的东西透过薄纸，越来越浓，不知道什么时候纸破了，露出了一条血红色的舌头。舌头又消失在黑暗中，不一会儿，换了一个发光的东西在破洞里，毋庸置疑，那是小偷的眼睛。奇怪的是，我感觉那眼睛并没有去看屋里的任何东西，好像一直在盯着躲在柳条包后面的我的身上一样。虽然一分钟不到，但我觉得这样被他盯下去，会减寿的。我实在忍不住了，就从柳条包后跳出去吧。就在这时，卧室的门喀拉一声开了，让人急不可耐的小偷终于露了真相。

按照叙述的顺序，我应该荣幸地在这里将这位不速之客梁上君子向诸位介绍一下，但在这之前，我就权当抛砖引玉，仅供参考。

据说古代的神灵，被奉为全知全能，尤其是耶稣，直到二十世纪的今天，仍然披着全知全能的面纱。然而，凡夫俗子心里的全知全能，有时候也可以理解为无知无能。这就是个反论。而说破这一反论的，开天辟地以来估计也只有我了。这样想来，我也有了虚荣心，觉得我并不是一只猫的等级了，所以必须在这里申明理由，将“对猫不可小觑”这一观念，输入到高傲的人类大脑里去。

据说世间万物都是上帝创造的，那人也是上帝创造的了。《圣经》就是这么明文记载的。关于人的诞生，人类自己数千年的观察，深感奇妙而玄之又玄，同时，越来越倾向于承认上帝的全知全能了，这是一个不争的事实。毫无疑问，就算有再多的人，相貌相同的却没有一个。脸上的五官当然千篇一律，尺寸也大致相似。换而言之，人们都是由相同的材料制作的，尽管材料相同，却没有一模一样的人。只用那么简单的材料，竟然可以创造出那么多不一样的面孔来，不得不佩服造物者的本事。如果不具备极为独特的想象力，也就不可能创造得这样变化无穷。

一代画家，耗尽一生的精力描绘出不同的面孔，也不过十二三种。

由此推断，一手承包了创造人类的上帝，真是技法卓越，不得不让人叹为观止。由于这毕竟是人类无缘亲历的绝技，所以称为“全能技法”也无可厚非。在这点上，人类似乎对上帝诚惶诚恐。确实，从人类的角度来说，对上帝惶恐也完全说得通。然而站在猫的角度来看，同样的事实，也可以理解为：这恰恰证明了上帝的无能。

我想，就算上帝不是完全无能，也可以断定，绝不具有比人类更大的本领。传说上帝是按人头数来创造了众多的面孔。那当初他是胸有成竹地造出天壤之别的模样吗？还是本想着无论是谁，全都一个样子，可做的时候总有不如意，造一个，坏一个，所以才到了这么杂乱不堪的境地呢？这一点，谁能说得清？人类的面部构造，既可以说是上帝超凡绝技的里程碑，也可以说是上帝没能获得成功的痕迹，不是吗？虽然可以说成“全能”的，但评价为“无能”也无可非议。

由于人类的两只眼睛是并列排在同一平面上，不能同时看到左右两侧，所以，进入视野范围的只有事物的一个侧面，真是可怜。如果换个角度来看，这么简单的事实，在人类生活中虽然白昼黑夜往复不断，然而，由于当事人头晕目眩，惮于神灵，从而不能悬崖勒马。如果说制造出变化极为困难，那么彻底地仿制也同样苦难。假设要求拉斐尔画两幅不差毫厘的圣母像，就等于强迫他画出两幅大相径庭的玛丽亚像一样，恐怕拉斐尔也很为难吧。或许画出两张完全一致的画反而更难。要求弘法大师用昨天的笔触再写一次“空海”二字，也许比要求他换一种书体来写更为困难。

人类使用的语言，完全就是靠模仿得来的。人们跟着妈妈、奶妈或者其他人学习日常语言时，除了重复听到的词语之外，丝毫没有其他的诉求。即使是说也只是在尽力模仿而已。这样建立在模仿别人的基础上的语言，十年、二十年后，发音自然会发生变化，这足以证明人类是不具备一成不变的模仿能力的。纯粹的模仿就是这么困难到极点。因此，假设上帝能把人类造的无法区分，完全就像是一个模子里出来的话，就更加能够证明上帝是无所不能的。同时，像当下这样，将胡乱造出来的面孔暴露在阳光下，让其生出叫人眼花缭乱的变化，反而成了断定上帝无能的佐证。

我都忘了有何必要发这一通言论了。不过，“忘本”这种事就连对人类来说都是家常便饭，猫当然也难免，请莫要见怪啊。总之，当我拉开卧室的拉门，突然看见出现在门槛上方的梁上君子时，上述感慨自然涌上心头。“为什么呢？”如果这时有人问我，我就得立马思考一下。这个嘛——理由是这样的：

当我看到梁上君子悠悠出现时，往日我总是怀疑上帝造出来的人这种作品，说不定是上帝无能的结果。然而，他这张脸完全有一下子否定我这疑问的特征。这特征不是其他，正是这样一个事实：他的眉眼和我们那可爱的帅哥水岛寒月就像是一个模子里刻出来的。

我并不是说在盗贼里有多少知己，但平时根据盗贼的粗暴行为来想象，心里不是没有悄悄勾勒过他们的容貌：鼻翼向左右两侧伸张，长着两只一分钱铜币大的小豆眼，剃着光头……这虽说是假想的，但亲眼见到的跟想象的却大相径庭。看来绝不可随便想象。

而这位小偷，却是个身材高挑，长着浅黑色一字眉的风流倜傥、相貌堂堂的贼。估摸着二十六七岁的样子，就连年纪都是复制寒月先生的。既然上帝可以造出两个如此相像的人来，那就肯定不能觉得上帝无能了。

说老实话，由于这俩人实在太相像，导致我一度产生错觉，以为兴许是寒月先生精神不正常，所以才半夜跑来了呢。只因盗贼的鼻子下面没有留浅黑色的胡子，这才觉得原来不是他。

寒月是个标准的帅气男子，是足够让被迷亭称为“行走的邮票”的金田小姐都黯然的上帝的杰作。不过这位梁上君子从长相来看，对女人的诱惑力，也毫不逊色于寒月。假设金田小姐只对寒月的五官迷恋的话，那么理应对这位盗贼也同样着迷。显然，金田小姐看上的是寒月的才华和智慧。但如果把寒月的才华和智慧换给这位梁上君子，我想，金田小姐也一定会献出全身的爱，来收获琴瑟和谐的爱情果实的。即使寒月先生被迷亭之辈说服，这桩千古良缘就被破坏了，只要这盗贼还活在人世，小姐就不用担忧了。我为这富家小姐对事情的发展做了这种程度的预测，这才放下心来。这位梁上君子能够存活于天地间的必要条件之一便是让富家小姐生活美满。

他胳臂下像是夹着什么东西。我定睛一看，原来是刚才主人丢进书房里的旧毛毯。他身穿条纹布短衣，一条青灰色博多腰带松松地系在臀部上边，苍白的两条小腿露了出来，这时候他正跨出一只脚进了屋内。

主人一直在做大拇指被红书咬住的梦。这时，他咕噜一下翻了个身，大叫：“是寒月。”盗贼吓得手里的毛毯掉在了地上，连忙将跨进来的那只脚缩了回去，纸隔扇上映出两条颤巍巍的小腿。主人哼了一声，嘴里嘟囔着，一把推开了那本红皮书，像得了皮癣一样，咯吱咯吱挠着那条黑胳膊。然后就没有了动静，主人扒开枕头睡着了。原来他的那声“寒月”，只是在说梦话。

小偷仍然站在檐廊上，观察着屋里的动静，当他看清楚夫妻两人都在熟睡当中，又将一只脚踏进了屋里的草席上。这次连喊寒月的声音都没有了。接着，另一只脚也跨了进来。一盏春夜长明灯将房间照得通亮，那房间被小偷的影子分割成阴阳两半。那影子从柳条包那儿开始，越过我的头顶，半边墙壁都是暗的。我回头一看，小偷的面影刚好在墙壁的三分之二高的地方模糊晃着。就算是个美男子，假如只看他们的影子，就像八头怪物一样奇形怪状。他附身盯着女主人睡着的脸看了一会儿，不知何故竟咧着嘴笑了起来，他连笑容都和寒月一模一样，真是叫我震惊。

女主人的枕头旁边，当宝贝一样的放着一个钉着钉子的四寸宽、一尺五六寸长的箱子。这里装的是家住肥前町的多多良三平先生前段时间探亲带回来的家乡土山药。把山药放在枕头边，陪伴着进入梦乡，真是闻所未闻，但是，这位女主人是个缺乏“适得其所”观念的女人，连烧菜用的白糖都要往衣橱里放。与她而言，别说山药了，就算是卧室里有腌萝卜也是见怪不怪的。而小偷毕竟不是神仙，不可能知道她是这样的女人。既然这样贴身放，也难怪他会断定这是件贵重的物件儿。小偷稍微抱起箱子掂了掂，果然很有分量，非常满意。我想，他是打算偷山药了。一想到这样一位漂亮的男子居然去偷山药，我不禁感到可笑。但是如果笑出声的话，就危险了，只好拼命忍住。

小偷开始用旧毛毯小心地包好山药箱，然后四处张望，想找一根绳子捆好。幸好旁边扔了一条主人睡前解下的绸腰带，他用这条腰带将山药箱结实地捆起来，轻易地背在了身上。这可不是女人喜欢的姿势。然后，小偷又将两条孩子的棉坎肩塞进了主人的棉裤里，棉裤的裤裆被撑得鼓鼓的，就像青蛇吃了一只青蛙一样——可能还是用“青蛇临盆”来比喻更贴切一些。反正是奇哉怪也。如果谁不相信，不妨试一下。小偷把主人的棉裤缠在脖子上。接着看他下面要偷什么？只见得他又把主人的丝绸上衣摊开当包袱布。将女主人的腰带、男主人的外套和内衣等其他衣物，搜刮个遍，统统装了进去。他那熟练而利索的整套动作，倒是叫我心里多少有些佩服。尔后，他用女主人的和服的腰带衬里和腰带连成一条绳，系紧了这大包的收口，一只手拎起来。他四处看看还有没有可以带走的，看见主人脑袋上方有一包"朝日牌"香烟，便抽出一根靠着煤油灯点着，深吸一口，喷出的烟雾在乳白色灯罩外缭绕。没等到烟雾散去，小偷的脚步声已经顺着檐廊远了，慢慢就听不到了。

主人夫妇俩还在酣睡。人类还真是心大啊。

我还需要休息一会儿。一直这么饶舌的话，身体肯定吃不消了。当我蒙头睡去，一觉醒来，天已经亮了，阳春三月，天朗气清，主人夫妇正在后院厨房口和巡警说着话呢。

"那么，是从这儿进去的卧室吧？你们正在睡觉，根本没有知觉咯？"

"是的。"主人好像有些不好意思。

"那失窃大概是几点呢？"巡警这个问题真是叫人无法回答。如果知道是几点失窃的话，盗贼怎么会得逞呢？主人夫妇没有意识到这一点，就这个问题，一味地互相质问起来：

"几点呢？"

"我想想……"夫人思考起来。她似乎以为只要思考，总会想起来的。

"你昨晚几点睡的？"

"我在你后面睡的。"

"那我们是几点醒的？"

"大概是七点半吧。"

"那小偷是几点时候进来的？"

"应该是半夜吧。"

"还用你说，当然是夜里啦，我是在问几点钟？"

"确切的时间，不仔细回忆一下怎么会知道呢？"

妻子还是打算继续回忆的。但巡警不过是走个过场，随便问问的，至于那小偷几点进来的，根本与他无关。他觉得主人夫妇随便回答一下就可以了，就算撒谎也没事，然而主人夫妇却老是傻傻地互相质问，于是巡警不耐烦了，问："这么说，被盗的时间你们不知道了？"

主人带着他特有的强调回道："可以这么讲吧。"

巡警没有笑，说："那请你递交一份失窃诉状。写明'明治三十八年某月某日，锁好门窗睡觉后，盗贼将某窗摘下，溜进某室，盗走了几件物件。特此申诉。'这不是申报，是申诉，最好不要写抬头。"

"被盗物件需要一一列出吗？"

"是的。外套几件，价值多少，这样列成表上报——我进屋看也没有用，已经是被盗之后了。"巡警轻描淡写说完就走了。

主人将笔砚拿到客厅中心，让妻子坐在自己面前，用吵架一样的大嗓子说："现在我要写被盗申诉书。你把被盗物件一一说出来，快说。"

"哟呵，真行啊。居然还叫我'快说'，你这么横，谁还乐意说？"女主人只系了一根细带子，一屁股坐了下来。

"你怎么这个样子，真像个没人要的卖笑女郎。为什么不系腰带？"

"你要是嫌这带子难看，就给我买一条啊。什么女郎女郎的，还不是因为被偷了，我有什么办法啊？”

“连腰带都被偷了吗？真是可恨的小偷。那就从腰带开始写吧。丢的是什么腰带？”

“什么样的腰带？我倒是有几条呢？就是黑缎子面、绸子里的那条啊。”

“好。黑缎面、绸子里的腰带一条，多少钱啊？”

“六块钱左右吧。”

“那还得了？这么贵的带子。以后要系一块五角左右的。”

“哪有那么廉价的带子啊。所以说你这个人没有人情味呢，不管老婆穿得怎么邋遢都无所谓，只要自己打扮好了就行。”

“好啦。还丢了什么呀？”

“捻绸外套。那个是河野姑妈的遗物，以前的捻绸跟现在的捻绸完全不是一个级别。”

“没时间听你讲。值几个钱？”

“十五块。”

“穿十五块的和服外套，和身份不符啊！”

“那又如何，又没花你的钱买！”

“别的呢？”

“一双黑色布袜。”

“你的？”

“是你的！两毛七分钱买的。”

“下一个。”

“一箱山药。”

“山药都被偷去了？他是想做山药泥还是想水煮了吃？”

“我怎么知道他想怎么吃，那麻烦您去窃贼家跑一趟问问他。”

“值多少钱啊？”

“我哪里知道山药的价钱。”

“那要不就写十二块五毛吧？”

“这有点夸张了吧。哪怕是唐津挖来的山药也值不了十二块五毛钱吧。”

“你不是说不知道吗？”

“是不清楚啊。可说十二块五毛钱也太离谱了吧。”

“不清楚价格，又说十二块五毛钱太夸张，是什么意思呢？根本不符逻辑啊。所以我才说你是奥坦钦·巴列奥略[①]啊。”

“说我是什么？”

“奥坦钦·巴列奥略。”

“什么意思啊？”

“你管它什么意思呢。下面是——怎么我的衣服一件也没说？”

“还有什么不关我的事，跟我说下‘奥坦钦·巴列奥略’是什么意思。”

“哪里有什么意思哦。”

“那你也得告诉我。你这也太欺负人了，一定是看我不懂英文，用英文讲我坏话的。”

“少废话，快接着往下说。再不抓紧提交申诉书，被盗的东西就不

---

① 奥坦钦·巴列奥略，双关语，江户语“大傻瓜”，君士坦丁·巴列奥略是拜占庭帝国的最后一位皇帝。

能找回来了。”

“就算现在申诉也没办法找回来了。还是赶紧告诉我奥坦钦·巴列奥略是什么意思的好。”

“你这个女人啊，真是难缠。不是说了嘛，没什么意思。”

“那行，被偷的就这些了。”

“真是榆木脑袋。那随你好了，我也不写申诉书了。”

“我也不跟你说丢了什么了，申诉书应该是你自己写的，你不写，我有什么可怕的。”

“那就不写好了！”

主人跟往常一样，猛地起身走进了书房。女主人也进了饭堂，坐在针线盒前。大概有十分钟的时间，两个人什么也没干，就干瞪着纸隔扇发呆。

这个时候，寄山药来的多多良三平，哐当一声把大门推开，走了进来。这位多多良三平曾经在主人家寄宿过，现在已经从法政大学毕业了，在一个公司的矿山部上班。这也是一位实业家的苗子，是铃木藤十郎的后来人。三平先生感念从前的交情，经常到主人的茅屋拜访。要是周末，会玩一天才回去。

“师母，今儿个天气真好啊。”他在女主人面前跪坐下来说道，听他口音像是唐津口音。

“噢，是多多良先生啊！”

“老师出去了？”

“没有，在书房呢。”

“师母，老师如此用功，对身体不好啊。而且还是周末，师母！”

“跟我说了我没用，你直接跟你老师说吧。”

“好……”说到这里，三平看了看屋里，说，“怎么今天也没看到小姐们啊？”

话音未落，敦子和澄子就从隔壁房间跑了出来。

“今天有带寿司吗？多多良哥哥。”姐姐敦子还记着之前的约定，一见到三平先生就问道。

多多良挠挠头，坦白说：“还记着呢？今天忘了带，下次一定带来！”

“不行！”姐姐说完，妹妹也马上跟在后边学着“不行——！”

女主人的心情慢慢好些了，脸上露出了一丝笑容。

“我没带寿司，可我带了山药来啊。小姐们可有尝过？”

“山药是什么？”姐姐问完，妹妹又学着说：“山药，是什么呀？”

“还没有吃吗？赶紧让妈妈煮呀！唐津的山药可跟东京的不同，特别好吃！”

听着三平先生夸赞着家乡，女主人这才想起来。

“谢谢多多良先生，上回送来了那么多的山药。”

“如何？吃过了吗？我特地找人做了个木箱，装得很紧凑，省得山药弄断。我想应该没断吧？”

“可惜了，您好不容易送来的山药，昨天晚上被小偷给偷了。”

“小偷？真是个笨蛋！居然有这么喜欢山药的人啊？”三平感慨道。

“妈妈，昨晚家里进贼了？”姐姐问。

“嗯。”女主人轻声应道。

“进贼了……进贼了……来的时候是什么表情呢？”这次是妹妹问的。对于这个奇怪的问题，女主人也不知道要怎么回答了，她说：

“进门的时候是一张恐怖的脸。”说着，看了看多多良。

“恐怖的脸？是不是像三平哥哥那样的脸啊？”姐姐毫不留情地反问道。

“说什么呢，没礼貌。”

“哈哈……我长相这么恐怖吗？这可如何是好啊。”三平边说边挠头。

多多良三平的后脑勺有一块直径大约一寸左右的秃顶。一个月前开始的，找医生看过了，还没医好。是敦子第一个发现这块秃顶的。

“哎哟，三平哥哥的脑袋和妈妈脑袋一样发亮呢。”

“不是让你们不要胡说了吗？”

“妈妈，昨天晚上那个小偷，脑袋也发亮吗？”妹妹问道。女主人跟三平先生都控制不住地大笑起来。

可孩子们太烦人了，根本没法好好说话，女主人对姐妹俩说：“好了，好了，你们去院子里玩一会儿吧，妈妈这就给你们拿点心来。”终于把孩子们赶了出去，然后认真地问道：“多多良先生，你的脑袋怎么了？”

“生虫子了，总也治不好。师母您也有吗？”

“瞎说，哪来什么虫子！女人盘发髻的地方，都会有些秃的。”

“秃顶，都是有细菌的原因啊。”

“我的可不是细菌。”

“那就是师母执拗了。”

“不管怎么说，反正不是细菌。对了，秃头用英语怎么说呢。”

“秃头好像是 bald。”

“不对不对，还有更长一点的名字吧？”

“问问老师，立马就知道了。”

“不管怎么说他都不告诉我，所以我才问你的啊！”

“我只知道 bald，很长的词？怎么说的？”

“是‘奥坦钦·巴列奥略’，‘奥坦钦’可能是‘秃’，‘巴列奥略’是‘头’的意思。”

“可能是吧。我这就去老师书房查下《韦氏大辞典》。不过老师也真是与众不同呢。天气这么好，竟然闷在家中。师母，这样下去，老师的胃病可好不了啊！还是劝劝他去上野赏樱花吧！”

“你喊他去吧！他这个人是不可能听女人的话的。”

“老师最近还那么爱吃果酱吗？”

“对啊，还是那样。”

“前不久还跟我发牢骚呢。‘你师母老说我果酱吃得太狠，真发愁。可我没觉得吃得多啊。难道算错了？’我就说：‘那肯定是师母跟小姐们一起吃的……’”

“你这个让人讨厌的多多良！为什么要那么说呀？”

“可是，师母的样子就像是爱吃果酱的呀！”

“看样子怎么能看得出？”

“虽说是看不出……不过，师母一丁点儿也没吃吗？”

“当然吃了一点。吃点有什么关系？自己家的东西嘛。”

“哈哈……我就猜到了……不过，说正经的，被盗可是无妄之灾呀！只偷走了山药吗？”

“若是只偷了山药就不发愁了，连平常穿的衣服都被偷走啦。”

“当下有什么困难吗？又需要借钱吧？这只猫，换成是狗就好了……真是亏大了啊。师母，一定要养一条肥壮的狗……猫一点用处都没有，就知道吃……会捉老鼠吗？”

“一只老鼠也没有捉过，是个刁钻耍滑的猫！”

“哎哟，那您不等于白养了吗。赶紧扔了吧！要么，我把它抱走炖了？”

“呵，多多良先生还吃猫？”

“吃过的。猫肉特别美味。”

“胆子真大！”

我也曾听过这样的传说：在低等人当中，有些吃猫肉的野蛮人。但是，连平素蒙受眷顾的多多良先生竟也是这种人，倒是让我做梦都万万没有想到的。何况，你也不再是那穷学生，尽管毕业的时间不长，却也是堂堂一名法学士，在六井物产公司工作，因此，我的惊讶也就非同小可了。

“见人要想到防贼。”这句格言已经由寒月二世——梁上君子的行为佐证了。而“见人要想到吃猫鬼”这句话则幸亏多多良先生，我才能够悟通的真理。“见多而识广”，见识广博自然可喜，但是危险也逐渐增多，越来越不能大意。人，无论是变得狡猾，还是变得卑鄙，或披上表里不一的伪装，无不都是见识广而导致的恶果。见识广是年岁大的过错。所谓“老人没有好东西”，说的大概就是这个道理。像我猫辈，或许还是早点在多多良先生的锅里陪同着洋葱一起成佛方为上，我暗地里思考，躲在墙角缩成一团。这时刚刚因为和妻子吵架，一度回到书房的主人，听见多多良说话，慢吞吞地再度出现在客厅。

“先生，听说您家里被盗啦？真蠢啊！”多多良劈头盖脸说了主人一通。

“到别人家里来的才蠢呢！”主人无论什么时候都以圣人自居。

“贼当然是蠢，可被偷盗的也不怎么聪明。”

“还是没有东西可偷的多多良先生这种人最聪明吧？”妻子这次站在了丈夫这一边。

“不过，最蠢的还是这只猫。真是的，它整天都在干什么？又不捉老鼠，贼来了也假装看不见……先生，索性把这只猫给我得了。养着它在家里也一点用都没有。”

“给你也可以，你有什么用吗？”

“炖肉吃！”

主人听了这句过于刺激的话，立马露出胃病患者那病态的笑，但是并没有表态，而多多良也没有表示说一定要吃猫肉，对我来说，真是大喜过望。过了一会儿，主人转移了话题，说：“猫怎样都没关系，可衣物被偷了，冻得受不了啊。”说话间显得非常沮丧。

怎么会不冷啊？冬天的时候，主人一直都穿两件棉衣，而今天只穿了件夹衣和半袖衫，从早上起来开始，也不出去活动，一直坐在屋子里，本来就已经不多的血液全都为他的胃而忙了，根本顾不上手脚了。

“先生，干教师这个行当，到底是失算啊！稍一被盗，马上就捉襟见肘了。——干脆重打鼓重起桩，做个实业家吧？”

“他讨厌实业家，你说了也是白费口舌。”女主人从旁插嘴对多多良说。不用说，女主人当然希望丈夫能成为实业家。

“先生，您毕业几年了？”

“算起来今年是第九年了吧。”女主人说罢，回头看了一眼丈夫，丈夫模棱两可。

“已经九年了，也不涨薪资。再有学问，也没有人赏识。真算是‘郎先生独寂寥’啊！”多多良将中学时期背熟的一句诗朗诵给女主人听，女主人完全不明所以，没有回应。

“教员嘛，自然不喜欢。实业家嘛，那就更不喜欢了。”主人心里好像在打算着自己到底喜欢什么。

“他是讨厌所有的……”妻子说。

“不讨厌的只有师母吗？”多多良开了个有失身份的玩笑。

“那是最讨厌的！”主人回答得极干脆。

妻子转过脸去，假装无所谓，然后回过头看着丈夫的脸，说：“我怕是你连活着都厌倦了吧？”她满心以为这下子能堵住主人的嘴。

“反正不怎么喜欢。”主人的回答竟然不急不躁，这可让女主人没辙了。

“先生，您得振作精神多出去走走，不然身体会垮的……要不您当个实业家吧！赚钱简直就是易如反掌的事。”

“你也没有赚到什么钱啊，还说我呢。”

“先生，我不是去年刚进的公司嘛。尽管如此，怎么也比老师多一点积蓄吧。”

“存了多少？”女主人急切地问道。

“已经有五十块了。”

“你到底每月拿多少钱？”女主人又问。

“三十块。其中每月存入公司五块，备而不用。师母，您也拿零钱买点外环线电车的股票吧？从现在起，三四个月后就能多挣一倍。只要稍微投入一点钱，很快就可以升值两倍、三倍呢。”

“要是有那么多钱，就算家中被盗，也不至于犯难了。”

“所以我才说，最好当个实业家嘛。假如先生是学法律的，在公司或银行里做事，如今每月会有三四百元的收入呢，太可惜了……先生，您认识工学士铃木藤十郎吗？”

“是，昨天来过。”

“是吗？前些天在一个酒会上见到他时，提到先生您，他说：‘原来你在苦沙弥兄家做过学生啊？学生时代我也曾和苦沙弥兄在小石川寺同过窗。下次你去，代我问个好，说我过几天去拜访他。’”

“听说他最近来东京工作啦？”

“是的。以前他一直在九州煤矿，近来调到东京来了。很能干的。跟我说话也跟老友一样……先生，您猜猜看他每个月挣多少钱？”

“不知道。”

“每个月薪资二百五十块。年中、年底还有分红，平均每个月能挣四五百块吧。像他那样的人都能挣那么多，先生可是教英语入门的行家里手，却仍然‘十年一狐裘’，真是有些迂腐啊。”

“确实有些迂腐。”

即便是主人这样超脱的人，对金钱的看法也和普通人差不多。不仅因为穷困潦倒，很有可能比普通人还要渴望金钱。

多多良大肆鼓吹了一番实业家的好处后，也没什么内容可讲的了，便说：“师母，有个叫水岛寒月的人到先生这里来吗？”

“是啊，经常过来的。”

“他这个人怎么样啊？”

“好像是个蛮有学识的人。”

“是个帅哥吗？”

“哈哈，跟你差不多吧。”

“是吗？跟我差不多吗？”多多良表现得极其认真。

“你怎么知道寒月的名字的？”主人问。

“不久之前有人托我了解一下他的情况。那寒月真的是个值得了解的人吗？”多多良还没开始了解，就已经拿出一副在寒月之上的态势。

“这个人远比你厉害。”

“是吗？比我还厉害？”多多良既没笑，也没恼，这就是他的特点。

“听说最近要当博士了？”

“据说现在正在写论文。”

“看来是个笨蛋啊，还写什么博士论文，我还以为是个值得一说的人物呢。”

“看来你还真是见解了得啊。”女主人笑着说。

“听人说，只要他当上博士，那家就将闺女许配给他之类的。居然有这种笨蛋，为了娶老婆而去当博士，我告诉对方，与其把女儿嫁给那样的人，还不如嫁给我划算呢。”

“对谁说的？”

“对拜托我了解水岛寒月的人啊。”

“是铃木吧。”

“哪里，这种话可不能对他说的，人家可是个大人物啊。”

“原来多多良是个窝里横啊，到我家来，这么神气，可一到铃木跟前，立马就成了缩头乌龟了。”

“是的，不这样可就遭殃咯。”

“多多良，我们出去走走吧。”主人突然开口说话。他只穿着一件夹克，太冷了。稍微活动活动兴许还能暖和一点，出于这个想法，主人才破例提出这样的建议。凡事随缘的多多良当然不会迟疑。

“走吧，去上野吗？那就去芋坂吃米粉团吧。先生吃过那里的米粉团吗？师母也一道去尝尝吧。又软糯，又公道，还给酒喝呢。”多多良胡说八道油嘴滑舌的时候，主人已经戴上帽子，去换鞋了。

我还要休息一会儿。

至于主人和多多良在上野公园做了些什么，在芋坂吃了几盘米粉团，诸如此类，既没有侦察的必要，也没有跟踪的勇气，趁主人出门的当口要好好休息了。休息是自然万物天生的权利。肩负着生息于斯的义务的苍生，为了尽生息的责任，必须得到休养。假如有神明说“尔等乃为劳动而生，非为睡眠而生”的话，我将会这样回敬：“吾辈正如所言为劳动而生，所以要求为劳动而休息。”

即使像我家主人那样固执的人，不也常常在星期天之外，自己偷偷休息吗？像我这般多愁善感、日夜操劳者，就算是猫，也比主人需要有更多的休息，这自然不必多说。只是刚才多多良先生把我看成是除了会休息一无所能的废物，出口伤人，让我深受刺激。总之，只受制于物的凡夫俗子除了寻求感官刺激以外不知外物，因此，评价他人时，也绝不涉及身体之外，简直顽固至极。

他们似乎觉得，不撅着屁股干活，然后大汗淋漓，就不能算作是劳动。但是，据说达摩老祖一直面壁坐禅，以至于两脚溃烂，即使从石缝中爬出来的常春藤，遮住了高僧的眼睛和嘴，也岿然不动，也没有睡着或死去。他的头脑一刻不停地在活动，还在思索“廓然无圣”等玄奥禅学。听闻儒家也有静坐功之说，但这也并不是闭居一室，修炼安闲与膝行，大脑的活力，与常人相比，加倍炽热。只因外观上貌似极其沉静庄重，天下的凡人才把这些知识巨匠视为昏睡假死的平庸之人，以至于进行不该有的诽谤，诸如废物、饭桶之类。

这类肉眼凡胎，都是天生见其形，不识其心的瞎子，而且，多多良三平之流，正是这类人中的一等货色，因此，他把我这猫看作臭屎也就不足为奇了。可恶的是，就连略知古今诗文、粗知事物真相的主人，竟然也毫不犹豫地赞同浅薄的多多良三平。

然而，退一步想，人们这样轻视我，也不是没有道理的。所谓“大音不入于里耳”，“阳春白雪，曲高和寡”之类的比喻，亘古有之。硬叫看不见形体以外活动的人看到自身灵性的光辉，就好比逼和尚留发，命金枪鱼演说，令电车脱轨，劝主人辞职，要多多良三平不想赚钱一样，这毕竟是勉为其难。

就算是猫，也是社会性的动物。既然是社会性动物，不论多么清高，也要在某种程度上与社会和谐地活下去。主人、夫人，甚至女仆、多多良之流不能够公正地评价我，固然令人遗憾，也无可奈何。但是假如由于人类的愚昧无知，扒了我的皮，卖给做三弦琴的，将我的肉做成多多良的盘里的菜肴的话，就非同小可了。

我既然是奉凭靠头脑生存之命降生在这俗世中，可见是独步古今之猫，乃是千金之体。古语有云：“千金之子，坐不垂堂。”因此假如一味地好大喜功，则徒然招致危险于身，不但殃及自身，也有违天意。纵然是猛虎，一旦被关进动物园，也只能与猪猡比邻；鸿雁若被生擒于卖家也只好与鸡雏共俎。

我既与庸人为伍，便不得不退而做个庸猫。既然要做一只庸猫，便不能不捕鼠……我终于决定要开始捉老鼠了。

早就听说日本和俄国在打一场大战。我是日本猫，自然偏袒日本。可能的话，真想组织一支混编猫兵旅，去抓挠那些俄国兵。然而像我这么精力充沛的猫，只要打算捉一两只老鼠，闭着眼睛都可以捉住的，不在话下。

从前有人问一位著名法师："怎样方能悟道？"据说法师的回答很有趣："要像猫扑老鼠那样。"意思是说，只要像猫扑鼠那样专注，就会开窍。虽有"女子太聪明，卖不了牛"的谚语，却还没有"猫太聪明捉不到鼠"的格言。可见，不论我多么聪慧，也没有不捉鼠的道理，非得这般，没有捉不到老鼠之理。之所以至今没有捉，是因为不想捉而已。

和昨天一样，春日西沉。散落的樱花伴着晚风，不时从厨房门的破洞中吹进来，飘落在水桶里，在厨房昏暗的油灯下呈现出一片白色。我决定今晚大干一场，让这一家子大开眼界。因此，有必要先侦察一下战场，熟悉一下地形。战线当然不会太长。

这个土间如果铺席子，大概可以铺四张大小。一张草席那么大的地方，一分为二，一半是水槽，一半是酒馆、菜店的伙计送货的地方。炉灶很是气派，与寒酸的厨房很不相称，紫铜水壶锃光瓦亮的。炉灶后边到墙板间留有二尺，是我放鲍鱼壳之所在。靠近茶间六尺的地方是装着锅碗瓢盆的柜橱，把小厨房分割得更加狭窄。险些就碰到旁边冒出来的架子了。橱柜下面放了一个口朝上的研钵，钵里有小桶，桶底正对着我。并排挂着的萝卜泥擦子和研钵棒旁边只悄然立着一个灭火器。熏得漆黑的椽子交叉处，有一个吊钩，吊钩上挂着一个平底大筐，那个大筐不时被风刮得摇曳着。为什么吊着这么个竹筐呢？刚刚来到这户人家时，我完全搞不明白，但自从我知道这是人类为了让猫的爪子够不着，而把食物藏在这里后，不禁感慨人类真是缺心眼！

我开始制定作战方案。如果问我说打算在哪里与老鼠开战？当然是有老鼠出没的地方了。不论地形对我多么有利，独自傻傻地死守还谈什么战争。因此，有必要研究一下老鼠出没的路线。我站在厨房中央四处勘察，感觉自己很有点像东乡大将[①]。

女仆刚去了浴池，还没有回来。孩子们睡得正熟。主人去芋坂吃完米粉团回来，仍然待在书房里。女主人不知在干吗，大概是在打瞌睡，梦见山药了吧？不时有人力车从门口经过，响动过后更加觉得冷清。无论是我的决心、勇气，还是厨房里的光景，周遭的冷清，整个氛围都是那么悲怆，俨然自己就是猫中的东乡大将。置身于这种环境中，必然会在紧张之中感受到某种快感，虽说任谁都会这样，不过，我发现在愉快的深处还存在着一大隐患。

与鼠开战，就是为了捉老鼠，不论来多少只老鼠也不可怕。问题是，如果不清楚老鼠的出处，就会非常被动。根据综合周密观察后取得的资料，我预判出老鼠大概有三条路线出没。第一条路线，如果是地沟里的老鼠，一定是沿着下水道进入水池，再绕到炉灶后面。那么，我就藏在灭火器后面断了它的后路。第二条路线，老鼠也许是从往地沟里放掉洗澡水的石灰眼儿里钻进浴室，然后出其不意地溜进厨房。如果是这样，我就在锅盖上蹲守，老鼠一出现在眼皮子底下，我便立刻一跃而下，一

① 东乡平八郎，在对马海战中率领日本海军击败俄国海军，有“东方纳尔逊”之誉。

举拿下。另外还有一条线路，我又巡视了一圈，发现柜橱右下角被咬了个月牙形的洞，我怀疑这是老鼠为了方便出入而制造的。凑近一闻，果然有老鼠的味儿。假如老鼠从这儿攻进来，我就靠柱子做掩护，先放它们过去，再从侧面杀出来，一招致命。

万一它们从顶棚上出来呢？我仰头一看，上面被油烟熏得漆黑，在灯光照耀下，宛如倒挂地狱一般，按我眼下的本事，上不去也下不来的。那老鼠应该不会从那么高的地方跳下来的，所以，这条线路可以不去提防，不过，仍有三面受敌的危险。假如老鼠从一个方向攻来，我闭上一只眼睛也能把它们击败。若是两路进攻，也自信能够想出办法击退它们。但是，假如它们三路围攻，不管怎么认定我生来就会捕鼠，也束手无策了。既然如此，何不向车夫家的大黑求援？但这有损于我的威严，如何是好呢？我绞尽脑汁也想不出好法子来。

这种时候，最能使自己安心的捷径，便是认定那样的事不会发生。人总是把无能为力的事情当作不会发生。首先请诸位展望人世间，昨天娶到家的新娘，说不准今天就会谢世吧。然而，新郎不会因为这样的担忧就不结婚了，还不是满口“执子之手与子偕老”吗？不担心并非因为不值得忧愁，而是因为再怎么发愁，也不能起死回生。

我断言绝对不会发生三面夹攻虽然毫无根据，但认定不会发生，比较便于稳定情绪。万物都需要安心。我也想要安心。因此认定三面夹击绝不会发生。

尽管如此，我仍然放心不下。为什么会这样？左思右想才明白了原来我是对于这三个方案，选择哪一个才是上策的问题，苦于得不出明确的结论而烦恼。老鼠若从橱柜攻来，我有对策；若从浴室攻来，我有计谋；若从水槽上来，我也有迎头痛击的成竹在胸。但是，倘若必须在三者之中确定一条战线的话，我可就无法决断了。据说当年东乡大将，对于俄国的波罗的海舰队究竟会取道对马海峡，还是会出现在津轻海峡，或是远远绕过宗谷海峡，曾经非常担忧过。而今我从自己的处境出发想象一下，便非常理解他当时难以决断的心情了。我的整体情况不但和东乡阁下很相似，而且对于眼下的非常处境，也与东乡阁下同样的煞费苦心。

我正在专注地思考战略战术，突然那扇破格子门被人拉开，探进了女仆的脸。说她只露出脸，并不等于她的手脚没有进来，而是因为其他部位由于太黑看不清，唯独那张脸色彩鲜明地映入我的眼眸。她的脸平日就红红的，沐浴后更红了。她一回来，就早早把厨房门锁了，大概是因为昨夜失窃的事，加了小心。

书房里主人在喊："把手杖放在枕旁。"我搞不明白，为什么主人要把手杖摆放在枕旁呢？他应该不至于想入非非，把自己当成壮士荆轲吧？昨日枕旁摆山药，今日摆手杖，不知明天将会是什么。

夜色未深，老鼠还不见动静。大战在即，我得先休息一会儿。

主人家的厨房里没有拉绳天窗，只在客厅的门楣处开了个一尺来宽的窗，以便冬夏通风，代替天窗。潇洒散落的寒樱，随风钻进洞内。嗖嗖的风声使我惊觉，睁眼一看，不知什么时候已经照进来的朦胧月色将炉灶的影子斜映在地上。我担心睡过了头，抖了两三下耳朵，倾听家里的动静，只听到那座挂钟和昨夜一样嘀嗒嘀嗒走着。

老鼠快要出洞了！会从哪儿出来呢？

壁橱里响起咯吱咯吱的响声，它们似乎正用爪子摁住碟子边，偷吃碟子里的食物。好哇，它们要从这里出来，我就蹲在洞旁守候起来。可是左等右等一直不见打算出来的意思。碟子的响声没有了，好像又去翻弄大碗了，不时地发出更大的声音。而且就在一门之隔的地方，离我的鼻尖不足三寸。虽然不时听到老鼠哧溜哧溜走近洞口的脚步声，却又走远了，一只也没有露头。只隔着一层柜门，敌人正在里边疯狂作案，我却只能一直守在洞口，真叫人不堪忍受。老鼠在旅顺碗[①]里召开盛大舞会呢。至少女仆应该把这扇门开一条缝，让我可以进出啊。乡下女人脑瓜子就是不好使。

这时，炉灶后面，我的鲍鱼壳嘎啦响了一声，敌人跑到这儿来了。我蹑手蹑脚地走近，只见两个水桶之间露出一条尾巴，立刻钻进水池下边去了。过了一会儿，浴室里的漱口杯哐当一声碰到了洗脸盆上。敌人就在身后。我刚一扭头，看见一个差不多五寸长的家伙啪的一声撞掉牙粉袋子，逃到地板下面去了。

别想逃！我紧跟着跳了下去，早已无踪无影了。实际上，捕鼠远比想象中的要难。说不定我缺乏捕鼠的天赋。

我一转到浴池时，鼠贼就从壁橱蹿出；我在壁橱蹲守，鼠贼就从水池下钻上来；我在厨房中心严阵以待时，鼠兵便三面夹击，一齐出动。说它们可恶也好，胆怯也罢，反正它们不是君子。我来来回回奔跑了十五六次，劳神费力，疲惫不堪，却一次也没有成功。虽感遗憾，但与此小人为敌，任凭那威风凛凛的东乡大将，也无计可施。开始时我既有勇气，也有杀敌气概，甚至还有所谓悲壮的崇高美感，到头来由于费劲懊丧、困倦和疲乏，蹲坐在厨房中央，再也不想动弹。

① 双关语，“旅顺湾”的谐音，把老鼠比喻成旅顺湾内的俄国舰队。

虽然不想动，但只要装作“眼观六路，耳听八方”的话，敌人都是小人，也不敢怎么样的。原本当作敌人的家伙，想不到都是些胆小鬼，这么一想，战争的光荣感顿时消失，剩下的只有厌恶。厌恶之念闪过后，便斗志全无，意气消沉。看样子你们也搞不出什么新花样来了，一旦松懈下来，我便轻视起了敌人，昏昏欲睡了。经过上述一番折腾，我终于困了，睡着了，即使身在敌人包围之中，也是必须休息的。

从侧面朝着房檐开的天窗那儿又吹进来一团落英。我只觉得一阵迅猛的风刮过，从壁橱门口蹦出一颗子弹似的小东西，我还没来得及躲闪，它已经猛扑过来，咬住了我的左耳。紧接着一个黑影蹿到我的身后，没等我反应过来，就咬住了我的尾巴。这是一瞬间发生的事。我本能地纵身一跳，将全身之力集中于毛孔，想抖掉这个怪物。咬住我耳朵的那家伙身子失去重心，悬在了我的侧脸上，它那胶皮管似的柔软尾巴尖，竟然插进了我的嘴里。这真是送上门来了。我狠狠地咬住尾巴，左右摇晃结果只剩下那家伙的尾巴留在我的门牙里，身子摔在了旧报纸糊的墙壁上，又被弹到地窖盖上。

它刚要爬起来，我不失时机地扑了过去，可是，像踢了个球似的，那家伙竟掠过我的鼻尖，跳到架子边上，缩着腿蹲着。它从架子上俯视着我，我从地板上抬头看着它。相距有五尺。

月光犹如展开在空中的腰带，横扫着进屋来。

我前爪运足力气，才终于跳到了架子上。但是，只是前爪顺利地搭在架子边，后腿却悬在空中胡乱蹬踹，而我的尾巴还被刚才那个黑东西咬着，大有死也不肯松口的架势。太危险了！我重新调整了一下前爪，想抓得更牢一些。但是，每当这样调整时就会由于尾巴上太沉了，而适得其反，若是再滑二三分，非掉下去不可。我的处境更加岌岌可危了！只听得我的爪子咯吱咯吱地抓挠着架子板。这可不行。就在我倒换左右爪的瞬间，由于没有抓牢，只剩下右爪扒在架子上，承担着全身的重量。自身体重加上尾巴上那黑东西的分量，使我的身子滴溜溜直打转。一直一动不动地蹲在架子上盯着我的那个怪物，趁机像投掷一块石头似的从架子上冲着我的前额扑下来。

我的前爪终于失去了最后一点指望，我们三个纠结成一团，垂直地穿过月光坠落下来。放在架子下一层的研钵以及研钵里的小桶和果酱空瓶，也随着我们一起下坠，最后还捎带上了地上放着的灭火罐，稀里哗啦，一半物件掉进水缸里，一半摔在了地板上，共同发出在这寂静的深夜格外刺耳的巨大声响，就连正在殊死搏斗的我，都被吓得心惊胆寒。

“有贼！”主人扯着沙哑的嗓音大叫一声，从卧房奔了过来。只见他一手提油灯，一手拿手杖，惺忪的睡眼中闪烁着符合主人身份的炯炯目光。

我静静地蹲坐在鲍鱼壳旁。那两个怪物已经逃进了壁橱。一无所获的主人恼怒地不知向谁喝问：“怎么回事？是谁呀？声音这么大！”

由于月亮西斜了，白色光带已缩短成半幅宽了。

第六章

像猫那样成天

闲着，

多快活啊！

天这么热，就算是猫也受不了。

听说英国有个叫西德尼的人曾经如此形容盛夏之苦：“恨不得剥去皮、去了肉，只剩下骨头凉快凉快。”不过，对我来说，不到这个程度也行，至少把我这身浅灰色的皮毛拆洗一下，或是暂时送进当铺之类的。

在人类眼里，也许以为我们猫一年到头总是一个表情，春夏秋冬都不需要换衣服，过着最单纯、最平静、最不用花钱的生活。不过，就算是猫，也是知道寒暑的，也想偶尔去洗个澡，奈何这身皮毛，用水洗的话，很不容易干，所以才忍受着身上的汗味儿，长这么大，也没进过澡堂子。

虽说也不是不想扇扇子，可是我拿不了扇子，只好放弃。一想到这些，就觉得人类太浪费。本来应该生吃的东西，非要煮呀烤呀，又是用醋泡，又是加调料酱，喜欢费很多心思，互相引以为乐。

衣着也是如此。要求人类像我们猫一样，一年四季不换衣服，对于生来就缺陷很多的人类来说，也许有点强人所难，但是，他们也没有必要把那些乱七八糟的东西套在皮肤上生活啊。给羊添麻烦，让桑蚕受累，还要感恩棉花田。这只能让我断言：人类的奢侈，正是他们的无能所导致的。

衣食这方面，还可以宽容一下，不跟他们较真了。然而，就连那些与生存毫无直接利害关系的方面，人类也是同样的奢侈，这就让我完全不能理解了。

首先，头发是自然生长的，所以，我认为任其生长是最简便，也是对人最有好处的。叫我费解的是，人类却偏要费尽心思搞出各种奇奇怪怪的发型，还为此自鸣得意。自称和尚的人，无论什么时候，脑袋都是青色的。到了热天，就在头上撑把伞；天冷了，就缠上头巾。既然如此，又何必把头皮刮得发青，岂不是没有道理？

除此之外，还有人用叫“梳子”的毫无意义的锯齿一样的东西，把头发左右等分，自以为很美。除了等分之外，有些人按照三七分在头盖骨上人为地划出两个区域。还有些人让这个分界线穿过旋涡，直通脑后，活像一片人造的芭蕉叶。

还有，有人把头顶削成平的，把左右两边削得笔直。由于圆圆的脑袋上犹如扣了个方盘子，所以只能看成是在模仿请花匠栽种的杉树篱笆。听说还有留五分长、三分长、一分长头发的，看这架势，将来说不定还会流行更新的款式，比如在脑袋里剃进去，叫负一分长，乃至负三分长等呢。总而言之，我实在搞不懂人们干吗那么绞尽脑汁地折腾头发？这个先丢在一边，单说人本来有四只脚，却只用两只，这就是浪费！用四只脚走路多么快，人类却总是用两只脚将就，而另两只脚则像别人送的鲟鱼干一样的闲着，真是岂有此理！

由此可见，和猫相比，人类可悠闲多了。正是由于太无聊，才想出那些花样自娱自乐的。可笑的是，这些无所事事的人只要一碰面，就口口声声“忙得很呀，忙得很呀”，而且，他们的表情也貌似很忙，不由得担心他们弄不好会过劳死的。

有的人见了我，常说什么：“要是像猫那样成天闲着，多快活啊！”真是觉得我快活，就变成猫好了。谁也没求着你们那么忙呀！人类自己制造出好多麻烦事来，疲于应付，却整天喊“累死啦，累死啦”。这好比自己燃起熊熊烈火，却又叫“热死了，热死了”一样。换作是猫，到了琢磨出二十多种发型的那一天，也不可能这样逍遥了。若想自由，就该像我这样，练就一身夏天也能穿着毛皮不换的本事……虽然这么说，毕竟有点热，浑身毛过夏确实太热了。

这么热的天，我的长项——午睡也睡不成了。

有没有什么新鲜事啊？已经好久疏于观察人类了。今天本想趁着有此雅兴，看一下他们浑浑噩噩、庸庸碌碌的样子，偏巧主人在懒惰这点上，与猫的习性颇为相近。他午睡时间丝毫不比我短，尤其是放暑假以后，什么正经事都不做，所以，再怎么观察，也观察不出什么来的。这种时候，迷亭一来，那受胃病困扰的主人也会有几分反应，暂时可以多少远离些猫的习性。正当我寻思着迷亭先生现在来就好了时，不知何人在浴室里冲水，还不时地听到有人高声说话。“啊，就这样”“真舒服”“再来一下”等，整个家里都能听见。到主人家来，能够这样无所顾忌的，除了迷亭外，没有第二个。

他终于来了，今日这个半天又好消磨了。正想着，迷亭先生已经擦完了汗，穿好了衣服，照例大摇大摆地进了客厅。

“嫂子，苦沙弥兄干吗呢？”他一边大喊大叫，一边把帽子丢在席子上。

女主人正在隔壁房间趴在针线盒旁睡得正香，忽然被一阵震耳欲聋的哇啦哇啦声给吵醒了，大惊失色，强睁着惺忪睡眼，走进客厅一看，原来是迷亭穿着萨摩产的上等麻布衫趾高气扬地坐在房间里扇着扇子。

“哟，你来了！”女主人也顾不上擦去鼻尖的汗，有点尴尬地点了点头说：“怎么一点儿都没听见啊。”

“哪里，我刚到。刚才在浴室里让女仆给我泼点凉水，总算舒服些了……这天也太热了！”

“这两三天，待着不动都出汗，真是够热的……不过，我看您还蛮精神的。”女主人依然不去擦鼻尖上的汗。

“谢谢。天气热点儿，身体倒是不会得什么毛病。不过，近来热得厉害，总觉得四肢无力。”

“我也是啊，连我这个从来不午休的人都热得睡起来……”

“午休吗？那很好哇！要是白天睡了，晚上还能睡，可就再好不过了。

迷亭又开始胡说八道，而且觉得还不过瘾，便说：“我这个人，天生就不喜欢睡午觉。每次来，看到像苦沙弥兄这样能睡觉的人，真是羡煞我也！当然了，胃不好的人最怕天气热了。即使健康人，像今天这么热的天气，就连肩膀上顶着个脑袋都觉得重。可是话又说回来，既然长了这么个脑袋，总不能把它拿掉呀！”迷亭居然少有地发起要不要这个脑袋的愁来了。“像嫂子这样，头上还要顶着那么个东西，怎么坐得住呢。光是那个发髻的重量就叫人想躺下吧。”

听他这么一说，女主人以为是自己的发髻让迷亭看出她一直在贪睡呢，便呵呵笑着说：“你竟取笑人。”说着摆弄自己的发髻。

迷亭不以为意地说：“嫂子，我昨天在房顶上做了个煎鸡蛋的试验呢。”

“怎么煎的？”

“我看房顶的瓦片被太阳烤得特别烫，觉得不利用一下太可惜，就放了些牛油，溶化之后又打了个鸡蛋。”

“哎呀，我的天哪！”

“不过，太阳光还是没那么热，半天都弄不成半熟。我就先从房顶下来，正在看报时，有客人来了，就把煎鸡蛋的事给忘了。今天早上忽然想起来，估计煎得差不多了吧，上房一看……”

“怎样啦？”

“哪是半熟，全都流掉了。”

“唉……”女主人锁眉叹息道。

“不过，三伏天前那么凉快，现在又变得这么热，天气太不正常了。”

“是啊，前几天穿单衣还觉得冷呢，可是从前天开始突然就热起来了。”

“螃蟹横着走，可是因为今年的天气，是倒着走的呢。可能是想告诉人类：倒行逆施，亦可为也。”

“你说什么？”

“没什么，气候这么反常，蛮像是赫拉克勒斯[①]的牛呢。”

“哦……”

女主人刚刚一问，迷亭更加来劲，越说越没影了。果然，女主人完全懵掉了。但由于接受了刚刚那句“倒行逆施”的教训，她这回才“哦”了一声，再没问起什么。可倘若她不再问，迷亭那些话岂不是白说了。

“嫂子，您知道赫拉克勒斯的牛吗？”

“我可不知道那是什么牛。”

“不知道吗？那我就给您讲讲？”

女主人也不好说不必介绍了，便“哎”地应了一声。

“从前有个叫赫拉克勒斯的人，一天，他牵来了一头牛。”

“那个叫赫拉克勒斯的是个牛倌？”

“他可不是牛倌，而且也不是牛肉铺的老板。那时候的希腊，连家牛肉铺也还没有呢。”

“是希腊故事啊，怎么不早说？”希腊这个国名女主人还是知道的。

“我不是告诉你赫拉克勒斯了吗？”

“赫拉克勒斯就是希腊的意思吗？”

“是啊，赫拉克勒斯是希腊的一位大英雄。”

“怪不得我不知道。那么，他怎么样了？”

“他呀，有一天也像嫂子一样困得不行，倒头就睡……”

“呀，你瞎说什么呢？”

“他睡得正香的时候，巴尔干的儿子来了。”

---

① 赫拉克勒斯，古希腊神话中的大力神。

“巴尔干是什么人？”

“巴尔干是个铁匠。就是这个铁匠的儿子偷走了那头牛。不过，由于这孩子是揪着牛尾巴拖着走的，赫拉克勒斯睡醒之后，到处找也没找到。他当然找不到。因为铁匠儿子不是牵着牛往前走，而是拉着牛倒退着走的，即使他顺着牛蹄印往前找，也找不到！虽然是铁匠的儿子，却非常聪明。”

迷亭先生已然忘记了刚才在谈论天气热的事，继续说：“苦沙弥兄现在干吗呢？还是在睡午觉吗？午睡出现在汉诗里很是风雅的。不过，像苦沙弥兄一样，天天这么睡，未免有些俗气了。每天这样睡觉，不就像是一点点在睡成死人一样吗？嫂子，麻烦您去叫醒他吧。”

被迷亭这么一催，女主人也表示认可，便说：“是啊，他天天这么爱睡觉，真没办法。这样下去，身体越来越坏了。而且他刚吃过饭就睡觉。”

女主人刚站起来，迷亭就说：“嫂子！说起吃饭，我还没有吃饭呢。”别人也没问，迷亭就厚着脸说。

“哎呀，是吗？正是饭点，我怎么给忘了——没什么好吃的，凑合吃点茶泡饭吧？”

“不了，要是茶泡饭的话，就算了。”

“反正没有合你胃口的东西！”女主人话里有话，迷亭听出来了，连忙说道：“我不是那意思，茶泡饭还是水泡饭都不必麻烦了。刚才来的路上，我顺便在饭馆叫了外卖，准备在这儿吃呢。”他这一套还真不是一般人学得来的。

女主人只是“哟”了一声。这一声“哟”里，包含了惊讶、抱歉还有省得麻烦的庆幸等意思。

这时，主人晃悠悠地从书房出来，似乎是吵闹的说话声，扰了他的清梦。

“你一来就不得清净。正想好好睡一觉呢。”主人打着呵欠，满脸透着不爽。

“嗨，醒了？打扰到你了，真是该死！不过，偶尔一次，也不是不可以吗。好了，请坐下吧。”

听他这话，究竟谁是客人都不知道了。主人默默地坐了下来，从寄木烟盒里捏出一支“朝日”牌香烟，吧嗒吧嗒地抽起来。不经意地看见迷亭丢在角落的草帽，问：“你买了个帽子？”

迷亭立马将草帽拿起来，给主人夫妇看，得意地说：“怎么样？”

“哎呀，好看！眼儿特别小，还特别柔软。”女主人一再地抚摸着草帽。

“嫂子，这顶帽子可以百变呢！你叫它什么样，它就什么样。”

迷亭说着攥紧拳头，打在巴拿马草帽的一侧，草帽果然出现了拳头大的坑。

“呀！”女主人惊叫了一声，迷亭立刻把拳头伸进帽子里，用力一顶，那帽子又鼓了个包。接着，他又捏住两边的帽檐儿，将其压扁。扁了的草帽就像用擀面棒擀开的荞麦面片一样，平平的。然后再把它像卷席子似的一圈圈地卷了起来。

“怎么样啊？还可以这样呢。”说着，将卷起来的草帽塞进怀里。

女主人仿佛在看魔术师归天斋正一变戏法，惊讶地说：“太神奇啦！”

迷亭也学着变戏法的样子，又显摆地把塞进右边怀里的草帽，从左边的袖口掏了出来。

“一点也没有变形吧。”他说着，将草帽恢复原状，从里面用食指顶着帽子，让草帽圆滚滚地转。本以为他的表演就此结束，没想到，最后他将草帽啪的一声，扔到身后，一屁股坐了上去。

“不会压坏吗？”连主人都开始担心起来了。女主人更是担心道：“好容易买的漂亮帽子,要是弄坏了可不得了！我看你还是别耍了吧。”

只有草帽的主人扬扬得意。

“问题是，就因为它不会变形，所以才神奇哪！”说着，把坐得皱巴巴的草帽从屁股底下拎出来，直接戴在了头上。难以置信的是，那草帽竟立刻恢复了原样。

“这个帽子可真结实啊，到底是咋回事啊？”女主人越来越服气。

“噢，我什么也没做，本来就是这样的帽子嘛！”迷亭戴着帽子回答女主人。

“你也买个这种帽子戴，很好的！”一会儿，女主人劝主人。

“不过，苦沙弥兄不是也有一顶漂亮的草帽吗？”

“你不知道，前几天，被孩子们踩坏了。”

“那真太可惜了。”

“所以我想，让他再买一顶像你那样结实又漂亮的帽子，那多好啊！”由于女主人不知道巴拿马草帽的价格，再三劝丈夫说：“就买这样的吧，好吗？”

这时，迷亭又从右边袖口里掏出一个红盒子，从盒子里拿出一把剪刀，给女主人看。“嫂子，草帽就说到这里。下面请看这把剪刀，这也是个非常方便的东西，有十四种用途呢。”

我看得明明白白：迷亭要是不拿这把剪刀出来，主人一定被妻子催着买巴拿马草帽。幸亏女人天生就有好奇心，主人这才幸免。与其说这是迷亭机智，不如说纯属巧合罢了。

“这把剪子为什么会有十四种用途？”

女主人话音刚落，迷亭便忘乎所以地说：“现在，我就来给你讲解一下，请听我说。你看，这里有个月牙形的洞吧？把烟卷往里头一塞，咔嚓一声就断了。其次，这剪子把儿上有个装饰吧？可以用这儿咔嚓咔嚓地剪铁丝。再者，把它平放在纸上，可以当作规尺画线用。还有，刀背上有刻度，也可以代替尺子用。翻过来看这一面，有个小锉刀，可以用来磨指甲。此外，把这个锉刀尖儿插进螺丝钉里，使劲拧紧，还能当锤子使。这个刀尖也可以用来撬东西，一般的钉子钉的木箱盖轻而易举地就能打开。还有，这个刀尖可以当锥子用。再看这个地方，是用来刮掉写错的字的。把它这么拆开，就成了一把小刀。最后，嫂子，这最后一个用法最有趣了！你看这儿有个苍蝇眼睛那么小的圆球吧？请看一看。”

“我可不看，你又拿我寻开心吧。”

“这么不信任我可不行啊。你就当是再上一回当，看吧。怎么？不愿意？看一眼就成。”说着，把剪刀递给了女主人。

女主人犹豫着接过剪刀，把眼睛贴在那个苍蝇眼睛上使劲地看。

“看见了吗？”

“全是黑的呀！”

“怎么会是黑的呢。您往纸拉门这边转转，把剪子竖起来看……对啦，对啦，这下看见了吧？”

“哎呀，是照片耶！这么小的照片是怎么贴上去的呢？”

“所以我才说有意思啊。”

女主人和迷亭两个人一问一答。

这时，一直沉默不语的主人，突然也想看看那照片，就说：“喂，让我也看看！”

女主人仍将剪子贴在脸上，迟迟不肯交给他。嘴里一边赞叹着：“太漂亮了！是裸体美女啊。”

“喂，没听见我让你给我看看吗？”

“你再等一等好不好。好美丽的长发呀，都快及腰了。稍微抬点起来看的话，就成了个子特别高的女人了。不过，真是个美人哟。”

“喂，快给我看看呀！差不多就行了，赶快给我看看。”主人急了，不停地催着妻子。

“好吧，让您久等了，请看个够吧！”

当麦子将剪刀递给主人时，女仆端着两笼荞麦面条，从厨房走进客后，说：“客人要的外卖送到了。”

“嫂子！这就是我点的吃的。那么，恕我冒昧，就在这里用餐了！”迷亭恭敬地低头施礼。

看他那样子既像是认真的，又像是在演戏，连女主人也一时都搞不清，不知该如何应对，只好轻声道：“请便。”然后看着他吃面条。

主人终于把剪子从眼前挪开，说：“迷亭，这大热的天，吃面可不好啊！”

“不碍事，爱吃的东西不会那么容易吃坏人的。”说着，他开笼屉盖。

“现做的面条就是好！俗话说，放得时间太长的荞麦面和活得太蠢的人一样，都没什么出息！”说着，把配料放进汤汁里，胡乱搅拌起来。

“你放那么多绿芥末，很辣的！”主人担心地提醒他。

“荞麦面条就得蘸着汤汁和绿芥末吃。看来你是不爱吃荞麦面条？”

“我喜欢吃馄饨。”

“馄饨是马夫的吃食。再没有比不懂荞麦面条滋味的人更可怜的了。”说着，他把杉木筷子往笼里一捅，插了满满一筷子荞麦面条，挑起二寸多高，说，“嫂子，吃荞麦面条也有各种吃法呢。第一次吃的人，才会一味地蘸汁，然后吧嗒吧嗒地吃。这样哪里吃得出荞麦面味儿呢？一定要像这样，一次挑起这么多来。”他边说边抬筷子，将一大团长长的面条挑起一尺多高。他估摸差不多了，往下一看，还有十二三根面条的尾巴没有离开笼屉，正在盖帘上缠着呢。

“这面条可真长啊。你看怎么样，嫂子，这个长度？”迷亭又催着女主人跟他附和。

“是挺长的。”女主人露出十分佩服的样子说道。

“讲究的吃法，是把这一筷子长长的面条的三分之一蘸汁，然后一口吞下去。千万不能嚼，嚼了就吃不出荞麦面的味道了。要囫囵吞下，才能吃出它的味道来！”

说完，迷亭将筷子高高举起，面条离开了笼屉。然后他将面条往左手拿着的碗里一点点放下来，面条尾部逐渐浸入调味汁里。按照阿基米德原理，泡入汤汁里荞麦面条的数量，和汤汁上升的高度成正比。

这时，碗里已经有八分汤汁了，所以不等迷亭手里的面条放进四分之一，碗就满了。只见迷亭把筷子举到离碗五寸高的地方突然停下，好一会儿没动。难怪他不动，因为但凡再放进去一点，汤汁就会溢出来。

见此情形，连迷亭都犹豫了一下，接着以快如飞兔的速度将嘴凑近筷子，千钧一发之际，只听得呼噜几声，喉头上下拼命移动了一两下，筷子头上的荞麦面已经没有了。再一看迷亭，从两个眼角滴出一两滴眼泪，顺着脸颊流下来。这眼泪究竟是绿芥末辣出来的，还是由于吞咽过猛，至今仍是个谜。

“真了不起啊，竟然能够一口吞下去。”主人佩服地说。

“真让人大开眼界啊！”女主人也高度评价了迷亭这一精彩绝伦的吞面表演。

迷亭却一言不发，放下筷子，拍了两三下胸口，说：“嫂子，一笼荞麦面差不多应该三口半或是四口吃完的。要是吃很多口，就不好吃了。说完，用手帕擦擦嘴，姑且顺顺气。

这时，寒月先生来了。不知怎么回事，大热的天，他却戴着棉帽，两只脚上脏得很。

“啊，大帅哥大驾光临！怎奈我正在用餐，就不起身行礼啦。”迷亭在众人包围之中，毫不难为情地扫荡了另一笼荞麦面条。这回他尽管没有像刚才那样令人目瞪口呆地吃，也没有用了手帕遮挡中间歇口气的尴尬，把两笼荞麦面条轻松地吃掉，还算不错。

“寒月先生，博士论文已经脱稿了吧？”主人问完，迷亭紧跟着起哄道：“金田小姐已经等不及了，还是早些递交吧！”

寒月先生照例露出令人不舒服的坏笑说：“这是我的错。我也想早些交稿，请她安心，毕竟是课题啊，需要投入很大的精力进行研究的。”他把原本不是发自内心的话，说得就像肺腑之言一样。

“可也是呀，毕竟是课题嘛，不可能以‘鼻子’的意志为转移呀。

尽管那个大鼻子，倒也完全具有仰其鼻息的价值哟！”迷亭和寒月之流是同样的腔调。还是主人比较认真，问道：

“你的论文题目是什么？”

“《紫外线对于青蛙眼球的电动作用的影响》。”

“真是奇妙啊！不愧是寒月先生。青蛙的眼球，太标新立异了！怎么样？苦沙弥兄！不如在论文完稿前，先把这个课题报给金田公馆吧？”

主人并不理会迷亭的调侃，问寒月道：“你做这个研究，一定很辛苦吧？”

“是的，这是个非常复杂的研究。第一个难就是，青蛙眼球上的晶体结构并不是那么简单。因此，必须进行各种实验。我想，首先要做一个玻璃球，然后才能进行研究。”

“玻璃球好办，到玻璃店去，就可以买到的！”主人说。

“不行！不行！”寒月挺起胸膛说，“原本圆或直线，都是些几何学上的术语，因此完全符合几何学定义的理想的圆或直线，在现实世界是不存在的。”

“既然不存在，干脆不做岂不是更好？”迷亭插嘴道。

“所以我想先试制一个可以应付试验的玻璃球，前些天已经开始了。”

“做出来了吗？”主人不以为然地问。

“怎么可能做得出来？”寒月说罢，又意识到这么说与前面的话矛盾，便说，“非常困难，一丝一丝地磨了半天之后，发现这半边的半径长了些，就稍稍磨去一些，结果，麻烦了，另一半的直径又长了。然后费了半天的劲儿，好容易磨去了一层之后，却发现整个球却变成椭圆形的了。千方百计将椭圆矫正过来，发现直径又错了。开始磨时，那玻璃球足有苹果那么大，可是越磨越小，最后只剩下草莓那么大了。我仍然坚持磨下去，磨到了黄豆粒那么大。可即使像黄豆那么小，还是没能磨成真正的圆。我就这么饱含热情地磨……从今年正月到现在，已经磨坏了差不多六个玻璃球了。”寒月没完没了地说着，判断不出他说的真假。

“你在哪儿磨了那么多呀？”主人问道。

“在学校的实验室里。从早上开始磨，吃午饭时休息一下，然后一直磨到天黑。真是不轻松啊！”

“这样说来，你最近总是说忙，连周末都到学校去，就是为了磨玻璃球吧？”主人问道。

“反正当下，我是从早到晚，整天都在磨玻璃球。”

“干脆叫你磨球博士好了。不过，如果鼻子夫人听说你那么拼命，任她再傲慢，也会领情的吧？前几天我有事到图书馆去。临离开时，刚要出大门口，偶然碰到了老梅先生。看他毕业后还来图书馆，我特别觉得不可思议，就感慨地说：‘您真用功啊！’他却疑惑地说：‘哪里，我不是来看书的。刚才从门口路过，突然想小便，所以进来借厕所一用。’说完哈哈大笑。不过，真是应该把这老梅先生和你，作为罕见的两个相互对照的例子，收录到《新撰蒙求》这本书里。”迷亭像往常一样啰里吧嗦了一通。

主人一本正经地问：“你这么天天地磨球，固然可以。只不过，你究竟想什么时候成功啊？”

“按目前的情况，估计要十年吧！”看样子，寒月比主人还耐得住性子。

“十年太长了吧？要快些磨成才好呀！”

“十年还是快的。搞不好要二十年呢。”

“这还了得！那岂不是很难成为博士了吗？”

“是啊。我希望早点磨成，好让金田小姐放心。可是，不先把玻璃球磨出来，就无法进行关键的实验……”

寒月稍稍停了一会儿，自大地说：“其实没必要那么多虑，金田家也完全了解我在专心磨球。老实说，两三天前去他家的时候，我已经把情况说清楚了。”

这时，一直听着三个人的对话，却根本听不懂的女主人奇怪地问道：“可金田一家不是从上个月就全家去大矶了吗？”

寒月似乎有些应付不来，就装蒜说：“那就怪了，怎么回事？”

每当这种时候，迷亭先生就成了现世宝。每当冷场、尴尬、犯困以及犯愁时等，无论任何情况，他都会杀将出来。

“和上个月去了大矶的人，两三天前却在东京相遇，真可谓是神出鬼没啊。这就是所谓心有灵犀吧！相思情切的时候，常常会出现这种幻觉的。猛地一听，好像是在做梦。但是，就算是梦，这梦境也远比现实更真实。像嫂子这样，糊里糊涂嫁给了互相不来电的苦沙弥兄，一辈子都不知道爱情是什么东西，理解不了这种现象，也在情理之中了……”

“你凭什么这么说呀？真是小看人。”女主人打断迷亭的饶舌反驳道。

“你自己不是也没有得过相思病吗？”主人也立刻出马助老婆一臂之力。

“要说到我的风流事嘛，虽然再多，怎奈都已经过了七十五日[①]，各位老兄肯定早就不记得了……说实话，我这个年纪还过着孑然一身的单身

① 出自谚语“谣言止于七十五天”。

生活，正是因为失恋了呀。”说完，迷亭挨个看了一圈在座每个人的反应。

“哈哈，有意思。”女主人说。

“又拿别人寻开心！”主人往院子里看去。

只有寒月仍然笑嘻嘻地说：“请一定要提携后生，透露一下您的坎坷经历吧。”

“我的经历，说来大都很神秘。如果讲给已故去的小泉八云[①]听，他一定极为受用，可惜的是先生已经长眠地下了。所以，老实说，我没有多大兴致讲这些事了。不过，既然各位如此盛情，我就却之不恭给各位透露下吧！但有个条件，诸位必须安静地听到最后。”他嘱咐过后，才言归正传：“回忆起来，距现在……那是几年前啦……真是麻烦，姑且定为十五六年前吧！”

“胡说八道。”主人哼地说了一声。

“记性也太差了。”女主人嘲讽道。

只有寒月遵守约定，一句话不说，好像是在盼着快点听到接下来的内容。

“记得那是一年冬天吧，我在越后国，路过蒲原郡的筍谷，登上蛸壶岭，眼看着就要到会津境内的时候……”

“怎么会去了那么个怪地方。”主人又插嘴道。

“你别打岔，安静听着，挺有意思的。”女主人发话了。

“可是，天又黑，路又不熟悉，肚子又饿。没办法，就敲了一个山民人家的门，因为这样那样的原因，如此这般，说明一通，请求借宿一

① 小泉八云，1850 年生于希腊，求学于英国，是旅居日本的英国人，现代怪谈文学的鼻祖。

晚。只听门里的人说：‘这有什么难的，请进来吧！’等到开门一看，那位把蜡烛端到我面前的女子的脸，我当即激动地颤抖起来。我就是从这个时候开始，才真切体会到恋爱这个怪物的神力的。”

“哎呀，真是的！在那半山的地方，居然还会有美女？”女主人说。

“别说是高山还是大海，美女可是无所不在。嫂子，我真想让你看一眼那位姑娘，还梳着文金高岛田的发髻呢。”

“啊？”女主人呆若木鸡。

“我进屋里一看，在八铺席正中，有一个大大的地炉，姑娘、姑娘的父母还有我四个人围坐在地炉旁边。他们问我；‘你是不是饿了？’我就回答道：‘什么都行。请快些给我点东西吃吧！’于是，父亲说：‘难得有客到访，就给你做一顿蛇肉饭吃。’注意，快讲到关键的地方了，要注意听！”

“先生，注意听讲是没问题啊，不过，你去的是越后国。怕是冬天没有蛇吧？”

“问得有理！不过，这么充满诗意的故事，就不能那么拘泥于常理了。在泉镜花的小说里，不是还说过从雪里爬出螃蟹来吗？”

“确实啊。”寒月说完又恢复了侧耳倾听的样子。

“当时，我是个什么都敢吃的人。像什么蝗虫、蚰蜒、赤蛙之类的，都已经吃腻了，这蛇饭，还真没吃过。我便回答老人：‘那就尽快做给我吃吧。’于是，老人把锅放在地炉上，往锅里倒了些大米，咕嘟咕嘟地煮起来。奇怪的是，看那锅盖，有大小十几个洞，从那些洞眼里呼呼冒着热气。我心想，真是讲究啊，在乡下不多见了。我满心欢喜地看着，这时，老人家忽然起身，不知去到哪里。过了一会儿，他腋下夹着个大竹筐回来了。他把竹筐随手放在地炉旁。我往里一看，嚯，只见很多条长长的蛇，由于太冷，互相盘着，蜷缩成了一团！”

“好了，别往下说了，真恶心。“女主人眉头紧锁。

“为什么呀？这可是导致我失恋的最大原因，不能不说的。没多久，老人左拎起锅盖，右手抓起一把盘成一团的蛇，嗖的一声丢进锅里，立马盖上锅盖。当时，连我都吓得气都喘不上来了。”

“不要再说了，好吓人。”女主人害怕得不行。

“马上就到失恋那一段了，请再耐心一些。于是，不到一分钟的时间，突然从锅盖的洞眼里钻出一个蛇头来，吓了我一大跳。我刚想：怎么钻出来了？只见另一个洞眼里也突然钻出个蛇头来。我刚说：‘又出一条！’另一个洞眼里也钻出了一个。就这样，一个一个的，整个锅盖上就都是蛇头了！”

“蛇头为什么都往外钻呢？”主人问道。

“因为锅里太热，它们受不了，想往外钻呀！不一会儿，老头说：‘差不多能吃了。’老母亲说：‘好。’姑娘说：‘哎！’于是他们分别抓住一个蛇头，用力一拽，蛇肉就都掉在了锅里，只有蛇骨被拔出，长长的骨架随着蛇头被拽了出来，非常有意思。”

“这是给蛇去骨吧？”寒月笑着问道。

“是的没错，就是剔蛇骨，很奇妙吧？然后老头揭开锅盖，用饭勺将米饭和蛇肉拌匀，对我说：‘好了，请享用！’

“你吃了吗？”主人冷冷地问道。

“不要再说了。太恶心了！还让不让人吃饭啦。”女主人却苦着脸抱怨。

“嫂子没吃过蛇饭，才会这么说。有机会不妨吃一回试试，那味道真是让人难以忘怀呀！”

“哎呀，恶心死了，谁吃它呀。”

“就这样，我享用了一顿美味，早已忘掉了寒冷，还尽情地欣赏了姑娘的美貌，觉得已经没有任何遗憾了。人家一说：‘请歇息吧。’由于旅途舟车劳顿，便客随主便，倒头就睡。”

“后来怎么样了？”这回，女主人又催促他继续讲了。

“第二天早晨醒来后，我就失恋了。”

“发生了什么？”

“倒也没怎么。早晨起来，我正抽着烟，从窗户往外看，看见一个秃子正在对面的竹管旁边洗脸呢。”

“是老头？还是老太婆？”女主人问

“是谁，我也看不清，看了一会儿，等到秃头转过脸来对着我的时候，我才大吃一惊，原来就是昨晚成为我初恋情人的那位姑娘！”

“可你开头不是还说，这姑娘头梳成高高的岛田发髻吗？”

“前一天晚上她是梳的岛田发髻呀，而且还是漂亮的岛田发型。然而，到了翌日清晨，竟成了秃子。”

“简直是在骗人。”主人照例将目光移到棚顶。

“我也是由于太过意外，心里有点怕，所以就在一旁仔细观察，只见秃子洗过脸，拿起放在旁边一块石头上的岛田式假发随意戴在头上，然后旁若无人地走进屋来，我这才明白是什么情况。虽然弄明白了，但从那时起，我便终生背负了不断失恋的悲剧命运。”

“竟有如此无聊的失恋。是吧？寒月！正因为是无聊的失恋，即便失恋，他依然这么朝气蓬勃、精力充沛呀！”主人对着寒月评价着迷亭的失恋。

寒月却说：“不过，假设那位姑娘不是秃子，幸运地把她带回东京的话，迷亭先生说不定更容光焕发呢。总之，难得遇见一位好姑娘，却是秃子，真是遗憾万千啊！话说回来，那么年轻的姑娘，怎么会掉光了头发呢？”

“后来我也想过。我觉得，一定是因为吃了太多的蛇肉缘故，蛇饭这东西上火呀！”

“可你却没什么事，很不错哟。”

“我虽然侥幸没有秃头，不过，自那以后却成了近视眼。”说着，他摘下金边眼镜，用手小心擦了擦。过了一会儿，主人猛然想起，问道：“你这恋爱究竟神秘在哪里呢？”

“她那个假发是从哪儿买来的？还是捡的？到现在我还是百思不得其解，这难道不是很神秘吗？”说着，迷亭又将眼镜架在了鼻梁上。

“这就跟听了一段单口相声似的！“女主人这样评论。

迷亭的胡说八道到此告一段落。我以为他就此闭嘴呢，谁知只要不被堵住嘴，这位老兄是绝对不会闭嘴的，真是天性如此。他又发表了下面一通独特见解：

“我这次失恋，虽然也算是一段痛苦的经历吧，但是，假如当时不知道她是个秃子而娶回家来，一生都不得不面对她呀。所以说，娶妻这事不慎重考虑，太危险了！结婚这种事，到了关键时刻，往往会发现在意想不到的地方隐藏着伤口。因此，我劝寒月兄不要那么朝思暮想、一往情深，还是静下心来，好好磨玻璃球吧。”

寒月故作难堪状说：“是啊，我也想专心磨玻璃球。奈何对方不让我专心，不知如何是好啊！”

“是！你是由于对方追得紧，没办法。不过，也有人很搞笑。说到跑进图书馆方便的那位老梅先生，那才叫一个奇妙呢。”

“他干了什么？”主人在一旁起哄。

“是这样的。这位先生以前曾在静冈县的东西旅馆里住过。只住了一个晚上……可当天晚上，他就向旅馆里一位女服务员求了婚。我已经算随心所欲的了，可也到不了他那个程度呀。当然了，那时候，那个旅馆里有个叫阿夏的出名的美女。到老梅的房间来侍候的，恰好正是她，所以这就不奇怪了。”

“岂止不奇怪，这和你到什么岭去的艳遇，不是一模一样吗？”

“是有点像啊。老实说，我和老梅先生没什么不同。反正，老梅向阿夏求婚，还没等对方答复，就突然想吃西瓜。”

“什么？”

主人一副不明所以的表情。不仅是主人，连女主人和寒月都不约而同地思考着。迷亭却满不在乎地继续说下去。

“老梅叫来阿夏，问她静冈县有没有西瓜？阿夏说，就算是静冈这种小地方，西瓜还是有的。阿夏端来了满满一大盘西瓜，老梅就吃了。他将一盘子西瓜横扫下肚，等待阿夏的答复。还没等来答复，他肚子开始痛了。痛得哎哎直叫，叫也没用，便又叫来阿夏，问她静冈有没有医生？阿夏照例说：‘就算静冈是小地方，医生总还是有的。’于是，请来了一个医生。这位医生的名字叫天地玄黄，仿佛是从《千字文》里抄来的名字。到了第二天早晨，肚子果然不疼了，真是谢天谢地。出发前十五分钟，他叫来阿夏，询问昨天求婚的事是否应允。阿夏边笑边说：‘静冈这地方，有西瓜，也有医生，就是没有一夜成亲的新娘子！’说完，就转身离去，再也没有露面。从此，老梅和我一样失恋了，除了去上厕所之外，再也不到图书馆去了。说起来，女人真是造孽噢！”

主人很反常地同意了迷亭的观点。“这话不假。前些时候，读了缪塞的剧本，书中人物引用了罗马诗人的一段话：‘比鸿毛还要轻的是灰尘，比灰尘还要轻的是清风，比清风还要轻的是女人，比女人还要轻的是虚无’……说得多精准，女子就是难伺候。”

主人竟在这意想不到的问题上妄下言论。然而，女主人听了可就不干了。

“虽然你说女人轻不好，可是，男人重也未必是件好事吧？”

“重，是什么意思？”

“重就是重啊！就像你那样。”

“我哪里重了？”

“你还不重吗？”

一场奇怪的争论又开始了。迷亭听得津津有味，开口道：“这样面红耳赤地互相抨击，才是真正的夫妻之情吧！以前的夫妻一定是平淡无奇的。”

他这番话模棱两可，不知道是在数落，还是赞美。说到这里，本应见好就收的，可他又以一贯的腔调加以发挥，说出下面一番话来：

“据说从前没有一个女人敢跟丈夫顶嘴。那么，岂不等于娶了个哑巴当老婆吗？我一向不赞成。还是希望被嫂子那样训斥：‘你还不重吗？’既然同样是娶老婆，如果说不偶尔吵上几架，那可要把我憋坏了！

拿我母亲来说吧，在老头子面前，只会唯命是从。而且，老两口一起生活了二十年，据说除了去寺庙敬香，就没从出过门，这不是太可悲了吗？不过，多亏了老母亲、记住了所有先祖的戒名。男女之间的交往也是这样的，我们小时候绝对不可能像寒月那样和意中人合奏一曲啦，心灵相通啦，在如梦如醉的朦胧中神交啦……”

“真可怜！”寒月低了下头。

“确实可怜！而且，那会儿的女人未必就比现在的女人德行好。嫂子，近来人们对女学生堕落等事少见多怪。其实以前的女孩子比这可过火得多呢！”

“是吗？”女主人很认真。

“是呀！我没有胡说。有据可查，有什么办法。苦沙弥兄，你兴许还记得差不多我们五六岁的时候，还有的女孩像茄子似的被装进筐里，用扁担挑着四处叫卖呢。是吧？老兄？”

“我可不记得那些事。”

“你家乡情况如何我不知道，在静冈县确实如此。”

“没想到……”女主人嘀咕着。

“真的吗？”寒月也有口无心地问道。

“是真的。我的老父亲就跟卖主讨价还价过。记得那时，我好像是六岁吧。我和父亲从油町散步去通町，对面有人一边走一边高声大喊：‘谁买女孩？谁买女孩？’我们刚好走到二丁目的拐角，在伊势源和服店门口遇见了那个人。伊势源有十间店铺，五个仓库，是静冈县最大的绸缎庄。有机会可以去那边看看，至今还保留得很完整，真是一家很气派的老店。掌柜的叫甚兵卫，老是一副三天前死了娘似的哭丧着脸坐在账房里。他身旁坐着一名二十四五岁的年轻学徒，名叫阿初。这小子面色苍白，活像皈依了云照大师后，三七二十一天光喝荞麦汤似的。邻着阿初的是阿长，他就像昨天家里失火逃出的一样，愁容满面地伏在算盘上。邻着阿长的是……”

“你究竟是讲和服店的故事，还是讲卖小女孩的故事啊？”

“对了，对了，刚才我是在讲卖孩子的故事。不过呢，关于这‘伊势源’也有好多轶事呢，今天就暂且舍弃，只讲卖孩子的故事吧！”

“我看，卖孩子也舍弃为宜。”

“为什么呀？这个故事对于二十世纪的当下和明治初年的女人德行的对比研究，可是很有参考价值的资料，怎么能轻易就不讲呢……且说，我和父亲来到伊势源铺子门口，那个人贩子看见我父亲，便说：‘老爷我这还有两个女孩，便宜些给你，请买了吧！’说着，他放下扁担，擦了擦汗。我看见前后两个筐里各装了一个两岁左右的小女孩。父亲问他：‘要是便宜些，倒可以买下。只有这两个啦？’人贩子说：‘哎，不巧今天都卖掉了，只剩这两个了。要哪个都行，随你挑。’人贩子像拿茄子一样将两个女孩都举到父亲眼前，老爹啪啪拍了几下两个女孩子的脑袋，说：‘哟，声音很亮呀！’接着，就开始砍价。经过一番砍价，老父亲说：‘买下倒也可以。不过，货色咋样？’人贩子说：“好啊！前边那个一直在我眼皮子下面，不会有问题。后边那个，因为我没长后眼，说不准有点毛病。后边这个不敢保证，不过价钱可以少算些。’这一场对话，至今我都历历在目，所以，在我幼小心灵里就产生这样的想法：女人，切不可大意！——不过，到了明治三十八年的今天，再也没有人干这种挑着女孩沿街叫卖的蠢事了，再也听不到‘因为看不到，后筐里的女孩不敢保证’之类的故事了。因此，依我看来，可以肯定多亏了西方文明，女子的德行也有了很大的提升。赞成吗？寒月兄！”

寒月在回答之前，先装模作样地咳嗽了一声，然后才故作沉稳地用低沉的嗓音表达了自己的观点：

“现在的女人，在上学放学的路上，在音乐会、慈善会或游园会上总是会对男人说什么：‘请买下我吧！’‘怎么？不喜欢我？’她们居然这样到处向男人推销自己，因此，如今已经没有必要雇那些难缠的菜贩子，替商家干那种下贱的交易，吆喝什么‘谁买女孩’了。人的自立心一提高，自然会变成这样的。老人们总是喜欢自寻烦恼，说三道四。然而老实说，这是文明发展的趋势，我等就认为是令人无比喜悦的现象，内心在欢喜呢！像从前那样，买主敲脑袋，问卖主‘货色没问题吗？’那样的情况再也看不到了，真是让人省心！而且，在这复杂的社会里，若手续如此烦琐，婚姻就猴年马月了，女人恐怕到了五十岁、六十岁也找不到男人，嫁不出去吧！”

寒月不愧是二十世纪的青年，掷地有声地宣讲了一通当代观念，吸了一口“敷岛牌”香烟，将烟圈对着迷亭的脸喷去。迷亭可不是“敷岛牌”能熏晕的。

“老弟所言极是！如今的女学生们、小姐们，自尊、自信构成她们的骨肉、皮肤，处处不向男生低头，让人佩服至极。拿我家附近的女学生来说，就很了不起！穿件短袖和服，吊在铁杠上，让人佩服啊。每当我从二楼的窗子看她们做体操时，就会怀念希腊的妇女。”

“又是希腊！”主人冷笑着说道。

“凡是给人以美感的，大多都起源于希腊，有什么办法！美学家与希腊，毕竟是无法分割的嘛！——尤其是欣赏那位皮肤黝黑的女学生聚精会神地做体操时，我总会联想起 Agnodice 的趣事。”迷亭以博闻强识自居，大话连篇。

“又是一个稀奇古怪的名字！”寒月依然嘻嘻笑着。

“Agnodice 可是一位响当当的女人，我非常佩服！按当时雅典的法律，是禁止妇女从事产婆行当的。所以女性真是不方便啊。Agnodice 想必也感到这对于女性是很不方便的。”

“叫什么？你刚才说的……那个是什么？”

“是个女人的名字。这个女人经过考虑，认为女人不能当产婆，实在可悲，对于女性极其不方便。她决定要当个产婆。她一连三天三夜考虑：难道就没有什么办法当上产婆吗？恰好在第三天的黎明，听到邻家出生的婴儿哇哇的啼哭声，啊，我知道了！她忽然豁然开朗，急忙剪掉长发，女扮男装，去听赫罗费拉斯讲课。她从头至尾听完课，认为已经了解得差不多了，终于开始做产婆了。不过嫂子，她的生意特别好。这家婴儿呱呱坠地，那家婴儿又降生，全都是她接的生，因此她赚了很多线。然而，人间事如塞翁失马，人有旦夕祸福，福无双至，祸不单行。终于，她做产婆的秘密暴露了，最终以冒犯法律的罪名，被处以严惩。”

“简直像在说单口相声。”女主人说。

“很有趣的故事吧？不过，由于雅典的妇女们联名请求，当时的官吏们不敢置之不理，最后将这位女产婆无罪释放，甚至贴出告示：今后女子也有选择产职业的自由。这件事总算以皆大欢喜告终。”

“你知道的轶事可真多，不简单！”女主人说。

“是的，世间之事鲜有不知吧。不知道的，只有自己干的那些蠢事。

但是，连这些也略知一二。”

“哈哈哈……真会说笑。”女主人正笑得前仰后合时，隔扇上的门铃发出了和新装上时一样的清脆响声。

“啊，又来客人了。”女主人说着退到茶房去了。和女主人前后脚走进客厅的人，我以为是谁呢，原来是各位也熟知的越智东风君。

今天连东风君也加入的话，那么，出入苦沙弥家的怪咖，虽然不敢说一网收尽，至少可以说凑满了足以安慰我寂寞的人数。如果这样还不满足，那就太奢求了。要是运气不好，被其他人收养的话，说不定这辈子都不知道人类中竟有这般稀奇人物。万幸的是我成为苦沙弥先生门下的猫，朝夕侍于虎皮跟前，因此躺着就能够欣赏到苦沙弥，甚至迷亭、寒月乃至东风等，即便在偌大的东京也难得一见的，以一当十的英雄豪杰们的举止言谈，这些对于我这个猫来说，真是千载难逢的荣幸！

多亏了他们的存在，我甚至忘了大热天，还有被毛皮裹身之苦，得以开心地打发半日时光，不胜感激之至。既然群英荟萃，决无草草了事之理，他们又搬弄出什么趣事来，待我置身于纸拉门的阴凉处作壁上观了。

“久疏问候，少见少见。”只见躬身施礼的东风先生的脸依旧是那么的神采飞扬。仅仅是说他的头面，就像个唱小戏的，看他穿着紧绷的白色小仓布裙的样子，又觉得他是剑客榊原健吉的弟子。总而言之，东风的身上像平常人的地方，只有肩部到腰这一截。

“噢，如此炎热的天，还顶着烈日出门呢。快进来，到这边来。”迷亭像在自己家里一样招呼着。

“好久不见迷亭先生啦。”

“是啊，大概还是今年春天那个朗诵会以后就没见过。说起朗诵会，最近也蛮火的吧。后来你扮演宫小姐了吗？你演得真不错。我拼命鼓掌呢，你留意了吗？”

“是啊，多谢您捧场，我勇气大增，终于坚持演到了最后。”

“下一次公演是什么时候啊？”主人插嘴说道。

“七八两个月份休息，九月份打算搞个好看的演出一下，好好热闹热闹。先生有什么好的题材吗？”

“是吗……”主人冷淡地回道。

“东风先生，要不演一下我的作品？”寒月这会儿搭腔了。

“您的作品一定很有意思。不过，究竟是什么作品啊？”

“是剧本。”寒月特地中气十足地说道，不出意外地，在场的三位都目瞪口呆，不约而同地看着寒月。

“剧本可不得了。是喜剧还是悲剧啊？”

“哪里！既不是喜剧，也不是悲剧。近来大家都在旧剧，或是新剧，所以我不想瞎掺和，就别出心裁地写了一出俳剧。”对于东风先生的追问，寒月先生依然非常镇静地说。

“俳剧是什么剧？

“就是‘俳句风格的戏剧’，简称为‘俳剧’。”

连主人和迷亭都有点云里雾里的，等着他讲解下去。

“那么，具体是什么情节？”还是东风先生在问。

“由于来源于俳句，如果拖拖拉拉，就不好看，所以，写成了独幕剧。”

“有道理。”

“先从道具开始说吧，道具也是越简单越好，在舞台中心立一棵粗大的柳树，从树干向右方伸出一根枝丫，让一只乌鸦蹲在那枝头上。”

“乌鸦要是一动不动就好了。”主人有些担心，自言自语地说。

“这很容易。事先用绳子把乌鸦的脚绑在树枝上，然后在树下面放一个澡盆，一位美人侧身坐在澡盆里，正用毛巾搓澡。”

“这可有点像颓废派啦。问题是，谁来扮演那位女人？”迷亭问。

“这也难不住的。请个美术学校的模特儿来。”

“那警察局可要找上门来了。”主人还在担心。

“不过，只要不是公演那就没关系。若是这样不允许的话，学校里的裸体写生画就不可能了。”

“然而，那是为了教学呀，和供人们娱乐可不一样哦！”

“只要先生们还这样看问题，日本就好不了。绘画也好，演戏也好，一样都是艺术。”寒月君不容置疑地说。

“好了，先不要争论了，接下去怎么样啊？”东风君很想了解一下剧情，说不定有可能采纳一样。

“这时，俳人高滨虚子手持文明棍，从花道出场。他头戴白色灯芯帽，身穿薄纱披风，足登翻出萨摩飞白边图案的矮腰靴。看他那副打扮，很像个陆军的军需商人，但他是个俳坛诗人，所以必须尽可能表现得从容不迫，一边专心斟酌诗句一边走路。当他穿过花道，即将登上舞台时，忽然抬起双眼，朝前一看，看见前方有一棵巨柳，在柳荫之下，有一位白皙的美女在洗澡。他吃了一惊，再向上看去，只见细长的柳枝上蹲着一只乌鸦，正在俯视着美女洗澡。于是，虚子先生俳兴大发，只思考了五十秒钟，便高声吟诗一句：‘美人入浴，看呆枝头鸦。’以此为信号，一声梆子，大幕落下……怎么样？这样的情节，不知您是否满意？东风先生！你与其扮演宫小姐，不如扮演高滨虚子更好些！”

东风君似乎觉得还缺点什么，一本正经地回说：“太简单了吧，不过瘾。再添加点富于人情味的情节就好了。”

迷亭好一会儿没有出声，但他可不是沉默的人。

“这个程度的话，俳剧也太不入流了。上田敏[①]先生认为所谓俳风啦，滑稽戏之类的都很消极，属于亡国之音。不愧为上田敏，真是高论！那么枯燥的俳剧，演演看吧，肯定要被上田先生嘲笑的。首先，让人看了都搞不清到底是正剧，还是喜剧，可见消极到家啦。恕我直言，寒月还是到实验室去磨玻璃球为好。俳剧嘛，任凭你写一百篇，两百篇，只要是亡国之音，就完蛋！”

寒月有点恼火：“真的那么消极吗？我的出发点可是很积极的。”他显然是在做无用的辩解，“那虚子先生的‘美人入浴，看呆了枝头鸦’，是以乌鸦为视角，让它迷上女人，这一点正是非常积极的寓意啊。”

“如此说来，倒很有新意，请务必细细说来！”

“在理学士的立场来看，乌鸦迷上了美女，似乎不太符合逻辑吧？”

“没错。”

“不过，把这种不合逻辑的事情信口吟诗，我倒不觉得哪儿不合情理。”

“是吗？”主人以怀疑的语气在一旁插嘴，但是，寒月根本不理睬。

“要说为什么听起来并不觉得不合情理，从心理学角度一解释便明白。其实，是否迷得发呆，都是诗人本身的感情，与乌鸦八竿子打不着，然而感觉那乌鸦看呆了，并不是说乌鸦怎样怎样，归根结底，是诗人自

① 上田敏，明治时代的日本诗人、评论家、英文学者。

己看傻了眼。高滨虚子自己看见美女入浴的一幕，宛如惊鸿一瞥，瞬间便如痴如醉。由于他以神魂颠倒的眼睛看到枝头上正一动不动地俯视女人的乌鸦，这才产生了错觉：‘哈哈哈，那乌鸦竟也和我一样被迷住了。’虽说这肯定是一种错觉，但这一点也正是最具有文学性，具有积极意义的地方。把自己的感受强加于乌鸦头上，却假装不知，这岂不是相当积极的精神吗？先生，您说是不是这样？”

“的确是高见。假如对高滨虚子这样说，他一定会吃惊的。你讲得倒很积极，只怕上演这出戏的时候，观众会感觉消极的。是吧，东风。”

“是啊，总觉得太消极了。”东风一脸严肃地回答说。

主人似乎想把谈话的范拓展一些，便说：“怎么样？东风君，最近可有什么佳作啊？”

“哪里，没写出什么值得先生过目的东西。不过，近来想出一本诗集……幸好带来了稿子，就请多多指教吧！”东风从怀里摘出一个紫色的小绸缎布包来，从中取出一本大概五六十页的稿子，放在主人面前。主人煞有介事地说：“那就拜读了”。

只见第一页写了几行字：

献给

羸弱之柔、无人能及的

——富子小姐

主人微微露出神秘的表情，默默地看着第一页。迷亭在一旁说：“是新体诗吗？”说着，他扫了诗稿一眼，夸赞说，“噢，‘献给’啊！东风君，横下心献给富子小姐，了不起！”

主人仍觉奇怪，问道：“东风君，这个富子小姐，是真实存在的吗？”

“是的，就是上次受邀和迷亭先生一起出席朗诵会的一位女士，她就住在这附近。坦率地说，我刚刚到她家去过，想给她看看这个诗集，不巧她从上个月就去大矶避暑了，不在家。”东风装得一本正经地说。

“苦沙弥兄！如今是二十世纪啊。别做出那副表情。快些朗读杰作吧！不过，东风君，你‘献给’的手法可不大高明。那‘羸弱之柔’四字，究竟是何用意呀？”迷亭问道。

“我认为是表示‘纤弱’或是‘柔弱’的词。”东风先生回答。

“当然，也不是没有那个用法。但是，这个词本来的意思是表示岌岌可危噢。因此，如果是我，不会这么用的。”

“怎么写才能更富于诗意呢？”

“如果是我，就这么写：‘献给羸弱之柔无人能及的——富子小姐的鼻子。’虽然只有三个字之差，但是，有没有鼻子，给人的感觉可不大相同的。”

“说的是！”东风不懂装懂。

主人仍然默默地看着，终于翻过一页，读起卷头第一章。

散发着倦怠气息的熏香里，
萦绕着你的相思与情丝。
啊，我在这辛辣的红尘中，
唯有你火热的一吻最甜蜜。

“这诗，我可有点领会不了。”主人叹息着将诗稿递给迷亭。

“这诗句有点抒情过头了。”迷亭又将诗稿递给寒月。

“是有那么一点。”寒月又将诗稿还给东风。

“先生，您不懂这首诗不足为怪，因为今天的诗坛比起十年前的诗坛，已经发展得面目一新了。现在的诗，毕竟不是躺在床上或是蹲在车站就可以读懂的。就连作者自己，如果被人问起是何寓意，也往往是词穷。因为诗篇全凭灵感写出，因此，诗人不负任何责任。注释和训诂都是学者们的事，和我们诗人毫无关系。不久前，我一个朋友，名叫送藉[1]，写了短篇小说叫《一夜》。可是谁看都不解其意，便去见作者，问他《一夜》的立意到底是什么。谁知作者说‘我怎么知道’，完全不做回答。我想，这大概正是诗人的特点。”

“他也许算是个诗人，不过，相当有个性啊。”主人说。

“就是个蠢蛋！”迷亭干脆地毙掉了送籍。

东风君觉得这么几句点评还不过瘾，便说：“送藉这个人，即便在我的朋友中也是遭挤兑的，不过，还是请各位多少以送籍君的立意来看我的诗作吧！请特别注意的是‘辛辣的红尘’和‘火热的一吻’，这对偶的表达，是我冥思苦想出来的。”

“看得出你费心思了。”

“‘甜蜜’与‘辛辣’的对仗，简直就是‘十七香调’对‘辣椒调’啊，有意思！这纯粹是东风君独特的法门啊，甘拜下风！”迷亭一味地跟装模作样的东风君插科打诨。

主人不知想起了什么，突然站起来去了书房，不大工夫，拿着一张

① 送籍：日文读音同漱石，夏目漱石写过同名短篇小说。

纸走出来。

“诸位已经拜读了东风君的大作，下面我来朗读一段短文，请诸位指教。”他满怀诚意地说道。

“如果是天然居士的墓志铭，已经听过两三遍了。”

“喂，请不要那么多话！东风君，这绝非我的得意之作，不过是给各位助兴，还望耐心倾听。”

“有劳赐教。”

“寒月君也顺便听一听吧。”

“纵然不是‘顺便’，也一定要听的。不是长篇大论吧？”

“仅仅六十余字。”

苦沙弥先生终于开始朗读他自己写的名作了：

“大和魂！”日本人这样叫喊，就像肺病患者似的咳嗽起来。

“开头气势如虹啊！”寒月称赞道。

“大和魂！”报贩子在喊。“大和魂！”扒手在喊。大和魂纵身一跃，远渡重洋！在英国演讲大和魂，在德国演出大和魂戏剧。

“果然不错，这真是超越天然居士之作啊。”这回是迷亭先生挺起胸膛说。

东乡大将有大和魂！鱼铺的阿银也有大和魂！骗子、投机商、杀人犯也都有大和魂！

“先生，请在后面添上一个，寒月我也有大和魂。”

要是有人问何为大和魂？只回答一句：“就是大和魂啊！”便扬长而去。行至百米外，只听得一声响亮的清嗓之声。

“这一句真是妙极了！老兄很有文才嘛。接下来的呢？”

大和魂到底是三角形的，还是四方形的？顾名思义，大和魂乃灵魂之意。既为灵魂，常忽不定。

“先生，写得倒是挺有意思，只是‘大和魂’这个词用得太多了吧？”东风提醒说。

“赞成！”这一声必然出自迷亭。

没有人不谈论它，却没有一个人看见过它；没有人没听说过它，但没有一个人遇见过它，大和魂，难道是天狗之类？

主人在文章达到高潮时戛然而止。然而，因这奇文过于短小，难以领会其主题何在，三人便以为下面还有，等待主人读下去。可是左等右等，也不见主人吐出只言片语，最后寒月忍不住问道：“就这些了？”

主人轻轻“嗯”了一声，只这么“嗯”一声也太放松了。

奇怪的是，迷亭对这篇妙文居然没有像往常那样胡乱编排一通，过了一会儿，他转过脸来问主人："我看老兄也把所写的短篇结集成册，然后奉献给谁，怎么样？"

"那就献给你吧？"主人随口说道。

"不敢。"迷亭说完，拿出刚才对女主人显摆的那把剪子，咔嚓咔嚓地剪起指甲来。

寒月问东风："你认识那位金田小姐吗？"

"自从今年春天请她参加朗诵会以来，慢慢熟悉起来，一直在交往。我一见到那位小姐，不知怎的，总感觉有一种冲动。近来一段时期，不论是写诗还是吟歌，都非常有兴致，常有神来之笔。这本诗集里之所以大多为爱情诗，我想，多半是由于从那样优雅的异性朋友身上获得的灵感。因此，我必须对那位小姐真心诚意地表示感谢，所以决定借此机会向她献上我的诗集。自古以来，没有红颜知己的人，是写不出好诗来的。"

"也许是吧。"寒月答道，心里在偷笑。

此时，胡吹乱侃的劲头渐渐弱了，可见即便是能言善语的人凑到一起，也未必会持续多久的。我可没有整日倾听他们这些老生常谈的义务，便暗自离开，到院子里捉螳螂去了。

夕阴从梧桐树的绿叶空隙里钻下来，蝉儿在树干上"知了知了"地叫着。今天晚上说不定会下一场雨。

第七章

四条腿的猫是不会

输给

两条腿的人类的。

我近来开始运动了。

“不过是一只猫，还夜郎自大地运动！”在此，我想对如此冷言冷语的家伙奉劝一句，即使说这番话的你们人类，直到几年前，也是不知运动为何物，只知道把混吃呆睡奉为天职。人类应该记得，从前一直号称什么“无事即贵人”，把袖手闲坐、屁股快要坐烂了也不离席，视为贵人们的名誉而扬扬得意地活着，而后来变得连连倡导什么锻炼身体啦，喝牛奶啦，洗冷水操啦，下海消暑啦，到了夏天去山间避暑、享受几日山林野趣啦等无聊的举动，则是近年来从西方传染到神国日本的一种疾病，大致可以视之为和霍乱、肺病、神经衰弱等同宗的疾病。

不过，我去年才降生，今年才一岁，因此，头脑里并不存在人类当年染上这些疾病时是什么样子的记忆。而且，可以肯定，当时我还没有被卷入俗世的风云际会之中，但也可以说，猫活一岁，等于人活十年。猫的寿命虽然比人类短了一半或三分之二以上，而在短暂的岁月里，一只猫却能够达到相当圆融的境地。

如果这样推算，将人类之年岁与猫族之年岁同样看待，就大错而特错了。这一点，只要看看才一岁零几个月的我，就有这般不凡的见识，便可见一斑。像主人的小女儿，好像虚岁已经三岁了，可是从智商发育来看，就太迟缓啦。她除了哇哇大哭、尿床、吃奶以外，什么都不懂。和我这愤世嫉俗的猫相比，她简直一文不值。

正因为如此，我将运动、海水浴以及异地疗养等知识都了如指掌，也就毫不奇怪了。如果对于这么不值一提的事，也大惊小怪的话，那么他肯定是缺了两条腿的愚蠢人类。

人类自古以来就愚蠢至极。因此，直到近来才开始大肆鼓吹运动的功效，喋喋不休地宣传海水浴的好处，仿佛发现了新大陆似的。相比之下，这等小事，我们猫儿还在娘胎里时就一清二楚了。首先，要问为什么海水可以治病？只要到海边去一趟，不就立刻明白了吗？我虽然不知道在那辽阔的大海中，究竟有多少条鱼，但是，我知道没有一条鱼会生病去看医生。它们都健康地游来游去。鱼要是得了病，身体就不听使唤了，死了的话就会浮上水面。因此才把鱼的往生称为“浮”，把鸟的死去叫作“落”，人类的消亡号称“涅槃”。不妨去问问横穿印度洋去过西方的人们，可曾见过鱼死去？

所有人都会说没见过。他们当然会这么说。因为不论他们在海上往返多少次，也没有人会看见一条停止呼吸的鱼……不对，“呼吸”用词不当。因为是鱼，应该说终止“吐纳海水”才对——停止“吐纳海水”的鱼，漂浮在波涛之上。古往今来，任你夜以继日地举着火把游历四方，在那浩渺无际的大海上，也找不到一条漂浮的鱼，此推论，立刻就可以得出“鱼，一定是非常健康”的结论。假如再问：为什么鱼如此健康？这也太简单了，不需等人告知便了然于心。这是因为鱼整日吐纳海水，进行海水浴的缘故。海水浴的功效对于鱼就是如此显著。既然对鱼儿功效显著，对于人类也必然有效。

一七五〇年，理查德·拉赛尔博士发布了“只要跳进布赖顿海，四百零四种疾病瞬间痊愈”的夸张广告。

虽说是猫，只要时机一到，我们也打算全体出动，前往镰仓一带的海边。但是，当下还不行。凡事都要选择时机。就像明治维新以前的日本人临死都未曾享受过海水浴的功效一样，今天的猫也还没有遇到裸体跳进大海的机会。

欲速则不达，像今天这样，被人扔到建筑地区的猫，平安地回家之前，是不能随意跳进大海的。遵照进化的法则，直到我们猫的体能对狂风巨浪有一定抵抗力之前，换而言之，直到人们习惯于不再说猫“死”，而是用猫“浮”这个词以前，不可轻易去进行海水浴。所以，我决定海水浴以后再说，第一步先进行一下运动。

如今已是二十世纪了，若不做做运动，就像穷人一样，名声不大好。不运动的话，人家不会认为你是不运动，而是断定你不能运动，没有空闲运动。就像古人嘲讽运动的人是奴才一样，如今把不运动的人看作低贱之人。世人的评价，像我的眼珠一样因时间地点不同而变化莫测。但我的眼珠不过是忽然变大或变小，而说到人的品质，却是颠倒错乱。颠倒错乱也没关系，可事物本来有两面或两头。敲打两头，让同一事物发生颠倒黑白的变化，乃是人类善于审时度势的处事之根本。将“方寸”二字颠倒过来，就成了“寸方”，这才是意趣之所在。从胯下倒看“天之桥立”，是别有一番风味的。

即便是大文豪莎士比亚，若是千年万年只读莎士比亚的话，便无聊到极点了。如果没有人偶尔从胯下倒看哈姆雷特，对他说“你不可以这样”的话，想必文学界也就不会进步了。因此，贬低运动的人突然变得喜好运动，就连女子也手拿球拍行走于街头，也不足为奇。只要不嘲笑我等猫族进行运动是装模作样就可以了。

或许有人不知道猫都做哪些运动，下面我打算给各位交代一下。如你们所知，不幸的是，我们猫不会拿任何器具，所以，无论是球还是球棒，都没法用。其次因为没有钱，也就不可能去买。由于这两种原因，我所选择的运动，必须是一分钱不花、不使用器具的运动。因此，人类可能以为我无非是来回走走，或是叼着一片金枪鱼奔跑，然而，只是让我四肢机械地运动，顺应地心引力而行走于大地的话，未免也太单调、无趣了。纵然怎样号称运动，像主人经常进行的那种所谓读书等眼睛在文字上面的运动，是有辱于运动的神圣感的。

当然，就算是单纯的运动，也未必一定要在某种刺激下才能进行。像抢鱼干，或捕大马哈鱼竞赛等固然很好，但这是基于有猎物的前提下。如果除去了猎物的刺激，便枯燥无味了。假如没有奖赏的兴奋剂，我宁愿做一下有技术含量的运动。我做了各种尝试。例如：如何从厨房的房檐跳上屋脊，如何四条腿站立在屋顶的梅花形瓦上，如何走晾衣竿——

这个尝试最终也没有成功。那竹竿滴溜溜地滑，站都站不住。突然地从小孩身后扑上去——这倒是蛮有意思的运动，但是，一直这么干就要倒霉了，所以，一个月最多干那么两三次。

再就是让人把纸袋套在我的头上——这种玩法不但难受，而且非常无聊的游戏，尤其是没有人类帮忙就不能成功，所以不行。此外还有，用爪子在书本的封面上挠着玩——若是被主人发现，不仅必定会被一顿暴揍，而且只能锻炼爪子的灵敏度，全身肌肉得不到锻炼。以上都是我所说的旧式运动。

新式运动当中，有的非常有趣。最有趣的是捉螳螂。捉螳螂虽然没有捉老鼠那么大的运动量，但也没有那么大的风险。在从仲夏到初秋的游戏当中，这种玩法最好不过了。要是问具体怎么个玩法，就是先到院子里去找一只螳螂来。运气好的话，找到一两只毫不费力。且说找到了螳螂之后，我就以迅雷不及掩耳之势扑到它身旁。于是，那螳螂大惊失色，立刻昂起了脑袋。

别看是螳螂，却非常勇敢，也不估算一下对方的实力就进行抵抗，的确很有意思。我伸出右爪轻轻扒拉一下它的脑袋，那昂起的头便软塌塌地歪向一边。这时，螳螂老弟的表情特别有趣。完全懵掉了。于是我一步蹿到它身后，再轻轻挠它的翅膀。那翅膀平时都是很精致地叠在一起的，当我使动一挠，翅膀便一下子展开，中间露出类似吉野棉纸一样的一层透明内衣。即使盛夏它也不辞辛苦，披着两层衣裳，还挺讲究。

这时，它的细长脖子一定会扭过来。有时会转身面对着我，但大多数时候都只是站着怒目而视，等我出手。假如对方一直保持这种姿态，就不能算是运动。所以等得不耐烦了，我就用爪子再扑它一下。挨了这下，若是有点见识的螳螂，一定会溜之大吉。而在这紧急关头，还不顾一切地跟我对着干的，真是个没有教养的野蛮螳螂。假如对方这么蛮干，我就瞅准它的位置，狠狠地扇它一巴掌，一般都会把它扇出二三尺远吧！但是，如果对方老老实实地撤退，我便动了恻隐之心，在院里的树上像飞鸟一般跑上个两三圈。可那位老弟只逃出了五六寸远。它已经知道我的厉害，所以没有勇气再较量，只是东躲西藏，胡乱奔逃。然而，我也左冲右撞地跟踪追击。它终于不动了，挥舞着翅膀，准备一决雌雄。原本螳螂翅膀和它的脖子相配，长得又细又长。据说那翅膀完全是装饰品，就像世人学英语、法语和德语一样毫无实用价值。说是大战，其实它不过是在地面上爬行而已。

这么一来，尽管觉得它怪可怜的，但是为了运动，我也顾不得那些了。我狠心跑到它的前面。它由于惰性，不能急转弯，不得不继续向前爬。我打了一下它的鼻子。这时，螳螂肯定会张开翅膀一动不动地倒下。我再用前爪用力将它按住，稍事休息，然后再放开它。放开以后再按住它，以诸葛孔明七擒七纵的战术来彻底制服它。以此模式反复进行大约三十分钟，看到它已经动不得，便将它叼在嘴里，晃几下又把它吐出来。这下子它躺在地面上不动了，我用另一只爪子推它，提起来，再把它按住。这个也玩腻了，最后一步，就是将它送进肚子里。

顺便对没有吃过螳螂的人说一声：螳螂并不好吃，而且，貌似也没有什么营养。

除了捉螳螂，我还做捕蝉运动。飞蝉并不只有一种。既然人类当中有黄种人、黑种人、白种人，蝉也分油蝉、蛁蝉、寒蝉。油蝉叫起来没完没了，太烦人；蛁蝉很狂妄，不好对付：只有寒蝉捉起来最有趣，这种蝉不到夏天终结是不会出来的。直到秋风从和服腋下的缝隙钻进来，抚摸人们的肌肤，使人感受了风寒时，寒蝉才晃着尾尖悲鸣。它特别能叫，依我看，它的天职仿佛只有吵闹和供猫捕捉玩耍似的。初秋季节，我就喜欢抽这些家伙，称之为捉蝉运动。

谨向各位声明：既然名叫寒蝉，就不可落在地面上。落在地面上，肯定会引来蚂蚁。我捕捉的，可不是倒在蚂蚁领地上的货色，而是那些蹲在高高的枝头、“知了知了”叫的那些家伙。顺便在此请教一下博闻强识的人类，那寒蝉到底是“知了知了”地叫，还是“了知了知”地叫呢？对此解释不同，会对蝉学的研究产生很大的影响。

人之所以胜于猫，就在于此，因此人类自豪之处，也正是这一点。假如不能立即回答，那你们就细细想来好了。没错，从捉蝉运动角度来说，它们随便怎样叫都没什么。我只要循着蝉声，爬上树去，当它正在一心一意地鸣叫时猛扑过去抓住就是了。这运动看似简单，其实是很费力气的。我有四条腿，在地上奔跑这方面绝不比其他动物差。至少按数学常识来判断，四条腿的猫是不会输给两条腿的人类的。

然而，若论爬树，却有很多比我们猫更灵活的动物。不要说爬树行家猴子，即使属于猿猴后代的人类，也有很多不可轻视的家伙。本来爬树是违反地心引力的蛮干举动，所以就算不会爬树，我也不觉得有什么可耻辱的，只不过会给捉蝉运动带来诸多不便。幸而我有利器猫爪，好歹能爬得上去，可这绝非看上去那么轻松。况且，蝉是会飞的，它和螳螂不同，一旦它飞走了，就等于白费了力气，爬上树也和没爬上树无异了。

最后一个让我头疼的事是，有时还会遇到被浇一身蝉尿的风险。那蝉仿佛总是瞄准我的眼睛撒尿一样。蝉老弟逃掉就不追究了，但求不要撒尿。蝉在飞起之际必然要撒尿，究竟是何种心理状态影响了生理器官呢？是因为实在憋不住了呢，还是为了出其不意地创造出跑的时机？这一手，和乌贼喷墨、无赖显摆文身，以及主人卖弄拉丁语之类，应该可以归为一类。这也是蝉学上不可忽略的课题。如果仔细研究，仅此一点就足够写一篇博士论文了。

闲话少叙，书归正文。蝉最爱聚集——如果“聚集”两个字太怪那就改成“集合”，可“集合”又过于陈旧，还是叫“聚集”吧——蝉最爱聚集的地方是青桐，据说汉语叫作梧桐。这青桐枝叶繁茂，而且都像团扇那么大，如果它们层层叠叠的，就会茂密得几乎看不见树枝。这成为捉蝉运动的极大障碍。我甚至怀疑“但闻其声，不见其身”这句俗语，是否是早已专为我而造出的。没办法，我只好把蝉声作为目标，从树下往上爬。在梧桐树五六尺高的地方，分出两个树杈，正合我意。可以在这里稍事休息，透过繁茂的树叶，侦察蝉在什么地方。只是我还没有爬到那里，已经有些急躁的家伙嗡嗡地飞走了。只要飞走一只，就棘手了。在擅长模仿这一点上，蝉几乎是不比人类的蠢蛋差。它们会接二连三地飞走。

往往等我好不容易才爬上树杈时，早就满树寂静，毫无声息了。我曾经爬到此处后，不论怎么东张西望，任你怎么竖起耳朵听，也没有发现蝉的动静，又懒得再爬一次，干脆歇息片刻，便在树杈上趴着，等待第二次机会。谁料，不知不觉犯困起来，进入了黑甜梦乡玩耍起来。忽然惊醒时，我已从树杈的黑甜梦乡里，扑通一声跌落在院子里的石板地上了。

不过，一般来说我上树都会捉到一只蝉。扫兴的是必须在树上就把蝉叼在嘴里，因此，待下到地上后再吐出来时，大多已经死了。任凭我怎么逗它、挠它，都丝毫没有反应。而捉蝉的乐趣就在于悄悄地接近，当寒蝉拼命地将尾巴一伸一缩时，我忽地用前爪按住它时。蝉老弟“知了知了”地哀号，将薄而透明的羽翼疯狂扑闪。其速度之快，姿态之优美，无不空前绝后，实属寒蝉世界的一大奇观。每当我摁住“知了老弟”时，总要请它给我露一手这优美的艺术。看腻了，就抱歉地把它塞进嘴里吃掉。有的蝉直到进我嘴里之前，还在表演呢。

除了捉螳螂和蝉，还有就是滑松运动了。这无须多言，只要介绍一下。说起滑松，也许有人以为是从松树上滑下，其实这也是爬树的一种方式。然而捉蝉是为了捉蝉而爬树，滑松却是为了爬树而爬树，这是二者的不同。自从“且燃常青松，暖慰最明僧”以来，至今，松树皮都粗糙不平。因此，再没有比松树干更好爬，更好下脚的了。换而言之，就是没有比松树干更好下爪的了——因为防滑。

我就是选择这种好下爪的树干一股脑爬上去。爬上去是为了跑下来。下来有两种方法：一种是倒着爬，即头朝地面爬下来；另一种是保持爬上去时的姿势，尾巴朝下退下来。试问世人，是否知道哪一种方法更难一些？以人们的粗浅的见识，一定认为头朝下爬下来更容易吧？这就错了。你们只知道源义经大人在鹎越古道降落[①]的故事，就以为连源义经都是头朝下下山的，那么，猫自然也是头朝下爬下树了吧。

不能这么小瞧我们猫。你知道猫爪是怎么长的吗？都是朝后弯曲的。因此，爪子像消防钩一样，能够钩住东西往自己这边拽，但往前推就使不上力了。假设我现在飞快地爬上了松树，由于我是地上的动物，自然

① 此典故指的是日本战国时代著名的“一之谷之战”。

不可能在松树上久留，什么都不抓的话，必然会掉下来。但是，如果直接跳下来，速度太快，所以，必须采取什么办法让这自然下落减速几分，这便是“降”。落与降，似乎差异很大，其实，并不像人们想象的那样有多大的差别。将落的速度减缓些就是降，将降的速度加快些就是落。

落与降只差之毫厘。我不喜欢从松树上往下落，因此，必须减缓落下的速度以便降下来。也就是说，要用什么办法来增加落下的阻力。如上所述，我的爪子都是朝后弯曲的。假如头朝上抓树干的话，就能够利用脚爪的所有力量抵住下落的力量，于是，下落便成了下降，这是极其浅显的道理。

然而，反过来，试一试源义经头朝下爬松树的话，即便有爪子，也不顶用，我会哧溜溜地滑下来，根本没有阻力能够支撑自己的体重。这样，虽然满心想降下来，却变为落下来。可见学源义经翻下鹎越古道是非常困难的。在猫族当中会这种本事的恐怕非我莫属。因此，我才把这一运动称作滑松。

最后，我再稍微多说几句跑竹篱运动。主人家的院子是用竹篱围成的四边形，和檐廊平行的那一边，大概有五六丈长吧，左右两侧都不过两尺五。刚才我所说的跑竹篱运动，就是在篱笆上面跑上一圈，不掉下去。虽然有时也会掉下去，但如果顺利地跑完，就特别开心。尤其是到处立着烧断根的松木棍，这便使得我歇口气。今天跑得很不错，从早到晚跑了三圈，一次比一次跑得好。越好就越有兴致，结果跑了第四圈。跑到一半时，从邻屋的屋顶飞来三只乌鸦，在离我六尺多远的地方齐刷刷地落了下来。这几个冒失鬼，居然来妨碍人家运动！尤其是这些乌鸦来路不明，这等身份怎么可以随便落在别人家的墙头？我想到这些，便大声喝道：“我要过去！闪开！”

最前边的乌鸦看着我，嬉皮笑脸。第二只乌鸦望着主人的院子。第三只在竹子上蹭嘴，它们飞来之前一定吃了些什么。为了等待它们的回答，我站在篱笆墙上，给它们三分钟考虑时间。听说人们都称乌鸦为“丧门神”，真是一点不假。不管我怎么耐心等待，它们既不搭话，也不飞走。没办法，我只好慢慢走去。

于是，最前头的乌鸦忽地张开了翅膀，我还以为它终于害怕我的威武，想要逃走。原来，它只是转了个方向，将朝右改为朝左了。这些混蛋！若是在地面上，这么没规矩，我肯定会好好教训它们的。奈何正处在这么一条走路都要小心的篱笆上，没有精力和丧门神较量！然而，又不甘心继续站在这里等待三只乌鸦自动退却。

首先，这么等下去的话，我的腿是站不住的。而对方有翅膀，在这种地方停留简直小菜一碟，也就是说，只要他们乐意，不知会逗留多久呢。可是我已经跑了四圈，确实很累了，何况这是不亚于走钢丝的技巧的运动。就算没有任何障碍，也难保不会摔下去，要是这三个黑衣歹徒挡住去路，更是难关重重了。

这样耗下去，最终只好我自动终止运动，跳下篱笆。没时间跟他们耗着，干脆就这么办吧！一方面对方人多势众，而且模样看着眼生，不像是本地的主儿。嘴巴尖得出奇，活像天狗大神的野种！总之不是什么好东西。还是退去安全些。

如果跟他们较劲，万一掉下去，就更羞耻了。我刚想到这里，只听得面朝左的那只乌鸦叫了一声“傻——瓜”，第二只也学着叫声“傻——瓜”，第三只很温柔连叫了两声“傻——瓜，傻——瓜”。即便我再厚道，也不能坐视不理。况且，在自己家的院子里居然受到乌鸦的侮辱，这关乎我的名声。如果说我还没名没姓，谈不上什么名声，那么就算是关系到我的面子吧！绝对不能退让！成语里也有“乌合之众”这一说，所以尽管它们是三只，说不定意外地柔弱无能呢。

我壮着胆子，慢慢地向前走去，打算让他们后退。乌鸦们却假装不知，像在聊天似的。我更是怒发冲冠。假如墙头再宽五六寸，一定让它们知道我的厉害。遗憾的是，不论我怎么火大，也只能慢腾腾地走路。总算走到距离乌鸦五六寸的地方，刚想歇一下，那些鬼东西忽然不约而同地扇动起翅膀，飞起了一两尺高。一阵风扑到我的脸上，我一惊，脚踩空，啪地摔了下去。真是丢人啊！

我从篱笆下仰头一看，那三只乌鸦仍站在原地，正俯视着我，三个尖嘴恰巧排成一排。厚颜无耻的东西！我怒目而视，却毫无效果。于是我弓起背来，轻轻吼了一声，这就更没有作用了。正如俗人不懂神奇的象征诗一样，我对乌鸦的愤怒表达，也毫无反应的。想想看也没有什么奇怪的。我一直拿它们当猫来对待，从根本上就错了。假如他们是猫的话，这点肢体语言肯定明白，无奈它们是乌鸦。和这些乌鸦之辈遭遇，又能拿它们怎样呢？正如实业家急于要说服我家主人苦沙弥；正如源赖朝送给西行法师一只银猫，正如乌鸦在西乡隆盛的铜像上拉屎一样。善于见机行事的我，已经明白毫无胜算，当即潇洒地撤退了。

已经到了吃晚饭的时候。运动固然好，过火就不好了，我只觉得浑身像散了架似的，软绵绵的。何况刚刚初秋，运动时被太阳晒得热乎乎的毛皮大衣，大概是吸收了充足的阳光，烤得身子受不了。从毛孔里渗出的汗流下来还好，可它却像油似的黏在毛根上，后背痒得难受，出汗发痒和跳蚤钻进毛里的发痒，我能够辨别清楚。虽说也知道凡是嘴能触及的地方可以咬一咬，爪子能伸到的部位可以挠一挠，可是，如果是恰巧是那条脊梁骨上痒痒的话，就不是自己力所能及的了。每当这种时候，或是见到人就在他身上乱蹭，或是利用松树皮大肆摩擦一番。两者必择其一，否则难受得睡不着。

人都是些蠢货。所以我只要娇气地叫唤几声就可以了。按理来说，娇声娇气本是人类对我们发出的声音。假如处在我的角度，就不是猫在娇声娇气地叫唤，应该说是被人类娇宠而发出的声音。反正人类都是些蠢货，所以，我只要发出“娇媚之声”，靠近人们的腿，一般来说，人们就会误以为我是喜欢他或她，不仅任我随意亲近，还常常轻抚我的头。

然而近来，我的皮毛里繁殖着一种叫作跳蚤的寄生虫，偶尔靠近人时，我必定会被他们掐住脖子，丢得远远的。可见，人只因为那种肉眼看不清的微小的虫子，便厌弃了我。所谓“翻手为云，覆手为雨”，说的正是人类这种行为。最多一两千只跳蚤，人们竟然做得出这么势利的事。据说人世上通行的爱的法则，头一条是“于己有利时，则爱人”。

既然人们对我的态度突变，那么身上再怎么痒，也不能指望利用人类之力解决了。因此，只好采取第二种方法——摩擦松树皮了。那就去摩擦一会儿吧！我这么想着，刚要从檐廊跳下去，又一想，这可是个得不偿失的蠢办法。理由很简单：松树上有油，这松油是特别顽固的东西，一旦粘到毛发上，哪怕是五雷轰顶，或是波罗的海舰队苦战到全军覆没，它也绝不肯脱落。更可恨的是，一旦粘到了五根毛上，很快就蔓延到十根毛。发现粘了十根时，就已经粘住了三十根。我本是个淡泊明志的儒雅猫，最讨厌这种歹毒、黏糊、纠缠不休的玩意儿。就算面对天下第一的美女猫，我也不会动心。松脂自然无罪，但它就像车夫家老黑迎着北风流下的眼泪所凝成的眼屎一样，来糟蹋我这身浅灰色毛衣，孰不可忍！

还是再想想吧，算了，也没什么可想的了。只要我将后背往树皮上一靠，肯定立刻被黏，和这种不明事理的傻蛋较真，不仅有损于我的颜面，也有害于我的皮毛。无论多么痒，也只好忍着了。

这两种方法都行不通，不禁令我心神不宁。不赶快想个办法，总这样奇痒难耐，黏糊糊的，说不定会得病的。有什么好办法呢？我正弯着后腿想办法，忽然想起一件事来。

我家主人常常带上毛巾和肥皂，飘然去个什么地方，过了三四十分钟回来以后，只见他灰暗的面色多少有了生气，显得光亮多了。假如对主人那样的人都能给予如此大的改变，对我就会更有效果。我本来就天生丽质，虽说不必要再费心收拾自己去出卖色相，可万一染上重病，导致享年一岁零几个月就夭折，岂不是愧对天下苍生！

我打听了一下，说是那个地方是人类为了消磨时光而想出来的澡堂子。反正人类造出的东西没几个像样的，不过赶上身体这么不爽，不妨进去看看吧！如果去了也没用，不再去就是了。只是不知人类是否有肚量容忍异类的猫进入为他们自己设计的澡堂。既然是连主人都能大摇大摆进入的地方，料想也不会将我拒之门外，但是，万一吃了个闭门羹，传出去可不大好听。最好还是先去侦察一下。感觉没有问题，再叼一条毛巾进去试试。打定了主意后，我便慢吞吞地向澡堂出发。

出巷口向左拐，迎面耸立着的东西，像竹筒，从筒尖上冒着淡淡的烟雾，那里便是澡堂。我从后门轻手轻脚地溜了进去。人们说什么走后门是胆小、懦弱等，这都是那些不从正门进入就无法去拜访的家伙的嫉妒之言，胡乱发的牢骚。

自古以来，聪明人都是从后门悄然而至的。据说《绅士养成法》的第二卷第一章第五页就是这么写的。在下一页的背面，绅士遗书中写有“后门乃修身明德之门也”之类的话。我是二十世纪的猫，这点教养还是有的，不要太小瞧我了。等我溜进去一看，左边是堆积如山的锯成八寸长的松木，松木旁边是堆积如冈的煤。也许有人要问：“为什么松木为山，黑煤似冈呢？”

这倒没什么特别的意义，只不过将“山冈”二字分开使用罢了。人类也够可悲的了，又是吃米，又是吃鸟、兽、虫、鱼，吃尽种种恶食，终于里落到了吃煤炭的地步。

我往尽头一看，只见六尺多宽的入口大开。往里看去，空空如也，悄无声息的。只听见对面有很多人说话的声音。所谓的澡堂子，一定就在发出说话声的那边，我这样判断后，便穿过松木和煤炭之间形成的深谷，往左拐去。

一直向前走，看到右侧有个玻璃窗，窗外有三个小圆桶堆成的金字塔形。想那圆形小桶被堆成金字塔，一定非常不乐意吧，我暗暗地同情起圆桶了。小桶南侧有一米多宽的地板，好像专门为欢迎我而设的。地板高于地面约四尺，正适合我跳上去的高度，“好啊！”我说着轻轻纵身一跃而上，于是，所谓澡堂子使呈现在我的鼻下、眼下、面前了。

要是问天下什么事最有意思？莫过于吃到没吃过的东西，看到没看过的光景更开心的了。诸位如果也像我家主人那样，一周三次到这个澡堂来混三十分钟乃至四十分钟的话，那没得说，假如像我这样从未见过澡堂的话，最好快来看看。宁肯父母临死不去送终，也务必要来观赏这番景象。虽说世界之大，无奇不有，然而，如此奇观却是绝无仅有。

你问是什么奇观？是我几乎没法说出口那样程度的奇观。在那玻璃窗里挤成一堆，嘈杂无比的人都是赤裸的。一个个宛如野人或是二十世纪的亚当。翻开人类服装史——这说来话长，还是让给杜费尔斯德洛赫去研究吧，这里不进行详细探讨了——人类全靠衣着提高身价。

十八世纪时，理查德·纳什对于大英帝国的巴斯温泉制定了严格的标准：在浴池内，不论男女，从肩到脚都不得裸露。距今六十年前，也是在英国的都城开办了绘图学校。由于是绘图学校，那么，买些裸体画、裸体像的素描及人体模型，四处陈列起来，本是件好事，可是到了举行开学典礼时，上至当权者下到教职员，都非常尴尬。开学典礼嘛，总会请市内的名媛淑女光临。然而，当时的贵妇人认为：人是穿着服饰的动物，不是披着毛皮的猴子后代。人不穿衣服，就像大象没有鼻子，学校没有学生，士兵没有胆量一样，完全失去了人的本性。既然失去了人的本性，那就不能算是个人，而是野兽，纵然是素描或模型，与兽类为伍，自然有失于淑女的身份。因此，她们纷纷表示“拒不出席”。

教职员们都认为她们是些不可理喻的女人。然而女人是一种装饰品，不分东方西方。她们虽然一不会舂米，二不当志愿兵，但在开学典礼上却是不可缺少的装饰。因此，没有办法，学校只好派人到布店去买来二尺八分七厘的裹布，给那些被咒为野兽的人像统统穿上了衣服。又生怕不够周全，一无遗漏地将脸部全部遮上了。如此这般，开学典礼总算顺利举行了。服装之于人，就是如此重要。

近来还有些老师，一味提倡要画裸体画，但他们错了。据我这个有生以来从未裸体过的猫来看，这肯定是错了。裸体本是希腊、罗马的遗风，是乘着文艺复兴时期的淫逸之风而盛行于世的东西。希腊人与罗马人，对于裸体已经习惯，所以丝毫想不到裸体与教化有什么利害关系。然而，北欧却是个寒冷的地方。就连日本人都常说“不穿衣服怎能出远门？”何况在德国或英国光着身子，只会冻死。死了不划算，还是得穿衣服。于是大家都穿起衣服来，人就成了穿服饰的动物。一旦成为穿服饰的动物，偶然遇上裸体的，就不会承认他是人，而认为是兽了。因此欧洲人，尤其北欧人是可以将裸体画、裸体像看作兽类的。看作比猫更低等的兽类，也是可以的。你说很美？美就是美！不妨视为“美丽的野兽”吧。

如此说来，也许有人要问：“你见过西方妇女的礼服吗？”

据说，她们把袒胸露乳的衣服叫作礼服，真是荒谬至极！十四世纪以前，女人们的衣着装扮并没有这么滑稽，穿的还是普通人的服饰。那么现在为什么会变得像个下流的杂技演员似的呢？说来话长，略去不述。反正知之为知之，不知为不知，就这样吧！历史暂且不提，却说她们打扮成那副怪异模样，尽管夜晚春风得意，但是内心多少还有些人性，所以一到白天她们就盖上肩头，遮住胸脯，裹紧胳臂，不仅全身不外露，就连被人看到一个脚趾，都认为是奇耻大辱。由此可见，她们所谓的礼服是通过某种荒谬至极的作用，继尔变成在傻瓜和傻瓜之间才能够得到欣赏的东西。

如果有人觉得委屈的话，那么，就试一试大白天的露出肩膀、胸脯和胳臂好了。裸体崇拜者也是如此，既然裸体那么好，尽可以叫女儿赤身裸体与自己一起到上野公园去走走好了。做不到？不是做不到，是因为西洋人不这么干，你才不这么做吧？眼下不是有人穿这种荒唐的礼服炫耀地出入帝国饭店吗？若问是何缘由，很简单，无非西洋人穿，他们便穿罢了，大概是认为西洋人强大，哪怕是很勉强，很愚蠢的事，也觉得不模仿一下就难受。俗话说：随波逐流、随行就市，这一连串的“随”，岂不是蠢到家了！如果说没办法，我就这么蠢，那么以后就不要以为日本人了不起了，学问也可以此类推，只因与服饰无关，略去不讲。

衣服之于人类，就是如此重要的东西，重要得几乎可以说人就是衣服，衣服就是人。我甚至想说：“一部人类历史，既不是肉的历史，也不是骨的历史，更不是血的历史，而是一部纯粹的服装的历史。”因此，见了不穿衣服的人，就会觉得他不像个人，就像是遇到了妖怪。如果全人类约定，一起变成妖怪，所谓妖怪也就不存在了。因此，是妖怪也无所谓。不过，这样一来，人类可就麻烦大了。

远古时期，大自然平等造人，将人投于世界。因此任何人出生时必定是赤裸裸的。假如人类的本性是甘于平等的，就应该始终赤裸着身体生存下去。然而，一个赤裸的人说：这样每个人毫无差别的话，上进也毫无意义，显示不出奋斗的成果。应该想个办法能够一眼看出我就是我，在任何人看来都是我，而不是别人。为此想要在身上裹上点什么让别人见了大吃一惊的东西。有没有什么好办法呢。他想了十年，终于发明了裤衩，立马穿上了它，骄傲地走上街头，到处炫耀。

他便是今日车夫的祖先。仅仅发明个简单的裤头就花费了十年之久，人们也许会觉得有点奇怪吧？不过，这是由于以今天的眼光回看远古，置身于蒙昧世界得出的结论。但在当时，这却是前所未有的伟大发明。笛卡尔说：“我思，故我在。”这本是三岁孩子都懂的道理，他却花费了十几年工夫才想出来。说明一切真理在探索过程中都是很费脑力的。

因此，发明裤衩虽然用了十年，但从车夫的智力来看，不能不说已经是非常难得了。

且说，这裤衩一发明出来，世界上大部分人都变成了车夫。他们穿着裤衩在普天下的大路上，如同走在自己领地上一样横行霸道。于是看不惯车夫的人，用了六年时间，发明了叫作短外褂的废物。裤衩的势力顿时衰退，迎来了短褂流行的时代。鲜货庄、药材铺以及裁缝铺的老板，都是这个大发明家的后裔。

裤衩时代、短褂时代之后，随之而来的是裙裤时代。这是对穿短褂的人嗤之以鼻的人设计出来的。古代的武士和当今的官员，都属于这类人的后代。就这样，人类此争前恐后，标新立异，以至于出现了燕尾服这种畸形服饰。说到底，肯定不是勉强、胡闹、偶尔为之，或漫不经心造成的事实，而是争强好胜、雄心勃勃的结果，转化为各类异样的新花样，穿在身上，取代之前时代的服装，只是为了表明“我和你不一样”才穿在身上招摇过市。

从这种心理出发，有一大发现。那就是：就像大自然记恨真空，人类也讨厌平等。然而，在这已经厌弃平等，不得不把衣服视如骨肉而穿在身上的今天，如果要人们将已经构成人类属性之一的衣服丢掉，再回到从前人人平等的原始时期，那只是痴人说梦的举动。在文明人眼里，那些回归原始的人都是怪物。有人认为：如果世界上几亿人全部拉到妖怪的领土上去，大概就能实现平等。因为大家都是妖怪，没什么可以可耻的，也就心安了。

然而，还是不行，因为全世界的人都成为妖怪的第二天，又开始了妖怪之间的竞争，如果不能穿上衣服去竞争，那就以妖怪本性来竞争。

裸体也无妨，一样可以制造出差别来。由此可以看出，衣服毕竟是脱不得的。

然而，如今在我眼皮子下面的这伙人，竟然将脱不得的裤衩、短外褂甚至裤子全都丢在衣架上，毫不知耻地将原始面目暴露在众目睽睽之下，而且尽情谈笑，处之泰然。我在前面说到“一大奇观”，说的就是这种场面。鄙猫在此向各位君子简要介绍一下澡堂里的见闻，真是吾之幸事。

周围有些嘈杂，真不知该如何下笔。妖怪们的行为没有章法，所以，为了做出有秩序的说明，我难免要费些力气，还是先从浴池开始写吧。不知道那是浴池还是什么，姑且叫它浴池。足有三尺宽，九尺长，被分成两半，一半装着乳白色热水。据说这种洗澡水，被称为什么“药池”，好像将石灰溶解在里面。没错，不光是水浑，还浑得油晃晃、沉甸甸的。仔细打听一下，难怪水跟臭了一样，原来一周才换一次水。另一边是一般澡堂，但我可以打赌，绝对算不上晶莹透亮。水色已经表明：像是将消防水桶里的积水给搅浑了。

下面说说这些妖怪。这可要大费笔墨了。类似消防水桶的那个池子占了两个年轻人。他们面对面站着，往自己的腹部哗哗地撩水，还挺开心。两个人共通的地方就是都皮肤黝黑。“这两个妖怪长得真是魁梧。”我边看边想。转眼间，当中一个人用毛巾反复搓着胸，一边问道：“阿金，这地方老是疼，你说咋回事啊？”

“那是胃，胃这玩意儿可真是要命哦。不小心的话，可危险哦。”阿金热心地警告他。

“可是，是在左边啊。”他指着左肺。

“那是胃，左边是胃，右边是肺。”

“是吗？我还以为胃口在这儿呢。”他说着又敲了敲腰部给另一个人看。

阿金说：“那是疝气。”

这时，一个二十五六岁、留着小胡子的年轻人扑通一声跳进水里，他身上的肥皂沫和泥垢一起漂在水上，就像铁锈水那样闪着光，亮晶晶的。他身边的一个秃头老头儿，跟一个留平头的年轻人喋喋不休地争论着。两个人只露出个脑袋。

“哎，人上了年纪，就不中用了。人老了就比不了年轻人，只是这洗澡水，现在还是不热，一点儿都不舒服啊。”

“老人家已经算是结实的了。这么精神，已经很不错了。”

“哪有什么精神啊？只是没有病罢了。人只要不干坏事，能活到一百二十岁呢。”

“是吗？能活那么久吗？”

“能。保证你能活到一百二十岁。明治维新前，牛込区有个叫曲渊的武将，他手下的一个仆人活了一百三十岁呢。”

“这个人可真能活啊。”

“可不是嘛。因为活得太久了，他连自己的年龄都忘了。据说活到一百岁还数得出来，再多，就记不得了。我给他记到一百三十岁，可他并不是一百三十岁就去世了,不知道他后来怎么样了,说不定还活着呢。”说着老头出了浴池。留胡子的人好像往身上撒了一些云母片，独自痴痴地笑着。

接着跳进来的不同于一般的妖怪，脊背上刺了文身。那画好像是岩见重太郎挥起大刀，杀退巨蟒的情景，只可惜尚未刺完，找不到那条巨蟒。所以看上去重太郎先生有点英雄无用武之地的样子。他边跳入浴池边说："怎么这么不冷不热的？"

接着，又下来一个人。

"哎呀，真热啊。要是再温一些就好了。"他龇牙咧嘴，极力忍受着水温过高的样子。一看见"重太郎"，招呼了一声"师傅"。重太郎"噢"地哼了一声，过会儿问："阿民现在怎么样啦？"

"你问他怎么样？喜欢显摆呗。"

"不光是显摆吧。"

"是吗？那家伙可是个心术不正的人啊。怎么说呢？人们都不喜欢他，怎么说他好呢？反正都不相信他。按说一个手艺人，不应该这样的。"

"就是呀！阿民为人很不谦恭，骄傲自负，所以，大家才不相信他。"

"是这么回事。他那样子还自以为自己有本事呢……归根结底还是自己吃亏呀。"

"白银町也走了不少老手艺人啊。如今，只剩下桶铺的元兄、砖瓦铺的掌柜和师傅您了。咱们都是这里土生土长的，可是像阿民那样的，谁知他是从哪儿来的？"

"是呀！不过他居然还做起了买卖。"

"嗯。反正不知怎么搞的大家都不爱搭理他，大概是因为他不和人们来往吧？"两人你一句我一句一个劲地贬低阿民。

"消防水桶"般浑浊的洗澡水这边暂且介绍到此。再看看白色药汤那边吧。那里也是人满为患。与其说人进入池里，莫如说水漫进人群更为确切。而且，他们都非常悠然自得，一直有人进，没人出。照此情形，一周不换水的话，不脏才怪。我感叹不已，又往浴池中仔细看去，竟发现苦沙弥先生被人群挤在左边的犄角旮旯，满脸赤红地蜷缩成一团。

好可怜！若是有人给主人让出条路来就好了。可是没有人愿意动一动，主人也无意挤出来，只是一动不动地泡得浑身通红。这可够受罪的。他大概是想用足了这二分五厘的泡澡钱，才把自己泡得这么红通通的吧？再不上来，怕要脑贫血的呀！我这个忠于主子的猫，蹲在窗框上直揪心。

这时跟主人相隔六尺远的一个人，皱着八字眉说："这水，好像烧得过头了。热得发烫的水在从后边过来了！"听他的话是想在周围的妖怪中寻找同情者。

"哪里！这水的热度正好。药池不这么热就没有效果，在我们家乡都要泡比这热一倍的水。"有人非常自豪地说。

"究竟这种水能治什么病？"一个人将手巾叠起，遮在凹凸不平的头上，向众人请教。

"能治好多种病的，听说能治百病哪！真了不得。"

说话的人面孔瘦得像黄瓜，神形兼备。既然药池那么灵验，这家伙应该更健康才是。

"投药之后过三四天的水最好，今天来泡正是时候。"

我一看那个以万事通自居说话的人是个肥胖的汉子，这家伙想必也是虚胖吧。

"这水喝下去也有效吗？"有人不知道从哪儿发出的声音。

"水凉了之后，喝下一杯再睡觉，可以不起夜！不妨喝点试试吧。"

这回答也不知是从哪张嘴里发出的。浴池这边先介绍这么多吧，我再朝冲洗室那边一望，也有好多怪物，如同难以入画的亚当，一字排开，各自以随意的姿态，随意地洗着各自的部位。其中最叫我吃惊的是两位“亚当”：一个仰面朝天躺着，盯着高高的天窗发呆；一位趴着，看着水沟发愣。这两位看来是十分优哉。还有一个秃子，面对石墙蹲着，背后一个小秃子不停地敲他的肩膀。二人大概是师徒关系，小秃子替代了搓澡人的职务。当然也有正格的搓澡人。此人大概患了感冒，这么热还穿着坎肩。

他用一个椭圆形小桶，往一位老先生的肩上泼着水。再一看此人的右脚，大脚趾缝里夹着一条羊毛搓布。这边有个人霸占了三个小桶，一边叫旁边的人用他的肥皂，一边滔滔不绝地长篇大论。我仔细一听，他正在讲的是：

“火枪是外国传来的。从前的人，打仗只用刀剑互相对砍。外国人胆子小，所以才造出那种玩意儿。好像不是中国人造的，是西方人造的，和唐内那个时代还没有。和唐内就是清和源氏。据说是源义经从虾夷国渡海去中国东北地区时，一个非常有学问的虾夷人追随他去了。后来源义经的儿子攻打明朝时担心打不过，便派出使臣去见三代将军，要求借兵三千。三代将军却扣留了那个家伙，不放他回去……忘了那个使臣叫什么了……反正叫什么使臣……三代将军将他扣留两年，最后在长崎给他讨了个妓女，那女人所生之子便是和唐内。等信使回国，发现大明已为国贼所灭……”

他说的什么乱七八糟的，简直听不懂。

他身后还有个二十五六岁的表情阴沉的男子，呆呆地用热水不住地搓着胯下，应该是生了疥子还是什么，好像很难受。他身旁有个大概十七八岁的后生，左一个“小子”，右一个“老子”的，唠唠叨叨地胡乱吹牛，大概是附近哪家的学生吧。再下面一个人，只能看见他那奇特的后脊背，脊梁骨节一清二楚的，活像一根紫竹。而且，脊背左右两边各有四个形如十六指棋子的圆点，排列得很规整。

这样一一写下来的话，要写的事情太多。我正懊悔干了这力所不能及的事，忽见门口出现了一位身穿浅黄布衣，年近古稀的秃老头。他对那些裸体妖怪施了一礼，说：“啊，承蒙各位天天来照顾生意，多谢了！今天天气有点冷，请各位多泡一泡……好好暖暖身子……搓澡的！要看好洗澡水的冷热。

搓澡的人答应了一声：“好嘞！”

“多会说话呀！不这样怎么做得好生意啊！”大谈“和唐内”的那位对老头儿大为赞赏。

我由于突然碰上这个奇怪的老头儿感到有些意外，所以就中断了刚才的叙述，专门观察那个秃老头了。老头儿看见一个从浴池出来的四岁左右的男孩子，就伸出手对孩子说：“小宝贝，到这儿来！”

大概那孩子看见老头儿那被张如踩扁的豆馅儿饼一样的面孔被吓了一跳吧，哇的一声大哭起来。老头有点做作地叹息道：“哟，怎么哭啦？害怕爷爷吗？哎呀，这可真是的。”

没办法老头儿只好转移方向，对孩子的爸爸说：“啊，是源先生啊！今天有点冷啊。昨夜溜进近江铺子的那个小输，简直笨到家。硬生生在小门上凿了个方口子，什么也没拿就跑了。大概是看见巡警或是巡夜的人过来了吧？”他大大耻笑了一通小偷的有勇无谋。

接着又对另一个人说：“您来了，好冷！您还年轻，也许不觉得冷吧？”其实只有他自己觉得很冷。

我的注意力被老头儿吸引了，不但把其他怪物都忘了，就连难受地缩在池子里的主人也忘得一干二净了。这时，突然有人在浴池和冲洗室之间的地方发出一声吼。我定睛一看，不是别人，正是苦沙弥先生！主人的声音格外洪亮，而且沙哑刺耳，听他大声吼叫并非从今天开始，但是，在这个场合听到，着实让我大吃一惊，瞬间，我便做出了判断：主人一定是咬牙忍耐着，在热水中泡得太久而爆发的。假如这单纯是因病所致，倒也无可指责。那么他为何发出这么骇人的吼叫声，只要听我说明一下，便会明白。

他像小孩似的，正在和一个微不足道的穷学生吵了起来。

“你往后点！水不许进我的桶里！”吼叫着的自然是主人。

事情因立场不同，看法也不同，公说公有理，所以倒也不必把这声怒吼判断为发火的结果。说不定万人之中有那么一个人，说他这一声怒吼好比高山彦九郎怒斥山贼呢！也许主人正是这么想，才演了这么一出的。遗憾的是对方并不情愿充当山贼，那么主人肯定收不到预期的效果了。

学生回过头来，和气地对主人说：“我本来就在这儿！”

这句回答很平常，不过是表达了不肯移动的意思，这有悖于主人的心意，所以，不论主人的态度还是语气，都大可不必像对山贼那样破口大骂，这一点，无论是主人怎么上火，也应该清楚的。但是，主人发火，并非由于对学生所占的位置感到不满，似乎因为这两个小伙子净说些不符合年轻人身份的不知天高地厚的话，主人实在听不下去，才大动肝火的。所以，即使对方客气地回话，主人也不愿一声不响地走过冲洗室，便又喝道："小子，像话吗？有这样把脏水往别人水桶里溅的吗？"

我也觉得这个小子有点可恨，所以心里暗自称快。又一想，主人身为教师，这样做有点不大稳重吧？原本主人就是特别固执的人，像焦炭似的毫不圆滑且特别坚硬。从前汉尼拔翻越阿尔卑斯山时，有一块巨大的岩石挡在了路中央，给部队前进造成了障碍。于是，汉尼拔便朝这块巨石上浇醋，用火烧，使其变软之后，再用锯子像切鱼糕一样锯开，大军得以顺利通过。像我的主人这样，即便在这么灵验的药水里像被水煮似的泡着，还丝毫不见功效的人，恐怕也只有用醋浇火烧不可了。否则，像这样的学生，即使出来上百人，用上几十年，也不会治好主人的顽固症的。

无论是泡在这个浴池里的人，还是挤在冲洗间里的人，都是脱去了文明人所必需的服装的一群妖怪，当然不能以常规俗礼要求他们。他们可以为所欲为。随他们瞎说什么"肺里长着胃""郑成功就是和唐内""阿民不可信"……然而，一旦跨出冲洗室，来到更衣处，人们就不再是妖怪了。因为他们进入了正常人生活的俗世，因为他们穿上了文明必需的服装了。因此，不得不采取像个人样儿的行动了。

主人脚踩的地方是门槛——那是冲洗间与更衣室分界线上的门槛，就连在这样的分界线上，主人依然是那么顽固，可见这顽固，对于他来说已是根深蒂固的沉疴。既然是沉疴，当然不容易治愈。依我之见，这种病只有服药可以治，即是请求校长免去他的教职。一旦被革职，一向固执的主人，定会走投无路。走投无路的结果，必然是饿死在路旁。换句话说，革职将成为主人死亡的间接原因。尽管主人乐于得点小病，但最害怕死。

他是奢望于得点不至于丧命的病，好乐在其中。因此，如果吓唬他说："你若总是闹病，就要了你的命！"主人肯定会浑身发抖，这时病就会好的，如果这样还不见好，可就病入膏肓了。

无论如何糊涂，患多重的病，主人毕竟是主人。有个诗人说："一饭重君恩。"我虽然是猫，也断然不会不担忧主人的命运。由于同情心泛滥，而疏忽了对冲洗间的观察，突然，听到很多人冲着白水浴池骂声连连。难道那里也吵架了？我回头一看，妖怪们正将浴池出水口挤得水泄不通，有毛的小腿和没毛的大腿乱成一团。

时值孟秋，暮色沉沉，冲洗间里笼罩着腾腾热气，直达天棚。那些妖怪们拥挤的样子透过雾气朦胧可见。"太烫了，太烫了"的叫声震耳欲聋。那些叫声里，粗细尖厉等声音互相交错着，组成某种无法言表的声响，在浴池中弥漫。这些声音只能用混乱二字来形容，其他什么意义也没有。

我被这光景迷住了，茫然地站着。渐渐地，哇啦哇啦的叫声混乱至极，到了无以复加的地步。这时，在摩肩接踵、混乱不堪的人群中忽然站起了一个大汉。只见他的个头比其他先生们高出大概三寸。而且他仰起那不知是脸上长胡子还是脸寄居在胡子里的红脸，发出烈日下敲破钟般的声音："盖上火！盖上火！太烫了，太烫了！"

只有那声音，那张脸，高高突出于纠缠的人群之上。当时，只觉得整个浴池里就他一个人。"超人！"他便是尼采所说的超人！是群魔之王！是妖怪的首领！我正想着，有人在浴池后"噢"地应了一声。我赶忙又往那边看，只见在一片朦胧之中，那个穿坎肩的搓澡人喊了声："烧啊！"将一块煤投进锅炉里。关上炉门时，那块煤烧得嘎嘎作响，将搓澡人的半边脸都照亮了，穿透了夜幕。我觉得有点恐怖，急忙从窗户跳下、回家去了。

我在回家的路上边走边想：人们脱掉短外褂、裤衩，力求平等而变得赤裸裸的。可是，在赤裸裸的人群中，又跳出来一个赤裸裸的豪杰制服了其他人。可见，不管怎么脱得赤裸裸，也是不可能获得平等的。

回到家一看，天下太平。主人正在用晚餐，刚刚沐浴归来的脸孔满面春光。看我从檐廊上走来，说了句："这猫儿可真悠闲，这个时间跑到哪儿溜达去了？"

一看饭桌，别看没什么钱，偏偏摆了两三样菜。其中还有一条烤鱼。我不知道这鱼叫什么，但肯定是昨天在东京湾御台场附近被捕获的。我曾说过鱼是健壮的，但是，再怎么健壮，也禁不住被这么又煎又煮的。倒不如疾病缠身、苟延残喘更好些。

这么想着，我蹲坐在饭桌旁，装作对饭菜似看非看的样子，以待时机，吃个一口半口的。不这么装模作样的话，就别想吃到美味的鱼！主人夹了一点鱼吃，露出不大好吃的表情，放下了筷子。坐在主人对面的妻子，也一声不响地观察着主人将筷子举起放下的动作和嘴巴张开闭合的样子。

"哎，你去敲那猫的脑袋两下！"主人突然吩咐妻子。

"打它干什么呀？"

"别问那么多了，打它几下。"

"是这样打吗？"妻子用巴掌拍了拍我的头，一点也不疼。

"没叫啊！"

"是啊。"

“再打几下试试！”

“打几次，不都一样吗！”

妻子又用手啪地打了我一下，还是不觉得痛，因此我还是听之任之的样子。然而，到底为何打我，我虽足智多谋，仍然不能理解。如果知道原因，总会想点办法应付一下的。可是主人光是命令妻子打我，这样一来，不仅打我的女主人云里雾里的，被打的我也莫名其妙。主人一看，两次都不能叫他满意，便有些不耐烦地说：“狠一点，打得它叫唤！”

“让它叫唤干什么？”妻子厌烦地边问边啪地打了我一下。

这回我明白主人的意思了，就好办了。原来只要叫一声，就会使主人称心如意的。

主人就是这么愚蠢，叫人讨厌。如果为了让我叫，早说不就得啦，既用不着这么三番两次地大费周章，我也可以少受两次罪。除了以打为目的外，是不该下达“打它两下”的命令的。打，是对方的事；哭，是我的事。主人从一开始就以让我叫为目标，却只命令“打两下”，他以为这命令之中连属于我的自由的叫唤也都包括在内了，真是太不像话了！简直就是不尊重别人的人格！是欺负猫！这种事，若是主人视为蛇蝎而厌恶至极的金田老板，也许能干得出来，而作为自诩两袖清风的主人这么做，可就过于卑鄙了。

不过，说实在的，主人并不是那样的小人，因此，主人的这道命令还不能说是因狡猾至极而发出，应该看作是由于智力不足而冒出来的念头。

他大概轻率地断定吃了饭，肚子肯定会饱；划个口子，肯定会出血；杀人的话，肯定会杀死。按这个逻辑，他快速断定：打一巴掌，猫肯定会叫唤的！然而对不起，这可有点不合逻辑。依照他的逻辑，就会得出如下结论：掉进河里，肯定会死：吃炸虾，肯定要腹泻；拿了工资肯定去上班；读书肯定有出息。如此“定会怎么样”，有人就会吃不消。假如打一巴掌肯定会叫唤的话，我可就麻烦了。如果把我当成报时钟，一敲就响，我可就枉为猫了。我先在内心把主人驳斥一通，然后按照主人心愿，喵地叫了一声。

于是，主人问妻子：“刚才喵的一声，是感叹词呢，还是副词呢，你知道吗？”

由于问题问得太突然，妻子哑口无言。老实说，我也认为主人这样胡闹，是因为在澡堂子惹起的火气还没有消下去！本来这位主人在四周邻居眼里已经是个有名的怪人，有人甚至断言他就是个神经病患者。然而，主人的自信可不比寻常。他坚称：“我没有神经病！世上的人才是神经病哩！”

邻居们都叫主人“狗”，主人则美其名曰“为了维护正义”，而他则叫邻居们“猪”。实际上主人的确是处处想维护正义。真没办法。既然他是这样的人，对妻子提出这么怪异的问题，在主人来说也许就相当于早饭前的一段小插曲，但是，从听者的角度来看，就有点像疯人疯语。

因此妻子云里雾里，一句话也说不出，我当然更无从回应。主人马上大声喊道：“喂！”

妻子吓了一跳，赶忙答道：“哎！”

“你这一声‘哎’，是感叹词，还是副词？”

“谁知道什么呀！净问这些无聊的问题，管它是什么词呢！”

“那怎么行。这可是占据日本语学者头脑的重大问题！”

“哎呀，是吗？是研究猫叫吗？真是受不了。可是那猫叫也不是日语啊。”

“所以说啊，这就是费解的地方。这叫‘比较研究’。”

“是吗？”女主人是个聪明人，不和这种愚蠢的问题纠缠，“那到底是什么词搞清楚了吗？”

“重大问题嘛，哪有那么快就搞清的。”说着，主人就将那条鱼吧嗒吧嗒吃了。顺便还吃起了烤鱼旁边的猪肉炖芋头。

“这是猪肉吧？”

“嗯，是猪肉。”

“哼。”主人以极为轻视的语气说，又喝了一大口酒，伸出酒杯说：“再来一杯。”

“今晚你真喝了不少啊。已经满脸通红了。”

“当然要喝……你知道这世上最长的单词是什么吗？”

“知道，是前任关白太政大臣吧。”

“那是人名。我说的是最长的单词，你晓得吗？”

“词？是横着写的西洋文吗？”

“嗯嗯。”

“不知道……酒差不多算了，该吃饭了。好吗？”

“不，我还喝。告诉你最长的单词吧。”

“好的，说完吃饭吧。”

“就是 Archaiomelesdonophrunicherata 这个词。”

“你在胡说吧？”

“怎么是胡说呢？是希腊语。”

“是什么？翻译成日语的话。”

“意思不清楚，只知道怎么拼写。如果写得长些，可达六寸三左右。”

主人能够把其他人在酒桌上的玩笑话，说得一本正经，直是奇观。不过，今夜主人少见的恋酒。平时的话只喝两盅，今天已经四杯下肚了。一向只喝两杯他脸就红了，现在多喝了一倍，像烧红了的火筷子一样通红，想必很难受了。可他还要喝，伸出酒杯说：“再来一杯！”

妻子怕他喝多，就沉着脸说：“别再喝啦！喝多了会难受。”

“嗯，就算是难受，今后也得学着喝。大町桂月就说过：‘喝酒吧。’那肯定有好处。”

“桂月是什么？”就连著名的桂月，一旦遇上女主人，也不值一提。

“桂月是当代一流的批评家。”

“说什么呢！桂月也好，梅月也好，叫人喝酒受罪，多管闲事！”

“他不仅劝人喝酒，还叫人们多交际、爱风流、常旅行呢。”

“那岂不是更可恶吗？那种人还是一流批评家？哎呀，真想不到！竟然劝有老婆孩子的人喝酒玩乐……”

“喝酒玩乐也不坏嘛。即使桂月不劝，只要有钱，说不定我也要干的。”

“还是没有钱的好！你要是今后玩乐起来的话，有你好受的！”

“你要这么说的话，我就不去玩乐了。不过条件是：你必须更加贤淑地伺候丈夫。而且，晚上要多加几个菜。”

“我现在已经尽了全力了。”

“真的吗？那等我以后有钱了再去玩乐吧，今晚酒就先喝到这里。”说着主人伸出饭碗。他好像吃了三大碗茶泡饭。

那天晚上，我吃了三片猪肉和一个盐烤鱼头。

第八章

长这么大，我一直生活在

不懂世事的

穷夫子之家。

我在介绍跑篱笆墙运动时，就曾想把围绕主人家院子的竹篱笆描绘一下的。不过，假如以为主人的竹篱笆外就是邻居家，比方说南边邻居是个小次郎什么的，那就误会了。房租很便宜，这正是苦沙弥先生的独特之处。主人家并未和什么“阿与”“小次郎”之类的一墙之隔，结为亲客近邻。竹外是三四丈宽的空地，空地的尽头并列着五六棵苍郁扁柏，从檐廊望去，不远处是茂密的森林，先生的住所，乃是荒野中的独户人家，有种以无名猫为友，悠然度日的江湖隐士的情怀。

只是那些扁柏并不像我夸大得那么茂密，因此，从扁柏空隙中可以轻松望见一所徒有“群鹤馆”之名的廉价民宿的屋顶。因此之故，想象苦沙弥先生的家自然不容易。不过既然那家民宿都号称“群鹤馆”的话，那么先生的居所当然不愧对“卧龙窟”的雅号了。反正名称不用上税，名字可以随意非同凡响。

这三四丈宽的空地，沿着篱笆墙按东西走向十余丈处，忽然拐了个大弯，围住了卧龙窟的北面。这北方即成了被人骚扰的源头。

本来房屋西北两侧都是空地，完全可以自豪地说：“走完一片空地，还是一片空地。”不要说卧龙窟的主人，即使我这卧龙窟的猫，对这片空地也是要犯愁的。如同南边那些称霸一方的扁柏一样，北边也排列着七八棵梧桐。梧桐已经长到了一尺粗，只要把做木屐的领来，就可以卖个好价钱。然而，租住人家房子的可悲之处就在于，无论怎样打算，也无法付诸行动。我对于主人非常同情。

前些天，中学的一个杂役来砍了一个枝，他再次来时，便穿上了新做的桐木厚木屐，不打自招地吹嘘说这新木屐就是用上次砍的树枝做的。多狡猾的家伙！

这里虽有梧桐树，对于我和主人全家来说，却是一文不值。据说有句古语：“怀玉有罪。”那么，说主人也可以是“守着梧桐受穷”了，即所谓“拿着金碗要饭吃”。愚蠢的不是主人，也不是我，而是房东传兵卫。梧桐似乎一再催促传兵卫：“木屐商没有来吗？”而他却假装不知，就知道每月来催要房租。我与传兵卫无冤无仇，就不再说他的坏话了。

书接正文，介绍一下刚才说的“这块空地是被人骚扰的源头”的趣闻，但诸位绝不可告诉主人，姑且听之。

说到这块空地，最麻烦的是没有围墙。那可是一片任风吹雨打、随意穿行、畅通无阻的空场。如果说“是”，好像在说谎，这不好。其实应该说“曾经是”才对。然而，不回忆往昔，就不明就里。原因不明的话，医生也难开药方。因此，我必须从主人乔迁到此，开始慢慢说来。

虽说通风极好，夏天凉爽宜人。即使疏于防备，贫寒之家也不大发生盗案。因此，对于主人家而言，凡是院墙、篱笆或木栅栏，乃至枣刺之类，应该不需要的。不过，我想，这恐怕要取决于空地对面的住户究竟是些什么样的人或是什么种类的动物了。

总之，为了解决这个问题，必须把住在对面的君子们的品格调查清楚。在没有弄清楚他们是人还是动物之前便称之为“君子”，未免太轻率。

不过，应该是些君子，不会有错的。本来就是个连盗贼都被尊称为“梁上君子”的社会！只不过，主人家对面的那些君子绝不是给警察添乱的君子。虽然不给警察添乱，却是人多势众。号称“落云馆”的这所私立中学——是一所培养了成千上万君子，每月征收两元学费的学校。

如果以为既然名曰“落云馆”，那一定都是文雅的君子，那就完全错了。其馆名不副实，就像“群鹤馆中无鹤立”“卧龙窟里只有猫”一般。既然了解号称学者、教师的人们当中竟有我家主人苦沙弥这样的狂人，就可以明白落云馆里的君子也不全是文人骚客了。如果还坚持自己的看法，不妨到主人家小住几日。

如上所述，主人刚搬来时，那片空地上没有围墙，因此落云馆的君子们像车夫家的老黑一样，大摇大摆地进入梧桐树林，聊天、吃便当、在嫩竹上卧着……干什么的都有。然后将包饭盒的东西，就是竹皮、破纸，以及破草鞋、破木屐等，凡是带有“破”字的东西大都扔在这里。凡事粗陋的主人居然毫不在意，也不向校方提出抗议，得过且过，不知他是不知道，还是明明知道也不想追究。

不过，随着在学校接受的教育逐渐增多，那些君子变得像个地道的君子了，开始企图逐步由北向南蚕食了。假如“蚕食”二字与君子不大相称，不说也罢。只是找不到其他恰当的词汇。且说这些君子像逐水草而居的游民一样，离开梧桐树林，迁移到扁柏林来了。扁柏就位于主人客厅前面。若不是大胆的君子，是不会采取这一行动的。过了一两天后，他们的胆子变得更大了，成为“大大胆”了。

再没有比教育的效果更可怕的了。他们不仅逼近了客厅前方，而且在那里唱起歌来。歌名是什么记不得了，但绝不是三十一个字的和歌之类，而是更活泼、更容易让俗人入耳的歌。令人吃惊的是：不仅主人，就连我这猫也佩服这些君子们的才艺，不由得竖起耳朵听。不过，读者也清楚，说“佩服”与说“骚扰”，有时是相应的。这二者竟然在此刻合二为一，至今回想起来，还感到万般遗憾。主人想必也很是遗憾，不得不从书房跑了出去，对他们说：“这儿不是你们进来的地方，出去！”

赶了他们两三次。然而，由于他们是些受过教育的人，是不会乖乖听从的。刚被赶走，他们转头又进来了，一进来就唱起欢闹的歌，高声说话。而且这些君子们说话与众不同，满嘴的“你小子”等诸如此类，据说这类话在明治维新以前，是属于家丁、脚夫、搓澡工之类的行话，然而到了二十世纪，已成为有教养的君子们学习的唯一语言。有人解释说这与被一般人所轻视的运动，如今却大受欢迎是一个道理。主人又从书房跑了出来，拎住一个最会说“君子语言”的学生，质问他为什么擅自跑进来？君子即刻忘记了“你小子”等高雅的词儿，以极其粗鄙的语言回答：“我以为这里是学校的植物园。”主人告诫他下不为例，便放了他。

若说“放了他”，好像放了个小乌龟似的，不太妥当。实际上，主人是揪住君子的衣袖进行谈判的。主人以为，把君子这么一通收拾，他们就不敢来了。殊不知，自从女娲补天以来，常常是事与愿违的，因此主人又一次失算了。君子们这回从北侧横穿院子，从正门穿过。

由于他们咣当打开大门，主人以为是有客人到访，却听到梧桐树林那边发出笑声。形势愈发不妙了，教育之功愈加显著了。

可怜的主人自知不是敌手，便回到书房里，给落云馆校长写了一封极为恭敬的书信，恳请稍稍管教一下君子们。校长给主人郑重回函，告知立刻修缮篱笆，请主人暂且忍耐之类。不多时三四名工匠前来，半日工夫便在主人的宅子与落云馆的分界上修起了三尺高的篱笆墙来。这回可以放心了，主人很高兴。不过，主人毕竟愚蠢。这么低的篱笆墙，君子的行为怎么可能改变呢？

捉弄人毕竟是很有趣的。连我这猫都常常捉弄主人的宝贝女儿玩，所以落云馆的君子们捉弄冥顽不灵的苦沙弥先生，也是理所当然。对此抱不平的，恐怕只有被捉弄的当事人了。

下面剖析一下捉弄人的心理，大凡要具备两个要素：第一，被捉弄的人不能够毫不在意；第二，捉弄人的人，无论是在势力上还是在人数上必须优于对方。

近来，主人从动物园回来，常常提起一件使他感受很深的事。原来主人看见了大骆驼和小狗打架。小狗在骆驼周围快如疾风般地转着圈狂吠，骆驼却毫不介意，依然鼓着驼峰，站着不动。任小狗怎样叫唤、怎样跑，大骆驼就是不予理睬，最终，小狗厌倦了，不再折腾了。主人笑那骆驼迟钝，但这个例子恰好可以用在这件事上。不管多么会捉弄人的人，如果对方像那个骆驼一样，也捉弄不成。相反的，如果对方像狮子和老虎一般过于凶猛，也不会成功。因为刚一捉弄，自己就会被咬得粉碎。

最开心的是：一捉弄对方，对方就生气，生气归生气，却对自己无可奈何。为什么说捉弄人有意思呢？理由是多种多样的。首先最适于打发时间。人在寂寞的时候，恨不得想数一下胡须多少根。据说古代坐牢的囚徒，因无聊至极，便在墙上反复地画三角形，苦熬岁月。

世上再也没有比寂寞更让人难受的了。假如不找点什么刺激的事，活着也是受罪！捉弄人，也算是一种人为制造刺激的娱乐。只是，如果不惹得对方发火，或焦急，或服软，就不能称其为刺激。因此，自古以来热衷于捉弄人的只有那些不体谅别人的昏官一样无聊透顶的家伙，或是除了让自己开心外，无暇顾及其余的那种幼稚的，且精力多得无处发泄的恶少。

其次，对于想真正验证自己优势的人来说，捉弄人是最简便的方法。当然，杀人、伤人或害人等，也能证明自己的优势，然而，这些都是以杀人伤人和害人为目的而采取的手段。而证实自己的优势，是实施了这些手段后必然导致的结果而已。因此，如果一方要想显示自己的势力，又不想使对方受到上述伤害，捉弄人是最合适不过的了。不稍微加害于人，就不能证明自己了不起。如果没有事实，即使放心，也会觉得毫无乐趣。

人是很自恃的，不能够自恃的时候也想要自恃。因此，他们一定要对别人具体表现一下他们就是这么自恃的人，这样才可以安心，否则，便不肯善罢甘休。而且，那些不明事理的俗物，以及缺乏自信或沉不住气的人，便利用一切机会，以求稳操胜券，这和会柔道的人总想摔倒对方是一回事。柔道不怎么样的家伙总是怀着险恶居心在街头转悠，以便碰上一个比自己弱的对手，哪怕交一次手也好，即便对方是不会柔道的人，也定摔倒他，他们这么做也同样是为了这个目的。

此外还有各种各样的原因，但说来话长，就此略去。如果还想听，就带上一盒子鱼干来向我请教，随时可以传授。

参照上面所述，推导一下。依我愚见，山里的猴子和学校的教师，是最合适的捉弄对象。用学校教师比喻山猴，的确有失体面——不是对猴子而言，而是对教师来说不得体。然而，既然二者如此相似，有什么办法！

众所周知，山里的猴子被锁链拴着，无论怎么龇牙咧嘴，张牙舞爪也不用担心被它们抓到。教师虽然没有被锁链拴着，却被月薪束缚着。所以随你怎样捉弄都不打紧，他们绝对不会辞了职去打学生。假如他们是有勇气辞职的人，当初就不会去当那孩子王的。我家主人是教师。他虽然不是落云馆的教师，毕竟也是教师，自然是最最适合、最最容易、最最保险的捉弄对象。

落云馆的学生都是少年，由于捉弄人可以满足他们的虚荣心，以至于认为捉弄人是作为教育的成果，自己应该享有此权利。不仅如此，他们是一些如果不捉弄人，便不知如何发泄那充满活力的四肢和头脑，来熬过漫长的课余时间的小坏蛋。这些条件都具备了的话，主人自然要被捉弄，学生自然要提弄他，不论叫谁来说，都是无可厚非的事。主人对此发怒，恐怕是迂腐透顶。

下面谨将落云馆学生如何捉弄我家主人，我家主人对此又如何愚蠢地疲于应付的过程，描述下来，请您欣赏。

诸位都知道“方格篱笆”是什么样的吧。就是通风好的简易篱笆，我们猫可以自由自在地从篱笆眼里出入。修了篱笆也和没有修差不多。然而，落云馆的校长并不是为了我们猫才修了方格篱笆，而是为了防止自己培养的君子钻进钻出，才特地请工匠来搭建起来的。不但通风良好，人也不可能钻进来。要想从这种用竹子编成的四寸见方的格子钻进来，就算是大清国的魔术师张世尊，也束手无策。

因此，这道篱笆对于人来说，肯定会充分发挥其功能的。主人一看修起了这道篱笆墙，以为从此天下便太平了。他这么高兴也不无道理。然而，主人的理论却有着很大的漏洞，这漏洞比方格眼儿的漏洞更大，是个连吞舟之鱼都能溜掉的大漏洞。

主人的逻辑是从“篱笆不可逾越”这一假设出发的。按他的逻辑，既然身为学生，不论怎样粗陋的篱笆墙，只要起名之为墙，划定了区域的分界线，就不用担心他们会擅自闯入。接着，主人又暂且推翻这一假定，做出了即使有人擅自闯入也不要紧的论断。因为不论多么小的毛孩子也没有可能从格子眼里钻进来，所以立刻得出结论：“绝无闯入之忧。”不错，只要他们不是猫，就不可能从篱笆的方格眼里钻入，想钻也办不到。但是，如果反过来，跳过来却不费吹灰之力，反而变成了一种运动，而让他们乐此不疲。

从修起了篱笆的第二天开始，君子们就和没修篱笆前一样，扑通一下就跳进北侧的空地来了。只是他们不再深入到客厅的正面来了。因为假如遇到追赶，要逃跑的话，需要一点时间，因此，他们将逃跑所需的时间计算在内，只是在没有被活捉的危险的地方游玩。他们究竟在那里干些什么，待在东厢房里的主人当然是看不到的。若想知道他们在北侧空地上的活动，必须打开栅栏门，从相反的方向绕个大直角去看，或是从厕所的窗户，透过篱笆墙才能看到。从窗户往外看，可以将那里发生的一切一览无余，不过，无论看到了多少敌人，也不好捉住，只能从窗户里怒斥几声。假如从栅栏门处迂回，突袭敌阵的话，那么，不等你去抓，他们早已听到脚步声，翻出篱笆外面去了，恰似偷猎渔船驶向海狗正在晒太阳的地方一样。

主人当然不会在厕所里盯着他们，也无意开栏，一旦听到动静便立刻奔出。假如真想这么干，除非辞去教员职务，专门干这个，否则是追不上的。要说主人的不利之处是：在书房里，只能闻敌人之声，不能见其人，而在厕所的窗前，则只能见其人，却抓他们不得。识破了主人的这些不利条件的敌人，采取了如下的策略：当他们观察到主人坐书房时，便尽可能吧啦吧啦地高声叫，其中还夹杂着骂街的话来刺激主人。而且那发声之处很不确定，乍一听来，很难判断他们到底是在篱笆里面叫，还是在篱笆墙外吵闹。

一旦主人出来，他们或是早已溜之大吉，或是仿佛一直在篱笆外，装得没事的样子。还有主人进入厕所时（我从前文便频频使用“厕所”这一脏字眼儿，并非我多么光荣。老实说，只因为叙述这场战争的需要，才不得已而为之），也就是说，当他们看见主人进入厕所时，一定会在梧桐树一带溜达，故意让主人看见。假如主人从厕所里发出震惊四邻的怒吼，敌人也不慌张，从容地退回地盘去。敌人采取这种战术，主人就非常被动了。当他认为敌人确定侵入时，便操起文明杖跑出去，却静悄悄地看不到一个人。

当以为没有人来时，从厕所窗子往外一看，肯定会有一两个学生进来了。主人就这样忽然绕到后院去看，忽然从厕所里观察动静，这样反反复复，去看多少次结果还是一样。可怜他仍旧不断地重复着，所谓“疲于奔命”，指的就是主人这种状况。

主人大动肝火，有点搞不清自己究竟是以教师为业呢，还是靠战争为生了。就在主人恼火到了极点时，惹出了下面的风波。

风波大概由上火而引起。“上火”，顾名思义，就是火往上窜。关于这一点，不论是盖伦，还是帕森斯，甚至是扁鹊，全都没有异议。只是火喷何处，是问题的关键。还有就是什么火往上攻，也是争论的焦点。

据古欧洲人的传说，人体内有四种液体在循环。第一种叫“怒液”，它若上升，人就会大发雷霆；第二种是“钝液”，它一上升思维就会迟钝：第三种是“忧液”，它使人抑郁；最后一种是“血液”，它使人四肢强健。

传说随着人类进化，怒液、钝液，忧液无名地消失了，如今只剩下血液依然在人体内循环。因此，如果有人“上火”，除了血液，不会有其他的。然而，这血液的数量因人而异。虽然由于性格不同而稍有增减，但大致每个人的血量有二点七公升左右。由此，二点七公升的血液一旦发生逆行，那么，只有血到之处才热血沸满，其他局部则因缺血而变得冰凉。

这好比警察局失火之际，警察们齐聚警察局，街上连一个警察的影子都看不见。这在医学上，就叫“警察上火”。

那么，要想治好上火这种病，就必须使血液像从前一样均匀地分配于全身。为此，必须将上攻之火退下去。退火的方法有很多种。

据说主人的先人曾用湿毛巾擦拭额头，身子贴在炉子边烘烤。正如《伤寒论》中所说“头寒足热，乃益寿祛灾之兆”的那样，敷湿毛巾作为延年益寿法，是一日也不可缺少的。如不想用此法，可试一下和尚常用的方法，据说：“居无定所的沙弥，云游四方的行僧，必眠于树下石上。”所谓眠于树下石上，并非为了苦修，完全是禅宗六祖为了消去火气，一边舂米一边想出的秘法。不信请试着坐在石头上看看，自然感觉臀部发凉吧？臀部一凉，火气便下降，这也是自然规律，毫无质疑。如此这般，采取种种手段降火的妙策已然发明了不少，但至今仍未想出诱发上火的良方，令人遗憾。

一般说来，“上火”是有害无益的现象，但有时，还不能把结论下得太早。对有的职业而言，上火就十分重要；如不上火，就一事无成。其中最看重上火的就是诗人。诗人需要火气，就像轮船不可没有煤一样。哪怕一天不供火，诗人就沦为伸手要饭的凡夫俗子。诚然，上火即是发疯的别称。不疯魔，不足以支撑家业，名声就不好听。因此，诗人们之间不说是“上火”，不约而同地称之为“灵感”。这是他们为了蒙骗世人而巧立的名字。其实，就是上火。

柏拉图给那些诗人帮腔，把诗人上火称为“神圣的疯狂”。然而，再怎么神圣，既然是“疯狂”，人们就不会与他们为伍。因此，还是像新发明的药名那样，称之为灵感，诗人们觉得更入耳一些吧。但是，如同鱼糕的原料是山药，观音菩萨像的材料是一寸八的朽木，鸭丝面里是乌鸦肉，民宿里吃的牛肉锅里是马肉一样，而灵感，实际就是上火。

所谓上火，就是间歇性地发疯，不被送进疯人院，就因为只是间歇性发疯。不过，制造间歇性发疯十分困难。让人一辈子疯狂，反倒容易些，而只是在握笔写字时发疯，不论多么高明的神佛，使出浑身解数，也很难制造出来的。既然神都造不了，只好自谋出路了。

因此，从古至今，上火术和消火术同样使学者们大伤脑筋。有的人为了获得灵感，每天吃十二个涩柿子。这是基于如此逻辑：吃了涩柿子就会便秘，便秘就会使火往上攻。还有的人拿着烫热的酒壶，跳进极烫的澡堂池子。因为他们认为在热水里饮酒，肯定会火气上升。据此人说，他坚信如果这样还不上火，只要将葡萄酒烧开，跳进去，保管立刻见效。可惜的是，此人因为没有钱，终于事未竟而身先死，天可怜见！

最后，还有人想到，如果模仿古人，也许能激起灵感。这是应用了模仿某人的表情举止，心理状态也会与某人相似起来的学说。假如像个醉鬼那样胡说八道，那么不知不觉地也会变得像醉酒人一样的心情了。

假如模仿坐禅，只要坚持一炷香的时间，就会感觉自己俨然成了和尚。因此，如果模仿古代有灵感的大家名作，肯定会激情迸发的。

传说雨果曾躺在一艘快艇上构思过作品，因此，只要躺在船上仰望苍穹，保证会上火的。又传说史蒂文森趴着写小说，因此，只要是趴着写字，一定会血涌上头、头脑发热的。诸如此类，各种各样的人，想出了各种各样的办法，却没有一个人获得成功。主要是因为，如今人为的激情已经成为不可能的事了。虽然很遗憾，却也是没办法的事。毫无疑问，早晚有一天随心所欲激发灵感的时机一定会到来。为了人类的未来，我期盼着这一天早日来临。

关于上火的阐述，说这么多足够了，所以下文将开始叙述事件的过程。不过，任何大事件发生之前，一定会发生小风波。只谈大事而忽略小事，是自古以来的史学家们常犯的毛病。我家主人的上火，也是每当碰上小风波，就激烈一步，终于引发大乱子。鉴于这样的缘故，如不按事物的发展顺序娓娓道来，就难以理解主人究竟是怎样上火的。难以理解的话，主人上火就徒有其表，说不定世人会看不起他，说：“不至于那样吧？”主人好容易上一次火，如果不被人们称赞是“绝妙的上火”，岂不太泄气了吗？

下述各事件不论大小，对于主人来说，都不算光彩之事。既然事件本身不大光彩，至少上火的行为是标准的上火，一点都不逊色于他人，这一点必须事先说清楚。主人在别的方面，没有什么值得夸的，假如连上火都不吹一番，我就再也没有什么可以为主人大肆着墨的题材了。

聚在落云馆的敌人近日发明了一种达姆弹，在课间十分钟休息或放学后，就冲着北方的空地拼命开炮。那达姆弹通称为棒球，是拿着一根类似特大研磨棒的家伙，任意把球打向敌人那边的一种玩法。纵然是什么达姆弹，因为是从落云馆的运动场发射过来的，自然不可能射中躲在书房里的主人。即使敌人，也并非不知道射程太远，然而，这正是其战术之精妙，那么，落在空地上的虽说是球，也不会没有效果的。何况每发一炮，全军便一齐发出“嗷”的一声惊天动地的恐吓之声！主人受到惊吓，手脚里流动的血液不得不收缩。烦躁至极，缩成一堆无处可去的血液自然要逆行。敌人的策略真是巧妙啊。

据说古希腊有个名叫埃斯库罗斯的作家，此人拥有一个学者和作家共通的脑袋。我所说的学者和作家共通的脑袋，就是秃子的意思。要问为什么头秃了呢？一定是因为头部营养不良，缺乏生长头发的足够营养。学者和作家大多都是用脑最多的人，而且很穷。因此，学者和作家的头发都因营养不良而秃。

且说，埃斯库罗斯也是一名作家，自然也要秃头的。他有着一颗光溜溜的金橘头。可是，有一天，这位先生照例摇晃着那个秃头（脑袋不像身体那样既不用戴帽也不用换冠，所以当然还是那个秃头了），在阳光的照射下，走在长街上。这便是给他带来灾难的根源。秃头辉映着日光，远远看去，油光锃亮。树大招风，光头也会招惹点什么的。此时，埃斯库罗斯头的上方盘旋着一只老鹰，利爪上还抓着一只不知在什么地方捉的乌龟。

乌龟、甲鱼等都是人间美味，唯一美中不足的自古希腊时代开始，它们就托着坚硬的甲壳。有这么一层硬壳，不管如何美味，也难以下嘴。连皮烤大虾倒是有的，而带壳炖小龟，至今还没听说过，因此当年，肯定更是不会有的了。就连那凶猛的老鹰都拿乌龟没有办法，这时忽见远远的下方有个闪闪发光的东西，老鹰心想：有办法了！如果将小乌龟往锃亮的地方一摔，乌龟壳一定会撞得稀巴烂。碎了之后，我再落下来吃乌龟肉就太容易了。老鹰想到这儿，锁定目标，把小乌龟从空中不分青红皂白地向下面的秃头砸了下去。可怜那作家的脑壳哪里受得了那么硬的乌龟壳,结果被砸了个稀巴烂,著名的埃斯库罗斯便就此悲催地丧了命。

这个故事是否可信暂且先不说，令人难以理解的是老鹰的居心。它究竟是明知那是作家的头才摔下乌龟的呢，还是误以为是石头才扔下的？因解答不同，老鹰和落云馆的学生也就不能相提并论。

主人的脑袋虽然不像埃斯库罗斯或那些著名的学者一样闪闪发亮，但毕竟一人独占了这间只有六铺席大的房间，号称书房，一边打瞌睡一边埋头于玄奥的书本，就应该把他看作学者或者作家的同行。

如此说来，主人的头之所以没秃，是因为他还没有获得秃头的资格。“不久也会秃的。”就是即将降临主人脑袋的命运吧！看来落云馆的学生们以主人的头为目标，集中开炮达姆弹，不能不说是极占天时的战术。假如人的“行动”持续两个礼拜的话，主人的头必然会因为恐惧和郁闷而出现营养不良，变成金橘、茶壶或铜壶的吧。

如果再连续吃两周的炮弹的话，金橘也会粉碎，茶壶也会漏水，铜壶也会裂缝的。连这显然的结局都不去预见，却煞费苦心地和敌人决一死战的，只有苦沙弥先生本人了。

一天下午，我像往常一样在檐廊上睡午觉，梦见我变成了一只老虎，叫主人给我拿鸡肉来。主人答应了一声，便颤抖着拿来了鸡肉。

迷亭先生也来了。我对迷亭说："我想吃肉，你去大雁火锅店要一份大雁肉来！"

迷亭像平常一样贫起嘴来："把酱菜和咸煎饼合起来吃，就是大雁肉的味道。"

我张开大口，吼了一声，吓吓他。迷亭脸吓得惨白了，说："山下做雁肉的火锅店已经关门了，这可怎么办？"

我说："那就将就着吃点牛肉吧。你快到西川肉铺去买一斤牛肉来！还不快去快回，不然先把你吃了。"

于是迷亭提起后衣襟跑出去了。我因体格突然变大，所以一躺下，就占据了整个檐廊。正等着迷亭回来，突然屋内发出一声巨响，还没等享用到牛肉，美梦就醒了。

只见刚才还一直唯唯诺诺地跪在我面前的主人，竟然从房里跑了出来，猛踢了我的肚子一脚，我刚叫了一声，他已经拖着木屐从栅栏门绕过去，向落云馆方向跑去了。我一下子由老虎缩成小猫，既有些难为情，又有点好笑。但是，由于主人气势汹汹，小腹被踢得疼痛，变成老虎的事，马上就忘得干干净净了。再加上，主人终于出马和敌人交战了。太有看头了！所以，我忍痛跟在主人后面，去了后门。与此同时只听主人大声喝道："强盗。"

我看见一个戴学生帽的十八九岁的壮小伙正在翻越篱笆墙。啊，他跑不掉了！我正这么想着，那个戴学生帽的小子撒开腿，像飞毛腿似的跑回地盘去了。主人以为大喝“强盗”功效显著，便继续高喊着“强盗”，继续追击。然而，想要追上敌人，主人必须越过篱笆。如果追得太远，主人自身也就成了强盛。

如上所述，主人是个出色的上火专家。他似乎以为既然要乘势追击强盗，那么宁愿老夫自身沦为盗贼也要追下去的。因此，毫无收兵之意，直冲到篱笆根下。再前进一步，主人就进入强盗的领地了。就在这千钧一发之际，一个蓄着稀疏小胡的将军从敌军中大摇大摆地走了出来。于是，二人以篱笆为界开始谈判。仔细一听，原来是如下的争论：

“他是我校的学生！”

“作为一个学生，为什么私自进他人的住宅？”

“哪里，刚才是不小心，把球打进去了。”

“为什么不先打声招呼，再进来拿球？”

“今后让他们注意。”

“那就算了吧！”

本以为将会出现龙虎相争的壮观局势，却这样以散文式的谈判平和而迅速地结束了。主人怒发冲冠不过是虚张声势，一旦交手，总是这样收场。很像我从梦中的老虎一下子还原为现实的猫一样。我所说的“小风波”，即是如此。小风波已经交代完毕，按着顺序，该说说大事件了。

主人开着客厅的隔扇，趴在铺席上思考着。大约是在思考对敌防御之策吧！落云馆好像正在上课，运动场上出奇地安静，唯有校舍的某教室里正在上伦理课的声音听得非常真切。那响亮的声音、铿锵有力的口气，正是昨日从敌营出马，跟主人谈判的那位将军。

"……所以说，公德非常重要。到了西洋一看，不论是法国、德国还是英国，没有一个国家不讲公德。而且，不论多么下层的人，也没有一个人不重视公德。在我们日本，在这一点上，还不能与其他国家相比，多么可悲呀！你们当中也许有人以为，公德是近代从外国输入的。其实，这种想法简直荒谬，古人云：'夫子之道，一以贯之，忠恕而已矣'其中的'恕'，正是'公德'一词的出处。我也是人，有时常想放开嗓子唱首歌什么的，可是，我读书时，如果听到邻室的人在高歌，怎么也读不下去书了，这是我的性格。因此，每当我觉得高声吟咏《唐诗选》才开心时，心里就想：假如隔壁住的也是个像我一样怕吵闹的人，那么无意中打搅人家的话，那就太愧疚了。这样一想，我每次都是克制自己的。因此，大家也应尽量遵守公德。假如自己觉得那是影响别人的事，就决不要做……"

主人一直侧耳恭听老师讲课。听到这里，不禁嗤嗤一笑。这里有必要对主人窃笑的含意稍做说明。如果是讽刺家读了这段文字，一定认为这笑中包含着嘲笑的意味。然而，主人绝不是那种坏心眼的人，与其说他心眼坏，不如说他是个智力欠发达的人。若问主人为何发笑？完全是因为高兴才笑的。既然伦理学老师进行了这么一番教诲，今后肯定会永远免遭达姆弹的攻击了。脑袋暂时可以不用秃了。上火的毛病尽管不能立刻除根，但时机一到，总会慢慢康复的！估计不用蒙湿手巾、烤暖炉、不睡在树下石上，也不会有事的，因此才嗤嗤地笑了。即使二十世纪的今天，主人依然纯真地认为"借债一定会还的"。那么，他认真听教师讲课，也就顺理成章了。

没多久，好像是下课时间到了，讲课声突然停了。其他教室也都同时下课。于是，一直被密闭在室内的学生哇啦哇啦叫着，冲出教室，其势头宛如推翻了一尺大的马蜂窝，哇哇的声音从所有的门窗，凡是开口的地方，肆无忌惮、争先恐后地飞出来。这便是一场大乱的开端。

先从“马蜂”的阵地开始说起。假如有人说这等战争何谈什么阵地，那他就错了。一般人谈到战争，就马上想到沙河、奉天、旅顺之类，以为除此之外再无其他战争了。至于那些粗知文史的野蛮人，喜欢联想起诸如阿喀琉斯拖着赫克托尔的尸体在特洛伊城绕了三圈，或是张飞立于长坂坡桥上，横握丈八长矛，喝退曹兵百万等等场面啦。你怎么联想都好，然而，倘若认为除此之外都不算是战争就欠妥了。

只是在远古蒙昧时期，或许进行过上述荒唐的战争。然而，在如今的太平盛世，在大日本国都城的中心，那种野蛮行为已属于难得一见的奇迹。无论学生们怎样捣乱，也不可能超出火烧警察署的程度。如此看来，卧龙窟主人苦沙弥先生和落云馆的学生之间的战争，列为东京都有史以来大战之一，也不为过。

左丘明写鄢陵之战时，也是先从敌军的排兵布阵着笔。自古以来善于讲故事的作者通常会采取这种笔法。因此我首先从“马蜂”——敌军的布阵开始讲起，也就无可厚非了吧！

那么，首先观察了一下敌营的布阵，但见篱笆墙外已然排好了一列纵队，他们的任务好像是引诱我的主人进入战线之内。然后，这个纵队全体发出呐喊：“还不服吗？”“不服，不服。”“不管用，不管用。”“他不出来。”“球没掉进去吧？”“不可能掉不进去的。”“叫两声让他听听！”“汪、汪、汪、汪、汪、汪……”

纵队右侧不远处的操场上，火炮队选了个有利地形作为阵地。一名将领手握大号研磨棒，面对卧龙窟等待时机，他对面隔了三丈的地方还站着一个人，后面也有一个人，面对着卧龙窟站得笔直。如此呈条直线，相向而立的是炮手。听人家说，这是在练习打棒球，绝不是准备战斗。我是个球盲，不知棒球为何物。不过，据说这是一种从美国引进的游戏，在当今日本中学以上的学校运动中，是最时髦的体育项目。美国是个最喜欢制造些异想天开的事情的国家，所以，才会如此热情地非要把这种极容易被误认为是炮弹，扰得四邻不安的游戏教给日本吧！不然就是美国人真的把这东西当成一种运动游戏了？可是，就连纯粹的游戏都具有如此惊扰四邻的力量，那么，根据实际情况，当作炮弹，自然非常有效果了。

据我的猫眼观察，只能认为美国人是想利用运动之术，收到炮击之功。凡事都是公说公有理，婆说婆有理。既然有人假借慈悲之名，进行欺骗；既然有人号称上火是灵感，而引以为豪，那么，难保不在玩棒球这种游戏的名目下打起仗来。那人说的大概是人们所知道的一般的棒球，而我上面讲述的，却是只有这种特殊场合才能看到的棒球，即作为攻城使用的武器。

下面再介绍一下达姆弹的发射方法。一字排开的三个炮兵队列中，一人右手拿着达姆弹，向拿大棒的人扔去。达姆弹是用什么材质，局外人不得而知。它就像用皮革给一个坚硬的石球缝了一层皮似的。这炮弹脱离了炮手的手心，飞速地射了出去。站在对面的人费力地挥起那根研磨棒，将达姆弹击回。有时击不中，炮弹会飞过去，但一般情况下都能砰的一声将炮弹打回去。那炮弹的冲力相当厉害，可以轻易地击破患有神经性胃炎的我家主人的脑壳。

按说几个炮手这么打来打去已经足够。而周围还云集起哄的人兼援兵，每当木棒砰的一声打中圆球，他们便啪啪鼓掌，大喊：“好哇，好哇！”“打中了吧？”“这还不服输吗？”“不害怕吗？”“投降吗？”

如果仅仅这样，倒也没什么。问题是被打回去的炮弹，三发必有一发飞进卧龙窟院内。因为如果炮弹飞不进主人家里，便没有射中攻击的目标。近来虽然各地都在制造达姆弹，但价格仍然很贵，所以即便是战争，也不大可能获得充足的供给。大体上一个炮队发给一个或两个，不能够砰的一声就把那么贵重的炮弹消费掉。为此，他们又增设一队“捡球”部队，负责将炮弹拾回来。球落的地点好的话，捡球倒也不费力气；一旦落在草地或院子里，就不那么容易捡回来了。平时为了捡球少花力气，都是把球打向容易捡到的地方，而在这样的场合，则必须相信打球不是为了游戏，而是开战。所以，他们故意让达姆弹飞进主人的院落。既然将球打入了院内，势必要进院捡球。进院最简便的办法就是翻过方格篱笆，只要他们在方格篱笆之内闹，主人就一定会发火跑出来的。不然，就得弃甲求饶，或因被骚扰而烦恼过度，脑袋秃掉。

刚才敌军发出的那一炮，准确无误地穿过方格笆，打落梧桐树的叶子，命中第二道城墙竹篱。声音很大。牛顿的运动定律第一条说：“如无外力阻碍，物体一旦飞出会以平均速度直线运行。”假如那棒球的运行只受这一条定律的约束，那么，主人的脑袋，此时此刻已遭到和埃斯库罗斯同样的命运了。幸而牛顿在发现了第一定律的同时，又提出第二定律，这才使主人的头在危急关头保住一命。

牛顿的运动第二定律说：“运动的变化与所受之外力成正比，加速度的方向和作用力的方向相同。”究竟说的是些什么意思，有点费解，不过，那达姆弹穿过竹篱后，并不曾撞破纸隔扇，砸碎人的脑袋。可见，肯定是受到了牛顿的庇护。

没过多久，我果然感觉有敌人跳进院内，拿着棒子到处打着竹叶，边说：“是这儿吧？”“再左边些？”……如果敌军跳进院来，捡达姆弹，必定会大喊大叫。悄悄地进来，悄悄地捡球，就达不到这么激怒主人的目的了。

达姆弹也许宝贵，但捉弄主人，远比达姆弹更重要。在这种时候，远远就可以看清楚达姆弹落在什么地方。听得清达姆弹撞击竹篱笆的声音，知道击中的地方，而且也知道球掉落在哪里。因此，如果他们想静悄悄地捡球，完全可以的。按莱布尼茨的定义：“空间标志着能够同时存在的秩序。”就像一二三四五总是排列出现；柳树之下，必有泥鳅；蝙蝠常与弯月搭配。至于墙根与球，也许不大相称。然而在天天往别人院内投球的人眼里，已经习惯于如此排列的空间。也就是说，应该是一目了然的事情，却闹得这么嘈杂，显然是向主人挑战的攻略。

既然到了这步田地，主人再怎么消极，也非应战不可了。刚才在房间里听了老师讲伦理课后欣喜的主人，此时奋然站起，猛然跑了出去，突然活捉了一名敌兵。对主人来说，简直是极大的胜利。虽说是胜利，可一看，原来是个十四五岁的孩子，作为长了胡子的主人的敌人，未免有点牵强。然而，主人也许觉得已经足够了。他把一再道歉的孩子硬拉到檐廊下。

在此有必要对敌人的战术说明一下。敌军看到主人昨天嚣张的气势，估计他今天也一定会亲自出马。到时候，万一来不及逃走，被抓个大孩子，事情就麻烦了，所以不如派个一二年级的孩子去捡球更安全。就算小孩被主人抓住，唠唠叨叨地讲道理，也无损于落云馆的声誉，只会成为大人欺负小孩子的主人的耻辱。敌人的想法就是这样的。这是普通人的想法，是颇有其道理的。只是敌人忽略了对手不是个寻常人这一事实。

倘若主人略微具备一点常识，昨天就不会追赶坏小子们。上火，会将普通人提升为超越普通人的高度，将没有常识的想法赋予有常识的人。当人们分得清女人、小孩、车夫、马夫的时候，还不足以让人以“上火”炫耀于人。假如不是像主人那样老谋深算的话，活捉一个柔弱中学一年级学生当作战争人质的程度，是不可能跻身于上火家之流的。

可怜的是俘虏。只不过遵照高年级学生的命令充当了捡球的后勤兵，而不幸被不正常的敌将、上火的天才穷追猛打，来不及跳墙便被拖到庭前。这样，敌兵不能眼睁睁地看着自己的战友受辱了。他们争先恐后地翻过方格篱笆，从木栅栏门闯进院子来。人数约有一打，在主人面前站了一排。大都没有穿上衣或背心，有的穿着白衬衫，挽着袖子，抱着胳膊。有的光着脊背，只将旧线衣披在肩头。还有个时髦的家伙，穿着一件镶着黑边白帆布上衣，前胸绣有黑色花纹。他们个个都像以一当十的猛将，肤色黝黑，肌肉发达，大有“吾乃丹波国好汉，昨夜来自篠山也”的气势。把这些人送进中学，叫他们学习，实在可惜了。假如叫他们去做渔夫或水手的话，多半更有利于国家的吧！这些人不约而同地光着脚穿鞋，裤腿挽得高高的，仿佛要去附近救火似的。他们在主人面前列队站着，不发一言。主人也不开口。一时间双方怒目对视，目光中颇有几分杀气。

“你们都是强盗吗？”主人气势汹汹地质问道。犹如用槽牙咬碎的摔炮，从鼻孔喷了出来，使得鼻翅猛烈地煽动。越后地区狮子的鼻子，恐怕就是照着人们发怒时的模样做出来的。否则的话，不可能造得那么吓人。

“不，我们不是强盗，我们是落云馆的学生。”

“瞎说。落云馆的学生，怎么会私自跑到人家家里来？”

“可我们戴的是有校徽的帽子啊。”

“是假冒的吧？既然是落云馆的学生，为什么私闯民宅啊？”

“因为球飞进来了。”

“为什么球会飞进来呢？”

“不小心飞进来的。”

“混账东西。”

“以后一定注意，这回就放了我们吧。”

“来历不明的人翻墙闯进私宅，怎么能随便放走呢？”

“可我们就是落云馆的学生啊，没错。”

“既然是落云馆的学生，几年级啊？”

“三年级。”

“真的吗？”

“真的。”

主人朝屋里喊道：“喂，屋里来个人。”

埼玉县生人的女仆拉开纸格门，应声而来。

“去落云馆找个人来。”

“找谁呀？”

“谁都行，给我找一个来。”

女仆应了一声“是”，看院子里不太正常，出于目的不清，再加上整个事件的经过十分滑稽，所以她既不站起，也不坐下，只是嗤嗤地笑。主人却想大战一场，充分发挥一下上火的本领。

在这关键时刻，自己的仆人当然应该同仇敌忾，可她不但不严肃对待，反而边听吩咐边嗤嗤地笑，这使主人越发抑制不住上火了。

“不是跟你说了吗，谁都行，找一个人来！你听不懂吗？管他是校长，还是干事，还是教导主任……”

“那个，是把校长先生……”女仆只知道校长这个词。

“不是告诉你校长、干事，还是教导主任都可以吗，听不懂吗？”

“要是都不在，叫个校工来也行吗？”

“胡说！杂役懂什么！”

事已至此，女仆大概是明白必须得去了，便答应了一声，出去了。然而，对于出使的目的仍然搞不明白。主人正担心，女仆只会叫来个校工，不料，刚才讲伦理学的老师从正门走进来了。等他坦然落座后，主人便开始了谈判。

“适才这些小子擅入敝宅……”开头半句用的是《忠臣》里的古文旁白，忽而又改为稍带讥讽地说了后半句，“确实是贵校的学生吧？”

伦理课教师毫不惊讶，泰然自若地扫视了一圈站在庭前的勇士们，又将眼珠收回，看着主人，做了如下答辩。

“是的，都是敝校学生。我们一直教育学生遵守礼仪，不要做出此类事情……可他们总是不听话……你们为什么跳过墙来？”

学生毕竟是学生，他们好像面对伦理课老师没有什么话说，谁也不开口，都老实地挤在院落一角，犹如羊群遇上了大雪。

主人说：“球飞了进来也是难免的事。既然住在学校旁边，就会不时有球飞进院里来的！只是……他们太不像话了。即使翻过墙来，悄悄地把球捡去，还可以原谅的……”

“所言极是。敝校尽管一再警告，奈何学生人多……那么今后一定要注意啊。如果球飞进了院子，必须绕到正门，跟人家打个招呼再进去捡球。听见了吗？……学校太大，叫人操不完的心，没办法。不过，运动是必须要有的，实在禁止不得的。可是允许运动，就会惹出麻烦来。这一点，万望多多谅解。今后一定从正门进院，打个招呼后再进去捡球。”

“好了，既然您这么通情达理，都好说。无论飞进来多少球都无妨。只要从正门进来，说一声，就可以了。那么，这个学生交给你，劳烦你带他回去吧！还麻烦您跑一趟，抱歉！”

主人的态度照例是虎头蛇尾，不了了之。伦理课老师带着“丹波国的笹山好汉”从正门回到了落云馆。

我所说的“大事件”，至此告一段落。如果有人耻笑：“这算得了什么大事件？”任你笑好了。我只能说，对于这样的人来说当然不是大事件。我是在叙述主人的大事件呀，并不是叙述那些人的大事件。如果有人耻笑主人“虎头蛇尾”“强弩之末”等的话，那么请你记住，这正是主人的特色。请你记住，主人之所以成为滑稽文的题材，也正是由于这些特色。

如果批评主人和十四五岁的孩子一般见识，实在愚蠢，我也同意。所以，大町桂月才会对主人说：“你还没有去掉孩子气。”

我既讲完了小风波，现在又说完了大事件，下面想介绍一下大事件发生后的余波，作为全篇的结尾。

我所描述的一切，说不定有的读者以为是胡编乱造的呢，我不是那样不负责任的猫。且不说一字一句里都藏着宇宙间的巨大哲理。字字句句都条理清楚、首尾呼题，认为是扯闲篇而漫然泛读的读者会感到精神为之一振，此书是不容易懂的佛门法典，因此我是决不容许躺着看，或不端正坐姿，一目十行等丑态阅读此书的。

据说柳宗元每当读韩愈的文章，都要先用蔷薇花水洗手，那么，对待我的文章，也希望读者至少能自己掏钱买回来，不至于借朋友看过的来随意看看。

下文所述，我称之为“余波”。假如有人认为“既然是余波，一定无趣，不读也可以”的话，一定会追悔莫及的。请务必从头至尾，细细读来。

发生大事件的第二天，我想散散步，便走出门外。只见金田老板和铃木藤十郎先生在对面巷角站着聊得正欢。金田老板正坐车回家，铃木先生拜访金田老板，见其未在家，正打道回府，于是，二人路上相遇。

由于近来金田府上有些无趣，我很少去那边了，可是刚才一见到他的面，又不免有些怀念。铃木先生也是好久没见，不妨暗暗尾随，一睹尊容吧。我这样想，便悄悄靠近二人身旁，他们的对话自然传进了我的耳朵里，这并非是我的过错，是他们不该站在那儿谈话。金田老板可是个“有良心的人”，甚至派密探去侦察主人的动向。那么，我偶然偷听他的谈话，他也不至于发火吧？如果发火的话，只能说明他还不懂得“公平”二字。

总之，我听了二位的谈话，不是想要听才听的，尽管没想听，谈话声却自然钻进了我的耳朵。

“刚刚去了您家里。真是巧啊！”藤十郎先生毕恭毕敬地低头施礼。

“是吗？说实话，近来我正想跟你见个面呢。来得正好！”

“是吗？那可太巧了，有何吩咐？”

“哪里，没什么大不了的。不过，这事虽说不是什么大事，可是除了你以外，别人是办不成的。”

“只要是我力所能及的事，乐意效劳！什么事？”

“哎，这个……”金田老板思索着。

“若是现在不方便开口，在您方便的时候我再来拜访。哪天您方便呢？”

“也没什么大不了的事……那么，今天难得见到你，就拜托你吧。”

“千万别客气……”

“那个怪人，就是你的那个老友，是叫什么苦沙弥吧？”

“是的。苦沙弥怎么啦？”

“倒也没怎么。只是自从那个事件之来，我就感觉心情不太好。”

“难怪您心情不好。那个苦沙弥太傲慢啦……多少也应该看看自己的社会地位，可他还以为老子天下第一呢！”

“就是啊。说什么‘不向金钱低头’‘实业家算什么东西’等。说了好多狂话，所以我想，那就让他尝尝实业家的厉害吧！前一阵子把他治得收敛了些，但还是不服软，真是个犟种，叫人吃惊。”

“他是个缺乏得失观念的家伙，所以不过是在逞能罢了！他以前就有这个毛病，根本意识不到自己吃了亏，所以才不可救药呢。”

“啊，哈哈……的确是不可救药啊。我变着法地折腾他，最后，叫学生们整了他一通。”

“这个主意太棒了！有没有效果呀？”

“这下子，那个家伙好像也很头疼啊。用不了多久，他肯定会跪地求饶的。”

“那太好了。他再怎么神气，毕竟是寡不敌众呀！”

“是啊。孤军奋战，哪里是我的对手！因此，他收敛了不少。不过，究竟是什么情况，我想拜托你去他家一探究竟。”

“是这样！这好办，我立刻去他家看一下，一有消息就立马向您报告。有趣吧？那么犟的人都意气消沉了，一定很有看头的。”

“好，回家的时候过来一下，我等你。”

“那我先失陪了。”

哈，又耍起了阴谋！不愧是实业家，果然势力了得。不论是使一点就着的主人上火，还是使主人痛苦不堪，以至于脑袋变成了苍蝇站上去都打滑的险地，还是使主人的头遭遇到埃斯库罗斯同样的厄运，无不是实业家的势力导致。

我不清楚使地球旋转的究竟是什么力量，但是知道使社会运转的确实是金钱。懂得金钱的功力，并能自由发挥金钱威力的人，除了实业家各位外，再无其他人。连太阳平安地从东方升起，又平平安安地从西方落下，也完全是托了实业家的福。长这么大，我一直生活在不懂世事的穷夫子之家，连实业家的功德都一无所知，自己觉得是一大遗憾。

不过我想，即便是顽固不化的主人，这回也多少会有所醒悟的。如果依然顽固不化，对抗到底的话，可是危险。主人最珍惜的生命都难保了。不知他见了铃木先生将说些什么。听到他如何对应便自然可知他醒悟的程度了。不能再耽搁下去了！我虽然是猫，对主人的事却十分关心。我赶紧超过铃木先生，先他一步，回到了家。

铃木先生依然是个见风使舵的人，今天他对金田老板拜托的事只字不提，却兴致勃勃地聊些不痛不痒的题外话。

“你面色可不大好，没什么不舒服的吧？”

“哪儿也没什么不好呀！”

“脸色可苍白啊！不当心点可不行，这个季节容易得病！夜里睡得好吗？”

“嗯嗯。”

“有什么心事吗？只要我能办到的，什么事都可以帮忙的！你不用客气，告诉我吧！”

“心事？关于什么？”

“哪里，没有最好不过，我是说如果有的话。忧虑，是最伤身的！人生在世还是开心过日子最好。我总觉得你有点过于忧郁。”

“笑也伤身子的。有些人笑过头了还会送命呢。”

“别说笑了！俗语说：‘笑口开，洪福来。’”

“古希腊有个哲学家，名叫克利西波斯的，您知道吗？”

“不知道。他怎么啦？”

“他笑过了头，死了。”

“这可真新鲜！不过，这是老早先的事。”

“过去也好，现在也罢，还不是一样？他看见毛驴吃银碗里的无花果，觉得滑稽，忍不住大笑起来。结果怎么也控制不住，笑个不停，终于笑死了。”

“哈哈……不过，他何必那么毫无节制地大笑嘛。应该微笑……适当地笑……这样最好。”

铃木正在一个劲地打探主人的心思，正门嘎吱一声开了，以为是有客来访，其实不然。

“球落进院子啦，请允许我去取。”

女仆从房里答应了一声：“好的。”学生便绕到后门去了。铃木奇怪地问：“这是什么情况？”

“是后面的学生把球投进院里来啦。”

“后面的学生？后面有学生吗？”

“是一所叫作落云馆的学校。”

“啊，是学校呀。吵闹得很吧？”

“何止是吵闹了，连书都没法安静地看下去。如果我是文部大臣，早就下令关闭它了。”

“哈哈，火气不小呀！有什么让老兄烦恼的事吗？”

“还问有没有的，从早一直气到晚。”

“既然那么生气，就搬走吧。”

“我才不搬家呢。岂有此理！”

“对我发火有什么用！都是些小孩子嘛，当没看见就没事了。”

“你没事，我可不行。昨天找他们的老师来谈判过了。”

“这可太有意思啦，他们害怕了吧？”

这时，门又开了，又听见一个学生说：“球掉进了院子，请允许我来取一下！”

“啊，怎么老来呀，又是找球。”

“哼，说好的，他们要走正门来捡球。”

“怪不得老来呢。是这样啊，明白了。”

“什么知道了？”

“知道来捡球的原因了。”

“今天到现在已经是第十六次了。”

"你不嫌烦吗？不让他们来有多好？"

"就说不叫他们来，有什么用？他们来了，也没办法。"

"要说没办法，也的确没办法。不过你也不要那么固执。人一有棱角，在人世上与人打交道，就要吃苦，吃亏呀！圆滑的人，无论转到哪里都吃得开；而有棱有角的话，不但转的时候费力，而且每转动一次，角都要被磨得很疼。毕竟这世上不是只有自己一个人，不可能每个人都让你满意呀！怎么说呢，跟有钱人作对肯定要吃亏的，只能让自己烦恼伤身，没人说你好。而对方毫发无损。人家坐在家里指派别人就把事情办了。'胳膊拧不过大腿'，明显斗不过的嘛。固执倒也没什么，但若是固执到底，顽固不化，就会影响自己的学习，给日常工作带来麻顺，到头来只能是得不偿失！"

"对不起，刚才球飞进来了，我到后门去捡球，可以吗？"

"瞧，又来啦！"铃木笑着说。

"真是无礼！"主人满脸通红。

铃木觉得自己已经完成了来访的使命，便告辞了。他刚走，甘木先生就进来了。

自称"上火家"者，自古以来，鲜有其例。当本人感到"有点不对头"时，已然翻过了上火的顶峰。主人上火，在昨天的大事件中已经达到了巅峰，而后来的谈判尽管虎头蛇尾，但总算有了收场。因此，那天晚上主人在书房里仔细思量，发觉事情有点不大对头。当然，到底是落云馆不对劲，还是自己不对劲，还有着很大的疑问。然而，事情不大对头，是毫无疑问的。

他心想：就算是与中学为邻，像这样一年到头地生气，的确有点不对头。既然不对头，就得想办法解决，可是，什么法子也想不出来，除了服下医生给的药，对肝火的发生源贿赂一番之外，别无他法。既然已经醒悟，便想请平素常去就诊的甘木医生来给自己看看。究竟是贤，还是愚，另当别论，至少意识到自己已经上火这一点，就不能不说其志可嘉、其意可贵了。

甘木医生照例是微笑，沉着稳重地问道："感觉怎么样？"

医生大概都要问一声"怎么样"的，我对那些不问一声"怎么样"的医生，无论如何也信不过的。

"医生，还是不见好。"

"怎么会不见好呢？"

"医生开的药，到底有没有用？"

甘木医生也有点吃惊，不过他毕竟是一位温和的长者，并不显得特别激动，稳健地回答："不会没有效力的。"

"我这胃病，不论吃多少药，还是那样呀！"

"绝对不会的！"

"不会吗？难道说稍微好些了？"

胃长在自己身体里，主人却问别人。

"不会好得那么快，要一点点好起来。现在比以前好多了。"

"是吗？"

"又是动了肝火？"

"当然啦，连做梦都在发火啊。"

"稍微运动运动为好啊。"

"运动更要上火的！"

甘木医生也格外惊讶地说：“哦，让我看看吧！”

说完就开始诊察。主人没有耐性等医生瞧完，突然大声问道：“医生，前些天我看了介绍催眠术的书，书上说：采用催眠术能治好小偷小摸的毛病以及各种疾病，是真的吗？”

“是啊，也有那种疗法。”

“现在也有这么治的吗？”

“是的。”

“催眠术，很有难度吧？”

“哪里？不难。我也常用这个法子呢。”

“先生也常用？”

“哎，不妨给你也试试？按说，人人都应该做做催眠术。只要你同意，就试一试吧！”

“这个法子有意思。那就给我试一下吧。我早就想做做看了。只是担心催眠之后，一睡不醒，可就麻烦啦！”

“哪里，没事的！那就开始吧！”

说着就定了，主人开始接受催眠术了。我还从来没有见识过这种场面，心里暗自欢喜，蹲在屋角观看治疗效果。医生先从主人的眼睛开始催眠。具体方法是：将两眼的上眼皮从上往下摩擦。尽管主人已经闭着眼睛了，医生依然朝着一个方向摩擦眼皮。过了一会儿，医生向主人问道：“这样摩擦眼皮，感觉眼皮渐渐发沉了吧？”

主人回答说：“确实发沉了。”

医生继续用同样方法摩擦主人眼皮说：“会越来越沉的，不碍事吧？”

主人也许真的睡着了，没有说话。同样的摩擦法又进行了三四分钟。最后，甘木医生说；“好了，眼睁不开了！”

好可怜！主人的眼睛终于看不见了。

“已经睁不开了？”主人问。

“是的，睁不开了。”医生说。

主人默默地闭着眼躺着，我还以为主人的眼瞎了呢。

可是过了一会儿，医生说：“若能睁开眼，你就睁一下试试。反正是睁不开的！”

“是吗？”主人的话音还没落，他的眼睛已经像平常一样睁开了。

主人笑着说：“催眠不成功呀！”

甘木医生也笑着说：“是呀，不成功。”

催眠最终以失败告终，甘木医生也走了。

按着又来一位。主人府上从来没有来过这么多的客人，对于与人交往甚少的主人家来说，简直难以置信。然而，倒是来了客人，而且是一位稀客。我记述这位稀客的一言一行，不单纯因为他是稀客。

如上所述，我是在继续写上面讲过的大事件之后的余波。而这位稀客却是描述事件的余波不可遗漏的素材。我不知道他叫什么。只说明他是个长脸，留着两撇山羊胡子，四十岁左右的男子，够了吧。与迷亭这个美学家相比，我打算称他为哲学家。若问为什么称他为哲学家？因为此人不像迷亭那样自吹自擂，光是看他和主人谈话时的风度，就觉得他像个哲学家。此人好像也是主人的老同学，二人说话的样子十分随意。

“噢，说到迷亭，他就像漂在水面上喂金鱼的麸子一样轻飘飘的。前些天他和一个友人，路过素昧平生的贵族家门前时，他说要进门去讨碗茶喝，硬把那位友人给拉了进去，真是的，哪有他这么大大咧咧的。”

“后来咋样啦？”

“后来咋样？我没有问。他就是这么个天生的怪人吧！同时也是个没有思想的无所事事的喂金鱼的麸子。是铃木吗？他来过了？新鲜！他虽不明事理，人情世故却很有一套，是个戴金表的人物。但太肤浅、不踏实，不会有发展。他常说要圆滑些。可是，他压根儿就不懂什么是圆滑。如果说迷亭是喂金鱼的麸子，铃木便是用草捆着的凉粉，光光滑滑的，啰唆个没完。”

主人听了这绝妙的比喻，好像特别认同一样，近来难得一见地哈哈大笑起来。

“那么，你是什么呢？”

“我？像我这样的……不过是个野山药罢了，长得老，还在土里。”

“你好像一直这样悠闲，真羡慕你啊！”

“哪里！我只不过尽量像平常人一样生活而已，没什么可羡慕的。最难得的是，我不会去羡慕别人，也就这一点还行吧。”

“手头还算宽裕吧？”

“哪里，还是老样子，凑合吧。不过，没有饿肚子，倒也过得下去。没有瞎说噢！”

“我心里不痛快，老是着急上火，看什么都不顺眼。”

“不顺眼也好嘛！有怨气就发出来，心情会好很多的。人是各种各样的，所以希望别人都变成你这样的人，是不可能的。虽说不和别人同样拿筷子就吃不成饭，但是，自己的面包，还是自己随意切着吃最好。

在技术高超的衣服店定做的衣服，一穿就会合身，但是，在差裁缝铺的话，不将就着穿一段时间是不行的。不过，社会可以说是件非常奇妙的衣服，穿上一段时间，那衣服就自动地适应人们的身材了。假如是高明的父母，把我们生得能够适应于当下的社会，那就是幸福，如果生得不合格，那么，除了与世人格格不入，或是忍耐到适应于社会的时候为止之外，没有其他路可走。”

“但是，像我这样的人，任何时候也融不进社会的，叫人心不安。”

“跟不大合身的西装，硬要穿上就会撑破的道理一样，人世间也会发生吵架，自杀，或暴动什么的。不过，你现在的情况只是感到无聊，绝对不会自杀，连吵架的事也不会发生的，还算过得去啦。”

“可我现在整天都在吵架！即使没有对象，只要生气，也算是吵架。”

“确实，这叫自我吵架。很有意思的，吵多少次都没关系的。”

“我可是厌倦了。”

“那就不吵了。”

“对你说实话吧，我的心情，不是自己可以做主的。”

“哎呀，到底是什么事让你这么不舒服？”

于是主人就从落云馆事件开始说起。一一举出今户烧的狸子，津木贫助、福地细螺，以及其他所有不平之事，在哲学家面前哗啦啦地倾诉起来。哲学家一直默默地听着，最后终于开口。对主人说了一番话：

“任他们说去，假装不知不就得了。反正是些无聊之辈。至于那些中学的学生，根本不值得理会。怎么，妨碍你啦？可是，谈判也好，吵架也罢，不是依然没有好转吗？在这一点上，我觉得古代日本人要比西洋人伟大得多。西洋人最近十分流行什么‘积极’，但是，这个说法有很大的缺陷。

“首先，即便是‘积极’，也是没有止境的事呀！任凭你积极地干到什么时候，也达不到满足之时或完美之境。对面有一棵扁柏树吧？因为它阻碍视线，就砍掉它。可没有了它，前边的旅店又碍眼了。将旅店也拆掉后，更前边的那户人家觉得不顺眼了。这是没有止境的呀！西洋人做事全是这样的。拿破仑也好，亚历山大也罢，都不是取得胜利就会满足的。看别人不顺眼，就吵架，对方不服，到法院告状，官司打赢了，若以为这下子他会满足，你就错了，‘煞费苦心地追求心满意足’一直到死，又怎么可以得偿所愿呢？

“寡头政治不好，而改为议会制。议会制也不好，就想再换个什么制度。说什么河水挡路，就架起桥来；说什么山碍眼，就挖个道；说是交通不便，就修起条条铁路。然而，人类是不可能因此而长久满足的。话又说回来，人类究竟在多大程度上可以积极地将自己的意图实现呢？西方文明也许是积极的、进取的，但实际上是那些一生都不知足的人们创造出来的文明。

“相比之下，日本文明并不通过改变外界事物来求得满足。日本和西方文明最大的不同点在于：日本文明是在‘不许从根本改变周边环境’这一前提下发展起来的。日本人不像西洋人那样，因为对亲子关系不满而进行改变，以求安宁。而是认为亲子关系必须保持传统，不可轻易更改，力求在维护关系的前提下，以求内心安宁。夫妻君臣之间的关系如此，武士与商人的社交如此，对于自然的看法，也是如此……假如由于有座高山挡路，去不了邻国的话，日本人想的不是推倒这座大山，而是在不去邻国也不会闲这件事上动脑筋。应该培养自己不跨越高山也感到满足的心境。所以，老兄可以想想看，无论是佛家，还是儒家，都是以抓这个问题为根本的。

“不管自己怎么了不起，世上之事毕竟常不可能万事如意。既不能使落日回升，又不能使加茂川水逆流，能够做到的，唯有约束自己的内心。只要将自己修炼得心平气和，无论落云馆的学生怎样乱，也会处之泰然的吧！即使今户烧的狸子，也是可以置若罔闻的吧？旁人如果说了什么蠢话，心里就骂他一句这个大蠢蛋，装没听见，不就完事了吗？

“据说从前有个和尚，被人用刀按在桌子上，还幽默地说：‘电光影里斩春风。’如果修身养性达到了极致的话，说不定会有这种运用自如的本领。我这号人不懂那些玄妙，不过，我觉得一味追求西洋人那种积极进取的精神，好像不大对头。当下就是个例子，不论你怎么积极抗争、还是阻止不了学生们来捉弄你。假如你有权封闭那所学校，或是学生们干了值得向警察报告的坏事，另当别论。不然的话，即便你多么积极地努力，也不会赢的。如果打算积极，就会碰上金钱的问题，寡不敌众的问题。换句话说，你在财主面前就不得不低头。在有恃无恐的孩子们面前，就不得不退让。像你这样的穷人，而且还是单枪匹马地主动出击，说到底，正是源于你心中的不清净！怎么样？明白了吗？”

主人只是在听，不说明白，也不说不明白。客人走后，他钻进书房，没有看书，沉思默想起来。

铃木藤十郎先生告诉主人要屈从于金钱和人多势众；甘木医生建议主人要用催眠安神；最后这位稀客开导主人要通过消极的修养求得心安。主人选哪一种办法是主人的事。

不过，这样下去肯定是不行的。

第九章

别看不起猫，

我也

懂得读心术的。

主人长着一张麻子脸。据说在明治维新以前，麻子脸还是很流行的，但是在缔结了日英同盟的今天看来，这副尊容不免有些落后了。麻脸的衰落与人口的增长成反比，因此，不久的将来天花有可能会绝迹的，这是在医学统计的基础上精密计算出来的结论。真是高见，就连像我这样尖酸的猫，也毫无质疑的余地。虽说不清当今的地球上究竟有多少个麻脸人生活着，但是在我的社交场合里，没有一只麻猫，人类里只有一人，即是我家主人。真是可怜。

每当我看见主人的麻脸时，总是想："主人究竟因为什么遭了报应，长了这么一副奇妙的脸，竟然厚着脸皮呼吸着二十世纪的空气呢？"或许在过去的年代麻脸比较吃香，但是，当一切麻子都不得出现在胳臂以外部位的今日，主人的麻点却照样盘踞在鼻头、面部，垂死挣扎，这样不仅不足以为豪，反而有损于麻点的体面。如果可能，似乎还是趁早除掉它们为好。就连麻点自身也心里没底呢。不过，也说不准麻点正是满怀当麻脸党一蹶不振的时候，发誓以挽救落日于中天的劲头东山再起，才这般堂而皇之地占据了主人的整个面庞。既然是这样的来头，对于这些麻点就万万不可持有丝毫轻视之意。可以说它们是抵抗滚滚流俗的万古长存的麻坑集合体，是值得我尊敬的凹凸，美中不足的是脏了点。

主人小时候，在牛込区的山伏町住着一位名叫浅田宗伯的汉方名医。这位老人去病人家出诊时一定坐着轿子，悠悠地前往。然而，宗伯老人去世后，到了他的养子那一代，人力车立刻代替了轿子。因此，养子死后，养子的养子继承家业时，说不定葛根汤也会变成阿司匹林的。坐着轿子行走在东京街头，即使在宗伯老人活着的时代也不怎么雅观。即使这样仍不以为然的，只有腐朽的守财奴、被装上火车的猪和宗伯他老人家了。

主人的麻脸在不光彩这一点上，也和宗伯老人的轿子是一样的。在旁人看来，也许觉得可怜，然而顽固不比宗伯差的主人，至今还天天将孤城落日般的麻脸暴露于世，到学校去教英语入门。

主人就这样刻着十九世纪的纪念——麻点，站立在讲台之上，一定会对他的学生进行授课之外的深刻垂训的。比起他反复讲解英语课本中的“猴子有手”来，更能够以身示范，对“麻点对于面孔产生的影响”这一重大课题进行自然而然的说明，于无言之中将答案给予学生。假如有朝一日，主人这样的教师绝迹了，学生们为了研究这个课题，就要跑到图书馆或博物馆去查阅，必须花费与今人靠木乃伊去想象埃及人同等的劳力。由此可见，主人的麻脸也在冥冥之中做了意想不到的功劳。

当然，主人并不是为了行功德才将麻子满面栽培的。不过，他的确种过豆，不幸的是本来种在胳臂上，不知何时竟然传染到脸上去了。当时他还是个孩子，不像现在这样关心长相，所以只是一边喊着“痒啊，痒呀”，一边在整个脸上乱抓。恰似火山喷发，岩浆流得满面一样，生把爹娘给他的一张脸给糟践了。主人常对妻子说，他没长麻子以前，是个白玉无瑕的美少年，甚至说自己小时候模样俊俏得像浅草寺的观音像，连洋人都忍不住回头看他——也许有这档子事，遗憾的是没有人证明。

不管如何做功德，或垂训于学生，脏东西毕竟是脏东西。因此，长大成人之后，主人对这张麻脸无比地发愁，想尽各种方法要消除这丑陋的麻子。然而，这可和宗伯老人的轿子不同，即便再厌恶，也不可能立刻去除的，因而至今依然残喘于他的脸上。这清晰的麻点使主人有些挂心，据说每当走在大街上时，都会不由自主地搜索行人的麻脸。诸如今天遇见了几个麻脸，是男还是女，地点是在小川町的劝业场，还是在上野公园，他都一一写在日记里。主人确信关于麻脸的知识，自己绝不比任何人差劲。

前日，一位留洋回国的友人来访时，主人居然问他：“你知道不知道，西洋人有麻脸吗？”

“这个嘛……”朋友想了好一阵子说，“很少看到！”

于是主人追问了一句：“很少看到，就是说特别少吧？”

朋友兴味索然地回答说：“即便有，也是要饭的，或是苦力之类的，受过教育的人里几乎没有。”

“是吗，和日本不大一样啊。”主人说。

听了哲学家的忠告后，主人不再和落云馆的学生争吵了，终日躲在书房里沉思。说不定他这是打算听从哲学家的忠告，于静坐之中消极地休养其灵活心境。然而他本是肚量狭小的人，倘若终日阴沉沉地拱手独坐，不可能有什么好事的。我虽然意识到，这样枯坐不如将英文读本送进当铺，跟艺伎学学《喇叭小调》更有利于身心。

无奈，怪癖如主人毕竟不肯听从猫的劝告，得了，随他去吧。这么一想，这五六天来，我都没有跟他亲近。

从那天算起，今天是第七天了。神宗说："人死后只可能在头七天才能成佛。"于是，有些人会非常虔诚地打坐，我心想主人恐怕也差不多了吧？是升天，还是入世，大概也有个眉目了吧？我慢腾腾地从檐廊来到书房门口，侦察室内的动静。

朝南的书房大约有十二平方米，阳光充足的地方放着一张大桌子。只说大桌子还说明不了。此桌长六尺，宽三尺八，高度也和宽度差不多。当然，这不是一件统一规格的物件，而是与附近的木器店商量后，特制的一张床铺兼书桌，就是这么一件稀罕的物件。主人为什么新做这么个大桌子，又为什么萌生睡在桌上的念头？我未曾向主人请教，不得而知。说不定只是一时冲动，才琢磨出这般离奇古怪的庞然大物。要不就是像我们常见的某种神经病患者那样，将风马牛不相及的两个概念联想在一起，随意地把桌子和床铺凑合到一起去了，也未可知。总而言之绝对是特立独行之举。虽如此，却有着徒有新奇而不实用的败笔。

我曾经亲眼看见主人在这张桌子上午睡时，一翻身滚落到檐廊上去了。从那以后，他好像再也不把这张桌子当床铺使用了。

在桌前放了个薄薄的羊绒坐垫，三个被烟卷烧的窟窿紧挨着，从里面露出的棉花都发黑了。在这坐垫上，背朝外端坐着的正是主人。腰间一条脏得变成灰色的腰带打了个死结，两边余出的带子耷拉在盘着的腿弯里。前些天，我一抓这条带子玩，就会被突然拍一下脑袋。这可不是随便可以靠近的带子。

主人还在思考。俗话说："傻想就会想傻。"我从他身后偷偷一看，只见桌子上有个发着亮光的玩意儿，不由得一连眨了两三下眼。这东西真奇怪，我忍着晃眼的光，仔细打量那个发亮的东西，好容易才看清楚，原来是从桌子上晃动的一面镜子上发出来的。问题是，主人为什么会在书房里摆弄起镜子来了呢？一说镜子，一定是在洗澡间里，我今天早晨就在洗澡间见过这面镜子。之所以强调是"这面"，是因为主人家里除此之外，再也没有第二面镜了。主人每天洗完脸，梳分头时，也用这面镜子。

也许有人会奇怪：像主人那样邋遢的人还会梳分头？你们有所不知，正是因为主人对旁的事全都不讲究，才会对脑袋格外上心。自从我来到这户人家，直到今天，不论多么炎热的天气，主人都没有剪到五分短寸，一定要留二寸长，不但从左边整整齐齐地分向右边，还把右边的发梢往上一梳，像那么回事似的。说不定这也是一种精神病的症状：尽管我认为主人这种装模作样的梳法和那张桌子毫不协调，却因为是无害于人的小事，所以没有人说什么，他本人也很得意。

关于主人留时髦的分头先说到这儿，若问他为什么留那么长的头发，坦率地说，是这么回事。据说他的麻点不仅侵蚀了他的脸，而且早已侵入了他的头顶。因此，如果像一般人那样，把头发剪成半寸三分长，就会从短发的发根处露出几十个麻坑，不管怎么摩擦，也弄不掉那些坑，犹如在荒郊野外放了些萤火虫一般。说起来倒也算风雅，但妻子肯定不乐意，这是明摆着的。既然留分头，就不至于露出麻坑，也就不必自动暴露自己的短处了。可能的话，恨不得毛发长到脸上，将面部的麻坑也一并遮掩起来。

所以，自然生长的毛发，何必花钱去剪短，向人们宣传："我的头上都被麻坑占了！"这便是主人留长发的原因，而留长发又是他留分头的缘由，因为有了分头，才会照镜子，也就是为什么将那个镜子放在洗澡间的由来，因为只有这一面镜子。

既然本应放在洗澡间，而且是唯一的镜子竟然出现在书房，那么，不是镜子得了梦游症，便是主人从洗澡间拿来的。倘若是主人拿来的，那为什么拿到书房里来呢？说不定是那"消极修养"的必要工具吧。听说从前有位学者拜访高僧，看见那位高僧正在光着膀子磨一片瓦。

问他磨瓦片干什么，得到回答："我正要把瓦片磨成一面镜子呢。"

学者吃了一惊，说："任你是多么了不起的高僧，也不可能把瓦片磨成镜子的。"

高僧哈哈大笑，呵斥道："是吗？那就算了。这不就跟你读破万卷书也不会得道是一样吗？"说不定主人根据这么点道听途说，便将镜子从浴室中拿了来，摆出一副得意的样子。看样子主人愈发神经了。我暗暗思索，偷偷观察。

主人不知我在偷看，正聚精会神地看着这面唯一的镜子。本来镜子这玩意儿就怪吓人的。据说深夜捧着蜡烛，独自一人在宽大的房间里看镜子，需要很大勇气的。我第一次看见主人家的小姐伸到我面前的镜子时，一时间吓坏了，竟然绕着房跑了三圈。即使是艳阳高照的白天，只要像主人这样直勾勾地死盯着镜子看，也一定会害怕自己这张脸的。何况他的脸哪怕是看一眼，都会叫人感到不舒服。过了片刻，主人自言自语地说："果然很丑啊。"

能坦然接受自己容貌丑陋，真是令人敬佩！从主人的举止来看，确实像个疯子，可他说的话却是真理。不过再进一步的话，他就会害怕自己的丑陋了。人若不能痛彻心扉地感知自己是个可怕的坏蛋，就算不上是个饱经风霜的人。不是个饱经风霜的人，终究得不到解脱。既然有这一说，主人至少会顺口说一句："啊，真吓人！"但他就是不愿意说。

他说完"果然很丑后"，不知又想起了什么，将两侧腮帮鼓得老高，然后用手心拍了两三下，不知在念什么咒。这时，我忽然觉得有个东西跟这张脸很相似，细细回想，原来是女仆的那副面孔。

顺便说说女仆的面孔。那腮帮子简直是胖肿的。前些日子有人从东京羽田区的穴守稻荷神社送来了一个河豚形的灯笼，那女仆的脸就和那个河豚灯笼一样鼓胀。由于鼓得厉害，以至于两只眼睛都被挤没了。不同的是，那河豚虽鼓胀，却是圆乎乎的，而女仆的脸原本就长得有棱角，随着那棱角一胀，就如同一座水肿的六角钟了。

这些话如果被她听去，一定是会发火的。那么，就不说她了，继续讲述主人吧。主人就这样吸尽屋子里的空气鼓起腮帮子，如前所述，一边用手拍打的脸颊，一边自言言自语地说："把脸皮绷得这么紧的话，麻子就看不见了。"

现在主人又扭过头去，使阳光照着的半张脸映在镜子里。他激动地说："这么一看，麻子非常显眼，还是正对着阳光时看着平整。真是个奇妙的东西。"他好像非常感慨。然后又伸直右手，尽可能将镜子拿得远一些仔细端详，然后仿佛刚刚领悟了似的说："这个距离，也看不见麻子。可见太近了还是不行……不仅仅是脸，一切事物无不如此。"接下来他又突然将镜子横过来，将眼睛、额头和鼻毛一下子聚集到鼻根儿那儿去。我感觉这模样太难看，“这可不行！”他本人似乎也意识到了，立刻停止。

“怎么长了这么一张吓人的脸呢？”他感到不可思议，将镜子撤回到离眼三寸多远的位置，用右手食指抹了一下鼻翼，往桌上的吸墨纸上使劲儿一抹，被吸住的圆圆的鼻屎便粘在了吸墨纸上。真是玩出了好多花样。

然后，主人将抹了鼻涕的那只手指一转方向，扒下右眼的下眼皮，成功地表演了人们常说的“鬼脸”。他究竟是在研究麻子，还是在和镜子玩呢，就不清楚了。看上去主人就是这么个不定性的人，对着镜子独自照着，也能玩出层出不穷的花样来。非但如此，假如善意地将主人的这些行为解释为《魔芋问答》精神，那么，说不定主人正是为了早日内心领悟，才这样对着镜子进行种种表演的。

说到底人类的一切研究，都是为了自我。所谓天地、山川、日月、星辰，无非是自我的别名。因为除了研究自我之外，没有人能找到其他研究项目了。假如人们能够超出自我，那么，当他跳出去的刹那间，便失去了自我。而且，研究自我，除了自身是不会有人为自己做的。即使想研究别人或请别人研究自己，也是不可能实现的。正因如此，自古以来的英雄豪杰无不是靠自己成就的。假如靠别人就可以了解自我，那就等于请别人代替自己吃牛肉，替自己辨别牛肉是嫩还是老一样。

所谓“朝知法，夕闻道”或者“案前灯下，手不释卷”，都不过是自我开悟的便利手段而已。他人所述之法，他人所论之道，乃至汗牛充栋的故纸堆里，都不可能有自我的。如果有，也是自我的幽灵。当然有些时候，幽灵或许胜于没有灵魂。追逐影子，未见得就遇不上本体。多数影子大概离不开本体的。如果主人是从这个意义来摆弄镜子的话，还算得可以理解的人。比那些邯郸学步，生搬硬套爱比克泰德学说的学者高明多了。

镜子既是自我感觉良好的制造器，同时也是卖弄自己的消毒器。假如怀着浮华与虚荣之念对此明镜之时，再也没有比镜子更能够煽动情绪的工具了。自古以来因不懂装懂而害人害己的史实，有三分之二是镜子在作怪。法国大革命时，有一名好事的医生发明了“改良杀头机”，犯下了滔天大罪。同理，发明镜子的人，想必一定是夜不能寐吧！然而，每当厌弃自己，或萎靡不振时，再也没有比照镜子更有益处的了。一旦照了镜子美丑立见分明。他一定会发现这么一副容貌，居然能够得意地活到今天！当一个人注意到这一点时,在人的一生中是最可宝贵的时期。再也没有比承认自己愚蠢更高尚的了。在自知自己者面前，一切自命不凡的人都应该低下头来，无地自容的。

尽管对方主观上得意地对自己这边冷嘲热讽，但从这边看来，对方大动干戈，正表明了他已经低头认输了：主人并非是个“照镜知己蠢”的贤者，却是个够公正懂得印在自己脸上的天花斑痕的人。承认自己的相貌丑陋，会成为认识自己灵魂卑鄙的阶梯。主人是个了不起的人！这也是被那位学者教训一番的结果吧。

我心里这么想着继续看主人的样子，主人对此并未察觉，尽情地玩了半天“做鬼脸”之后说：“好像眼里有充血，恐怕还是慢性结膜炎！”说着，他用食指的侧面用力地揉起充血的眼睑来。他的眼睑大概是发痒。然而，不揉它都红成那样子，怎能经受住这么搞？用不了多久，就会像咸加吉鱼的眼珠一样烂掉的。

不一会儿，只见主人睁开眼睛，对着镜子认真看着。果然，他的眼睛看起来很浑浊，阴沉得像北国的寒空一般。当然啦，平日里他的眼睛就不清澈，夸张一点说就是，两只眼睛浑浊得很难区分眼白还是黑眼珠。就像他一贯精神恍惚，总是极其不着边际，他的眼睛也混混沌沌一直漂浮在眼窝深处。有人说这是因为胎毒导致的，还有人说是因为出天花的原因。听说小时候，他母亲为了给他治病，伤害过不少柳树虫和红蛤蟆，可是，母亲的努力并没有起到什么作用，直至今日，他的一双眼睛还像一开始那样模糊不清。

我暗自思索：他这种状态绝不是由于胎毒和天花的原因。他的眼珠之所以彷徨在如此混浊的苦境，完全是他那个不透明的脑袋造成的，其影响已经达到了幽暗的极点，所以自然呈现于形体之上，给茫然不知的母亲带来不必要的烦恼。冒烟的地方必然有火；眼球混浊的人必定是个糊涂蛋。由此可见，主人的眼睛正是他心灵的象征。他的心也跟天宝年间的铜钱一样有个洞，所以，他的眼睛也一定跟天宝铜钱一样，虽然大，却没大用。

主人又开始捋胡须了。那胡须原本就乱七八糟，不像个样儿。虽说现今是个人主义盛行的世道，但是，如此我行我素乱糟糟的，给主人带来的麻烦可想而知。因此，主人近来也设法对胡须加以操练，尽可能地把胡须们做到系统安排，功夫不负苦心人啊，最近胡须逐渐整齐了不少。主人甚至很自豪地说：“从前是任胡须自由生长，现在是培养胡须生长。”

由于热情是与成效成正比的，越有成效，就越受鼓舞，因此主人认定自己的胡须前途无量，便朝思暮想，只要手闲着，定要对胡须们进行鞭策。他的野心，就像德国皇帝那样，蓄出一撮进取心旺盛的翘胡子。因此，不管毛孔是横向的还是朝下的，他都一把抓住朝上。那胡须自然受罪，连胡须的主人也常常觉得疼痛呢。然而，这就是训练。不管胡须愿意不愿意，拼命往上！在外人看来，这种找乐子简直不可思议，本人却看作正儿八经的事。正如教育家搞坏学生的本性，却自夸“这是我的功劳”一般，同样毫无理由进行发难。

主人正满腔热情地训练胡须，棱角脸的女仆从厨房走来，说了声：“来信了。”照例将那只通红的手伸进书房。

右手抓着胡须，左手拿着镜子的主人，回头向门口望去，棱角脸女仆看见那奉命将八字的尾巴尖上翘的胡须，急忙转身跑回厨房，趴在锅盖上捧腹大笑。主人并不以为然，悠然地放下镜子，拿起了信笺。头一封信是铅印的，全是一些正经严肃的字句，内容如下：

谨祝日益吉祥安康。回顾日俄战争，趁连战连捷之势，告恢复和平之报，吾忠勇刚烈之将士，今于“万岁”声中凯旋者已过半，举国欢腾，难以尽述。自宣战大诏颁布，忠勇刚烈之将士久驻万里疆外，忍寒暑之苦，奋勇杀敌，不惜为国捐躯，其至诚之心，必铭记于心。且本月内将士将全部凯旋。因此，定于下月二十五日，代表本区全体居民，为区内千余名出征将士召开盛大祝捷会，借此契机抚慰烈士遗孤，热诚迎候各位遗属莅临，聊表谢意，故此，如蒙诸位全力资助，得以顺利召开盛典，乃本会之无上荣耀。为此，敬请慷慨赞助，踊跃义捐，在下不胜企盼之至。

敬上

寄信人是一位贵族老爷。主人默读一遍后，立即将来信装进信封，摆出一副若无其事的表情。主人是不太可能捐款的。前些天他拿出两元还是三元，为东北灾区捐了款后，逢人便说：“我被逼捐钱的！”既然是赈灾，自然是主动掏钱，绝对不是被逼的。又不是碰上了强盗，说“被迫”肯定是不对的。尽管如此，主人却像是遭到洗劫了一般。无论你说什么“欢迎军人”“贵族募捐”，若是来硬的另说，但只凭这一纸铅印信，他可不会掏钱的。按主人的说辞，在欢迎军人之前，首先应该欢迎他。欢迎完了自己之后，再欢迎其他人自然无所谓，只是他日夜忙碌，欢迎一事，打算任凭贵族老爷们去完成了。

主人又拿起第二封信说：“咦？又是一封铅印信！”

值此深秋之际，谨祝贵府日益兴旺发达。

谨启者，敝校之事，如下所知，自大前年以来，受二三野心家所阻，虽暂时陷入极大困境，然窃以为此乃针作之不周所致，应深自为戒。其后经卧薪尝胆，苦心孤诣，方渐次依靠一己之力，采纳为新建理想之校舍筹措经费之途径，该途径即出版名为《缝纫秘法纲要特辑》之策。

本书乃鄙人针作多年来遵循工艺学之原理，苦心研究，耗费心血之作。一般家庭皆可购入，鄙人只在成本之外略附薄利，一来可为缝纫之道的发展尽绵薄之力，又能积薄利以供新建校舍经费之需。鄙人虽惶恐万分，仍恳请各位购读《缝纫秘法纲要特辑》一册，权当为鄙校新舍慷慨义捐，可将其赐给府上女仆。叩拜恳请不吝赞同，敬启。

大日本女子裁缝最高等学院

校长缝田针作三拜九叩

主人冷淡地将这封正式的信揉成一团，扔进垃圾篓里。难得针作先生的三拜九叩与卧薪尝胆全都作废，真是可怜。

主人又拆开了第三封信。这第三封信散发出异样的光彩。信封是红白二色的横条纹的，像是卖棒糖的招牌一样花哨。当中用八分体隶书，写着几个粗字："珍野苦沙弥先生麾下。"说不好信封里会不会出现多福女，至少看表面，非常华丽。

假若让我执掌天地，我必将一口喝尽西江水；假若让天地管我，我不过是陌上之微尘。由此可知，天地与我何干？最先吃海参者，其胆量可敬；最先食河豚者，其勇气可嚣，吃海参者，如亲鸾再世；食河豚者，似日莲分身。如苦沙弥先生之流，只知葫芦干酸酱之味。只食葫芦干酸酱便可自称为天下名士者，吾未曾见也……

亲友也会出卖你，父母也会对你不公，爱人也会抛弃你，富贵从来不要妄想，爵禄也会一朝尽失，藏于你头脑中的学识会发霉，汝将何所恃？天地之间，将何所依？神明乎？神明者，不过是人类不堪其苦而捏造的泥偶罢了，不过是人类的粪便凝结的臭屎干罢了，依靠不可依靠者，却妄自安心，醉汉胡言，蹒跚向坟墓，油尽灯自灭，业尽遗何物？苦沙弥先生，且酌一杯清茶……

不把人当人看时，便无所畏惧。不把人当人看的人，却愤恨起不把我当我看的社会来，岂不怪也？正如权贵荣达之士，不把人当人看时之所得。只是当别人没有把我当我看时便怫然作色。你们尽管作色吧，混蛋家伙……

当我把他人当人，而他人不把我当我时，鸣不平者便突然从天而降。将此突发式的行动，为其名曰革命。革命并非心怀不满者所为，乃是权贵之士好而所产。

朝鲜多人参，先生何故不服用？

天道公平再拜于巢鸭。

针作先生行了“九拜”之礼，而此人不过是“再拜”。只因不是募捐，便可以毫不在意地少了七拜。此信虽非募捐，却异常晦涩难懂。不论向任何刊物投递，都有充分的资格遭到退稿。据此，我认为以头脑不好著称的主人，定会将它扯成碎片，不料，他竟翻来覆去地读个没完。大概他认为这种书信有着某种意义，决定无论如何也要追究其所含深意。盖天地之间未知事甚多，却无一不可对其信口雌黄。

不论多么深奥的文章，若要解释，也非难事。说人是愚蠢也好，说人是聪明也罢，反正都可以不费吹灰之力搞明白的。何止于此！即使说人是狗、人是猪，也算不上多么难解的命题。说山低于地面也无所谓，说宇宙狭窄也没关系。说乌鸦是白的、小町是丑女、苦沙弥先生是君子，也都没什么讲不通的。因此，即使这封毫无意义的信，只要给它随便会点什么道理，也可以得到各种解释。尤其是像主人这种对自己不懂的英文一向是胡乱讲解的人，就更喜欢牵强附会了。

有学生问：“明明天气不好，为什么还说‘早上好’？”主人思考了七天。有学生问：“哥伦布用日文怎么说？”主人又花了三天三夜冥思苦想。像主人这样的人，别说什么吃过葫芦干酸酱味，便自以为是天下名士，还是吃了高丽参便以为是搞革命了，随便安上点什么含义，根本不在话下，自然都会左右逢源的。

没过多久，主人便以解释“good morning”一样的方式，对这些难懂的格言警句也有所领悟。他大为赞赏：“可谓意义深长啊。此人一定是个对哲理颇有研究的人。高见，高见！”从这一番话就可以看出主人的愚蠢，不过，反过来一想，也不无精辟之处。主人有个习惯，喜欢赞美那些没影而不懂的事。这种毛病恐怕不只主人才有吧。不明所以之处潜伏着不容小觑的力量，神秘莫测的地方总是引起崇高之感。

正因如此，尽管凡夫俗子们把不明白之事说得像明白了似的，而学者却把明明白白的事讲得叫人云里雾里。大学讲坛上也不例外，那些云里雾里大讲不明白内容的教师大受好评，而那些讲解内容深入浅出的教师却不受待见，很说明问题。

主人佩服这封信，同样也不是因为看懂了书信的内容，而是由于琢磨不透题旨何在，忽而提及海参，忽而又提及臭屎。因此，主人佩服这信的唯一理由，就像道家尊崇《道德经》、儒家尊崇《论语》，禅门尊崇《临济录》一般，只因为其完全一窍不通。只不过，说一窍不通的话觉得过意不去，便自行胡乱解释，装成懂了的样子。不懂装懂，而且表示尊敬，乃是自古以来的快事。主人毕恭毕敬地将这封隶书写就的书信卷了起来，将它置于桌上，挽起手来，陷入了冥想。

“在家吗？在家吗？”这时从玄关传来叫门声。听声音像是迷亭，可不停地叫门又不像迷亭。主人早就在书房听见了喊声，却依然袖着手，纹丝不动。也许是认定迎接客人不是主人该做的事，因此，这位主人从来不曾在书房里答话。女仆刚才出门买肥皂去了，而妻子一般都要回避。于是，出去接客人只有咱猫了，但我也懒得出去。

于是，客人换了鞋跳上榻榻米，大摇大摆跨进屋里。有什么样的主人，就有什么的客人。以为他去了客厅，只听把纸拉门拉开关上，折腾了两三次后，现在正在向书房走来。正是迷亭。

“不至于这么怠慢吧！干什么呢？来客人啦！”

“噢，是你呀！”

“还问什么‘是你呀’，你既然在家，就应该答应一声呀，怎么就像家里没人似的。”

“噢，我在思考问题的。”

“就算在思考，至少说声‘请进’吧？”

“倒也不是不能说。”

“老兄还是那么稳啊！”

“从前些天，开始修身养性了。”

“直是好雅兴！老兄因修身养性，而不得答客之日，便是来客遭殃之时啊！你这么安静，我们可受不了！老实说，不是我一个人来的，还领了客人来。你出去见一见吧！”

“谁呀？”

“别管是谁，出去见一见吧！他们非要见你。”

“谁呀？”

“管他是谁，快点起来！”

主人仍然袖着手，蓦地起来，一边说：“你又捉弄人吧？”一边向檐廊走去，漫不经心地走进了客厅。

一位老者面对六尺壁龛正襟危坐，等候主人。主人不由得从袖子里拿出手来，一屁股坐在了隔扇旁边。这么一来，他和老者一样面西而坐，双方谁也无法相互问候了。古板的人，看来真是很讲究繁文缛节的。

“噢，请您坐这边儿！”老者指着壁龛那边对主人说。主人到两三年前为止，一直认为在客厅里会客时，自己坐在哪里都没关系。后来听一位先生讲解壁龛知识时，才知道，原来壁龛的位置是由上段间“演变”而来的，是大人物落座的地方。从那以后，他就绝不再靠近壁龛。特别是见到一位素不相识的长者凛然危坐在那里，他非但不敢坐上座，连问候都不知该怎么说了。暂且低了头，重复对方的话，说道：“请您这边坐！”

“哪里，那样就不便问候了。还是您请坐这边。”

“别，那么……还是您请……”主人模仿着对方的语气。

“您这么客气，真是不敢当。这让我更为难了，请您不要客气。您请吧……”

“您这么客气，实在是不敢当……还是……”主人满脸通红，结结巴巴地说，可见修身养性并没有什么功效。迷亭先生一直站在隔扇阴影处笑着观赏这一幕，看得火候差不多了，便从后面推着主人的臂部，插嘴道：“行了，你就进去吧！你这么紧挨着隔扇，我就没地方坐了。不要客气，坐到前边去吧。”

主人不得已往前蹭了几下。

“苦沙弥先生，这位就是我时常对你提起的从静冈县来的伯父。伯父，他就是苦沙弥先生。”

“哈，初次见面！听说迷亭常来叨扰，老朽素有登门造访之意，当面听先生高论。幸而今日路过此地，特来致谢，今后还请多多关照！”老人满口的古文辞藻，说得十分流畅。

主人本是个不善交际、沉默寡言的人，而且不曾见过这样旧式的老人，所以一开始有点怯阵，正畏缩不语之时，再听到老人家滔滔不绝地寒暄了这么一大套，早已将什么高丽参、棒糖似的信封，忘得干干净净。只是略带哭腔，说了些不知所云的回话。

“我……我也是……本应登门拜访……还请多关照……”说罢，稍稍把头从席铺上抬起来一看，老者仍然匍匐在地，吓了一跳，慌忙又低头继续叩首了。

老人约莫着时间差不多了，抬起头来说：“昔日老夫也阖家居于此地，久居德川将军脚下。江户幕府倒台那年才搬至静冈县，自那之后，不曾来过。故而此番旧地重游，完全不识方向了……若不是有迷亭陪伴指路，恐怕哪里也去不成。正所谓‘沧海桑旧’啊，虽说如此，于江户建立幕府长达三百年的，那德川家康将军家……”

老者还没有说完。迷亭先生觉得啰唆，插嘴道：“伯父，德川将军也许令人崇拜，但是，明治时代不差啊。从前还没有红十字会呀，对吧？”

“那倒是没有，完全没有红十字会这类组织。当时能见到红十字会组织的，只有明治天皇。老朽幸而长寿，有幸出席今日大会，且恭聆亲王殿下的玉音，死而无憾了。”

“啊，单是能够多年后重游一趟东京，也算得上福气了。苦沙弥兄，伯父是因为参加这次红十字会开全体大会，特地从静冈远道赶来的呀。今天我陪他去了上野游玩，这才刚回京。所以，你看伯父还穿着我在白木裁缝铺定做的那身大礼服呢！”迷亭提醒主人说。

主人这才意识到了老者穿着一件大礼服。虽说穿着礼服，却一点儿也不合身。袖子过长，领口大开着，后脖子都露了出来，腋下吊着。纵然故意不好好做，也很难做得如此不像样子的。何况白衬衫和白衣领各自为政，一仰头，就能从缝隙中看见喉结。那黑领结到底是打在衬领上，还是打在衬衫上完全搞不清楚。

大礼服好歹还看得过去，但他头上束着的白发髻，便纯属天下奇观了。我忽然想到那个传说中的铁扇是什么样的？探头一看，铁扇放在老人的膝盖旁边呢。

主人这时才神志清醒，发现自己将修身养性的效果充分应用在审视老人的服装上，不免令人吃惊。他原以为老人的大礼服不至于像迷亭说得那么不成体统，不过当面一看，却超出了迷亭所描述的程度。假如自己脸上麻子可成为历史研究的材料的话，那么，这个老人的发髻和铁扇，无疑具有自己的麻脸之上的价值。他本想打听一下铁扇的来历，又觉得有些冒昧，可是，不说吧，又不免有些失礼，于是，便问了个极为平常的问题：

“上野人很多吧？”

“可不是吗，人是真多！并且，那些人都盯着老朽看……如今的人真是愈发地喜欢看新鲜了。从前可不是这样……”

“是的，从前可不是这样。”主人像长者似的说道。这么说话并不是主人装腔作势，姑且看作是从他迷糊的头脑里信口说出一句话。

“还有，人们都只盯着这把劈盔刀看。”

“那把铁扇很重吧？”

“苦沙弥兄！你拿一下试试，很重呢。伯父，让他看看吧！”

老人家吃力地拿起铁扇，说了句：“请看吧！”便递给了主人。

主人接过铁扇，就跟东京黑谷神社参拜的人接过莲生和尚当年用过的大刀似的。拿了一会儿，只说了声“的确是重”，便还给了老人。

老人说：“大家都叫它‘铁扇、铁扇’的，其实，它本来作‘劈盔刀’，和铁扇完全不是一回事……”

“哦？是干吗用的？”

“是砍敌人的盔甲的……听说从楠木正成时期一直用到今天……”

“伯父，这是楠木正成用过的劈盔刀吗？”

“不是，不知是什么人的。不过，很有年头了，说不定是建武时代的东西呢。”

“也许是建武时代的。不过，寒月君可头疼喽。苦沙弥兄！今天从上野回来时，正好可以路过大学，我想机会难得，就顺便去了理学部让他带我们参观了物理实验空。由于这把盔刀是铁的，所以试验室里的磁力仪器全部失灵，惹出了大乱了。”

“哪里，不可能的！这是建武时代的铁，这种铁质优良，绝不会造成那种情况的！”

“再怎么优质的铁,也不行的。寒月兄就是这么说的,有什么办法！”

“寒月，就是那个磨玻璃球的人吗？他还这么年轻，可怜啊！就没有别的什么可干的了吗？”

“可怜啊！他那也算是‘科学研究’呢。只要把那个玻璃球研磨成功，就能成为了不起的学者哪！”

“若是磨出了个玻璃球，就能成为一个了不起的学者，那就无人不行了。老朽也可以。玻璃球铺的掌柜也没问题。做这种事情的人，在汉唐之地，叫作‘玉工’，身份很低贱的。”老人边说边转向主人，暗暗盼着主人赞同。

“这话不假！”主人恭敬地说。

“如今世间一切学问都为形而下之学，看起来不错，然而到了关键时刻，毫无作用。从前可就不同，武士们就是个玩命的营生，所以他们平素就重在修身养性，一旦大事降临，毫不慌张。正如您所知道的那样，可绝不是磨个球、搓根铁丝之类等雕虫小技可以相提并论的！”

“您说得对！”主人依然恭敬地说。

“伯父，所谓修心，就是不去磨什么球，整日袖起手来打坐吧？”

“这么认为可就大错特错了。修心绝不是那么轻而易举的事。以至于孟子曾经说：‘求其放心。’邵康节也说过：‘心要放下。’还有佛门中有位中峰和尚，告诫人们：‘绝不退缩。’都很深奥啊。”

“说到底，还是搞不懂。那么到底该如何去做呢？”

“先生可曾读过泽庵禅师的《不动智神妙录》？”

“没有，也没有听说过。”

“书里讲，心也，置于何处焉？若置心于敌人之身体，则把人之身体所制；置心于敌人之刀剑，则被敌人之刀剑所取；置心于杀敌之欲念，则被杀敌之欲念所摄；置心于己之刀剑，则被己之刀剑所控；置心于决不可被敌杀死之念，则被不可被杀死之念所缚；置心于他人之姿态，则为他人之姿态所摄。总之，心者无处置之。”

“您竟然全都背下来啦？伯父的记忆力可真是了得。多长的一大段！苦沙弥兄，听懂了吗？”

“有道理。”主人又用一句“有道理”糊弄了过去。

“您说，是这样吧？置心于何处乎？若置心于敌人之身体，则把敌人之身体所制；置心于敌人之刀剑……

“伯父您有所不知，沙弥兄对修身养性这方面很有心得噢！近来每日都在书房里静心呢！就连来了客人，都不去迎接，可见早已把心放下了。所以，他没事的。”

“哈，这可令人佩服啊……你也和先生一同修心吧！”

“嘿，我可没有那么多空闲。伯父自然是一身清闲，便以为侄儿也无所事事吧？”

“你不就是无所事事吗？”

“我是闲里偷忙呀！”

“是吗？就因为看你做事不踏实，我才你好好修心的呀。有‘忙里偷闲’的成语，可没听说过‘闲里偷忙’的。是吧，苦沙弥先生？”

“是是是，没听说过。”主人说。

“哈哈哈，如此一来我就无话可说了。对了，伯父，要不要去吃一顿东京的鱼？好久没吃啦。我请你去竹叶料亭吃，怎么样？从这儿坐电车去，一会儿就到。”

“吃鱼好倒是好，不过，我现在要去和三原见面，就此先告辞了。”

“是去见杉原吗？那位老爷子身体还行吧？”

“不是杉原，应该是三原。你总是不注意，真不像话。念错别人的姓名是很不好的。一定要多加注意！”

“可是，明明写的杉原呀？写的是杉原，可念的时候要念成三原。”

“真是奇哉怪也。”

“这有什么奇怪的？这叫作习惯读法，自古有之。蚯蚓的日式读法是‘mimizu’，这就是习惯读法，与‘看不见’读音相同，这和把癞蛤蟆读成‘kaeru’是一个意思。”

“哎呀，真长知识啦！”

“把蛤蟆打死后，它就翻了个儿，仰面朝天了，翻个儿的日语读音是‘kaeru’，因此习惯上就把癞蛤蟆叫作‘kaeru’。把杉原念成杉原，那是乡下人说的话。不注意些，要被人家笑话。”

“那么，伯父现在就去见三原吗？真不凑巧。”

“怎么？你若是不想去，不去也行，我一个人去。”

“你一个人能去吗？”

“走着去恐怕艰难。给我叫个车，从这儿坐车吧！”

主人随即派女仆跑去车夫家叫车。老人又说了一堆辞谢的话，将圆顶礼帽戴在头上。迷亭没有跟他一起走。

“他就是你的伯父吗？”

“他是我的伯父。”

“果然。”主人又在坐垫上坐下来，袖着手陷入了沉思。

“哈哈，长见识了吧？有这样一位伯父，也算是我的荣幸啊。不论带他去什么地方，他都是这副派头。让你受惊了吧？”迷亭以为主人惊讶不已，非常开心。

“哪里，没怎么吃惊。”

“连他这样你都不吃惊，可真沉得住气啊。”

“不过，你那位伯父有些地方很了不起，提倡精神修养等，就非常值得敬佩。”

“值得敬佩吗？你到了六十岁以后，说不定也和我伯父一样成为时代的落伍者。你可要留心！若是接了落伍者的班，那可就太死心眼了。”

“你总是担心落伍。不过，在一定的时空中，落伍者反倒了不起呢！首先，如今的人们学问，只知道不断向前，无穷无尽，永远不知满足。在这一点上，东方的学说则是消极的，韵味无穷。其中奥秘就在于讲求修身养性。”主人把前几日从哲学家那里听来的那套东西当作自己的看法大谈特谈。

“越说越玄啦！怎么听着像是八木独仙的口气。”

一听到八木独仙这个名字，主人大惊。说到此人，其实前几日曾经造访卧龙窟，说服主人后悠然归去的那位哲学家，正是八木独仙。方才主人大谈特谈的那套东西，完全是从八木独仙那儿现学现卖的。本以为不知道那位哲学家的迷亭，却突然间说出了这位先生的名号，不露声色地使主人尴尬不已，遭到了迎头一击。

“你听说过八木独仙的理论？”主人担心地问了一句。

“何止听说过，那个家伙的东西，和十年前在学校时听到的一模一样。”

“真理不是那么容易改变的，也许因为其不变，才让人信服！”

“反正就因为有你这样的人配合，独仙才能够凭着他那套学说混到今天！首先，八木这个姓就很奇妙。还有他那撮胡须，简直就跟山羊胡子无异。而且是自寄宿求学时代以来，他就一直蓄着那个胡子的。独仙这个名字也非同凡响。从前，他来我的宿舍过夜时，总是大谈他那套消极的精神修养。由于他老是重复地说，没完没了，我就说：‘咱们该睡觉了吧？’这位先生竟然毫不在意地说：‘我还不困呢。’继续不休地讲他的消极论，烦死人了。没办法，我几乎是求着他说：‘你可能不困，可我困疯了。请你还是休息吧！’虽说总算躺下了，可谁料想，那天夜里老鼠咬了独仙的鼻头。半夜三更他大喊大叫起来，这位先生虽然自诩已经悟道，看破生死，其实怕死极了，非常担心。他责怪我说：‘老鼠毒一旦扩散到全身，那还得了！你一定得赶快想个办法！’真让人哭笑不得。后来，没办法，我只好到厨房去，在纸片上弄点饭粒去糊弄他。”

“怎么糊弄的？”

“我对他说：‘这是西洋药，是德国的一位名医刚发明的。印度人被毒蛇咬伤时，一贴这药，立马见效。所以你只要贴上这药，肯定没事。’”

“看来你从那时候开始，就对糊弄人这事很有心得啊。”

“后来，因为独仙先生就是实在，对我说的深信不疑，安心地酣睡去了。第二天起来一看，膏药下边出现着一些线头一样的东西，仔细一看，原来是把他那撮山羊胡子给粘住了，真是笑死人了！”

“但是，现在他可比那个时候神气多了。”

“难道说你最近见过他？”

“一个星期以前他来过，聊了很久才走的。”

“怪不得我感觉你在宣扬独仙的消极论呢。”

“我当时听了佩服得五体投地，所以也打算好好进行修养呢。”

“发奋固然是好，只是，把别人的话太当真，可要吃苦头的。你这个人总是太相信别人的话，这怎么行。独仙也不过是嘴上说得好听，到了关键时刻，和咱们一个样。你还记得九年前的大地震吧？当时，从宿舍二楼跳下去摔伤的，只有独仙一人。”

“那件事，他本人不是引以为豪的吗？”

“是呀！他本人说，那是他的幸运。说什么‘禅机真乃玄妙呀！且到了千钧一发之际，能够以惊人的神速做出反应。当其他的人都意识到地震时，全都晕头转向，唯独自己从二楼窗户跳下去，此举正表明了修心之功效。真高兴。’他一瘸一拐，还美滋滋的。他就是个不认输的家伙！归根结底，再也没有那些满嘴禅呀、佛呀的人更莫名其妙的了。”

“是吗！”苦沙弥先生显得有些沮丧。

“前些天他来的时候，一定给你讲了好多和尚们那套老生常谈的吧？”

“嗯嗯，他对对我说了些‘电光影斩春风’之类的话。”

“就说‘电光’这些，那是他十年前就挂在嘴边的，真是好笑。那会儿，提起无觉禅师的‘电光’一句，宿舍里几乎无人不知。而且，这位先生一着急，就会说成‘春风影里新电光’，笑死人了！他下次再来，你不妨试试看，在他有条有理地宣讲时，你进行反驳，他立刻就会变得逻辑错乱起来，说话驴唇不对马嘴了。”

“碰上你这样喜欢恶搞的人，谁都受不了。”

“喜欢恶搞的还不知道是谁呢。我最讨厌什么禅和尚，什么‘开悟’之类的了。离我家不远有个南藏院，南藏院里有个八十来岁的老和尚。前些天下暴雨的时候，一个响雷落在和尚的院内，把院前的一棵松树给劈了。不过，听说那位和尚却处之泰然，毫不惊慌。于是我仔细一打听原来他是个聋子。那当然处之泰然喽。其实都不过如此。那独仙自己悟道也就够了，可他动不动就怂恿别人，真是坏透了。已经有两个人在独仙的影响下变成疯子了。”

“谁呀？”

“要问是谁，其中一个是里野陶然。托独仙的‘福’，执迷于神学，到镰仓遁入空门，终于在那边变成疯子。丹觉寺门前不是有一个铁路岔口吗？他到那个铁轨上打坐，而且还狂妄地要以肉身阻挡对面来的火车。好在火车刹住了车，他保住了一条命，可是，从那以后他居然号称是水火不入的金刚不坏之身，又跳进寺内的荷花池里，一边咕噜咕噜喝水，一边垂死挣扎。”

“死了吗？”

“这回又是万幸，没有丧命，正好参加道场的和尚从那里路过，救起了他。但是后来他回到东京后，终于患腹膜炎死了。虽说是因腹膜炎而死，但是造成膜炎的原因，是由于在佛堂里吃大麦饭和咸菜的关系，所以说，归根结底，独仙是间接害死了他。”

“看来，太固执了，也不好啊！”主人有些沮丧。

“说的是！被独仙坑的，我的同学里还有一个呢。”

“不得了！是谁？”

“立町老梅君呗！此人也完全在独仙的怂恿下，张口闭口胡说什么‘鳗鱼升天’，结果你猜怎么着，愿望成真了。”

“什么成真了？”

“就是终于鳗鱼升天，猪成仙了啊。”

“这是什么情况？”

“既然八木是独仙，那么，立町便是猪仙了。没有人比他更贪吃的了。因为贪吃，再加上出家人坏心肠，所以就没救了。一开始，我们也没大留意，现在回过头一想，确实好多事叫人摸不着头脑！他一到我家，就说什么：‘有没有炸肉排飞到那棵松树下？’‘在我家乡，鱼糕放在木板上漂在水上呢！’不停地说些蹊跷的事。光说还没什么，竟然还催促我：‘咱们到门外的水沟去挖白薯面点吧！’连我都受不了啦。过了两三天，他终于成了猪仙，被送进了巢鸭疯人院。本来猪是没有资格发疯的，全是托独仙的‘福’，他才修炼到那儿去了。独仙的力量真不得了！”

“哦？现在人还在巢鸭吗？”

“何止是在巢鸭，他还是个自大狂，口出狂言呢！近来说什么立町老梅这个名字太普通，自号天道公平，以替天行道为己任。可是狂妄啦，你还是自己去看看吧！”

“天道公平？”

“就是天道公平呀！尽管是个疯子，起了个不错的名字。有时他也写成‘孔平’。他说什么世人多半迷津，所以定要拯救众生。于是，他拼命给朋友或其他人写信，我也收到了四封，其中有的写得特别长，因超重我补交了两次邮费呢。”

“这么说，给我的也是老梅写的！”

“也给你寄啦？这可太有意思了！也是红色信封吧？”

“嗯。中间红，两边白，别具一格的信封。”

“那种信封，听说是特意从中国买来的，据说是因为它体现了猪仙的格言：‘天道为白，地道为白，人在中间乃红色’……”

“原来那信封还大有来历呢！”

“正因为发疯，才格外执着于信封。即使他已经发疯，贪吃的本能似乎依然未改，每封信里必写有关食物之事，甚是奇妙！给你的信里也写了什么食物吧？”

“是的，写了海参。”

“老梅喜欢吃海参的，怪不得呀！还有什么？”

“还写了河豚和高丽参等。”

“河豚配高丽参，真是绝了。他的意思大概是如果吃河豚中了毒，就煎高丽参汤喝。”

“好像并非如此。”

“不是如此也无妨，反正他是个疯子。就这些了嘛？”

“还有这样一句：‘苦沙弥先生！请品尝清茶一杯！’”

“哈哈……‘请品尝清茶一杯’，未免太过分啦！他一定是故意恶心你一下。好句子啊！应该喊天道公平君万岁了！”

迷亭先生来了兴致，哈哈大笑起来。当主人得知他怀着十分的敬意反复捧读的书信，竟是个真正的疯子写来的，觉得先前的兴致与苦心都仿佛付诸流水，既生气，又羞愧。自己居然那般煞费脑筋地玩味疯子的文章，以至于怀疑起自己来，既然对狂人作品如此钦佩，那么自己是否多少也有点神经质？如此一来，因愤懑、羞愧与忧虑交织在一起，主人心神不宁。

就在这时，只听有人拉开房门，两个人迈着重重的步子一起走进门里，就大声喊起来：“有人在家吗？”

主人虽说屁股很沉，迷亭先生却是个颇为热情的人，不等女仆出去迎客，他已经边说着“请进”，边两步穿过客厅，跑到了门口。迷亭来访，一向不叫门，大模大样地走进来，这一点似乎让人不悦，但他进了别人家，便像个书童一样担负起迎接客人的任务，倒也方便了不少。不过，无论迷亭再怎么热情好客，毕竟是客人，怎么可以让客人去开门，主人却端坐不动呢！如果是一般人，肯定会立马出来迎客的，然而，苦沙弥先生就是与众不同。他若无其事地稳坐在坐垫上。不过，这“稳坐”与“端坐”，其意相似，实则大不一样。

跑到交关的迷亭，在和谁争辩着什么。过了一会儿，回头朝屋里喊道：“喂！这家的主人！麻烦你出来一趟。你不出来是解决不了问题的。”

主人无奈，才袖着手慢腾腾地走出来。看见迷亭正手拿一张名片弯着腰低三下四地和客人应酬。名片上写着：警视厅刑警吉田虎藏。和他并肩站着的是一个二十五六岁、高个子的英俊男子，穿着一身细条纹布衣。奇怪的是他和主人同样袖着手，一言不发地站着。我觉得此人好像在哪儿见过，仔细一瞧，才想起何止是见过，这不正是前些天深夜来造访、抱走了山药的那个贼君吗？奇怪，这回竟然大白天公然从正门光临啦！

“喂，这位是刑警，逮住了前些天行窃的小偷，特来通知你去认领被盗物品的。”

主人终于明白了刑警为什么登门，便低下头，对着窃贼毕恭毕敬地鞠了一躬。他大概是觉得盗贼比虎藏先生长得更为英俊，便想当然地断定他是刑警吧。盗贼自然是格外吃惊的，但又不便声明“我是小偷”，仍然袖着手站在那里。也难怪他这样，戴着手铐，叫他不袖着手也是不可能办到的。如果是一般人，一看这光景，便会明白了，可是我家主人与众人不同，一向对官吏和警察特别恭敬，他认为对于衙门是必须敬畏三分的。虽说从理论上他也知道，警察之类无非是包括自己这样的老百姓出钱雇来的门卫罢了，但是到了现实中，他便格外地小心。也许是由于主人的老子过去曾是穷乡僻壤的小村长，成年累月对上峰作揖施礼，这一习惯就因果报应在了儿子身上吧。真是可怜。

刑警似乎是觉得主人很搞笑，笑嘻嘻地说：“明天上午九点以前，请到日本堤的分局去一趟——失盗物品都有什么？”

“失盗物品有……”主人说到这儿就停顿了，因为他早已忘得差不多了，只记得多多良三平的山药。他心里虽想：山药而已，不提也罢，可是，刚说“失盗物嘛……”就没有下文了，总归显得有些呆傻，不成体统。若是别人家被盗，另当别论，自家失窃，却不能明确回答，会被当作幼稚的证据。想到这儿，主人便硬着头皮说出后半句：“失窃物品有……山药一箱。”

这时，小偷似乎是觉得实在太可笑了，低下头将脸埋进衣襟里。

迷亭哈哈大笑着说：“看起来丢了山药，让你好心疼。”

只有刑警格外认真地说："山药没有找到，但其他物品大多找回来了。你去看一下就清楚了。还有，领取失窃物品后要填写一张领取单，你去的时候别忘了带印章……一定要在九点以前来，是日本堤分局，就是浅草警署管辖内的日本堤分局。那就这样吧，再见。"

刑警自顾自地说了一番，便走了。小偷也跟着走出门去。由于被铐着，不能关门，因此门依然大开着。主人虽然对警察恭恭敬敬，对没有关门也很不满，板着脸，砰的一声拉上了门。

"哈哈……你对刑警真是尊敬呀！假如你平日对人都是那么谦逊，倒还是个君子，可是，你只对警察恭敬，可就不怎么样了。"

"当然应该客气啦，人家特意来通知的呀！"

"来通知也是应该的呀，那是他的工作嘛。以一般的态度接待，就可以啦！"

"不过，这可不是一般的工作呀！"

"当然不是一般的工作啦。是侦探这种不招人待见的工作啊。比一般的工作要低等呢！"

"喂，你说这种话，可要倒霉的呀！"

"哈哈，那就不再骂警察了吧！不过，你尊重刑警倒也说得过去，可是尊重盗贼，可就不得不让人吃惊啦！"

"谁尊重盗贼了？"

"就是你老兄呀！"

"我何时亲近过盗贼？"

"何时亲近过？你不是对盗贼作揖了吗？"

"什么时候？"

“就是刚才，你不是行了一个大礼吗？”

“胡说！他是刑警呀！”

“刑警怎么会是这派头？”

“正因为是刑警，才是那做派啊！”

“真固执啊！”

“你才固执呢。”

“好吧，我来问你，刑警到人家，难道就是那么袖着手，笔直地站着吗？”

“警察也未必不袖手。”

“你这么蛮不讲理，我可招架不了。你在他寒暄的时候，那家伙可是一直不动的呀！”

“这有什么，人家是警察，很正常的。”

“太自以为是了，怎么说都听不进去。”

“就是听不进去！你也就是嘴上说什么‘盗贼、盗贼’的，并没有亲见过那个小偷长什么样。只是凭空臆想，自己胡说八道罢了。”

聊到这里，连迷亭都绝望了，觉得主人已经不可救药，一反常态地不再吭声了。主人却以为难得说服了迷亭，十分得意。在迷亭看来，主人的人品因固执而降低，可是，在主人看来，正因为自己固执，才得以胜过迷亭。人世间此类怪事比比皆是。有些人认为只要顽固，最终会是胜利，然而他这么想的时候，其人格却大大地贬值。奇怪的是，顽固者至死都认为保全了自己的面子，却做梦也想不到，从那以后被人们看轻，无人愿意与其交往了。这是一种无意识的幸福，也叫作“猪猡的幸福”。

“那你明天打算去吗？”

“当然去呀！叫我九点以前到，我八点就出门。”

“学校的课怎么办？”

“停课！学校的事无妨。”主人的口气很硬，胆子真不小！

“口气不小啊！停课没关系吗？”

“当然没关系啦！我们学校是发月薪，不会扣我薪水的，没事的。”主人实话实说，若说他滑头，是够滑头的，若说他天真，也够天真的！

“你去可以。可是，认识路吗？”

“怎么可能认识！坐车去，不就得了。”主人气哼哼地说。

“您这不是成了个不输静冈伯父的‘东京通’了啊，佩服！”

“你慢慢佩服吧。”

“哈哈，老兄，那个日本堤分局，可不是个寻常的地方，在吉原呢。”

“什么？”

“在吉原。”

“是那个妓院街吉原吗？”

“是呀。吉原这个地方，东京只有一个呀。怎么样？想去瞧瞧吗？”迷亭先生又调侃起主人来了。

“那个地方的话”，主人一听到吉原这地名，稍微迟疑了一下，但立刻改变了主意，竟然在这微不足道的事情上耍起了威风，“管它是吉原还是妓院，我说了要去，就一定去！”

愚蠢的人总是在这类事情上逞强。

迷亭先生只说了句：“啊，一定很有意思。去开开眼吧！”

警察来访造成的小小风波，至此告一段落。而后，迷亭依然是胡侃乱说到了黄昏时分，向主人告别时说了一句“回去太晚，伯父要发火的”

便走了。

迷亭走后，主人匆匆吃过晚餐，又钻进书房，袖起手思考起来。

“自己素来佩服，努力效法的八木独仙，按迷亭的说法，似乎并不是个多么值得效法的人。非但如此，他所倡导的学说似乎有些不合常理，就像迷亭说的那样，多少属于疯癫一类。更何况他有着两个不折不扣的疯徒弟，甚是危险！如果接近过多，自己也会被拉进那个疯子圈里去的。而那个天道公平（真名是立町老梅）——自己读其文章后，惊叹之余，认定是个非常有见解的伟人——竟是个十足的疯子，已经住进了巢鸭疯人院。即使迷亭说的有些夸大，但是立町老梅在疯人院里沽名钓誉，以天道的主宰者自居恐怕是事实吧。这样看来，说不定自己也有这种倾向呢！常言说‘同气相求’‘同类相聚’。

“我既然赞颂狂人之说——至少对狂人的文章言词有所共鸣——恐怕自己也是个与疯相去不远的人！即使不算是一路货色，既然选择与狂人比邻而居，难免有一天会推倒一墙之隔，聚于一室，促膝长谈的。这可不得了！回想起来，近来自己的所思所想简直是奇怪，连自己都感到震惊。且不说脑浆一勺的化学变化，到了意志变为行动、思考化为言辞之时，有失中庸之处多得不可思议。即便舌上无甘泉，腋下不生清风，也不该齿根有恶臭，筋头有疯气！越来越不妙了！说不定我已然成为一个地道的疯子了吧？幸而尚未做出伤人、危害社会之举，才没被驱出街道，依然作为东京市民而存在吧！这已经不是什么‘消极’或‘积极’之类的层次的问题了，必须从脉搏进行检查一下。然而，脉搏似乎并无异常。是头发热？也不像有什么邪火上攻。可还是叫人担心。

“总是这样拿疯子和自己比较，找类似之点的话，势必难以逃出疯子的范畴。看来自己这样看问题的方法不对。正因为自己总是以疯子为标准，让自己与疯子看齐，才会得出这样的结论。假如以健康人为标准，把自己置于健康人之列进行考量，说不定会得出相反的结论的。如此，就必须先从身边的人着手。

“那么先看看今天来访的那位身穿大礼服的伯父吧。他张口闭口‘置心于何处’……有点不大正常。其次，那寒月如何？他从早到晚，带着饭盒去学校，一味地磨玻璃球。这家伙也是疯子之流。第三个人嘛……迷亭如何？那个家伙深谙恶作之道，真是个乐观的疯子。第四个人……金田夫人。她那狠毒的心肠，完全脱离了常人，肯定是个真正的疯子。第五个人，就是金田老板了。虽然素未谋面，但是，单看他对老婆低三下四、琴瑟和谐的样子，不妨看作是个非凡的人。非凡乃是狂人的别称，因此，可以把他和疯子归为一类。然后就是……还有……就是落云馆的诸位君子。从年龄来说，虽然还很年轻，但在狂这一点上，却是些不可一世的魔王。如此说来，大多属于疯人一类。

“说不定整个社会便是疯子的集合体。疯子们聚在一起，互相残杀，互相争吵，互相谩骂，互相争夺。这些疯子构成的社会整体，或许犹如细胞一样不断死亡又再生，如此反复无穷地生活下去。说不定其中一些明辨是非的人反而碍事，于是创建了疯人院，把这些人关了进去，让他们不能出来捣乱。于是，被幽禁在疯人院里的是正常人，而在疯人院外面发疯的才是真疯子呢。当疯子被孤立时，总是被人们看作是疯子，但是，当他们成为一个群体，有了势力之后，便成为健全的人了吧。大疯子用金钱和势力，驱使众多的小疯子干坏事，却被人们夸为‘杰出的人’，这种事例不胜枚举。直是越想越不明白了！”

以上，是我将主人当天夜晚在孤灯下，沉思默想时的内心进行了如实描述。主人头脑混乱，在这时也明显地反映出来，尽管他蓄着着八字胡，却是个呆子，连正常人与疯子的差别都搞不清楚。何况他好不容易提出这么个问题，让自己的思索，却终于没有得出任何结论，便半途而废了。不管什么事，他都是个不具备彻底思索的力量的人。他的结论十分渺茫，如同他鼻孔里喷出的“朝日牌”香烟，难以捉摸，不要忘记，这才是他思考问题的唯一特色。

我是猫。或许有人置疑：一只猫儿，如何能将主人的内心所想描绘得如此详尽？殊不知，这等小事，对于猫来说，简直易如反掌！别看不起猫，我也懂得读心术的。何时所学何须多问。反正我会的。当我趴在人的膝盖上睡觉时，总是将柔软的毛皮轻轻地摩擦人们的肚皮。于是，闪闪过一道火光，将人的心理活动清清楚楚地映入我的眼帘。前些天，甚至发生了过这样的事：

主人温柔地抚摩我的头时，突然萌生了一个叫我吓掉魂的念头：“若是剥下这张猫皮，做一件坎肩，一定很暖和。”我当即察觉到了，不禁浑身一阵发冷。真可怕！有幸能将当天夜里主人头脑中涌出的上述思想向各位报告，乃是吾辈之极大的光荣。但是，主人最终以“真是越想越糊涂”便酣然入睡了。

到了次日，主人必定会将夜里都想了些什么忘得一干二净的。今后，主人若是对这事再次思索的话，必然会从头思考，重蹈覆辙的。我无法判断到那个时候，他到底按何种思路，是否依然得出结论“真是越想越糊涂”。然而，无论他从头思考多少次，也无论他依照多少条思路去思考，最终都会得出“越想越糊涂”的结论的，这可是板上钉钉的事了。

第十章

人啊，心眼

越多，

就越是作祟。

“快起床，已经七点了！”妻子隔着拉门叫道。

不知主人醒还是没醒，背着身子躺着，并不回话。

一概不回答是这位先生的个性。只是在不得已的时候，才会“哼”的一声。即便这一声“哼”，也不是轻易发出的。虽说懒到连回答都觉得麻烦的人，或许别有趣味，只可惜这类人是最不讨女人喜欢的。现在，连陪伴在他身边的妻子对他好像都不大尊重，更何况其他人了，这么说应该没错吧。

常言道：“被亲兄弟遗弃的人，不会得到美人的芳心。”那么连妻子都不待见的主人，也不可能得到一般淑女的喜爱了。虽说我也没有必要借此机会揭露主人在异性中毫无魅力的事，无奈主人总是把事情想歪了，为自己辩解，妻子之所以不喜欢他，完全是因为他上了年纪。这正是他糊涂的缘由。为了帮他反省，我才出于关心略抒意见而已。

既然按照丈夫的叫早时间，已经喊了丈夫起床，而丈夫不予理会，并且背对着自己，都不吭一声的话，女主人便认定错在丈夫，而不在自己了。于是妻子做出一副“误了事与我何干”的神情，扛着扫帚和掸子去了书房。

不一会儿，照例从书房里传来了叮叮当当拍打东西的声音，每天一次的打扫卫生开始了。清扫的目的到底是运动，还是游戏，我不负清扫之责，无须过问，装作不知道即可。不过，说到像这位女主人的打扫方式，却不得不说是毫无意义的举动。若问为什么说没有意义，那是因为女主人只是为了打扫而打扫。她用掸子大概掸掸纸拉门，将扫帚往席子上一划拉，就算打扫结束。对于打扫的原因和结果，她不负任何责任了。因此，干净的地方大都很干净，那些污垢落灰之处就永远污垢，灰尘犹在。自古就有“告朔饩羊”的故事。说不定打扫终究比不扫要好些。

但是，她打不打扫，对于主人并没什么多少用处。但是天天不辞辛苦地来打扫，正是女人的非凡之处。尽管妻子于扫除，已经是多年的习惯，形成了机械的联想模式，两者被牢牢地结合在了一起，至于扫除的效果，如同女人尚未出生以前一样，如同还没有发明扫帚和掸子以前一样，丝毫没有长进。细细想来，这二者的关系，就和形式逻辑命题中的名词一样，是不同内容，却结合在一起了。

和主人不同，我习惯早起。此时，肚子已经饿得咕咕叫了。但是，连这家人都没有用餐，咱这低贱的猫，更是不可能吃早餐的，然而这正是猫可悲的地方，我以为此时正从鱼壳里升出一缕香喷喷的热气！

如此想来，我就再也忍耐不住了。当知道会失望仍然对其抱有希望时，最明智的举措就是只在心中想象那希望，按兵不动。可是我却做不到这一点。我非要试探一下内心的想象是否与实际相符，甚至要以身试法，尝试那注定会失望的事，不体验到这种失望是不会死心的。我实在是饥饿难耐，便溜进厨房，先看了一眼炉子旁边的鲍鱼壳。不出所料，昨晚舔得干干净净的鲍鱼壳，暴露在天窗照射进来的初秋的阳光中，悄然闪着异样的光辉。

女仆早已将烧好的米饭倒进饭桶，此时正在搅拌炉火上的汤菜锅。菜锅周边溢出来的条条米汤，被烘烤得皱巴巴的，有的就像薄薄的吉野纸一样粘在上面。我心想：既然菜都已做好，应该可以吃饭了吧。这种时候还客气什么。就算不能如愿以偿，也吃不了什么亏。因此我应该下定决心，催促她快些开饭。尽管我是寄居在这家里的猫，也同样要吃饭的！

我打定主意，喵喵地冲着女仆叫起来，叫声既像是撒娇，又像是祈求，又像是抱怨。女仆根本不搭理我。我深知她是个生来就难缠的无情的家伙，不过，只要叫得动听，说不定会叫来她的同情，这就要考验我的手段了。于是，我改为嗷嗷地叫了几声。那叫声带有几分悲壮，连我自己都确信它一定会使天涯游子肝肠寸断。

女仆却全然不为所动。这女人说不定是个聋子。聋子是不可能做女仆的。可能只是听不见猫叫？据说世上有色盲这一说法。尽管本人认为自己视力很好，但在医生看来，是个“半瞎”。而这位女仆，可能是个声盲吧？声盲也属于残疾。她虽说是个残废却特别蛮横。夜里我要出去方便，可是不管怎么祈求，她都不给我开门。偶尔放我出去，却又不肯放我进来。即使夏天，露宿也很伤身，更何况是秋霜。我在屋下蹲着，等待日出，那感觉是何等悲怆，各位恐怕无法想象。

前些天我被她关在门外时，还遭到了野狗的袭击，就在命悬一线之际，幸亏我及时跳上储物间的屋顶才捡回了一条命，吓得我害怕一整夜。这一切不幸都是因为女仆的不近人情。面对这么个女人，使出浑身解数朝她叫，也不会有任何反应的，然而正所谓“临时抱佛脚”“人穷志短”“狗急跳”，所以除非是忍无可忍，我都不会停止叫唤的。

我第三次叫唤时，为了引起女仆的注意，特地采用了“啊嗷——啊嗷——”这样复杂的发声。我确信自己叫声之优美，绝不比贝多芬的交响乐逊色。然而，对于女仆仍然丝毫不起作用。只见她突然跪下，掀开了一块盖板，从里面抓出一根四寸长的木炭来，然后在炭炉边上咔咔地截成三段，炭粉溅到四周乌黑一片，似乎还溅到了菜汤里。女仆才不会在乎这些，立刻将三段木炭从锅底下丢进了炭炉里。看样子她是不可能被我发出的交响乐打动了。没办法，我只好悄悄回到卧室去。路过洗手间时，看见三个女孩正在里面洗脸，那场面太热闹了。

说是洗脸，可是两个大女孩才上幼儿园，老三更小，跟在姐姐后面路都走不稳，因此，根本不可能像样地洗脸和灵巧地打扮了。那个最小的竟然从水桶里捞出湿嗒嗒的抹布在脸上胡乱涂抹。用抹布擦脸，想必是不怎么舒服的，然而，每当地震时，那个小家伙便叫道：“太有意西（思）啦！”像这样的孩子，就算用抹布擦脸这等小事，又何足为奇呢。说不定她比八木独仙还要懂事得多呢。

大姐不愧是长女，以大姐自居，看到小妹这样，咣的一声摔了自己的漱口杯，来抢抹布："小丫头，那是抹布呀！"

小家伙也是犟，不肯老老实实听姐姐的话。嘴里一边说着"我不，巴布！"又抢回那条抹布。

这"巴布"二字，究竟是什么意思，来自什么语，没有人知道。只是这小家伙发火的时候会常说。

这抹布被姐妹俩撕来扯去,从水分最多的中段嘀嘀嗒嗒地流出水来，毫不留情地淋在小妹的脚上。如果只淋在脚上倒也罢了，她的双膝也被淋得湿透。这小妹正穿着元禄呢。什么是元禄？我经过了解才知道，凡是染有某种花色的衣服都叫元禄。也不知是谁教给大姐的，她竟然会说这等难词儿："丫头，元禄都湿了，听姐姐的话。"

可是这位姐姐前不久还把"元禄"和"双六"给念混了呢。

从元禄我想起一件事来，顺便啰唆几句。这位大姐说错的话太多了，经常叫人听了哭笑不得。例如看到着火，她说："蘑菇飞来了！""到御茶汤女子学校去上学！"有时候把惠比寿神和厨房搞混了。有一次还说："我可不是葫芦里生的。"仔细一问才知道，原来她是把"胡同"说成"葫芦"了。主人每逢听到女儿说错话都想笑，但是，他自己到学校去教英语时，可能会认真地把比这严重的错误讲给学生们听呢！

小丫头本人不这么叫自己，总是叫丫达——发现元禄衫湿了，大哭，嚷道："元大细了！"其实她说的是元禄衫湿了。女仆从厨房里跑了出来，抢过抹布给她擦衣服。

在这乱哄哄之中比较安静的是二姐澄子。澄子将架上掉下来的扑粉瓶盖打开，正不停地往脸上抹粉呢。她先用伸进瓶子蘸了粉的手指抹了一下鼻子，鼻架上立刻出现了一条白杠，鼻子的轮廓立马清晰了。接着她又将那手指往脸上抹了一下，于是，脸蛋儿上又白了一块。她刚打扮完，女仆进来了，擦完小丫头的元禄衫，又给澄子擦拭了脸蛋。澄子有些不高兴。

我在一旁观看了这一幕后，从客厅来到主人的卧室，偷偷看主人起床了没有。可是没有找到主人的头在何处。只看见一只厚厚的八寸半大脚从被角伸出来。大概是怕露出头就会被妻子叫起来，主人才将头缩进被子去的，真像个缩头乌龟。这会儿，已经将书房打扫完毕的妻子，又扛起扫帚和掸子走过来，和刚才一样，站在门口喊道："还不起来吗？"

她站了一会儿，注视那个不露脑袋的被子。还是没有回应。妻子两步跨进门来，用扫帚戳了戳席铺，再次催道："你怎么还不起来？"

这时，主人已经醒了。正因为已经醒了，为了对付妻子的袭击，才把脑袋缩进被窝的。他以为只要不露出头来就可以躲过，正怀着侥幸的心理赖着不起呢，谁知妻子并不肯放过他。

第一次，妻了是站在门口叫他起床的，至少有六尺远距离，他还不当回事。当妻子咚的一声戳扫帚时，已经近在三尺左右，把他吓了一跳。而且妻子第二次问的"还不起来吗？"不论是从距离还是音量，都以前次翻倍之势传到被窝，他才意识到已经无路可退，小声"噢"了一声。

"不是说必须九点钟以前去吗？不赶快的话，就来不及了。"

"你不说，我也准备要起来的。"

他从睡衣的袖口里回答的样子，真是奇观。妻子常常被他这一手给蒙过去，以为他马上会起床，便放了心，谁知他又躺下睡去了。因此，妻子觉得不可轻信他了，便又催："快点起床吧！"

已经说了马上就起床，还催促起床，真讨厌！对于主人这样任性的人，就更是觉得别扭。于是主人将蒙在头上的被子猛地掀掉，蹬着两只圆眼说：“吵什么？我说了起床，自然会起床。”

“你嘴里说起床，可还是不起呀。”

“我什么时候说了不做啊？”

“任何时候都在说谎！”

“瞎说。”

“不知道是谁在胡说！”

妻子将扫帚一戳，站在主人枕头旁的姿势，相当的威风。

就在这时，后面车夫家的八丫头突然哇的一声大哭起来。这是车夫的老婆指使的，只要主人一发火，八丫头就一定要哇哇大哭。虽说这样做，她也许会收到一点赏钱，不过，八丫头可就遭受了。有这么个妈，就要从早哭到晚。假如主人稍微能够明白这当中的道道儿，控制些火气的话，那八丫头的小命也会延长些。不过，不妨这么评价：不管金田先生怎么恳求，车夫老婆竟然可以干出那种糊涂事，可见她比天道公平还要厌恶。

如果只是主人发怒时，被八丫头哭几下，孩子还不算太受罪，然而，金田先生雇了邻近的几个无赖，每当他们喊“今户烧的狸子”时，八丫头也必须配合着大哭。有时候由于不知主人何时会发火，便预想这样他一定会发火，而提前把八丫头弄哭。就这样，也弄不清到底是主人是八丫头，还是八丫头是主人了。

总之，若想捉弄主人，无须费多大力气，只要把八丫头臭骂一顿，便等于打了主人的嘴。传说在古代西方，犯人如果在行刑之前逃亡国外，未能缉拿归案，便制作个人偶作为其替身焚烧。可见金田公馆里也有通晓西洋故事的军师，给他们传授过计策了。落云馆也好，八丫头的妈也罢，对于毫无本事的主人来说，都是很难对付的吧！此外还有许多难对付的敌人，也许整个街里的人都是主人的对头。不过，眼下与本文无关，留到以后慢慢介绍吧。

一大清早就听到八丫头的哭声，主人大怒，立刻翻身而起，端坐在被子上。到了这会儿，任他什么精神修养、八木独仙，全都不复存在了。他一边起床，一边用两只手哗哗地挠头，差点把头皮挠下一层。于是，攒了一个月的头皮屑毫不留情地落到脖颈和睡衣领子上，煞是壮观。再看胡须，更叫人吃惊。那胡须怒发挺立，根根倒竖着。既然主人发火，那胡须想必是觉得自己无动于衷，太对不住主人，故而也根根矗立，以迅猛之势，向四面八方恣意伸展，这可算得上是一景。由于昨天主人对着镜子整理过，胡须都服服帖帖、整整齐齐地排列着，宛如德国皇帝的胡须一般。但是只睡了一晚上，所有操练都白费了，胡须又恢复其本来面目，放任自流了。

这宛如主人一夜之间速成的精神修养，第二天全然忘记，天生的野猪本领又立刻暴露出来。有如此粗野胡须的这个粗野男人，居然至今还没有被免去教师之职。想到这里，方才知道日本之广阔。正因为广阔，金田老板及其走狗，才得以作为人而苟活于世吧！主人貌似坚信：只要他们作为人而存活于世，就没有理由革自己教师的职。必要时可以给巢鸭疯人院写封信，请教一下天道公平先生，自然会明白。

这时，主人将我昨天介绍过的他那混浊的太古双眼瞪着，死死地看着对面的壁橱。这个壁橱高六尺，分成上下两层，各有一个柜门。下边那个壁橱门和被脚挨着，坐起来的主人只要开眼猜，便会很自然地将视线看向那里。主人一看，那门上糊的花纹纸早已千疮百孔，露出了里层的各色糊纸，真像是内脏。那内脏五光十色，有的是印刷品，有的是手写纸，有的是背面朝外，有的是颠倒的。当主人看见这些“内脏”时，想仔细上边写了些什么。本来主人一肚子火，恨不能把车夫老婆抓来，把她的嘴脸按在松树上磨。可是，突然又想读这些废纸上的字迹。这似乎有点不可理喻，然而，对一个喜怒无常的人来说，却也不必感到奇怪。这就像小孩哭时，只要给他一个豆包，就会破涕为笑是一样的。

主人从前在一个寺庙里住宿时，隔扇里边住着五六个尼姑。本来，尼姑嘛，是坏心肠女人当中心肠最坏的。据说有一位尼姑，似乎摸透了主人的脾气，边敲自己的饭锅边打着拍子唱道：“乌鸦在哭叫，转眼又在笑。”据说主人极其讨厌尼姑，就是从这时开始的。不过，尼姑虽然讨厌，却叫她说个正着。主人忽哭忽笑，忽喜忽悲，异于常人，但都不持久。说实在的，他没有长性，心眼儿太活。若用俗语翻译成白话，他不过是个不深沉、太浅薄、特别犟的赖皮精罢了。既然是个赖皮精，那么，他仿佛要干一架似的猛然起床，却又突然改变主意，看起隔扇上露出的“肠子”来，这就不能不说是理所当然了。

第一眼看到的是两脚朝天的伊藤博文，只见上边还标有“明治十一年九月二十八日”字样。可见这位朝鲜总督，早从这时就开始紧跟着政令走路了。主人心想：不知大将军现在官居何职？他漫不经心地读下去，只见有“大藏卿”三个字。真了不起！尽管怎么两脚朝天，却是个大藏卿呢！稍微向左一看，只见又是大藏卿，却在躺着午睡哩。难怪，拿大顶是持续不了多久的。下面有一个木版印刷的“汝等”两个大字，很想往下看，可是碰巧没有露出来。下一行只露出“速速”二字。这一句本也想念，可是只露出这么点，也就念不成了。

假如主人是警察厅的侦探，即使他人之物，说不定也会给他扯掉的。侦探这一行，因为没有人受过高等教育，为了拿到证据，什么事都干得出，真是拿他们没办法。但愿他们能够稍微客气些。若是不客气，就不准他们来取证，这样就对了吧！据说他们甚至捏造罪状诬陷良民。良民花钱雇来的人，竟然反而诬陷雇主，真是彻底的疯子。

主人又转动一下眼珠，往中心区看了一眼。中心区有“大分县”三个字在翻筋斗。连伊藤博文都拿大顶，大分县翻筋斗也是情理之中。主人看到这里，双手握紧拳头，高高地向天花板伸去。这是他打呵欠的预备动作。

主人的这一声呵欠就像鲸鱼在叫唤，声嘶力竭。他打完了这个呵欠，便漫不经心地换上衣服，到洗澡间洗漱去了。妻子早就等得不耐烦，突然卷起被子，叠好被褥，例行公事地开始扫除了。如同扫除，主人的洗脸也是例行公事，十年如一日。和前阵子介绍过的一样，依然“啊……啊……”“嘎……嘎……”地叫个没完。

不一会儿，分完了头发，将毛巾往肩上一搭，移步客厅，在长方形火炉旁悠闲坐下。提起长方形火炉，说不定有读者会想到如下景象吧：山毛榉的鱼鳞花纹木和黄铜镶的里子，阿姐披散着刚刚洗过的头发，支起一条腿来，将长烟袋在柿木炉边上磕着……至于我家主人苦沙弥先生的长方形火炉却绝不那么讲究。它很典型，究竟是用什么材质做的，外人无法辨认。长方形火炉本应擦得锃亮，而主人的这个货色，究竟是山毛榉的，或者樱木？还是桐木？根本就不清楚，而且几乎从来没有擦过，因此，阴沉沉的，极不显眼。

若问："这玩意儿是从哪儿买来的？"却又绝对记不起曾是花钱买的。若问："那么说，是白来的？"可又好像没人赠送过。如果追究："如此说来，难道是偷来的不成？"不知怎么，对这种提问，主人都态度暧昧。从前亲戚当中有个老太太，逝世时曾求主人看门很久。后来主人自己成家，据说从老太太家搬走时，原来老太太一直用的那个长方形火炉，便被毫不客气地带走了。这似乎有点品格不佳。但是现在想起来，这种事，世间常有。据说银行家整天存别人的钱，渐渐就把别人的钱看成了自己的。官吏本是人民的公仆，为了办事方便，人民才给了他们一定的权力。但是他们却摇身一变，认为那权力是自身固有而不容人民质疑。既然这类人遍布了世间，也就不便因长方形火炉事件而断定主人具有贼癖。假如主人具有贼癖，那么，天下人便无人没有贼癖了。

主人在长方形火炉旁占据着，前面摆着饭桌。另外三面，有刚才用抹布擦脸的丫丫，在"御茶酱汤"学校读书的敦子和将手指插进扑粉瓶里的澄子。爱女坐齐，正在吃饭。主人平分秋色地打量一遍这三位公主。敦子的脸，轮廓很像南洋铁刀把；澄子因为是妹妹，多少带点姐姐的面相，若说像琉球漆的红盆，倒也蛮有资格的。只有丫丫独放异彩，长了一副长脸。如果是竖长，人世上还不乏其例，而这位丫丫的脸部却长得横宽。不管流行的款式怎么变，总不会流行横宽的脸吧！

本是自己的孩子，主人竟也边看边感叹。就凭这副模样，也是非成长不可。岂止成长，其速度之快，大有禅庙里的竹笋转眼变成竹子的势头，在飞快地长大。每当主人感慨"又长高了"的时候，仿佛身后有追兵逼近，心里便诚惶诚恐。

不管主人怎么不在意，这三位小姐都是女的，这一点他并不糊涂。

既然是女的，总要嫁人，这也还清楚。只是清楚，却没有本事把她们嫁出去，这一点也有自知之明。虽然是自己的亲骨肉，却感到有些犯愁。既然犯愁，就不该生养她们。不过，这就是人生！若问人生的定义是什么？不是别的，只要说“庸人自扰”，也就足够了。

孩子们果然了不起。她们做梦也不曾想老子对她们是那么疲于应付。她们在欢天喜地地用餐。不过，难缠的是丫丫。丫丫那年三岁。妈妈动了脑筋，分给她一套适用的小筷子、小碗。然而，丫丫却不答应，她一定要抢来姐姐的碗，硬要用那个拿不动的碗吃饭。遍观世间，越是凡夫俗子，越是格外地横行霸道，一心要爬上并不称职的官位，而这种性格，早在孩童时期就完全萌芽了。既如此，绝非靠教育和熏陶便可以矫正，还是趁早断了念想为好。

丫丫将从旁抢来的特大饭碗和又长又大的筷子据为己有，不断地横行霸道。因为硬要使用自己没法使用的食具，用起来势必大逞威风。丫丫首先攥着两根筷子根，哧的一声往碗底插去。碗里盛了八分满的饭，上面还飘着满满的酱汤。碗里原来还勉强保持着平衡，当承受筷子的压力时，由于遭到突然袭击出现了三十度倾斜，同时，那酱汤毫不留情地哗哗流向她的胸脯。

不过，这么点小事，丫丫是不会服输的。丫丫是个暴君。接着又把插进碗里的筷子用尽气力从碗底向上一挑，同时，她张大嘴凑近碗边，将挑上来的饭粒塞了个满嘴，剩下的米粒与黄色酱汤混合，“呀呀”地喊着口号，从她的鼻尖扑到面颊，再扑到下颚；扑得失误而坠于床席者数不胜数。这种吃法，简直是一点规矩都没有。我谨向大名鼎鼎的金田先生以及天下权贵们发出忠告：诸位待人，如果像丫丫用碗筷一样，那么，进入诸位口中的饭粒必然会少得可怜。而且，并非以必然之势进口，不过是误入口中而已。如何？敬请三思。如此，和“谙于世故的圆滑之士”的头衔很不相称哦。

姐姐敦子被抢走了筷子和饭碗，拿着不好使的小筷子小碗一直凑合着用。那只碗本来就太小，即使盛得满满，一动筷子，也三两口就吃光。因此她频频往饭桶里盛饭。已经吃了四碗，现在该是第五碗了吧。敦子揭开锅盖，拿起大勺，看了一会儿。她似乎拿不定主意，是吃下这一碗呢？还是算了？终于下了决心，在感觉没有锅巴的地方下勺子盛。这倒不难，但是反过手来将饭勺里的饭往碗里一扣时，没有装进碗里的米饭成团地落在床席上。敦子毫不慌张，开始将洒落的米饭小心捡起。捡起来干吗？全部扔进饭桶里了。这可有点不大干净。

当丫丫大显身手、挑起筷子之时，恰是敦子将脏饭装进饭桶之时。不愧是姐姐，不忍心看丫丫满脸饭粒，说：“呀，丫丫，太不像话，脸上全是饭粒啦！”说着，急忙去给丫丫擦脸。首先要擦掉鼻尖上的饭粒。本以为她会将擦下的饭粒扔掉，却出乎意料，她竟将饭粒扔进了自己的嘴里，真令人吃惊。然后她擦丫丫的脸蛋。这里的饭粒成堆，看数量，两者相加，总有二十粒吧！姐姐一心一意的，拿一粒，吃一粒，终于将妹妹脸上的饭粒全都吃光了。

这时，一直文静地吃着咸菜的澄子，突然从舀上一勺的酱汤中发现一块煮烂的地瓜，大口填进了嘴里。读者诸公大概也都清楚，再也没有汤煮地瓜使嘴里烫得更难受的了。就算是大人，如果不小心，也会烫到哇哇大叫的。何况敦子之辈，吃地瓜缺乏经验，当然要吃苦头的。澄子哇的一声叫喊，将嘴里的地瓜吐在饭桌上。其中两三块，不知是怎么一轱辘滚到丫丫面前，在保持一定距离的时候停住。丫丫本来就特别爱吃地瓜。既然特别爱吃的地瓜飞到眼前，自然要放下筷子，用手捡地瓜块，吧嗒吧嗒地吃下去了。

这些吃相，主人一直看在眼里，但他一言不发，一心吃自己的饭，喝自己的汤，此时此刻，他正在用牙签剔牙。

主人对于女儿的教育似乎采取了绝对散养的政策。哪怕三位小姐立刻成为“海老茶式部”[①]“鼠式部”[②]，不约而同地找了个情人私奔，大概主人也照样吃他的饭，喝他的茶，不动声色地观察。这是“不作为”的表现。

然而，试看当今世界，号称“大有作为”的，除了谎言欺骗人，暗下毒手残杀人，虚张声势吓唬人，以及设圈套陷害人而外，似乎再也没什么本事了。连中学生那些小字辈们也依葫芦画瓢，错误地以为不这样就不够神气，只有扬扬得意地干那种本应羞愧的勾当，才算得上未来的绅士。这哪里是什么“大有作为”，简直是“一群无赖”。

我总算是个日本猫，多少有点爱国心。每当看见这些人，就想揍他们一顿。这种人多一个，国家就要相应地减弱一分。有这样的学生，是学校的耻辱；有这样的人民，是国家的耻辱。虽然耻辱，这些人却源源不断地涌向社会，真是不可理喻。日本人，似乎连猫那么点气派都没有。真可怜！比起这号人来，不能不说主人之流远远是上等好人。说他是上等好人，就因为他的怯懦占上等；无能占上等；不耍小聪明占上等。

---

① 海老茶式部，海老指绛紫色，明治三十年的女学生大都穿着绛紫色的裙子，这里指德行兼备的女学生。

② 鼠式部，此为作者戏谑之笔。

主人以无所作为的方式平安吃完早餐，没多久便穿上西装，乘上车，到“日本堤”警察分局去报到。当他拉开纸门时，跟车夫打听是否知道“日本堤”在哪里，车夫嘿嘿地笑了起来。

“就是有妓院的那个吉原附近的日本堤吧？”

车夫如此回答，真有点滑稽。

主人破例地乘车出门了。随后，妻子照例吃罢早餐，催促孩子们说：“喂，快上学啦！要迟到啦！”

小姐们却够沉着的，根本没想上学。

“啊，今天放假呀！”

“放什么假？快走！”妈妈训斥了几声。

“可是昨天老师说，今天休息呀！”姐姐依然稳如泰山。

妈妈这时大概觉得有些奇怪，便从壁橱里拿出日历，反复地看，终于发现印着“皇室节日”四个红字。主人大概不知道今天是节日，才给学校写了假条的吧！妻子也不知今天是节日，大概把假条给扔进了邮筒吧！至于迷亭，他是真的不知道，还是明明知道却假装不知，这可有点猜不透。女主人被这一大发现震惊得“啊”的一声说：“那都好好玩吧！”说着，她像往常一样，拿出针线筐，开始做针线了。

此后半个小时，家里平安无事，没有发生足以构成创作素材的事件。但是，突然有个奇怪的来客。是一位十七八岁的女学生，穿着一双歪后跟的皮鞋，紫色的裙子，头发卷曲得像一堆算盘珠，连门都不叫，就从便门闯了进来。

她是主人的侄女。据说是学校里的学生，有时星期天就来，和叔父大吵一架便告退。这位小姐名叫雪江。的确，模样不如名字动人。只要出门走上几百米，就会碰上这样一副普通面孔的。

“婶子，你好！”她说着便大步流星跨进客厅，在针线筐旁坐下。

“哟，来得这么早！”

“今天过节，我就想早晨来一趟，所以八点半就急忙走出家门了。”

“是啊，有什么事吗？”

“没有。只是好久没见，才来看看叔叔婶婶。”

“来一趟看看，多玩一会儿吧！”

“叔叔去哪儿啦？真稀罕。”

“噢，今天到一个不寻常的地方去啦……到警察分局去了。稀罕吧？”

“啊？为什么事？”

“说是今年春天闯进家来的那个小偷被抓了。”

“那么，是对质去了？麻烦。”

“哪里！是认领失物呀。昨天警察特意来告诉说，失盗的东西找到了，叫去认领。”

“噢，怪不得。否则，叔叔从来不这么早出门嘛。若是平常，现在还正睡觉哩！”

“没有像你叔叔那么能睡懒觉的……并且，一喊他，就气呼呼的。今天早晨本来事先告诉我，七点钟一定叫醒他，这才喊他起来的呢。可是，他钻进被窝里，硬是不回应。我担心，才又叫了一遍。他竟在棉睡衣的袖子里不知说些什么。真拿他没办法！”

“他为什么那么困呢？一定是神经衰弱吧？”

“什么？”

“他真是个爱发脾气的人。就那样，还能在学校教书吗？”

“唉，听说在学校还很温和的呀！”

“这就更坏了，简直窝里横！”

“为什么？”

“不为什么，反正就是窝里横！不像吗？”

“他可不光是发脾气呀！你叫他向右，他偏向左；叫他向左，他偏向右，凡事都不听别人的。哎，太犟了。”

“真是唱反调，叔叔就爱这样。所以，若想叫他干什么，只要反说，就会照你的意思办。前些天我要他给我买一把雨伞，可我偏说不要。叔叔说：‘怎么会不要呢？’立刻就给我买了。”

“哈哈……好嘛。我今后也这么办。”

“就那么办吧！否则要吃亏的。”

“前些天保险公司来人，劝他一定要参加保险。还说了一大堆的理由：这么有利，那么有好处，等等，差不多跟他说了一个钟头，可他说什么也不肯参加。家里既没有存款，又有三个孩子，干脆加入保险，叫人多么放心。可他，一点儿都不关心这些。”

“是啊！万一出点什么事，可就头疼喽！”这话和十七八岁的姑娘很不相称，说得婆婆妈妈的。

“偷听他们的对话，可有意思啦。‘当然，我不是不承认有参加保险的必要。只因有必要，保险公司才存在。’可是，他又死犟说：‘我既然没有死，就没有参加保险的必要！’”

“叔叔这么说？”

“是呀。于是，公司那个人说：‘人若不死，就不需要保险公司了。

然而，人的生命既坚实又脆弱，不知不觉的，说不定就有危险逼近。’你叔叔说什么：‘没关系，我决心不死！’简直是不可理喻！”

“决心，也难免一死。像我，尽管决心考试合格，可是终于落榜了。”

“保险公司的职员也是那么说的！他说：‘寿命是不以人们的意志为转移的。如果只要下决心就可以长生不老，就谁也不会死掉了’。”

“保险公司的人说得太对了。”

“太对了吧？可你叔叔听不进这些。说什么：‘不，我决不死！我发誓不死！’可神气呢！”

“真奇怪呀！”

“就是怪嘛！太怪啦。他说：‘若是拿出保险金去，倒不如在银行存款好得多。’”

“在银行有存款吗？”

“有个屁！他自己一走了之，完全不管我们死活！”

“真叫人不放心。他为什么那样呢？就说常到这儿来的人吧，像叔叔那样的人一个也没有。”

“怎么会有呢？他是独一无二！”

“不妨拜托铃木先生谈谈，求他给叔叔开导开导。人家多稳重，一定比较容易说服呢。”

“不过，你叔叔对铃木先生评价不好呀！”

“看来什么都跟别人反着来的！那么，那一位可以吧……哎，就是那个斯斯文文的……”

“是八木先生？”

“对呀。”

“对八木先生，一般来说还是心服口服的。不过，昨天迷亭先生来，说了些他的坏话，因此，也许不会像想象那样有用了。”

“我觉得不错！像他那样落落大方，稳稳重重……不久前还在学校讲演了呢。”

“八木先生？”

“是啊。”

“八木先生是你们学校的老师？”

“不，不是老师。不过，学校召开‘淑德妇女会’时，请他去给讲演。”

“讲得有趣？”

“这……倒不怎么有趣。可，那位先生是一张大长脸吧？还留着一副天神一般的胡须，所以大家都非常敬佩，洗耳恭听。”

“光说讲演，可他讲了些什么呀？”女主人刚刚这么一问，三个女孩早已经在檐廊下听见了雪江的谈话声，便啪嗒嗒地闯进客厅。刚才大概在竹篱外的空地上玩耍了吧！

“啊，雪江姐来啦！”两个姐姐欢天喜地地高声嚷道。

妈妈说：“别吵！都安静地坐下！你雪江姐正讲有趣的故事。”说着，她把针线活放在墙角。

“雪江姐，你讲什么故事？我最爱听故事了。”敦子说。

“还是讲《噼里啪啦山》？”澄子问。

“丫丫也港（讲）！”三丫头从两位姐姐之间伸出腿去。她说的不是听故事，而是说她要讲故事。

“啊？丫丫也讲？”姐姐笑着说。

“丫丫过一会儿再讲！让你雪江姐先讲。”妈妈哄着说。丫丫根本听不进。

“不——要，巴布！”她大声叫喊。

“喂，算啦，算啦，那就由丫丫先讲。什么故事？”雪江表现得很谦逊。

“故系（事），喂，小孩，小孩，你到啦（哪）去？”

“有意思，后来呢？”

“啊（我）们上田乞（地）割稻去！”

“噢，懂得不少啊！”

“乙（你）一挨（来），会打扰的！”

“哟，不是‘挨’，是‘来’。”敦子插嘴说。

丫丫又是“巴布”一声大喝，吓倒了敦子。但是，因为敦子是半路插嘴，使丫丫忘了下文，讲不下去了。

“丫丫！故事就这么多？”雪江问道。

丫丫说：“喂，以后别再放屁了。噗，噗，噗的。”

“哈哈哈，烦人！是谁教给你这些话的？”

“女帕（仆）！”

“那个坏女仆！教她这种话！”女主人苦笑着说，“好吧！这回轮到雪江啦！丫丫要安静地听哟！”

好一个“暴君”也显得听从了，很长一段时间她都保持沉默。

“八木先生的讲演是这样！”雪江终于开口了。

“据说从前，有一个十字路口，中间有一座石头地藏王菩萨像。可是，偏偏那地方是车水马龙的热闹场所，这个地藏王菩萨像很是个障碍。

于是，街上很多人聚到一起，互相商量，怎样才能把石像迁到角落去。”

“这是真事儿吗？”

“不知道，关于这一点，他什么也没说呀！且说大家出了不少主意。街上有个头号大力士。他说：‘这有何难，看我的，一定把石像搬走！’他只身一人到十字路口，使出双臂之力，大汗淋漓，使出九牛二虎之力，可是那石像纹丝不动。”

“这石像真够重的。”

“是呀。那个男子筋疲力尽，回家睡大觉去了。所以，街上的人们又商量起来。这时，一位最聪明的男子说：‘不必担心，这事就交给我吧！我来试试。’他在饭盒里装满了牡丹糕。来到石像面前说：‘请到这儿来！’他边说边拿牡丹糕诱惑。他以为地藏王菩萨也一定嘴馋，用牡丹糕就会引诱他上钩。可是，石像却纹丝不动。那个聪明的男子才觉得这一招不顶用。后来他又把酒倒进瓢里，用一只手拎着，另一只手端着酒盅，走到菩萨像前说：‘喂，不喝一杯吗？想喝，就请到这儿来！’他逗了三个来小时，可那菩萨像依然不动。”

“雪江姐！地藏王菩萨不饿吗？”敦子问道。

澄子却抢先说：“我馋豆馅粘糕啦！”

“聪明人两次失败，又造了一些假钞，将假钱晃来晃去：‘喂，想要吗？来呀！’可是这一招也不灵。那地藏王菩萨十分顽固哩！”

“是吗，有点像你的叔叔。”

“哎，和我叔叔一模一样。最后，聪明人也烦了，不再理睬。后来呀，一个吹大牛的人出来说：‘看我来挪走它。请放心。’他像对付一件小事似的，一口答应下了。”

“那个吹大牛的人干了些什么？”

“那可太有意思了。他先穿上警察服，粘上假胡子，来到菩萨面前说：‘喂，喂，你再不动，可没你的好处！我们当警察的可不能置之不理！’他耍了一阵威风。可是，如今世上，即使装出警察的腔调又有谁理会那套？”

“是啊。那菩萨像动了吗？”

“怎么可能动？和叔叔一样嘛！”

“可是，你叔叔非常怕警察呀！”

“哟，是嘛？叔叔原来是那么一副表情？看来，再也没有比警察更可怕的了。不过，据说地藏菩萨可一动不动，稳如泰山。这时，那个吹牛大王勃然大怒，脱下警察服，将粘上的假胡须扔到纸篓里，然后，穿上土豪老板的服装走来。在今天来说，就是以一副三菱会社的社长岩崎男爵的神气出场了。多可笑！”

“所谓‘岩崎的神气’，究竟啥样呀？”

“不过是摆摆臭架子。并且什么也不做，什么也不说，叼着长长的雪茄，在地藏王菩萨周围一边吸一边走。”

“那又能怎样呢？”

“为了用烟雾将地藏王菩萨蒙起来呀。”

“简直像说单口相声一样逗。那么，把菩萨像笼罩在烟雾里了吗？”

“不行！那是石头嘛！骗人也要有个分寸。听说他后来又乔装起王爷来了。真是蠢到极点！”

“怎么？那时候就有王爷？”

“有的吧？八木先生是这么说的。据说那个人真的变成了个王爷。

虽然胆战心惊，可他总还是做了。区区一个吹牛大王，首先，岂不是犯了不敬之罪吗？”

“你说是王爷，那是哪位王爷呀？”

“哪位王爷？不论变成哪位王爷，都是一样的不敬啊。”

“是啊。”

“变成王爷也没用。吹牛大王毫无办法。据说他认输，说：‘凭我这点本事，对地藏王菩萨是无可奈何啊！’”

“自讨没趣！”

“是啊，本该顺手惩办他一下的……且说街上的人们心急如焚，又接着商量；但是，再也没有人冒这份险，大家都难住了。”

“故事就这样结束？”

“还有呢。最后，雇了好多脚夫、无赖，在地藏王菩萨周围嗷嗷地乱叫。他们说，只要气气菩萨，叫他在这儿待不住就好。因此，他们换着班昼夜不停地吵闹。”

“真辛苦啊。”

“这样还是不中用，地藏王菩萨也是犟呢。”

“后来又怎样？”敦子热情地问。

“后来呀，不论怎么天天吵闹，也并不管用，人们都有些厌倦了。可是脚夫和无赖可不管干多少天，反正领工钱，就高高兴兴地吵了下去。”

“雪江姐！工钱是什么？”澄子问道。

“工钱嘛，就是钞票呀！”

“领了工钱，做什么用？”

“领了工钱么……哈哈，澄子真是个讨厌鬼……婶子，那些人白天夜晚地吵闹。当时街上有个傻子，大家都叫他‘傻阿竹’，谁也不认识，谁也不理他。这个傻子见了这番情景，问道：‘你们吵什么？难道用了多少年月，也动不了地藏王菩萨吗？真可怜……’”

“别看他傻，倒是不简单哩！”

“是个了不起的傻子哟！大家听了他的话，都说：‘白猫黑猫，抓住耗子是好猫。’反正他干不成，不妨叫他试试。于是就请傻子帮忙。傻子不管三七二十一居然答应了。他制止那些脚夫和无赖说：‘别那么吵吵闹闹，都安静点！’然后他飘然来到地藏王菩萨面前。”

“雪江姐！‘飘然’，是傻阿竹的朋友？”敦子正在紧要关头发问，惹得妈妈和雪江爆发了一阵笑声。

“哪里，不是朋友。”

“那么，是什么？”

“‘飘然’么……唉，没法解释。”

“‘飘然’，就是‘没法解释’？”

“不是的。‘飘然’嘛……”

“什么？”

“喂，你知道多多良三平先生吧？”

“难道多多良先生就是‘飘然’？”

“哎，是呀……且说那傻阿竹来到地藏王菩萨面前，搓着手说：‘地藏王菩萨！街上的人都要求你动迁，就请动身吧！’这么一说，地藏菩萨答道：‘是呀！既然如此，早些告诉我不就得了。’于是，菩萨像缓缓地移动了。”

“真是个莫名其妙的地藏王菩萨！”

“下边才开始演说。”

“故事还没结束？”

“是啊。下边说八木先生。他说：‘今天是妇女开会，我特意说了上述故事，是有原因的。不过，说出来，也许很失礼。妇女有个毛病，遇事常常不正面抄近路前进，反而采取迂回的办法。当然，并不单是妇女如此。在这明治年代，即使男子，受到文明弊端的影响，多少也变得像个女人，因此，常常浪费些不必要的过程和精力，反而误以为这才是正道，是绅士必身体力行的方针，这样的人似乎为数不少呢。但是，这些人都是文明束缚下的怪胎，这一点，无须多言。只是对于妇女们来说，千万要记住我刚才讲过的那个故事，一旦有事，请按照傻阿竹的直爽态度去处理问题。诸位如果是傻阿竹，夫妻之间，婆媳之间，肯定会减少三分之一难缠的纠葛。人啊，心眼越多，就越是作祟。胆大妄为，形成不幸的源泉。多数妇女平均来说都比男人不幸，就是因为怪心眼太多了。所以，请大家都变成傻阿竹吧！’”

“嗯？那么，雪江姐，你想成为傻阿竹吗？”

“见他的鬼吧！什么傻阿竹。我才不想当个傻阿竹呢。金田家的富子小姐当场气得要死，说他‘讲话太失礼啦’！”

“金田家的富子小姐？就是对面街口那家的？”

“是呀，就是那位摩登女郎哟！”

“她也在你们学校上学？”

“不！只因是妇女开会，才去旁听的。打扮真够时髦，简直吓死人了。”

“可据说长得很出挑嘛。”

“一般！并不像她自吹的那样。只要像她那么涂脂抹粉，是个人都会好看一些。”

“那么，雪江姐若是像金田小姐那样化妆，会比金田小姐漂亮一倍吧？”

“别这么说。我不知道。不过，金田小姐打扮得过头了，尽管她有钱……”

“尽管过头，也还是有钱好吧！”

“倒也是有的，她若是稍微变成个傻阿竹就好了。太装腔作势了。听说最近有个诗人献给她一本新诗集，她在所有人面前吹嘘哪！”

“是东风先生吧？”

“啊？是他送的？真是无聊呢。”

“不过，东风先生可非常虔诚呢。甚至认为他那样做是理所当然。”

“正因为有这样的人，才会如此……另外，还有更逗的事哪！听说最近有人给她寄了一封情书。”

“哟，真下流！是谁干出那种事来？”

“不知道是谁！”

“没署名字吗？”

“姓名倒是写得一清二楚。不过，据说是个没人认识的陌生人。还有，那封信写得好长好长，足有六尺哪。据说写了好多花花事儿，什么‘我爱慕你，宛如宗教家对神灵的憧憬’‘为了你，我愿变成祭坛上的小羊，任你宰割，这将是我无上的光荣’‘心脏是三角形的，三角形的中心插着丘比特的箭。如果是玩吹箭的话，那就百发百中了……’”

“这就叫虔诚？”

“当然是虔诚啦。真的，我的朋友当中就有三个人看过这封信。”

“讨厌！那玩意儿还拿出去炫耀？她想要嫁给寒月先生的，那封信若被人们传开，岂不糟糕？”

“有什么糟糕的，她才扬扬得意哩！下回寒月先生来，可以告诉他。寒月先生还不知道吧？”

“谁知道呢。那位先生整天到学校去磨玻璃球，大概不知道吧！”

“寒月先生真的想娶她？可怜！”

“为什么，她有钱，一旦有事，她家就会给他支持。这不是很好吗？”

“婶子张口闭口总是钱呀钱的，多俗！难道爱情不比金钱更重要吗？没有爱，就不能结为夫妻。”

“是啊。那么雪江，你想嫁给谁呢？”

“我怎么知道？还从来没考虑过呢。”

当雪江小姐和女主人就婚姻大事发生激烈争论时，一直表现得不懂却又洗耳恭听的敦子，突然开口：“我也想嫁人！”

对于这大胆的期望，就连充满着青春气息、理应深表同情的雪江都有些惊呆了。妈妈还算比较冷静，笑着问道：“你想嫁给谁？”

“我呀，说真的，本想嫁给靖国神社，可是，我讨厌过水道桥，正为难呢！”

妈妈和雪江听了这不平常的回答，觉得太过分，连再问的勇气都没有，笑得前仰后合。这时，二小姐澄子对姐姐问道：

“姐姐也喜欢招魂社？我也非常喜欢。咱俩一同嫁给靖国神社吧！啊？不愿意？不同意就算了！我自己坐车很快就去啦。”

“丫丫也去！”

终于，丫丫也决定嫁给招魂社了。假如三人一同嫁给靖国神社，料想主人也会高兴的吧！

忽听车马声停在门前，立刻有人传来响亮的声音："您回来啦！"大概是主人从"日本堤"警察分局回来了。车夫递出一个好大的包袱，主人叫女仆接过，便悠然跨进了客厅。

"啊，来啦！"他一边和雪江打招呼，边将手里一个类似酒瓶的玩意儿啪的一声扔在那个闻名的长方形炉旁。说是类似酒瓶，当然不是纯粹的酒瓶，可也不像花瓶，不过是一个奇特的陶器罢了。姑且这么称它。

"奇怪的酒瓶啊！这玩意儿是从警察分局拿来的？"雪江边将那个摔倒的玩意儿扶起，边问叔父。主人边看看雪江的脸边自豪地说："怎么样？造型美吧？"

"造型美？那个玩意儿？不怎么好。一个油壶，拿它干什么？"

"怎么会是油壶？说那种没趣的话！"

"那是个什么？"

"花瓶嘛！"

"作为花瓶来说，嘴儿太小，肚子又太大。"

"这才有意思哩！你也并不风雅，和你婶子不分上下，真没办法！"他自己拿过油壶，向隔门方向望去。

"我当然不懂风雅。我不会从警察局拿回来个油壶的。是吧，婶子？"

婶子哪里顾得上那些，她打开包袱，瞪大眼睛，在清点被盗物品。

"啊，真意外，小偷也进步了。全部拆洗过了。喂，你看呀！"

"我怎么会从警察局拿个油壶回来呢？是因为等得太无聊，就在那一带闲逛，这可是从地里挖出来的呀。你们自然不懂，那可是件宝贝啊！”

“宝贝得有些过了。叔叔到底在哪儿闲逛？”

“哪儿？日本堤一带呗！还到吉原去过。那儿真热闹！你见过吉原的大铁门吗？没有吧？”

“我才不稀罕呢。我没有缘分到吉原那种下贱女人住的地方！叔叔身为教师，竟然去了那种地方，真笑死人了！是吧？婶子，婶子！”

“哎，是啊。件数好像不够，全都还了？就这些了吗？”

“没还的，只有山药了。本来叫九点钟去，可是一直等到十一点，这还像话吗？因此说，日本的警察就是不像样子！”

“要说日本警察不像样，那么，到吉原去闲逛，就更不像话了。这种事若是传开，会被开除的呀！”

“哎，是啊！喂，我那条带子缺了一面。就觉着缺点什么嘛！”

“腰带缺一面，就算了！我干等了三个小时，浪费了半天的宝贵时光。”主人说着，换上了和服，靠在火炉上，泰然自若地赏玩那个油壶。妻子也觉得只好算了，将返还的物品放进壁橱，便回到自己的座位。

“婶子！还说这个油壶是件宝贝呢！多脏啊。”

“这是在吉原买的？哟——”

“哟什么！根本就不懂……”

“那种小壶，不必到吉原去买，到处都有吗？”

“遗憾的是没有啊！这可是个稀罕的东西！”

“叔叔太像那个地藏王菩萨了。”

“你还是个孩子，口气倒挺大。近来的女学生嘴太尖酸。读一读《女子大学》就好了。”

“叔叔不愿意参加生命保险吧？女学生和生命保险，你最讨厌的是什么？”

“保险，我并不讨厌，那是有必要的。凡是想到将来的人，都要参加。而女学生，却是没用的废物。”

“没用就没用吧！可你还没有参加保险呀！”

“下个月就参加！”

“确定吗？”

“确定。”

“算了吧！参加什么保险！不如用那笔钱买点什么好。是吧，婶子？”

婶子笑眯眯的。主人可板起脸来。

“你是想活一百年、二百年，因此才那么稳如泰山的？待理性再强些，你看吧，会感到参加保险的必要，这是自然的。下个月我一定参加保险。”

“是啊，那就没说的了。不过，你前些天给我买雨伞的钱，说不定参加保险更好些呢。人家一再说不要的，可你偏要买。”

“你是那么不想要吗？”

“哎，我不在乎雨伞。”

“那就还给我好啦。刚好敦子要，就给她吧！今天带来了吧？”

“啊？太过分了，不觉得太刻薄了吗？好不容易给我买来的，又要回去。”

“你说不要，我才叫你还的呀！一点也不小气。”

“我是不要。不过，你太小气了。”

“净说些混账话！你说不要我才叫你还给我，这有什么小气的？”

“不过……”

“不过什么？”

“不过，还是小气。”

“真蠢，一句话颠来倒去的。”

“叔叔不也是一句话颠来倒去的吗？”

“是因为你一句话颠来倒去的，我有什么办法。刚才还说不要雨伞吗？”

“我是说，不要倒是不要，但是不想还给你。”

“怪啦！又混又犟，真没办法！你们学校不教逻辑学吗？”

“算啦！反正我欠教育！随便你说吧！叫人家把东西还回来！即使外人也不会说出这种无情的话。你哪怕像一点儿傻阿竹也就好了。”

“叫我学什么？”

“叫你学得正直和坦率些！”

“你这个蠢蛋，想不到这么固执。因此，你才降班了呢。”

“降班也不是叔叔出学费！”

雪江把话说到这里，似乎不胜感慨，不禁潸然泪下，一行清泪滴于紫色裙裤。主人好像在研究那泪水是从何种心理出发，在呆呆地凝视着雪江的裙裤和她低下去的脸。这会儿，女仆人在厨房，却将红赤赤的双手伸到门内说：“有客人来了。”

“是谁来了？”主人问道。

“是学生。”女仆侧脸看着雪江的泪脸说。

主人到客厅去了。我为了采访并研究人类，便跟着主人转到檐廊。为了研究人类，不选择波澜的时机，那将毫无收获。素日平常的人都很一般。因此，听其言、观其行，无不庸庸碌碌、普普通通。然而，到了紧急关头，那些平凡的现象突然由于某种奇妙的神秘作用，一些奇特的、怪异的、玄虚的、荒谬的情景源源而来。一言以蔽之，足够我们猫族日后三思的事件到处丛生。

像雪江的眼泪，便是其中现象之一。雪江有着一颗玄之又玄的心。这一点，在她和女主人谈话的过程中并不怎么突出，但是当主人归来而扔下油壶时，便像死而复生一般，那深不可测的、巧妙的气质便蓬勃而发得淋漓尽致。

这种气质是天下女子共通的，遗憾的是不轻易发挥。不，应该说整天不停地发挥，只是不曾这么显著。幸而我有一个动不动就倒摸猫毛的别扭的怪主人，才得以欣赏这出好戏！只要跟着主人走，不论到什么地方，台上演员肯定会不知不觉中也跟着表演的。幸亏一位有趣的人做我的主人，我的短暂一生，才能有如此丰富的经历，谢天谢地！

这回来的客人又是个干什么的？

睁眼一看，来人大约十七八岁，和雪江年龄相仿，是个学生。他坐在屋子的一个角落。好大个脑袋，头发剃得光光的，几乎根根见底。脸心盘踞着个蒜头鼻子。此人没有别的特征，就是脑袋特别大。即使剃个秃子，脑袋还不见小，若是像主人那样蓄起长发，就会更引人注目的。凡是长了这样脑袋的人，一定没有多大学问，这是主人的潜意识。事实如何，主人并不知道。

不过，冷眼看来，他很有拿破仑的气势。他和一般学生一样，穿着夹衣，看不出那是萨摩的，还是久留米或伊予产的花纹布。里边好像既没穿衬衫，也没有穿背心。虽说穿空心夹袍、光着脚也算是风流，但是这位学生给人以非常不整洁的感觉。尤其他像个小偷一样，在床席上清清楚楚地印下三个脚印，这是他赤脚的罪过。他在第四个脚印上端坐，显得畏畏缩缩的。他本来是个晚辈，这样老老实实地坐着，倒也不必大惊小怪。

然而像他这样推平头、打赤脚的野蛮家伙，竟也如此惶恐，总有点不大对劲儿。这种平时看到老师也不会施礼，还会以此为自豪的家伙，现在却和一般人一样坐着，也真是难为他了。他坐在那里，仿佛是个适得其所的谦恭君子或盛德长老；且不说他自己难受，旁人看来，样子也非常搞笑。一个在教室里或操场上那么吵吵闹闹的家伙，怎么会有这么大的力量约束着自己？想来，既可怜，又好笑。

这样一比一地相对而坐，不论主人怎么顽固不化，对于学生来说似乎还多少有些分量的。大约主人也很是扬扬得意吧！常言说："积土成山。"区区学生，如果大量纠集起来，也会成为不可欺侮的团体，说不定会搞起抗议运动或罢工的。这大约和人类中的胆小鬼喝下酒去就变得大胆起来一模一样吧！不妨把聚众闹事，看成是酒壮人胆为宜。否则，那名与其说是惶恐，不如说悠然自得地紧贴在纸屏上的穿萨摩条纹布的学生，不管主人怎么老朽，既被称为老师，就不该予以轻蔑，也不可能冷落得太过分。

主人递过去一个坐垫，说："请坐这个吧！"秃小子却像个僵尸一样，只哼了一声，动也不动。那个开始褪色的洋花布坐垫总不能自己道一声"请坐在我身上"吧，所以任凭身后呆呆地坐着个喘气的大脑袋，场面可真奇妙。那坐垫是为了给人坐的，女主人绝不是为了供人欣赏才从商场买来的。作为坐垫来说，如果不是给人们坐，等于破坏它的声誉，对于谦让客人的主人也要丢几分面子的。至于那秃小子，却宁愿瞪眼看着坐垫，不惜让主人丢面子。可见，他肯定不是厌恶坐垫。

说实话，除了为他爷爷举办祭祀活动外，他从来没有这么端坐过。因此，他早已坐得两腿发麻，脚尖有点受不住了。尽管如此，他还是不肯铺上坐垫。主人劝他："请用！"他依然不肯坐。真是个固执的秃小子。假如真的这么客气，人多的时候，或是在学校、在住处时，怎么不客气一点啊。

用不着客气的事他那么拘谨，该客气的时候却毫不谦让。不，简直是无理取闹。真是个坏秃小子！

这会儿，他身后的纸屏哗的一声开了。雪江端着一碗茶毕恭毕敬地献给秃小子。假如平时，那秃小子一定会奚落一句："嗬，野蛮人来啦！"但是现在，连面对主人都坐立不安，何况这位妙龄少女又采取了在学校学会的小笠原派敬茶方法，以硬装风雅的手势递上茶来，这使秃小子显得十分局促不安。雪江关上门时，只听她在门外嗤嗤地笑。可见，即使同龄，也还是女子厉害。比起秃小子，雪江的胆子大得多了。尤其她刚刚气愤得洒下一滴热泪，这嗤嗤一笑使她显得更加妩媚。

雪江退下之后，二人一时无话可说。主人忽然意识到，这简直是遭罪，才开口问道："你叫什么名字？"

"古井……"

"古井？古井什么？名字呢？"

"古井武右卫门。"

“古井武右卫门？不错，名字真长。这不是当代的名字，是个古人的名字。四年级了吧？”

“不。”

“三年级？”

“不，二年级。”

“在甲班吗？”

“乙班。”

“乙班，我是班主任啊！”主人激动起来。

说真的，这个大脑袋学生，从入学那天起，主人就见过的，决不会忘记。何况他那大头，主人铭刻在心，时常梦里相会。然而，粗心的主人竟然没有把大头和一个旧式名字联系起来，又没有和二年级乙班联系起来。因此，当记起梦中相会的大脑袋原来是自己负责的那一班学生时，不由得内心里叫道：“是呀！”然而，这个起了个古老名字的大脑袋，又是本班学生，现在究竟为什么事闯进家来呢？他百思不得其解。

主人原是个不受欢迎的人，所以，学生们不论年初岁末，几乎从不登门。登门的只有古井武右卫门这么一位堪称带头人的稀客。但却不知来客是何用意，这倒叫主人忐忑不安。他不会是到如此令人扫兴的人家来玩耍的。假如是来要求主人辞职，应该更理直气壮些才是。不过，武右卫门可能是来商量他自己的私事。想来想去，还是搞不清。看武右卫门的样子，说不定连他自己也弄不清他究竟是为了什么前来造访。

没办法，主人只好公开问：“你是来玩的吗？”

“不是。”

“那么，有事吗？”

“嗯嗯。”

“是学校的事？”

“哎，想对您说说，因此……”

“噢。什么事？快说吧！”

武右卫门却眼睛只顾盯着下面，一言不发。

本来武右卫门作为中学二年级学生，是擅于辞令的。虽然头脑不像大脑瓜那么发达，但是论口才，在乙班却是个佼佼者。之前叫主人教给他们“哥伦布”用日文怎么翻译，以至把主人难倒了的，正是这个武右卫门。这么一位赫赫有名的学生，一直唯唯诺诺，像个口吃的公主似的忧心忡忡，内中一定有什么缘由。当然不能单纯地理解为客气。主人也感到有些蹊跷。

“既然有话，那就快说吧！”

“这事儿有点难以启齿……”

“难以启齿？”主人说着，察看一眼武右卫门的脸色。但他依然低着头，什么也看不出。不得已，主人稍微改变了一下口气，安详地补充说：“好吧，不管什么，尽管说吧！没有外人听，我也不对别人讲。”

“说说也没事吗？”武右卫门还在犹豫不决。

“没事嘛！”主人顺口答道。

“那么，我就说啦。”说着，秃小子猛地一扬头，满怀希望地望着主人。那双眼睛是三角形的。主人鼓起两腮，喷吐着“朝日牌”香烟的烟雾，稍稍扭过头去。

“老实说……事情麻烦了。”

“什么事？”

“什么事？非常犯难，所以才来。”

“唉，到底是什么事呀？”

“我本不想干那种事，可是滨田总说：‘借给我吧，借给我吧……’”

“滨田？就是滨田平助吗？”

“是的。”

“你借给滨田住宿费了吗？”

“哪里，没有。”

“那么，借给他什么？”

“把名字借给他了。”

“滨田借你的名字干了些什么？”

“邮了一封情书。”

“邮了什么？”

“我跟他说别借名字，我就帮你寄信吧！”

“说得稀里糊涂。到底是谁干了什么？”

“送情书了。”

“送情书？给谁？”

“所以我说，难以启齿呢。”

“那么，你给谁家女子送了情书？”

“不，不是我。”

“是滨田送的吗？”

“也不是滨田。”

“那么，是谁送的？”

“不知道是谁。”

“简直是摸不清头尾。那么，谁也没有送？”

“只是以我的名义。”

“只是以你的名义？简直越说越糊涂！再说得有条有理些！收下情书的是谁？”

“说是姓金田，住在对面胡同口的一个女人。”

“是姓金田的那个实业家吗？”

“是的。”

“那么，所谓‘只以你的名义’，是什么情况？”

“他家女儿又时髦，又骄傲，就给她送了情书。滨田说：‘得写上名字。’我说：‘那就写上你的名字吧’。他说：‘我的名字没意思，还是写上古井武右卫门这个名字好……’就这样，他借用了我的名字。”

“那么，你认识他家女儿吗？有过交往吗？”

“压根儿没有交往，也没见过面。”

“简直是胡闹，竟然给一个没见过面的女子写情书。那么，你到底是出于什么动机才干出这种事的？”

“只因大家都说她盛气凌人，才要调戏她的。”

“越说越乱套！那么，你是公然签上自己的名字寄出的吗？”

“是的。文章是滨田写的。我借给他名字，由远藤连夜到她家去送信。”

“噢，是三人一起干的？”

“是的。不过，事后一想，事情若是暴露，被学校开除，那可坏了。所以非常担心，两三天睡不成觉，总有些昏昏沉沉的。”

“真是蠢！你是写了‘文明中学二年级古井武右卫门’吗？”

“不，没有写校名。”

“没写学校名嘛，这还好。若是写上学校名你试试，那可真是关系到学校的声誉了！”

“怎么？会开除吗？”

“会的呀。”

“老师！我老爹是个非常唠叨的人。何况老娘是个继母，我如果被开除，那可糟糕了。真的会被开除吗？”

“既然如此，就不该轻举妄动。”

“我并不想那么干，可终是干了。不能帮帮忙不开除我吗？”武右卫门几乎用哭腔来哀求。女主人和雪江早已在隔门后咯咯地笑了起来。而主人一贯地假装正经，一再重复：“是嘛！”这可真有意思。

我说有意思，也许有人要问：“有什么意思？”

问得好！不论是人还是动物，要有自知之明，这是平生大事。只要有自知之明，人就有资格比猫更受尊敬。那时，我也就不忍心再写这些混账话了，一定立刻停笔。然而看来，人们似乎很难认清自己是个什么货色，正像自己看不见自己的鼻子有多高是一样的。因此，连对他们平日小瞧的猫，也会提出上述疑问的吧！

人们尽管看来神气得很，但总有昏庸之处。说什么“万物之灵”，到处扛着这么面大旗，却连上述那么点小事都理解不透。至于如此也还大言不惭者更逗人发笑了。他们扛着“万物之灵”的招牌，却吵吵闹闹问别人：“我的鼻子在哪里？”既然如此，你以为他们会辞掉“万物之灵”的头衔吗？不，简直妄想！他们死也不肯的。他们在如此明显的矛盾面前，却过活得心平气和，真够天真。天真倒也罢了，但同时不得不甘心承认：人类是愚蠢的。

我此时此刻之所以对武右卫门、主人、女主人和雪江感兴趣，并不单纯是由于外部事件互相冲突，以及其冲突的震动波又向着微妙之处延伸，老实说，是由于其冲突的反响在人们的心里弹奏了各种不同的音色。

首先，主人对这件事毋庸置疑是冷淡的。关于武右卫门的老爹如何唠叨、老娘如何怠慢他，主人都不大吃惊，也不可能吃惊。开除武右卫门，这和他本人被革职又风马牛不相及。假如成千的学生都退学，当教师的也许衣食之计陷于困窘；但是仅仅武右卫门一个人，管他命运如何变幻莫测，也与主人安度晨昏毫不相干。

关系疏淡时，同情心也自然微薄。为一个陌生人皱眉、流泪或叹息，绝不是淳朴风尚。我很难肯定人类是那么深情且富于怜悯心的动物，不过是生而为人，作为一种义务才不时为交际而流几滴泪，或是装装样子给别人看罢了。说穿了，都是虚情假意。大多是非常吃力的一种艺术。擅于伪装的，被称之为“富于艺术良心的人”，为世人所敬重。因此，再也没有比受敬重的人更靠不住的了。大家若不信，不妨一试，定有分晓。

就此而言，毋宁说主人属于拙者之流。既拙，便不被看重；不被看重，便将内心中的冷漠出乎意料、毫不掩饰地倾泻出来。他对武右卫门反反复复地说“是嘛”，从中便可以听出他的心声了。

诸位！千万不要因为主人态度冷漠，便厌恶他这样的善人。冷漠乃人类本性，不加掩饰才是正直的人。假如这时候，列位期望主人超越冷漠，那就不能不说将人类估算得过高。世上连正直的人都寥寥几人而已，如果再过高要求，那除非泷泽马琴[①]小说里的人物志乃和小文登走出书本，《八犬传》里的狗男狗女搬到眼前的东邻西舍来居住；否则，便是渺茫与荒诞的奢望。

关于主人，暂且压下不说。再说说在饭厅里大笑的女人们。她们把主人的冷漠又向前推进了一步，一跃而入滑稽的地步并引以为乐。她们对于使武右卫门头疼的情书事件，高兴得像菩萨下的福音。没有理由，就是高兴。硬要解析，就是：武右卫门陷于苦恼，她们才觉得高兴。

诸位不妨问问女人："你是否拿别人的烦恼开心大笑？"那么，被问的人一定会咒骂提问的人愚蠢。即使不骂此人愚蠢，也会说这是有意为难，岂不侮辱了淑女的妇德？侮辱了妇德，也许是真的，但她们是拿别人的烦恼开心，这也是事实。照此说来，岂不等于事先声明："我现在要做侮辱我自己品格的事给大家看，却又不许别人说三道四。"岂不等于强调说："我去偷东西，但是决不允许别人说我不道德。如果说我不道德，就如同往我脸上抹灰，侮辱了我。"

女人可真聪明，怎么说都有理。既然生而为人，那就无论被踩、被踢或是挨打，甚至受到冷遇，不仅要有泰然处之的决心，而且，即使被吐一脸唾沫、泼一身粪污、反被高声嘲笑时，也必须欣然接受；否则，便不能和号称"聪明的女人"打交道。

武右卫门一失足成千古恨，因而，表现得十分不安。他也许心里在想：我这么不安，她们却在背后窃笑，岂不失礼。但是，因为他年小稚嫩，以为正在别人失礼时恼火，人家会说他小气。若是不愿落个这等名声，还是稳重些好。

---

① 泷泽马琴，日本江户时代戏曲作家，他花费 28 年的时间创作了巨著《八犬传》。

最后，关于武右卫门介绍几句。

他是焦虑的化身。他那颗伟大的头颅装满了焦虑，如同拿破仑的脑壳里塞满了功利心。蒜头鼻子不时地闭合，他像吞下了一颗大炸弹，心里有一个无奈的大疙瘩，两三天来正手足无措。苦痛之余，又想不出什么好办法，这时想道：如果去班主任家，也许能有点办法。于是，将自己的大脑袋硬是运到他所讨厌的人家来。

他平时在校，忽而耍笑我家主人，忽而煽动同学给主人出难题。这些事，他现在似乎都已忘却，还似乎坚信：不论曾经怎么笑或为难老师，既然是班主任，肯定会替他分忧的。他太天真了。班主任并不是主人爱干的角色。是因为校长任命，才不得已而接受的。说起来，与迷亭的伯父头戴的那顶大礼帽相似，徒有其名而已。既然徒有其名，便毫不管用。假如名义也能顶用，到了关键时刻，雪江就可以只用姓名去相亲了。

武右卫门不但一厢情愿，而且还高估了人类的道德，认为别人非爱护他不可，不可不爱护他，压根儿不曾想会遭到嘲笑。他这次到主人家来，肯定会对人类发现一条真理。为了这条真理，他将来会逐渐成长为一个真正的人。那时，他也将对别人的忧烦表现出冷漠的吧？别人发愁时也将高声大笑的吧？长此下去，未来的天下将全部都是武右卫门吧？将全部都是金田老板和金田夫人吧？我衷心期望武右卫门争分夺秒地早些醒悟，成为一个真正的人。否则，不论他如何担忧，如何后悔，向善之心如何迫切，毕竟不可能像金田老板那样获得成功。不，要不了多久，人类社会就会把他流放到居住区以外去，何止于被文明中学开除！

我正在思考着，觉得蛮有趣，忽听隔门哗啦一声开了。门后露出半个脸来，叫了一声："先生！"

主人正一再重复地对武右卫门说："是嘛！"忽听有人喊他。是谁呢？一看，那从隔门后斜着探出来的半个脸，正是寒月。

"噢，请进！"主人只说这么一句，依然坐着没动。

"有客人吗？"寒月依然探进那半张脸在反问。

"没关系，请进来吧！"

"说真的，是请你来了。"

"去哪儿？还是赤坂吗？那地方我算不去了。前些天硬是拉我去，腿都累得发直了。"

"今天没事。好久没出门，走走吧？"

"去哪？进来呀！"

"想去上野，听听虎啸之声。"

"不无聊吗？你还是先请进吧！"

寒月先生也许觉得隔着这么远对话毕竟不方便，就脱了鞋，缓缓走进。他依然穿着那条后屁股上落了补丁的耗子皮色的裤子。那条裤子并不是由于年深月久或寒月先生的屁股太沉才磨破了的。据本人解释，是因为近来他开始学骑自行车，对裤子的局部摩擦过多所致。他做梦也没想到给他自封的未来夫人写过情书的情敌也在这里。他打了下招呼，对武右卫门微微点头后，便在靠近檐廊的地方坐下。

"听虎啸多没意思！"

"是的。现在不行。先四处逛逛，夜里十一点才去上野呢。"

"啊？"

"那时，公园里古木森森，很吓人的吧？"

"是啊！要比白天凄凉些呢。"

“然后，千万要找个林木茂密、大白天都不见个人影的地方去走走，肯定会变得这么一种心情：不知不觉，忘却在万丈红尘的都城，仿佛在山中迷路了似的。”

“心情变得那样，又将如何？”

“心情变得那样时，稍微站一会儿，会忽然听到动物园里的虎啸声。”

“老虎那么爱叫吗？”

“没问题，会叫的。那叫声，即使白天也能传到理科大学。到了夜深人静、四顾无人、鬼气袭身、魑魅刺鼻[①]的时候……”

“魑魅刺鼻是怎么回事？”

“就是形容那种场合嘛，恐怖！”

“是吗，没大听说过。然后……”

“然后老虎叫得几乎将上野的老杉树树叶全都给震落，可吓人啦。”

“够吓人的。”

“怎么样？不去冒冒险吗？一定很爽。我想，无论如何，不在深夜听听老虎叫，那就不能说听过老虎的叫声。”

“是嘛……”就像主人对武右卫门的请求表示冷漠一样，对寒月先生的探险一并很冷漠。

武右卫门一直以羡慕的心情默默地听别人讲“说老虎”，忽听主人说“是嘛”，这时似乎又想起自己的事。又重新问道：

“老师，我很担心，怎么办呢？”

寒月先生惊讶地望着那个大脑袋。

我有点心事，暂且失陪，到茶房去转转。

① 此处假借“臭味刺鼻”。

茶房里女主人正在咯咯笑，往廉价的京瓷茶碗里哗哗地斟茶，然后放在一个铅制茶托上说："雪江小姐！劳驾，把这个送去。"

"我不。"

"怎么？"女主人有点愣住，立刻收住笑容说。

"不怎么。"雪江登时装出一副扭扭捏捏的样子，目光低垂，仿佛在看身旁的《读卖新闻》。

女主人再一次商量："哟，真是个怪人！是寒月先生呀，没事的。"

"可，我不。"她的视线依然不离《读卖新闻》。这时候，连一个字也读不下去的。假如说破她并没有看报，她大概会哭吧！

"没什么害羞的。"现在女主人笑着，特意将茶碗推到《读卖新闻》上。

雪江小姐说："真坏！"她想把报纸从碗下面拿出，不巧碰翻了茶托，茶水毫不留情地从报纸上洒进床缝里。

"你看！"女主人说罢，雪江小姐喊道："呀，麻烦了！"她向厨房跑去，是要拿抹布吧？

我觉得这出滑稽戏，还蛮逗的。

寒月先生哪里知道这出戏，正在房间里大发奇怪言论哩。

"先生！隔门重新裱糊啦？是谁糊的？"

"女人糊的。糊得好吧？"

"是的，很好。是常常光临贵府的那位小姐糊的吗？"

"嗯，她也帮了忙。她还夸口说：'能把纸屏糊得这么好，就有资格嫁出门去！'"

"呀！不错。"寒月边说边呆呆地盯着那扇纸屏。"这边糊得平平的，右角上纸太长，不太平整了。”

“是从右角开始糊的。怪不得呀，还没经验嘛！”

“难怪，手艺还差点。那一带糊成了超越曲线，毕竟是用一般的方程式无法表现的呀。”

不愧是理学家呀，说话都这么深奥的。

“可不是嘛！”主人敷衍道。

武右卫门明白，照此下去，不论哀求多么久，都是没有希望的，便突然将他那伟大的头盖骨顶在床席上，默认表示了诀别之意。

主人说：“你要走吗？”

武右卫门却无声无息地趿拉着木屐走出门去。怪可怜的！假如干脆不理，说不定他会写出《岩头吟》，跳进华岩瀑布[①]而自尽的。

说到底，这都是金田小姐的摩登和骄傲惹出的祸端。假如武右卫门丧命，最好化为幽灵，杀了金田小姐。那种女人从这个世界上消灭一两个，对于男人来说，一点儿都构不成困扰，寒月可以另娶一个像样的小姐。

“先生，他是个学生吗？”

“嗯。”

“脑袋真大呀！有学问吗？”

“学问可比不上他的脑袋大。不过，常常提出些奇怪的问题。不久前叫我把哥伦布译成日文，让我非常难堪。”

“正因为脑袋太大，才提出那类问题。先生，你怎么回答的？”

“哪里，我胡诌八扯，给翻译了一下。”

---

① 此处映射一名叫藤村操的少年在树皮上刻下遗书，而后跳入华岩瀑布自杀，藤村正是夏目漱石的学生。

“那，总算翻译了。了不起！”

“小孩子嘛，不给翻译出来，他就不再信服你了。”

“先生也变成了了不起的政治家。可是，看他刚才的样子，总感觉无精打采，看不出他会给先生出难题。”

“今天他可有点不争气。混账玩意儿！”

“怎么啦？冷眼一看，看起来他非常可怜呢。到底咋啦？”

“咳，干了件糊涂事！他给金田小姐送了情书。”

“咦？就他这个大脑袋？现在的学生们可真厉害。太吓人了。”

“你也有点担心吧……”

“哪里，一点儿也不担心，反而觉得好玩儿。不管飞去多少情书，也不会出事的。”

“既然这么放心，那就没说的了……”

“没说的。我一向不在乎这些的。不过，听说那个大脑袋写了情书，确实有点儿意外。”

“这个嘛，是个恶作剧。他们三个人，认为金田小姐又摩登，又骄傲，就想耍笑她一番。于是，三人合伙……”

“三人合伙给金田小姐写了一封情书？越说越离谱。这岂不好像一人份的西餐，要由三个人享用吗？”

“不过，他们有分工。一个写信，一个送信，一个借名。刚才来的，就是借名的那个小子。他最蠢。而且他说，他还不曾见过金田小姐呢。那又为什么干出那种混账事来？”

“这可是最近的巨大成果，真是杰作！那个大脑袋，居然给女人写情书，多么有趣啊！”

“这回可捅了篓子啦！”

“怎么捅都没事儿，对方是金田小姐嘛。”

“不过，你说不定会娶她的呀！”

“正因为我说不定会娶她，所以才没关系嘛。”

“你没关系，可是……”

“怎么？金田小姐也没关系！放心吧。”

“如果真的是这样，也就没什么了。可是，写情书的人事后良心发现，害怕啦，惶恐啦，跑到我家来求我支招呢。”

“就这么点事，就吓成那样？可见是个胆小鬼。先生，您是怎样处置他的？”

“他自己说一定会被学校开除，非常担心呢。”

“为什么开除？”

“因为干了那么不道德的事情。”

“怎么？不至于说不道德吧？没什么了不起。金田小姐可能认为这是光荣，在到处瞎吹呢！”

“不会吧。”

“总之，很可怜。虽说干那种事不好，但是，叫他那么担心，会害了一个男孩子的。他虽然脑袋大些，可是相貌并不怎么丑。鼻子忽闪忽闪的，很讨人喜欢呢。”

“你也有些像迷亭了，净说些风凉话。”

“不，这是时代潮流。先生太固执，所以，把任何事情都说得严重。”

“可是，这不是太蠢了吗？给一个素不相识的人送什么情书。简直是缺乏常识。”

“这么做，大多因为缺乏常识。救救他吧！也算积德了。看他那样子，大概会去跳华岩瀑布的。”

“是啊！”

“就这么办吧，假如他是个再大些、再懂事些的大孩子，怎么会这样呢？他们会干了坏事，还装作不知道！如果把这个孩子开除，那么，不把那些大孩子们统统赶出校门是不公平的。”

“说得也是啊！”

“那么，怎么样？去上野听虎啸吧？”

“老虎？”

“是的，去听吧！两三天内我要回一趟老家，因此不论去哪儿都不能奉陪。今天是抱着一定要一同去散步的目的才来的。”

“是吗？你要走？有事吗？”

“是的。有点事。总之，走吧？”

“嗯，那就出发吧！”

“好的，走吧！今天我请你吃晚饭。然后活动活动，到达上野的时间刚好。”

由于寒月一直催促，主人也动了心，便一同出发了。身后是女主人和雪江肆无忌惮的哈哈大笑声。

第十一章

我进入了

不可思议的

太平世界。

壁龛前，一张棋盘放在中间，迷亭和独仙相对而坐。

“我可不跟你白下。谁输了要请客的，是吧？”

经迷亭这么一提醒，独仙依然摸着山羊胡说：“那样一来，难得的一次高尚游戏，可就俗气了。醉心于打赌之类，多没意思。只有将胜败置之度外，如同‘云无心以出岫’，悠然自得地下完一局，才能品味到其中奥妙！”

“又来啦！棋逢如此仙骨，好不累人啊，恰似《列仙传》[①]中的人物呢。”

---

① 《列仙传》，西汉刘向著，记载了七十一位仙人的姓名和故事。

“这就是弹无弦之素琴。”

“拍无线之电报吗？”

“闲言少说，来吧！”

“你持白子儿？”

“用什么都行。”

“不愧是仙人，好大的气魄！你持白的话，按自然顺序，我就持黑喽。好，来吧，谁先走都行。”

“黑子儿先走是规矩。”

“不错。那么，让着你点儿。按规矩从这儿先走。”

“按规矩，可没有这种走法呀！”

“没有就没有。这是我新发明的定式。”

我见识太少，棋盘这玩意儿是最近才见到的。越想越觉得这玩意儿妙不可言。在一个不大的方盘上画了些小格，乱糟糟地摆了些黑白子儿，令人眼花缭乱。然后就谁输啦、谁赢啦、谁死啦、谁活啦的，下棋的人流着臭汗，吵个不停。

那棋盘顶大不过一尺见方呗！就算用前爪一搭，就会把它扫得稀巴烂啦。不过，常言说：“结则草庐，解则荒原。”何必捣这份乱！倒不如作壁上观，逍遥自在多好。开头那三四十个子儿的摆法还不怎么刺眼，可是到了决定胜负的关键时刻，你瞧，哎呀，战局真惨哪！白棋子儿和黑棋子儿密密麻麻，几乎要从棋盘上摔下去，互相喊叫着：“挤死啦！”“挤死啦！”但又不能因为太挤，就让其他的棋子儿闪开；也没有权力因“碍事”而喝令前边的棋子儿退下。棋子儿除了个个认命，纹丝不动地待在那里，别无他法。

发明棋盘的是人。假如是人类的癖好反映在棋盘上，那么，就不妨说，棋子儿进退维谷的命运正标志着人类龌龊的本性。假如从棋子儿的命运可以推论人类的本性，那么，便不能不断定：人，喜欢把海阔天高的世界用小刀零切碎割，画出自己的领地，并画地为牢。只在固守立足之地，任何时候也不越雷池一步。总而言之，说人类硬是要自寻烦恼，也不过分吧?

自在逍遥的迷亭先生和神机妙算的独仙先生，不知什么想法，偏在今天从壁橱里拖出一个旧棋盘，开始干这种热得汗流浃背的游戏。确实是棋逢对手。一开始，双方都下得很随意，棋盘上的白子儿和黑子儿自由地交错飞落。但棋盘的大小是有限的，每填一个棋子儿，横竖方格就要减少一个，因此，再怎么自在逍遥，再怎么神机妙算，也会感到焦虑。

“迷亭君！你这盘棋下得太野蛮，没有从那儿落子的。”

“也许出家人下棋没有这份规矩。但是，按‘本因坊’[①]流派的下法，可就有这份规矩。有什么办法呢。”

“不过，那是自寻死路了吧！”

“‘臣死且不避，何况彘肩乎[②]？’干脆就这么走吧。”

“噢，这么走啦，好吧！‘熏风自南来，殿角生微凉。’这样看住你，便可无恙。”

“呀，看得果然厉害！我还以为你没心看住呢。‘撞吧，八幡钟[③]’我这么走，你将如何应付？”

---

① 本因坊，日本围棋的一个流派。

② 出自《史记·项羽本纪》，“臣死且不避，卮酒安足辞！”

③ 日语里“补”和“撞”是谐音，八幡钟是江户深川富冈八幡宫的钟。

“没什么奈不奈何的。‘一剑倚天寒[①]’……哎？麻烦啦！下决心，隔开它吧。”

“啊！危险，危险！这一断开，可就是死棋了。喂，你可不能这么绝情啊，让我悔一步。”

“不是早就对你说了吗？这地方是不能落子儿的。”

“贸然进入，失礼，失礼！喂，你把这个白子儿给我拿掉！”

“那个也要悔？”

“顺手把旁边那个白子儿也拿掉！”

“喂，你脸太厚了吧。”

“你看见那个黑子儿啦？唉，咱俩有交情嘛！别说那些见外的话，快给我拿掉！这可是生死关头，要大喊‘且慢，且慢’出场了[②]。”

“我可不听你那一套！”

“不听就不听。把那个子儿给我拿掉！”

“你已经悔了六步棋啦。”

“你这人记性真好。接下来我会加倍地悔棋呢。所以，叫你把那个子儿拿掉。你这人真矫情。既然坐禅，就应该超脱些嘛……”

“不过，不吃掉这个子儿，我可就输了。”

“你不是从一开始就是抱着输赢无所谓的心态吗？”

“我是输赢不在乎。但是不想你赢。”

“得道了，了不起！到底是‘春风影里斩电光’！”

“不是‘春风影里’，是‘电光影里’。你说反了。”

---

① 出自北条时宗的名言，“两头俱截断，一剑倚天寒”。

② 此处化用歌舞伎的表演桥段，主角大喊一声“且慢”，现身惩治坏人。

“哈哈，我还以为这时候差不多都颠三倒四的呢，没想到竟还蛮清醒的。那么，没办法，我认了。”

“生死事大，迅速无常。你就认了吧！”

“阿——门——！”迷亭先生将下一手棋子落在了无关紧要的地方。

迷亭和独仙在佛龛前大赌输赢，寒月与东风并肩坐在客厅门口，主人在旁边如黄蜡般端坐。寒月面前的床席上放着三条鱼干，赤裸裸排列得整整齐齐，甚是壮观。

这鱼干出处是寒月的怀里，取出时还热乎呢。主人和东风却将出神的目光聚焦在鱼干上。于是，隔了一会儿寒月说：“老实说，四天前我从老家回来。因为有很多事要办，四处奔波，所以没能来府上拜访。”

“不必急着来嘛！”主人照例说些不讨人喜欢的话。

“急着来就对啦。不早点把这些礼品献上，总归不放心啊！”

“这不是木松鱼干吗？”

“嗯，我家乡的名产。”

“名产？好像东京也有哇！”主人说着，拿起最大的一个，凑在鼻子下闻了闻。

“鼻子闻不出鱼干是好是坏的呀！”

“个头稍大一点，这便是成为名产的理由吧？”

“你先尝尝看。”

“尝肯定是要尝的。可这条鱼怎么没鱼头呀？”

“因此，不早些送来放心不下呀。”

“为什么？”

“为什么？那是被老鼠吃了。”

“这可危险。人吃下去的话，会患霍乱的呀！”

“没事的！老鼠只咬去那么一点点，不会中毒的。”

“到底是在哪儿被老鼠咬的？”

“在船上。”

“船上？什么情况？”

“因为没地方放，就和小提琴一块儿装进行李袋里，上船那天晚上就被老鼠咬了。如果光是咬了木松鱼干那还没什么，偏偏老鼠把小提琴的琴身当成了木松鱼干，琴也被咬了一点。”

“这老鼠太大意了！一到船上，就那么晕头转向？”主人依然看着木松鱼干，说些莫名其妙的话。

“唉，老鼠嘛，不管住在哪儿，也是大意的。所以我把鱼干带到公寓，又被咬了。我看危险，夜里就搂着它睡了。”

“这可不太干净吧！”

“所以，吃之前要洗一洗。”

“仅仅洗一洗，是不可能干净的。”

“那就泡在碱水里，使劲搓它一顿总行吧？”

“那把小提琴，你是搂着它睡吗？”

“小提琴太大，没办法搂着睡……”

听到这一解释，远处的迷亭先生也加入了这边的对话，高声说道：“你说什么，搂着小提琴睡觉？这可太风雅了。‘春日苦短。独抱琵琶，意阑珊。’这是一首俳句，这是古人作的。可是明治年代的秀才若不抱着提琴睡觉，就不能超越古人，我吟道：‘薄衫独眠。长夜相守，小提琴。’怎么样？东风君，新体诗里可以写这种内容吗？”

“新体诗与俳句不同，很难那么匆匆挥就的，但是，一旦写得成功，就会发出触及人们心底的绝妙音符。”东风严肃地说。

“是呀，这‘魂灵’嘛，我还以为要焚烧麻秆迎接才行呢，原来作新体诗就能请得来呀！”迷亭嘲笑了一番，也不专心下棋。

“你再怎么胡扯，还是要输的。”主人警告迷亭。

可是，迷亭毫不在乎地说：“别管我要输还是要赢，反正对方已经成了瓮中之鳖，手脚全都动不得了。我感到无聊，不得已才加入小提琴这一伙的。”

独仙先生语调有些激动，吵着说：“现在该你走了，等着你呢！”

“嗯？你已经走啦！”

“走啦，终于走啦。”

“走到哪儿？”

“在这儿斜着添了个白子儿。”

“是啊！这个白子儿斜着这么一放，吾命不久矣。那么，我……我……我穷途末路了。怎么也想不出个好出路啦？喂，让你再下个子儿，随便放在哪儿都行。”

“有那么下棋的吗？”

“‘有那么下棋的吗？’若这么说，我可就下子儿啦……那么，我就在这个角拐他一下。寒月君，你的小提琴太便宜，所以连老鼠都糟蹋它，把它给咬啦。长点志气，再买把好些的吧。我从意大利给你函购一把三百年前的古货好吗？”

“那就费心啦。劳烦您顺便将费用也一并付了。”

“那种老玩意儿，管用吗？”呆里呆气的主人大叫一声，训斥了迷亭。

“你是把人里面的古董和小提琴里面的古董弄混了吧？即使人里的古董，不是还有金田之流，至今也还走运吗？至于小提琴，那真是越旧越好……喂，独仙君，怎么样？快下呀！我倒不是故意说庆政的台词：‘秋日苦短！’”

“和你这样啰唆的人下棋可真是受罪，连动脑筋的时间都没有。没办法，在这儿落个子儿，填上个空吧！”

“哎呀！到底让你把棋走活了。真遗憾！我生怕你把子儿摆在那儿，才胡说几句。用心良苦，终究是白搭啊！”

“那是当然。你这哪里是下棋，简直是在蒙棋。”

“这就是‘本因坊派’‘金田派’‘当代绅士派’……喂，苦沙弥先生！独仙君不愧到镰仓去吃过咸菜，不为物欲所动啊！真是佩服至极！别看棋下得不高明，气度可是不错。”

“所以，像你这种胆小鬼，就该向别人学着点。”

主人背着脸刚一插话，迷亭便伸出通红的长舌头，独仙仿佛毫不介意，还在催促迷亭：“喂，到你走啦！”

“你是从什么时候学小提琴的？我也想学，可是，听说很难。”东风问寒月。

“嗯。不过，要是只要求一般水平，谁都能学会的。”

“同样是艺术，爱好诗歌的人，学起音乐来，一定会进步很快吧？所以，我自心中有数。如何？”

“这么说吧！你要是学的话，一定会精通的。”

“你是什么时候学琴的？”

"从高中开始的，先生！我曾经向您介绍过我学小提琴的事吧？"

"哪有，没听说过。"

"高中时期是老师教才拉起小提琴的吗？"

"哪里，没有老师，也没人指导，是自学。"

"那真是天才！"

"自学的人不一定都是天才！"寒月先生板着脸说。被誉为天才还板着脸，大概只有寒月了。

"这倒无所谓。你就说说怎样自学的，好参考参考。"

"说说可以，先生！我就说说吧？"

"啊，说吧！"

"如今，一些年轻人拎着个提琴盒，不时地在大街上走来走去。可是那时候，高中学生几乎没有人搞西洋音乐。尤其我们那个学校，简直是乡下的乡下，穷得连穿麻里草鞋的人都没有，至于学校，当然没有一个人拉小提琴……"

"那边大概讲起趣闻了，独仙君！咱们这盘棋就下到这儿吧！"

"还有两三个地方没有摆好哩！"

"没摆就没摆吧！无关紧要的，都送给你好了。"

"话虽如此，我也不能白要呀！"

"看你这较真儿的样儿，真不像个禅学家。那就一气呵成，下完这盘棋……寒月讲得太有趣儿了……就是那所高等中学吧？学生都光着脚上学的那个……"

"没有的事！"

"可是，传说学生都光着脚做军操，因此把脚都磨出了很厚的老茧。"

“真稀奇！听谁说的？”

“管他是谁说的！你没听说吗？饭盒里装一个好大的饭团，像个袖子似的别在腰上，到时候就吃它。与其说是吃，莫如说是啃，啃到中间，就露出一个咸梅干。据说就是为了露出那个咸梅干，才聚精会神地将四周没有咸味的饭啃光。真是些活力四射的小家伙！独仙君，这故事你一定很满意吧？”

“质朴刚健，一带风尚啊！”

“还有比这更值得称赞的故事呢！听说那里没有卖烟灰盘的。我的一位朋友在那里任职期间，出门想买一个带有‘吐月峰’标志的烟盘，结果，不要说‘吐月峰’了，根本就没有烟盘这种东西。他很奇怪，一打听，人家心平气和地说：‘烟盘啊，只要到后边的竹林里去砍竹子一节，谁都能做。因此，没有必要买它。’那么这也够得上质朴刚健风尚佳话了吧？独仙君。”

“嗯。说话归说话。这儿要补上个子儿才行。”

“好吧！补，补，补。这回补齐了吧……我听了那番话，真是吃惊。在那个穷乡僻壤自学小提琴，太难能可贵了。《楚辞》里说：‘既茕独而不群兮。’寒月君简直就是日本明治时期的屈原！”

“我不想当屈原。”

“那么，是二十世纪的少年维特吧！什么？拿出棋子儿来数一数？你也太呆板了，就算不数，我也输了，没错！”

“不过，难说呀……”

“那，你就数吧！我可不去数它。如果不听一代才子维特先生自学小提琴的趣事，那就对不起老祖宗！我先撤了啊。”迷亭说罢离席，蹭到寒月身边。

独仙专心地拿起白子儿，填满了白空，再拿起黑子儿，填满了黑空，口里不住地数着。而寒月却继续说：“地方风俗本就如此，故乡的人又非常固执。只要有一个人软弱一点儿，他们就说：你这样在外县学生面前丢脸，便胡乱地严加惩处，真受不了啦。”

“提起你们故乡的学生来，真是没法说。不知为什么要穿那种藏青色的和服裤裙。首先，正因为这身打扮，倒是很特别呢。其次，也许由于海风扑面的缘故，脸色总是那么黑黝黝的，若是男子倒也无所谓，可是女人弄成那副样子，可真够了。”

只要迷亭一插话，原来的话题就不知扯到哪儿去了。

“女人也是那么黑啊！”

“那嫁得出去吗？”

“家乡人全都那么黑，有什么办法！”

“多么不幸！是吧，苦沙弥兄？”

主人喟然长叹：“还是黑脸好吧！要是脸白，一照镜子就孤芳自赏起来，那才叫糟糕。女人是很难应付的！”

东风却问得有理，他说：“假如全乡下的人脸都是黑的，难道他们不会以黑为荣吗？”

主人说：“总而言之，女人全是些多余的东西！”

迷亭边笑边警告主人说：“你说这话，回头嫂夫人会不高兴的呀！”

“没事。”

“她不在家吗？”

“刚才带孩子出去了。”

“难怪这么肃静。去哪儿啦？”

“不知去哪儿，是一时高兴出去遛遛。”

“然后再一时高兴随便地回来？”

“是啊。你还是单身汉，多好啊！”

这一说，东风有点不高兴，寒月却笑嘻嘻的。

迷亭说：“一娶上老婆，男人都爱说这种话。是吧？独仙兄！你大概也属于‘怕老婆’之流吧？”

“咦？等等！四六二十四，二十五，二十六，二十七。以为不大个地方，可是有四十六个目呢。本想再多赢你一些，可是排起来一看，才差十八个子儿。这是怎么回事？”

“我在说，你也是‘怕老婆。’”

“哈哈，倒也没什么愁的。因为我老婆从来都爱我。”

“那么，恕我冒昧，独仙嘛，就是与众不同。”

这时，寒月替天下妻子辩护说：“岂止独仙一人，这样的例子多得很！”

东风依然认真，对迷亭说：“我也赞成寒月兄的看法。要我说，人要进入纯情境界，只有两条路：艺术和恋爱。因为夫妻之爱代表某一个方面，所以我想，人必须结婚，实现那种幸福，否则便是违背了天意……不是吗，迷亭先生？”

“实在是高！像我这种人，毕竟是不可能进入纯情境界喽！”

“娶了老婆，就更进不去了。”主人哭丧着脸说。

“总之，我们未婚青年必须接近艺术的灵性，开拓向上的道路，否则，就不可能了解人生的意义。为此，我以为，首先必须从小提琴学起，所以刚才听寒月君说说经验的。”

“是呀，是呀！该听维特先生讲讲自学小提琴的故事。请继续说吧，不再打搅你。”

迷亭这才好不容易收敛锋芒。于是，独仙先生煞有介事地对东风说教了一番：“向上之路，不是自学小提琴就能开拓的。那种纯属游戏的事儿，若是能够认识宇宙真理，可就怪了。如果想认识当中的奥秘，没有悬崖勒马、回头是岸的气魄是不行的。”

训得倒是蛮够劲儿的。可惜东风连禅宗怎么写都不知道，所以才无动于衷，他说：“嗯，也许你说得对。但是我想，还是艺术才标志着人们渴望的最高境界，因此，我无论如何也不肯放弃它。”

寒月说：“如果不肯放弃，那就照你的希望，讲讲我学小提琴的过程给你听吧！正如刚才说过的那样，我到开始学小提琴的时候，已经历尽千难。首先，买提琴就很是发愁呢，先生！”

“自然如此。在没有麻里草鞋的地方，是不会有小提琴的。”

“不，有倒是有。钱也早就攒够了，不成问题。可就是买不成。”

“为什么？”

“乡下地方小，如果买来，立刻就会被发现。一旦被发现，人们就会说：‘好神气呀！’要挨整的。”

“自古以来天才都要受迫害哟！”东风深表同情。

“又是天才！请千万别称我什么天才吧！后来呀，我天天散步。每当路过卖小提琴的商店门前时，没有一天心里不在嘀咕：‘买一把多好啊！’‘把小提琴抱在怀里时将是什么滋味？’‘啊，真想买啊！’”

“可以理解呀！”这是迷亭的评语。

“真是鬼迷心窍！”这是主人的质疑。

“不愧是个天才！”这是东风的称赞。

唯有独仙毫不介意地摸着胡须。

“那么小的地方，怎么会有小提琴？这首先令人怀疑。但是想一想，就会明白这是理所当然。为什么？因为这里也有女子学校。作为课程，女学生必须天天练琴，因此，自然有小提琴。不用说，没有好的。因此，商店也并不重视，将二三把琴绑在一起，吊在门市里。唉，我时常散步从店前走过，由于风吹或小伙伴用手碰过，嘀，有时候发出声音哩。一听到那种声音，我的心就像碎了似的，不知如何是好。”

迷亭嘲讽道：“危险！疯病种类繁多：山疯，水疯，人疯……你既然是维特，那就是‘提琴疯’了。”

东风益发受感动地说：“不，如果感觉不是那么敏锐，就不可能成为艺术家，不愧是天才呀！”

寒月说：“噢，实际上也许真的疯了。那音色可够绝的呀！那以后，直到现今，弹了这么久，但是，再也没有弹出过那么美妙的声音。是啊，怎么形容才好呢？毕竟是不可言喻的哟！”

“那声音，是否琅琅然，锵锵然？”独仙胡诌出这套艰深晦涩的字句，但是没有人理睬，怪可怜的。

寒月接着说：“我天天散步时从店门口走过，其间总算三次听到了那种妙音。第三次听到时，我心想，非买下这把小提琴不可。哪怕乡亲们谴责，哪怕外乡的人们轻视。唉，哪怕饱吃拳头而绝命，犯个错误而被开除，这把小提琴我非买不可！”

“这正是天才的本色！如果不是天才，不会这么痴情的。太羡慕了。

一年来我总盼着自己也能够激起那么炽烈的情感，但是，总是事与愿违。参加音乐会的时候，尽管以最大的热情倾听，但也总是兴味索然。”东风一直在奉承。

寒月说：“如果兴味索然，那就幸运喽！如今好像在心平气和地讲述，可在当时，那苦楚是难以想象的呀……后来，我咬咬牙，终于买到手了。”

“嗯，怎么买的？”

“那是十一月，刚好是天长节[①]的前夕，乡亲们全都到温泉去了，准备外宿，村里一个人也没有。我借口有病，那一天，连学校都没去，在屋里躺着。我躺在床上，一心想着一件事：趁村民们今夜出门，我要把心心念念的小提琴买到手。”

主人问：“你装起病来，连学校都不去了？”

寒月说：“没错。”

迷亭也有些惶恐的样子说：“不假，这才像点天才哩！”

寒月接着说：“我从被窝里一露头，只见太阳还高，等得不耐烦。没办法，只好把头缩进被窝，闭上眼睛等待。可还是受不住。我又露出头来一看，秋日洒满了六尺高的隔门，火辣辣的。这时，只见隔门上端有个细长的黑影，不时地在秋风中摇曳。”

主人问：“那个细长的黑影是什么？”

“原来是挂在屋檐下剥了皮晾晒的涩柿子。”

“哼！后来呢？”

“没办法，我跳下床，拉开隔门，到了檐廊，拿了柿饼吃了。”

---

① 天长节，11 月 3 日，明治天皇的生日。

“甜吗？”主人的问题简直像个孩子。

“那附近的柿子可甜啦，东京人毕竟是不解其味的哟！”

东风又问：“柿子的事就暂且不说吧。后来怎么样了？”

“后来我又钻进被窝，闭上眼睛，默默地向神佛祷告：‘天快些黑吧！’大概过了三四个小时，心想差不多了吧？可是我一露头，谁料秋日依然洒在六尺高的隔门上，火辣辣的。上端还是有个细长的黑影在摇曳。”

“这一段听过了。”

“有好几回呢。后来我下了床，拉开隔门，吃了一个柿饼子，又钻进被窝默默对神佛祷告：‘天快些黑吧！’”

主人说：“这不是重复了吗？”

“唉，先生！别那么性急，往下听啊！后来约三四个小时，我在被窝里忍着。以为这时可以了吧？我猛然探头，只见秋日依然洒在六尺高的隔门上，上端有个细长的黑影在摇曳。”

主人说：“说来说去还是那一套呀！”

“然后我下了床，拉开隔门，到了檐廊，吃了一个柿饼子……”

“又吃柿饼子！你总吃柿饼子，这不是没完没了吗？”

“我也不耐烦啦！”

“听的人比你更不耐烦！”

“先生太性急，故事就讲不下去，真烦人！”

“听的人也有点发愁呢。”东风也愤愤不平。

寒月说：“各位既然那么发愁，没办法。那就讲个大概就结束吧！总之，我吃完了柿饼子就钻进被窝；钻进被窝以后又出来吃，终于把吊在屋檐下的柿饼子全都吃光了。”

“既然全吃光了，太阳该落了吧？”

“并非如此。所以我吃了最后一个柿饼子，以为差不多了，探出头来一看，依然是秋日洒满了六尺高的隔门……”

“饶了我吧！说上一千遍也没完。”

“连我自己说这话都厌烦死了。”

迷亭也似乎有些不耐烦，他说：“不过，如果有那么大的恒心，万事都可以成功的。假如没人干扰，说到明天早晨，恐怕也还是那么几句话：秋日，火辣辣的。那么到底打算几时才买一把小提琴呀？”

唯有独仙稳稳地坐着，哪怕你讲到明天早晨、后天早晨，管他秋日火辣辣的，也丝毫不在意。

寒月又从容不迫地说：“问我几时去买吗？我想，一到晚上，立刻出去买下。遗憾的是：不管多久，只要探头一看，总是秋日火辣辣的……唉，提起我当时的痛苦，毕竟不能和现在各位的焦急相提并论。我一看，吃完了最后一个柿饼子太阳依然不落，不由得啼哭起来了。东风君，我的确是感到可悲才流泪的呀！”

“可能是的，艺术家本来就多愁善感。你落泪，我同情。不过，你的话也该快点说呀！”东风是个好人，交际中总是严肃而又滑稽。

“我倒非常渴望说得快些。可是，太阳怎么也不肯落，烦死人了。”

主人终于忍无可忍，说：“太阳总不落，听众也难受，那就结束吧！”

“如果结束，就更难受。以下眼看就要进入佳境了。”

“那就听！你快点说‘太阳已落’，这不就行了吗？”

“那么，虽然这个要求令人为难，但是，既然先生出口，就权当眼下已经天黑了吧！”

独仙苦着面孔说：“这就对了。”逗得大家不由地开怀大笑。

“渐渐夜深了。我总算放下心来，舒了口气，走出鞍悬村宿舍。因为我生来不喜欢吵闹之地，才特意远离交通便利的市内，在人迹罕见的荒村找了一户蜗牛式的陋室……”

主人提出抗议说：“说什么‘人迹罕见’，说得有点过了吧？”

迷亭也抱怨地说：“‘蜗牛式的陋室’，也太夸张了。莫如说是个‘没有客室的四铺半草席的屋子’倒也逼真，还蛮有趣呢。”

只有东风称赞他：“事实如何不去管它，这语言倒是蛮有诗意，感觉还好。”

独仙却绷着脸问：“住在那里，上学可够困难吧，有多远？”

“距学校不过四五百米。原来学校是在乡村的……”

“那么，学生大多数在那儿住宿吧？”独仙依然不依不饶。

“是啊，一般家庭都住一两名学生。”

“那怎么说得上‘人迹罕见’呢？”独仙立马给他当头一棒。

“唉，假如没有学校，那就渺无人迹了……说起当夜的服装，穿的是家织布的棉袄，外加铜纽扣的学生大衣。我小心翼翼，用大衣领子将头蒙住，以便尽可能不被人发觉。正是柿子树落叶时节。从我家走到南乡大街，一路上铺满了树叶。每迈出一步，都发出沙沙的声响，这让我很不安。身后总像有人跟着。扭头一看，东岭寺的森林格外阴沉，是在黑雾中映着漆黑的影子。这东岭寺本是松平氏的家庙，位于庚申山麓，距我居室只有百米左右，是个十分幽静的古刹。林木上方，是月明星稀的浩渺夜空，天河斜身躺在长濑川的尽头……是呀，天河的尽头大约流到夏威夷去了……”

“夏威夷？太离奇了。”迷亭说。

“我在南乡街的大路上走了二百来米，从鹰台街进入市内，再跨过古城街，拐过仙石街，越过食代街，依次穿过长街的一段、二段、三段，然后穿过尾张街，名古屋街、鲸街、蒲街……”

“何必走那么多的街？关键是到底买到小提琴没有？”主人不耐烦地问。

“卖乐器的商店，主人是金善，也就是金子善兵卫先生，所以，距买到手还远着呢。”

“远就远，你就快些买吧！”

“遵命！于是我来到金善商店一瞧，火油灯亮得火辣辣的……”

这回迷亭布下了防线。他说：“又是火辣辣的。看来你的火辣辣，一两次是说不完的。这可麻烦啦！”

寒月说：“哪里，这回的火辣辣，仅仅火辣辣那么一回，请别太担心。我透过灯影往里一看，只见那小提琴微微映着秋夜灯火，依次排列的图形琴身泛着瑟瑟寒光，只有绷得紧紧的一部分丝弦熠熠生辉……”

“多么美的叙述啊！”东风赞美道。

“就是它！就是那把小提琴！我这么一想，突然激动得两腿颤抖，站不稳了。”

“哼！”独仙冷笑道。

“我不禁闯了进去，从衣袋里掏出钱包，从钱包里拿出两张五圆的票子……”

“终于买下了？”主人问道。

“本想买，可是且慢，这可是关键时刻，万一莽撞就要失败的。唉，算了。于是，在这千钧一发之际，又改变了主意。”

“怎么？还没买？不过是买一把小提琴吗，也太磨叽了。”

“倒不是磨叽，一直还没买嘛，有什么办法！”

“为什么？”

“为什么？天刚黑，还有很多人来来往往嘛。”

主人气哼哼地说：“即使有二百人、三百人来来往往，又有什么关系？你这人太奇怪啦。”

“如果是一般人，二千人、三千人也无所谓。可是有学生挽着袖子、拄着好大的文明杖在徘徊，这就不能轻易下手。其中有的号称‘渣滓党’，永远留级还很高兴。但是论摔跤，没有比他们更厉害了。我决不能草率地去动小提琴，因为不知会惹出什么样的麻烦来。我肯定是盼着小提琴到手的。可是，不管怎么，还是惜命的哟！与其拉小提琴而被杀，不如不拉琴苟且活着。”

主人催问道：“那么，到底没买就收场了？”

“不，买了。”

“你这人真能磨叽！要买不早点买，若不买就不买，快些决定就对啦。”

“啊，哈哈，人世间不如意事十之八九嘛！”寒月说着，镇静地把“朝日牌”香烟点着，喷吐起云雾来。

主人有些厌烦，突然站起，进了书房，拿出一本不知什么名的外国旧书，扑通一声趴在床席上开读。独仙不知什么时候跑到神龛前独自下棋，自己和自己决战。

虽是难得入耳的趣话，但因过于冗长，以至听众减少一名，又少了一名，剩下的只有忠于艺术的东风和从来不怕冗长的迷亭先生。

寒月咕嘟咕嘟向屋里毫不客气地喷着长长的烟，不一会儿，又以原有的节奏继续他的谈话："东风君，当时我是这么想的：夜幕刚刚降临之时，毕竟是不行的，话又说回来，如果是深夜，金善老板就入了梦乡，那更不行，不论如何，一定要趁学生们散步归去而金善老板尚未安眠之前去买！否则，苦心安排的计划就要化为泡影。然而，掐准这个时间，可不那么容易哟。"

"的确，是不容易。"

"我把那个时间预定在十点钟左右。那么，从现在到十点钟，必须找个地方打发时间。回家一趟再回来吧？那太累。到朋友家去谈谈？又有点心中不安。没意思。没办法我便在街里闲遛了很长时间。不过，若是平常，两三个小时逛来逛去的，不知不觉就过去了。可是唯有那天晚上，时间过得非常慢。那句话怎么说的……'一日三秋'，大概指的就是这种滋味，我算是尝到了。"

寒月说得身临其境，还特意看着迷亭。

迷亭说："古语有云：'暖炉待其主，谁知相思苦。'又说：'等待最难熬，不见玉人来。'我想，那吊在檐下的小提琴一定急死了。但是，你像个漫无目标的侦探一般惊魂不定地晃来晃去，那苦头一定更甚于小提琴的，如丧家犬。真的，再也没有比无家可归的狗更可怜的了。"

"把我比作狗，这太过分了。从来还没有人拿我比作狗呢。"

东风安慰寒月说："听你讲故事，仿佛读古人传记，深有同感。至于将你比作狗，那是迷亭先生的一句玩笑，希你不要介意，快快讲下去吧！”

即使东风不予安慰，寒月也自然要接着讲下去的。

“我从徒街穿过百骑街，从两替街来到鹰匠街，在县政府门前数完了枯柳，又在医院旁算过窗灯，在染坊桥上吸了两支烟，这时一看表……”

“到了十点钟没有？”

“遗憾得很，还不到。我走过染房桥，沿河向东，有三人在按摩。并且有狗汪汪地叫呢！”

“漫漫秋夜，在岸边听到寒犬远吠。还真有点戏剧性哩，你是个逃犯的角色吧？”

“我干过什么坏事吗？”

“你是正想干的。”

“可叹！假如买小提琴是干坏事，音乐学校的学生都是罪人了。”

“只要别人不同情，即使干了天大的好事也是个罪人。因此，人世间再也没有比‘罪人’更难以预防的了。耶稣如果活在那种世道，也便是个罪人。寒月先生如果是在那种地方买小提琴，也就是个罪人了。”

“那么，我认输，就算是个罪人吧！当个罪人倒没什么，可是到不了十点钟，真是受不了。”

迷亭说：“不妨再数一遍街名呀！假如时间还够的话，就再一次‘秋日火辣辣的’呀！假如还有时间，再吃它三打涩柿子饼呀！你讲到什么时候我都听，一直讲到十点钟吧！”

寒月听了，眯着眼笑。“你抢先都给我说破了，我只好投降了。那么索性，就算到了十点钟吧！且说，到了预定的十点钟，我来到金善商店一看，由于正是寒夜时分，就连繁华的两替街都几乎不见人影，连迎面而来的木屐声都显得凄凉。金善商店已经关了大门。只留下个小脚门。当我从脚门进去时，不知怎么，总觉得被狗跟上，有点害怕……”

这时，主人从那本脏兮兮的书本上抬起头来问道：“喂，买到小提琴了吗？”

“就要买啦。”东风回答说。

“还没买？时间太长了。”主人自言自语，说完又看起书来。

独仙仍在默默地将白子儿和黑子儿摆满了半盘棋。

“我横下心。闯进店去，说：‘卖给我一把小提琴！’这时，火炉旁有四五个小伙计和小崽子在说话。他们惊惶之余，不约而同地朝我看来。我不由得抬起右手，将大衣帽子往前一拉，又喊了一声：‘喂，卖给我一把小提琴！’坐在最前边盯着我看的那个小伙计有气无力地说：‘哎！’他起身，将吊在店头的三四把小提琴一下子全都拿下来。我问他多少钱，他说：‘五元二角钱一把！’”

“有那么便宜的小提琴吗？是玩具琴吧？”

“我问他：‘都一个价吗？’他说：‘全是一个价。’他还说都做得没问题。我便从钱包里掏出五元的一张票子，用准备好了的一个大包袱皮将小提琴包了起来。这当儿，店伙计不吭声，死死地盯着我的脸。我的脸因为用大衣帽子遮着，他是不可能看清的，但是，总觉得心慌意乱，恨不得立刻窜到大街，总算将包袱放在大衣里边，走出了店门，掌柜们这才齐声大喊：‘谢谢光顾！’”

“来到大街上环顾四周，幸亏没人。但是走了一百米，对面走来两三个人，边走边吟诗，声音几乎传到市内。我心想，这下子可糟了。我便从金善商店的路口往西拐，从河边走到药王路，从榛木村到了庚申山麓，好不容易回到住处。到家一看，已经是下半夜两点前十分……”

“真是走了一整夜。”东风同情地说。

迷亭长出一口气：“总算买了。哎呀，这可是长途跋涉，终获大捷呀！”

“下面才值得一听呢。说过的那些，不过是开头罢了。”

“还有？这可不简单！一般人碰上你，都会坚持不住的。”

“坚不坚持的，暂且不说。假如就此收场，那等于修了佛像却忘了给它注入灵魂。我就再说几句吧！”

“说不说随你，反正我是要听的。”

“怎么样，苦沙弥先生也听听吧？寒月已经买下了小提琴，喂，先生！”

主人说：“那么，又该卖小提琴了吗？那就不必听了。”

“还不到卖的时候呢。”

“那就更不值得一听。”

“这可如何是好？东风君，热心听的只有你一个，真有点扫兴！没办法，那就随便讲完算了。”

“何必随便？慢慢讲好了，非常有趣！”

“好不容易把小提琴买到手，如今第一难题是没有地方放。我的宿舍常有人来玩，如果在一般地方挂起来或是立着，立刻就暴露了。挖个坑埋起来吧，又怕费事。”

“的确。那么，是不是藏在天花板里了？”东风说得倒轻松。

“哪里有天棚，那是乡下的房子。”

“那可愁人啊。那么，你放在哪儿啦？”

“你猜放在什么地方？”

“不知道。是放在雨窗的护板里了吗？”

“不对。”

“裹在被里，放进了壁橱？”

“不对。”

当东风与寒月就小提琴的藏处进行如此回答之时，主人和迷亭也在不停地谈论着什么。

“这怎么念？”主人问。

“哪儿？”

“这两行。”

“什么？‘Quid aliud est mulier nisi amiticiae inimica……’这不是拉丁文吗？”

“我知道是拉丁文，怎么念？”

迷亭觉得大势不妙，慌忙撤退：“你平时不是说会拉丁文吗？”

“当然会。看倒是能看懂，可是不知道这几行念什么。”

“‘看倒是能看懂，可是不知道这几行念什么。’这叫什么话？好厉害！”

“随便你说吧！暂且用英文翻译一下给我听。”

“‘给我听’？这口气太大。我真成了你的随从了吗？”

“随从就随从吧！怎么念？”

“唉，拉丁文之类，暂且不说，还是敬听寒月兄的高论吧！现在正是高潮，看着到了会不会被发现的紧要关头，是吧，寒月兄，后来怎样了？”迷亭突然来了兴致，又加入“话说小提琴”一伙，抛下主人独自一人。寒月先生气势大振，便说起小提琴的藏处。

“终于藏在一个旧藤箱里了。这个藤箱是我离开家乡时祖母送给我的，听说是祖母出阁时的嫁妆。”

“这可是一件古董，似乎和小提琴不大协调。是吧，东风先生？”

“是啊，有点不大协调。”

“如果放在天花板里，岂不也不大协调吗？”寒月回了东风一句。

迷亭说：“虽然不协调，却可以吟成俳句，放心吧！‘寂寞清秋，提琴箱中留。’怎么样？”

东风说：“迷亭先生今天俳性大发呀！”

“岂止今天！我任何时候都是心里满腹诗情。提起我做俳句的造诣，就连已故的正冈子规先生都啧啧称赞！”

“迷亭先生，你和子规先生有过交往吗？”东风问得很干脆。

“唉，即使没有交往，也始终通过无线电报肝胆相照的嘛。”

迷亭在胡说八道，东风君有些厌烦，便沉默不语。寒月却笑着接下来说：“那么，藏小提琴的地方倒是有了，可是现在怎么往外拿？这又难住了。如果单纯是拿出来，只要背着人们的眼目，打开看看，倒也不是干不来。然而，只是看看又有什么意思？不弹响它是没用的。弹则发声，声发则被发现。刚好只隔一道木槿篱笆，南邻便住着渣滓党的头目，太危险！”

东风同情地附和道：“真是糟糕！”

迷亭说：“确实，真糟糕。空口无凭，有据为证，当年只因发出了声音，高仓天皇的爱妃小督局才败露了。如果是‘偷嘴’或‘伪造假币’，那还不难遮掩；然而弹奏乐器，那是瞒不了人的呀。”

寒月说："只要不出声，怎么都是好办。不过……"

迷亭说："且慢，说什么只要不出声……有时候不出声也瞒不住。从前我们在小石川的庙里自己起伙时，有个人叫铃木藤，此人嗜好喝白酒。他用啤酒瓶子买来白酒，便乐呵呵地自斟自饮。有一天藤先生出去散步，真是不应该，苦沙弥偷了一口白酒喝……"

主人突然大声说："我何尝偷过铃木的白酒？偷酒喝的不是你吗？"

"噢，我以为你在看书。调侃两句也没事。不曾想，你还是听见了。你这人，不提防着点不行啊。所谓'眼观六路，耳听八方'，指的就是你。说起来，我喝了，这一点儿也不假。但是发现有酒的可是你。你们两位听着！苦沙弥先生本来不会喝酒。但是，他觉得是别人的酒，就狂喝一番，所以呀，满脸通红，那副样子，不忍直视……"

"闭嘴！连拉丁文都不会念，还……"

"哈哈……后来藤先生回来，晃了晃啤酒瓶，发现少了一大半，他说一定是有人喝了。四周一察看，只见这位老兄蜷缩在墙角，活像用红土捏成的泥像……"

三人不由地哄堂大笑。主人也边看书边咯咯地笑。唯有独仙，似乎由于过分地巧用机关，有些累了，所以伏在棋盘上，不知什么工夫已经呼呼大睡。

寒月又说："不出声也曾被发现过。我从前去姥子温泉，和一位老头住在一起。据说他是东京一家绸缎铺的退休老板。反正是同宿，管他是绸缎商还是旧货商的。然而，有一件事可头疼。那是因为我到姥子温泉后第三天，我的烟抽光了。诸位大概也都清楚，那个姥子温泉不过是山里的一幢房，很不方便，除了洗澡、吃饭就什么也买不到。

在这里断了烟，那可是一场大难。越是缺什么，就越想什么。我刚想到没有烟啦，就突然想抽。其实，平日并没有那么大的烟瘾。偏偏倒霉，那个老头包了一大包烟叶来登山，他拿出一点烟来，盘腿而坐吸起来，仿佛在问：‘不想吸一口吗？’他光吸，还可以忍受，后来竟吐起烟圈，又竖着吐，横着吐，甚至躺在黄粱一梦的枕上倒过脸来吐；还像变戏法似的从鼻孔吸入鼻洞，再从洞里喷出来。一句话，故意‘显吸’呀！”

“什么？‘显吸’是怎么回事？”

“形容炫耀服装家具叫作‘显眼’，那么，炫耀吸烟，只好叫作‘显吸’了。”

“唉，与其这么煞费苦心，怎么不讨来一点儿抽？”

“这，不能要。我是个男子汉嘛。”

“咦？男子汉就要不得吗？”

“也许要得。但是，我没要。”

“那怎么办？”

“不是要，而是偷！”

“哎呀！”

“我看那老头儿拎着条毛巾洗澡去了，心想：要吸，就趁现在！我便不顾一切地大口猛吸起来。啊，真过瘾。不大一会儿，纸屏哗的一声开了。我一惊，回头一看，来者正是烟草的主人。”

寒月问道：“他没有去洗澡吗？”

迷亭说：“他刚想洗，忽然想起忘了拿钱袋子，才从走廊折返。谁稀罕偷他的钱袋子？首先，这是对我的不敬！”

寒月说："看你偷烟的手段，还有什么好说的？"

"哈哈，那老头儿真有眼力，钱袋子的事暂且不提。单说他拉开纸屏一看，我已断烟两天，而现在那浓浓的烟雾却弥漫在整个房间。常言道：'坏事传千里！'事情一下子败露了。"

"老头儿说什么了？"

"到底是年高有德！他什么也没说，将用白纸卷好了的五六十支烟递给我说：'抱歉，如果这粗劣烟叶您不嫌弃，就请吸吧！'说完，他又到浴池去了。"

"这就是所谓的'江户风趣'吧？"

"谁知道是'江户风趣'还是'绸缎商风趣'，总之，从此我和老头儿极其肝胆相照，逗留两个星期回来。非常愉快。"

"这两个星期，你都是白抽人家老头儿的烟了吧？"

"嗯，差不多吧。"

主人终于合上书本，边起身边求饶地说："小提琴完事了吧？"

寒月说："没有。下面才热闹呢。正是故事高潮，你就听下去吧！顺便提醒一句在棋盘上睡大觉的那位，叫什么啦？对呀，独仙先生……那么，独仙先生也请听听吧！如何？你那种睡法对身体是有害的。叫起他来好吗？"

迷亭喊道："独仙兄，起来，起来！讲有趣的故事。起来吧！人家说，你那种睡法对身体有害！说您太太会担心的。"

"嗯？"独仙哼了一声抬起头来，顺着他那山羊胡流下一串长长的口水，像蜗牛爬过似的，那口水闪闪发光。"啊，真困啊！'山上白云闲，恰似我偷眠'，啊，睡得真香！"

“大家都知道你睡了，你快起来如何？”

“起来也好吧！有什么趣闻吗？”

“紧接着就要把小提琴……怎么回事啦？苦沙弥兄！”

“怎么回事？丈二和尚摸不着头脑。”

东风说：“马上就该拉琴啦。”

迷亭说：“马上就要拉琴啦。到这儿来，你听呀！”

独仙说：“还是小提琴？真受不了！”

迷亭说：“你是拉‘无弦之素琴’的人，没什么受不了的。而寒月兄恐怕要拉得吱吱哇哇，吵闹左邻右舍，那才是受不了呢。”

独仙说：“是吗？寒月兄难道不懂操琴却不惊邻的方法吗？”

寒月说：“不懂。如果有这样的方法，倒要请教。”

“何须请教！只要看一眼圣地白牛，就会立见分晓。”独仙说得玄虚莫测。寒月断定这是独仙睡眼蒙眬中信口胡说的怪谈，便故意不理他，接着话茬儿说：“好歹想出了个妙计。第二天是天长节，从早到晚我都在家，把藤箱开了关，关了开，一整天都在心慌意乱中度过。终于天黑了。当藤箱下蟋蟀声起时，横下心，将那把小提琴和琴弓取了出来。”

东风说：“总算露面啦。”

迷亭却警告说：“轻易抚琴，那可危险哟！”

寒月说：“我先拿起琴弓，从头到尾都检查一遍……”

迷亭嘲讽道：“那不会是劣质产品吧？”

寒月说：“当我想到这便是我的灵魂时，心情正像武士在深夜灯影中将磨得锋利的宝剑拔出刀鞘。我手握琴弓，不禁瑟瑟发抖。”

东风说：“真是个天才！”紧接着迷亭说：“真是个疯子！”主人

说：“快拉琴就对了！”独仙却流露出一副无可奈何的表情。

寒月说：“谢天谢地，琴弓平安无恙。接着又把小提琴也拿到油灯旁，里里外外全面检查。这过程大约五分钟。您要记住：藤箱下蟋蟀一直在叫……”

迷亭说：“一切都替你记着呢，你就放心地拉琴好了。”

寒月说：“这时我还没有拉。幸亏小提琴完整无缺。这就放心了。我猛地起身……”

迷亭问：“要去哪儿？”

寒月说：“还是闭上你的嘴，光用耳朵听吧！像你这样一句一岔，可就没法讲故事啦……”

迷亭喊道：“喂，诸位！叫你们闭上嘴！嘘——嘘——”

寒月说：“多嘴的只有你一个！”

迷亭说：“是吗？对不起。我洗耳恭听，洗耳恭听！”

寒月说：“我将小提琴挟在腋下，穿着草鞋穿过草门，跨出二三步。啊，且慢……”

迷亭说：“嗬，你总算出去了。说不定又是什么地方停电了吧？”

主人说：“即使回去，也没有柿饼子了。”

寒月说：“诸公这么七嘴八舌的，实在是遗憾。我只好对东风一个人讲了……好吧，东风。我迈了两三步，又折了回去，把离开家乡时花三圆两角钱买的红毛巾蒙在头上，噗的一声吹灭了油灯。唉，我对你说呀，这下子眼前漆黑，连草鞋在哪儿都看不见了。”

“你到底想去哪儿？”主人问。

“哈，你听着就是！好不容易才找到草鞋，出去一看，正是：‘月夜星空柿叶落；红头巾下，提琴抱。’向右，向右！沿着慢坡路登上庚申山。这时，东岭寺的钟声透着我的头巾，通过我的耳鼓，响彻我的头颅。你猜，此刻是什么时辰？”

“不知道啊！”

“九点啦。其后，在那漫漫的黑夜，我独自走了八百多米山路，登上大平岭。若在平时，我本来胆子很小，一定会被吓昏的。然而，一旦精神高度集中，实在奇迹。当时我心里压根儿没有考虑，怕还是不怕，满心想着的只有一件事——要拉小提琴。那个大平岭位于庚申山的南侧。晴朗之日凭临远眺，可以从红松林的缝隙间俯瞰山下的城市，实为观光的绝佳之平地。是啊，宽约六十丈见方，中间一块石板，大约八张席大小。北侧是叫作‘鹈沼’的一片池塘，池塘周围遍是三搂粗的樟树。因为是山上，有人烟的地方只有采樟脑的一间小屋。池塘近处即使白天也不是个赏心悦目的好地方。幸而工兵为了演习开辟了一条路，攀登并不吃力。

“总算来到那块大石板，铺好毯子，我暂且坐下了。这么晚登山，还是第一次。我坐在石板上，稍微平静些，静寂便渐渐袭上心头。此时此刻，乱了方寸的只有恐怖感。如能除却这种恐怖感，余下的全是清冽的空灵之气了。我呆呆地坐了二十多分钟，仿佛在水晶宫里孑然索居。而我那孑然索居的身躯，不，包括心神全像用凉粉制成的，十分透明，这太神奇了。我几乎弄不清是自己住在水晶宫里？还是水晶宫住在我的心中……”

“越说越离奇了！”迷亭一本正经地数落道。随后，独仙深受感动地说：“进入玄妙佳境喽！”

寒月说："假如这种精神状态持续下去，说不定直到明天早晨，好不容易才弄到手的小提琴都拉不成，一直茫然地在磐石上打坐哩……"

东风问道："那里有狐狸精吗？"

寒月说："在这种情况下，我已经分不清东南西北，连是死是活都不清楚。就在这时，突然听到身后的古池里'啊'的一声尖叫……"

"快要出来啦！"

"那叫声传得很远，伴同着强劲的秋风，掠过遍山的树梢。这时我才猛然苏醒……"

迷亭装作抚胸定神的样子说："总算一块石头落体了！"

独仙挤眉弄眼地说："这叫作'心神一死天地新'啊！"

寒月又说："后来，我苏醒过来，环顾四周，庚申山一片寂静！连雨滴的声音都没有。唉，我心想：刚才那是什么声音呢？说是人声吧，太尖厉；说是鸟叫吧，又太高亢；说猿猴在啼吧……这一带又不会有猿猴。到底是什么声音呢？头脑中一旦泛起疑团，便总想解开这个谜。于是，一直寂寂无为的万千神经开始骚动起来，在头脑中翻腾起来，就像京城人士欢迎英国的康诺特爵士[①]时一样的疯狂和混乱。这会儿，全身的毛孔突然张开，毛孔中号称什么勇气、胆量、智谋、沉着等贵客，全部不知所踪，一颗心在肋骨下跳起了抓鼻舞。两条腿像风筝的响笛一般颤抖起来。这可受不了！我突然将毛毯蒙在头上，将小提琴挟在腋下，摇摇晃晃地从磐石上跳下，沿着崎岖小路一溜烟似地向山下跑了下去。回到住处，便蒙头大睡了。东风君，即使今天回忆起来，再也没有那么

① 康诺特爵士，英国维多利亚女王的孙子，明治二十三年为明治天皇授予嘉德勋章，受到日本人民欢迎。

叫人毛骨悚然的了。”

“后来呢？”

“到此结束！”

“没拉小提琴吗？”

“想拉也拉不成呀！不是啊的惨叫一声吗？纵然是你，也一定拉不成的。”

“唉，总觉得你这个故事讲得不太过瘾。”

“随便你怎么觉得，事实如此呀！怎么样，各位？”寒月环顾全场，神气十足。

“哈哈，你真有两下子！把故事编到这么个程度，大概已经煞费苦心了吧？我还以为是男桑德拉·贝罗尼在东方的君子国出场了呢，因此，我一直虔诚地洗耳恭听呢！”迷亭料想会有人让他解释一下桑德拉·贝罗尼是怎么回事，但是很意外，别人什么也没有问，便不得不自做讲解了。“桑德拉·贝罗尼在月下弹起竖琴，在森林中唱起意大利情调的歌曲。这和你抱着小提琴登上庚申山，真可谓‘异曲同工’啊！遗憾的是，人家震惊了月里嫦娥，老兄却怕透了池中狐狸。正是：人生紧要处，出现了崇高与滑稽的巨大逆差。一定是很遗憾的喽。”

寒月却意外地冷静：“倒也并不怎么遗憾。”

接着，主人严肃地评说道：“本来你想到山上去拉小提琴，这太洋气啦，因此才吓唬你！”

独仙叹息道：“好人竟在魔窟里鬼混，可惜呀！”

独仙说过的一切话语，寒月都一句也不懂。不仅寒月，恐怕任何人也不会明白吧！

隔了一会儿，迷亭将话题一转，说：“这件事就这样吧！你近来还到学校去只顾磨玻璃球吗？”

“不，前段日子我因归乡省亲，暂时中止。磨玻璃球的事我已经有点厌倦。老实说，我正在想是否算了。”

“可是，你若不磨玻璃球，就当不上博士呀！”主人微微皱眉说。

寒月自己却意外地轻松：“博士嘛，嘿嘿……当不成也无妨喽。”

“但是，拖延婚期，双方都要烦恼的吧？”

“结婚？谁？”

“你呀。”

“我和谁结婚？”

“和金田小姐呀！”

“咦？”

“咦什么？不是约定了吗？”

“约定个什么！至于把这件事到处宣扬，那是对方的自由。”

主人说：“这就太胡闹了。嗯？迷亭，那件事你也知道吧？”

“那件事，指的是‘鼻子’夫人吗？如果是，那就不只是你我知道，已经成了公开的秘密而天下周知了。如今，总有人纠缠不休地找我来问：几时才能在《万朝报》等报刊上，以‘新郎、新娘’的标题刊载男女双方的照片呀？东风君早在三个月前就已经做好了长篇大作——《鸳鸯歌》。只因寒月还没有当上博士，那呕心沥血的杰作才非常担心会不会黄金变成粪土。喂，东风君，是吧？”

东风说：“总还不到担心的程度吧？反正希望把那篇充溢着满腹情思的作品公之于世的。”

迷亭说：“看！你到底能不能当上博士，这影响已经波及了四面八方，你就加把劲儿，去磨玻璃球吧！”

寒月说：“承蒙操心了，对不起。不过，我不当博士也无妨的。”

“为什么？”

“为什么？我已经有个明媒正娶的老婆。”

迷亭说：“呀，这一招厉害！你是什么时候秘密结婚的呀？这种年月可含糊不得哟！苦沙弥兄，你听没听见，寒月君说他已经有老婆了。”

寒月说：“还没有孩子呢！结婚不到一个月就生孩子，那就成问题了。”

主人活像个预审的法官，问道：“到底是何时、何地结婚的呀？”

“何时？我回到家乡的时候，她早已在我家一直等着我。今天给苦沙弥先生带来的木松鱼，就是婚礼上亲友们送给的。”

迷亭说：“只送三条鱼干贺喜？够小气的！”

寒月说：“哪里！在一大堆里只拿了这三条。”

“那么，你家乡的姑娘，也是脸色漆黑吧？”

“是呀，漆黑漆黑的，和我很般配。”

“那么，对于金田家，你打算怎么办？”

“没想怎么办。”

“那可有点儿说不过去。是吧，迷亭兄？”

“没什么，嫁给别人还不是一样。反正所谓夫妻，不过是摸黑撞头罢了。一句话，本来用不着撞头，却偏要瞎撞，真是多此一举。既是多此一举，管他谁和谁相撞，都无所谓。只是作《鸳鸯歌》的东风君可怜啊！”

“唉，《鸳鸯歌》我可以改改名字，待金田小姐结婚时，我再另作一首。”

“不愧为诗人，多么落落大方。”

主人还是挂牵着金田小姐：“对金田家谢绝了吗？”

“没有，没有谢绝的必要。我从未向对方求婚，或是表示要娶她，所以，默不作声就蛮好……真的，默不作声就蛮好。即使现在，也有十名二十名密探盯着，会把我们的谈话一五一十全给告密的。”

主人一听密探二字，刷地板起面孔宣布：“哼！那就住口！”

主人似乎意犹未尽，便又针对密探，煞有介事地大发议论：

“乘人不备，偷取别人物品者是小偷；乘人不备，巧窃心曲者是密探；神不知鬼不觉，撬门开窗拿走他人物品者是盗贼；神不知鬼不觉，诱人失言以窥其心境者是密探；将砍刀插在席上，硬是勒索他人钱财者是强盗；罗织恐吓言词强奸他人意志者是密探。因此，密探和小偷、盗贼、强盗本是一家，毕竟顶风臭出四十里。若是听他们的，就惯坏了他们。决不能屈服。”

寒月说：“唉，即使有一个两千名密探在上风头列队进攻，也没什么可怕。我可是磨玻璃球的著名理学士水岛寒月。”

迷亭说：“听啊，听啊！实在佩服！到底是新婚的学士，真个是神采奕奕！不过，苦沙弥兄，既然密探和小偷、盗贼、强盗都是一伙，那么，雇用密探的金田家是和什么人一伙呢！”

主人说：“不外乎熊坂长范之流吧！”

“比作熊坂，太妙了。戏词不是说吗：‘只见一个长范，却成了两个，原来是身首异处。’像对面胡同的那个‘长范’，靠着放阎王债起家，贪得无厌，物欲横流，活一千年也不会毙命的。叫那些家伙抓住可是报应喽！一辈子要倒霉的。寒月，可要当心哟！”

寒月泰然自若，模仿“宝生派”的腔调气焰万丈地说：“怎么？好吧！戏词中还说‘唉呀呀，你这凶恶的强盗！老子刀法，谅你早已知晓。如此还不知趣，胆敢破门而人，管叫你大祸临头呀！’”

独仙毕竟与众不同，他提出了一个与时局无关的超脱的问题：“提起密探，二十世纪的人，似乎大多数有成为密探的趋势。这是什么缘故？”

寒月回答说：“是物价上涨吧？”

东风回答说：“是由于不懂艺术情趣吧？”

迷亭回答说：“是由于人们长了文明角，像芝麻糖似的。”

轮到主人发言了。他装腔作势地开始发起如下的议论：“这一点，我曾深入思考过。依我看，现代人的密探化倾向，全怪个人自觉意识太强。我所说的自觉意识，绝不是独仙君所说的什么‘修炼成佛’‘与天地浑然一体’等悟道之类……”

迷亭说：“哎呀，越说越玄虚了。苦沙弥兄，既然连你都巧舌如簧地空谈那套大理论，迷亭在此，也斗胆冒昧，接下来将对现代文明的不满，正儿八经地议论上一番喽！”

主人说：“随意。你有什么可说的！”

“有。多得很。你前段时间敬刑警如鬼神，而今日又把密探比作小偷和盗贼，这变化简直是前后矛盾。至于我嘛，从打没出娘胎，直到现在，始终一贯，不曾改变过自己的看法。”

主人说：“刑警是刑警，密探是密探；之前是之前，今日是今日。不改变自己的看法，这便是不发展的铁证。《论语》中‘下愚不可移’

说的就是你这种人。”

“好厉害！密探如果这样正面进攻，倒也还有可爱之处。”

“我是密探？”

“正因为你不是密探，我才说你坦率得招人喜欢。别吵，别吵！喂，且听你那番宏论的下文吧！”

“所谓现代人的自觉意识，指的是对于人际关系上不同的利害鸿沟了解得过多。并且，这种自觉意识伴随着文明进步，一天天变得更加敏锐，最终连一举手、一投足都要失去天真与自然了。西方有个人叫亨利，他批评史蒂文森说：‘他走进悬挂着玻璃镜的房间，每当从镜前走过，如不照一下自己的身影便不舒服。他就是这样一个刹那间也不肯忘记自我的人。’这番话生动地描绘了当今世界的趋势。睡时不忘我，醒时不忘我，我字无处不绕周身，弄得举止言行，无不矫揉造作，作茧自缚，苦不堪言，不得不以男女对相对看时的那种忐忑心情度过朝朝暮暮。

“‘悠然自得’‘从容不迫’等字样，变得徒有其名，毫无意义了。从这一点来说，现代人都密探化、盗贼化了。密探干的是掩人耳目、只顾个人行乐的营生，势必加强个人意识。而盗贼，他们念念不忘是否会被捕或被发现，势必个人意识强。因为现代人不论是醒来还是梦中，都在不断地盘算着怎样对自己有利或不利，自然不得不像密探和盗贼一样加强个人意识。他们整天贼眉鼠眼，胆战心惊，直到跨进坟墓，片刻不得安宁，这便是现代人，这便是文明发出的诅咒。真是愚蠢至极！”

独仙开口了：“解释得十分有趣。”碰上这样问题，独仙是决不肯自甘落后的。“苦沙弥兄的解释深得我意。古人是敬人忘我的，尔今，是教育人们不要忘我，完全反了过来。一天二十四小时，全被我字占据了，因此，得不到片刻太平，永远是水深火热的地狱。若问天下的良药是什么？再也没有比‘忘我’更有效的了。所谓‘三更月下入无我’，就是吟咏这种最高境界。而今人，即使对人亲热，也欠缺自然。连英国自吹的‘绅士’行为，也意外地强化个人意识。听说英国国王去印度旅游时，曾和印度的皇族同席共餐。那些皇族没有意识到天子在场，以至拿出本国吃法，将手伸到盘子里去抓马铃薯吃。后来他们满脸涨红，羞愧难当。而英王却佯装不知，也伸出两个指头在盘子里抓马铃薯吃……”

寒月问道：“这便是英国情趣吗？”

“我听过这样一个故事，”主人补充说，“也是英国，有一个大兵营，团部士官曾多人宴请一名下士。用完餐，端来了玻璃瓶装的洗手水。那名下士似乎对宴会生疏，竟嘴对嘴地喝干了瓶中水。于是，团长边祝福下士身体健康，边将洗手钵里的水一饮而尽。据说同桌的士官也都争先恐后地举起洗手钵祝福下士官的健康呢。”

“还有这样的笑话呢。”不甘寂寞的迷亭说，“卡莱尔第一次谒见英国女王时，由于这位先生是个不谙宫廷礼节的怪物，突然说了声：‘可以吗？’便扑通一声在椅子上坐下了。这时，站在女皇身后的众多侍从和宫女都嗤嗤地笑起来。不，不是笑了，是禁不住要笑。于是，女王对身后的人们嘀咕了几句，众多侍从和宫女转眼也都在椅子上坐下，卡莱尔才没有丢面子。竟有这样无微不至的关怀！”

寒月简评说：“既然是卡莱尔，即使众人都垂手而立，说不定他也毫不在乎呢。”

“关怀之心固然不错。”独仙进一步说：“不过，正因为是自我意识，想关怀别人也很吃力呢。可怜！常人说：随着文明进步，杀机就会消失，个人之间的交往就会变得文明，这就大错而特错了。自我意识这么强，怎么会平安无事呢？不错，冷眼看来，很像是平安无事的样子，然而，相互之间却极为痛苦。大概很像摔跤人在擂台上双方扭成一团，一动不动的样子吧？在旁人看来，多么平平安安，但是，双方的心岂不怦怦直跳吗？”

轮到迷亭了。“就说打架吧！从前打架比的是暴力，输赢反而简单；近来却变得说不清了，这更是个人意识增强了的缘故。培根说过：‘顺从大自然的力量，才能战胜大自然。’今日争斗，正是遵循了培根的格言，这可有点想不到，恰如柔道一样：想的是利用敌人的力量消灭敌人……”

“还和水力发电一样。顺着水力，发挥巨大的作用……”寒月一开口，独仙立马接下来说：“所以呀，‘贫为锁，富为链，忧为网，喜为绊。’才子死于才，智者败于智。像苦沙弥这样脾气暴躁的人，只要利用你的暴躁，你立刻就会窜出去，中了敌人的奸计……”

“对呀，对呀！”迷亭拍手叫绝时，苦沙弥先生笑嘻嘻地回答说：“不过，人们不会那么如愿以偿吧？”全场人听了，一起大笑起来。

迷亭问：“不过，像金田老板那种人，会因何而死呢？”

独仙说：“老婆因鼻子而毙命，老板因罪孽而丧生，下人因充当密探而消亡。”

“小姐呢？”

“小姐嘛，我没有见过，无从说起……不过，不外乎穿得捂死，吃得撑死，或是喝死之类吧！总不至于因恋爱而死的。弄不好，说不定会像《小野小町》[①]里坐过墓碑的人那样死于路旁哩。”

“那可太惨了。”东风因为献上过新体诗，立刻提出抗议。

独仙貌似众人皆醉我独醒似的，不住口地说：“所以，‘处处不失善良心’这句话很了不起。不入这种境界，人是苦不堪言的呀！”

迷亭说：“你别那么神气！像你这号人，说不定在电光影里两脚朝天而丧命呢。”

主人说：“总之，在这文明日益昌盛的今天，我是不想活了。”

迷亭立刻一语道破：“死吧！不必客气。”

主人很犟地说：“死，更不情愿。”

寒月说了一句冷冰冰的格言：“生来时，无人深思熟虑而后生；临死时却无人不烦恼。”

这时候，只有迷亭才能对答如流：“这就像借债时漫不经心地把钱借到手，到了还钱的时候却心疼起钱来。”

独仙却以飘飘欲仙的姿态说：“如同借债不想还钱的人才幸福，同样，视死如归的人也是幸福的。”

迷亭说：“照此说来，干脆，厚颜无耻便是得道了？”

独仙道：“是呀！这就是禅语中所说：‘铁牛面者铁牛心；牛铁面者牛铁心。’”

迷亭问：“那么，你就是这号人的标本？”

“倒也不是。不过以死为苦，是人类发明了‘神经衰弱’以后的事。”

“的确。像你吧，怎么看怎么像出现神经衰弱症以前的天民。”

迷亭和独仙你一句他一句，不断说些莫名其妙的话。这时，主人却

① 日本古典能剧之一，小町意为美女。

对寒月和东风不断抨击文明。

“怎样才能借钱不还了事，这是个问题！”

“不成问题，借钱非还不可。”

“喂，讨论嘛，别吭声，听着。正如怎样才能借钱不还了事一样，怎样才能长生不死，也是个问题，不，已经成了问题。发明炼金术，正是为了这个，一切炼金术都失败了。无论如何人总是要死的，这已经清楚了。”

“远在发明炼金术以前，这一点就清楚了。”

“当明确了无论如何也非死不可时，又出现了第二个问题。”

“咦？”

“反正得死，怎样死才好呢？这就是第二个问题。‘自杀俱乐部’，就是命运注定将和这第二个问题同时诞生。”

“确实。”

“死，是痛苦的。然而，死不成却更痛苦。神经衰弱的国民活着比死亡更加痛苦万分，从而，为死而受苦。并非怕死才以死为苦，而是忧虑怎样死才最好。只是一般人因智力不足，便在听天由命的过程中惨遭社会的杀戮。然而，有点个性的人，不会满足于社会上那种零刀碎割式的残杀，必然要对于死亡方式进行种种探讨之后，提出一个崭新的妙计。因此，未来世界的趋势，必然是自杀者不断增加，自杀者无不依照独家发明的方式辞别人间。”

“那可够热闹的了。”

“一定会的。亨利·阿瑟·琼斯写的剧本里，就有一个一直主张自杀的哲学家……”

“他自杀了吗？”

“遗憾得很，他并没有自杀。不过，今后再过一千年，一定会全都采取自杀方式的。万年以后，提到死，人们就会想到，除了自杀，是不存在死亡的。”

“那还了得！”

“会的，一定会的。这样一来，对于自杀积累了大量的研究成果，成为一门科学。诸如落云馆那样的中学，就会讲授自杀学，作为一门正课代替伦理学。”

“好极了，我都想去旁听！迷亭先生，苦沙弥先生的高论，你听见了吗？”

“听见了。到了那时，落云馆的伦理学教师会这样说吧：‘各位，不许墨守成规，遵循什么所谓公德这种野蛮作风。作为世界青年，各位首先要重视的义务是自杀。这等于说：己为所欲，施之于人。因此，为了扩大自杀效益，还可以进行他杀。尤其眼前那个穷酸臭的珍野苦沙弥先生，只见他活得十分痛苦，要争取早一天杀了他，这便是各位的义务。确实，与过去不同，当下是开明时期，因此，不能再干那种舞刀弄枪或飞箭投矢等卑鄙手段，只能凭着高尚的讽刺技巧开开玩笑而置人于死地，这既对本人修好积德，也是各位的荣誉。’……”

“讲演实在太有意思了。”

“还有比这更动人的哩。现代警察是以保护人民的生命财产为首要目的。但是，将来到了那一天，巡警就会抡起打狗的棍棒，到处打杀天下公民……”

“为什么？”

“为什么？现在的人珍惜生命，所以靠警察来保护；到了那时，因为国民活得痛苦，警察以慈悲为怀，才予以格杀的。当然，心眼明亮的人大多都已经自杀；要警察动手杀死的只有优柔寡断的人、缺乏自杀能力的白痴，或是残废。并且那些自愿被杀头的人都在门口贴上一张纸条，只要写清：‘有男（或女）自愿被杀’，警察在适当的时候巡逻到此，就会立刻应约处理。尸体吗？照例由巡警处理。还有更有趣的事呢……”

东风非常激动地说：“先生的笑谈，说起来就没个完喽！”

独仙又摸着他那绺山羊胡慢慢地分辩道：“若说笑谈，也算是笑谈；不过，若说是预言，也许就是预言。不彻底掌握真理的人，总是被眼前的表面现象所束缚，爱把泡沫般的梦幻认定是永恒的真实；而稍微说得超脱些，便立刻被认为是笑谈。”

寒月肃然起敬道：“就是说‘燕雀安知鸿鹄之志’吧？”

独仙的神色仿佛在说：“正是如此。”又接着说：“从前西班牙有个地方叫柯尔道巴……”

“今天还有吗？”

“也许还有。暂且不管它吧！按那里的风俗，寺院一敲响晚钟，家家户户的女人都要出去跳进河里游泳……”

“冬天也游泳吗？”

“这一点不是很清楚。总之，没有老少尊卑之别，都要跳进河里。但是，男人一个也不参加，只是远远地眺望。但见暮色苍茫的浪波上，白花花的肌体在朦胧中跃动……”

东风只要听说有裸体出现，就往前挪动身子。

“多么富于诗意呀！可以写成一首新诗呢！那是个什么地方？”

“柯尔道巴呀！当地的小伙子们不能和女人一同游泳，可太远又不能看清女人们的身姿。他们觉得很遗憾，便开了个小小的玩笑……”

迷亭一听开了个玩笑，非常高兴，说：“咦？耍的什么花样？”

“他们对寺院里的敲钟人行贿，将日落敲钟的规矩提前了一个小时。女人们都很浅薄：‘哟，钟响了’。纷纷聚集在岸边，只穿着小背心、短裤衩，扑通跳进水里。水里倒是跳了进去，但是，和往常不同，天还没黑。”

“又是‘秋日火辣辣’？”

“她们往桥上一看，许多男人正站在那里瞧看。虽然害羞，也无奈啊。据说臊得脸通红呢。”

“这……”

“这嘛，说明人只被眼前习俗所迷惑，忘却了根本原理。不当心些可不行哟！”

迷亭说：“深蒙教益，三生有幸。关于被眼前习俗所迷惑的故事，我也讲一个吧？最近阅读某刊物，有一篇小说写了这样一个骗子。假定我在这儿开了个书画古董店，门市里陈列着大家的书画、名人的遗物。当然没有赝品，全是地道的真货，不折不扣的上品。既然是上品，自然要卖高价。一个好奇的顾客走来，问道：‘元信的这幅画多少钱？’我说：‘标价六百元，那就六百元吧！’顾客说：‘买倒是想买，只是手头没带那么多钱，很遗憾，只好算了。’”

主人照例不擅于逢场作戏，问道：“能肯定他是这么说的吗？”

迷亭假装不知。“是啊！这是小说，我这么一说，你就这么一听。当时我说：‘唉，钱算得了什么。如果您中意，就请拿去吧！’顾客说：

‘这怎么行？’他有些犹豫。我十分慷慨地说：‘那就按月付款吧！这样可以细水长流，反正今后您是我们的主顾……唉，您一点儿不用客气。每月付十元怎样？如果不便，每月付五元也行。’后来我和顾客经三两个回合的磋商，结局以六百元的价格将法眼狩野元信那一幅画卖给他，但是分期付款，每月十元。”

寒月说：“简直像读泰晤士报《百科全书》呢。”

迷亭说：“泰晤士报《百科全书》很精确，而我说的可太不确切了。以下慢慢就开始进行巧妙的欺骗了。你仔细听着！六百元，每月十元，你算算，要多少年才能还清？寒月！”

“当然是五年吧？”

“当然是五年。不过，独仙君，你认为五年岁月，是长？还是短？”

“一梦千年，千年一梦。又短，又长啊。”

“说些什么？是道歌吗？真是缺乏常识的道歌。且说五年当中每月付十元，当然，对方要付款六十次才行。然而，这里有个可怕的习惯问题。假如同一件事情月月进行，重复六十次，那么，第六十一次也还想照例付款十元。第六十二次也还想付款十元。六十二次，六十三次……重复的次数越多，到期就非付款十元不可。人，似乎聪明。但是有个很大的弱点，就是拘泥于旧习，忘却了根本。利用这种弱点，我将无数次月月捡到十元钱的便宜。”

“哈哈，是吗！总不至于那么健忘吧？”

寒月一笑，主人有点严肃地说：“唉，那种事真的就有。我就曾月月不算账，寄款偿还大学时期欠下的债，以致最后对方谢绝再收。”他是把自己的丢人事当成千万人共有的丑闻来宣布。

“瞧，这种人就在场，可见是千真万确的呀！所以，对我刚才说过的‘未来文明记’，笑它是开玩笑的人，正是认为六十次可以还清的分月付款要毕生都付才对的家伙们。尤其是寒月、东风这样缺乏经验的诸位青年，必须牢记我的话，不要上当受骗！”

寒月说：“记下了，分月付款一定限于六十次。”

“噢，寒月先生，这番话好像是开玩笑，实际上发人深省啊！”

独仙冲着寒月说：“比如现在苦沙弥兄或是迷亭兄忠告你说：‘你擅自和别人结婚，这有欠稳妥，快到金田家去请罪！’不知尊意如何？有心去请罪吗？”

寒月说：“请罪一事千万别提！如果是对方向我赔礼，那就另当别论。至于我嘛，没有这个意思。”

独仙又问：“假如警察要你去请罪，怎么办？”

寒月说：“更是对不起！”

“如果是大臣、贵族的命令，如何？”

“那就更加恕难从命了。”

独仙说：“看啊！过去的人和现代人发生了多么大的变化！过去是单凭官府权势便可以恣意妄为的时代；继之而来的却是个纵然皇家也不能为所欲为的时代了。当今世界，管他是多么非凡的殿下或将军，想超限度地凌辱人格是办不到的。说得严重些，如今，压迫者的权势越大，被压迫者就越感到烦恼，要进行反抗。因此今非昔比，竟然出现了这样的新气象：正因为是权势显赫的官府，才弄得无可奈何。如今，若依古人看来，几乎不敢相信的事情竟然无可非议地通行。世态人情真是变幻莫测！迷亭君的《未来记》若说是笑谈，倒也算是笑谈；但是，假如说它有所启示，岂不确也发人深省吗？”

迷亭说：“既然有了这么好的知音，我就非把《未来记》的续篇讲下去不可了。如同独仙所说，在今日世界，如果还有人靠着官衔权势耀武扬威，仗着二三百条竹枪横行霸道，这犹如坐上轿子却急忙要和火车赛跑，是一些时代落伍者中的顽固家伙。不，是最大的糊涂蛋！是放阎王债的长范先生！对这帮家伙，只要静观其变也就是了……

“不过，我的《未来记》却并非权宜之计的小事一桩，而是与人类命运攸关的社会现象。不妨仔细透视目前的文明倾向，预卜未来的发展趋势，便可知结婚将成为不可能。不要惊慌！我说‘结婚将成为不可能’，理由如下：如上所述，如今是以个性为中心的世界。从前是家长代表全家，郡守代表一郡，领主代表一国。那时，代表以外的人们几乎毫无人格。纵使有，也不被承认，如今则大变。人人都强调起个性来，个个都表现得心里有句潜台词：‘你是你，我是我！’如果二人路上相遇，会各自在内心吵嚷道：‘你小子是人，我也是个人！’在对骂中擦肩而过。就这样人人都变得强大了。

“因为个性普遍地增强，所以实质上等于个性普遍地减弱。别人已经不那么容易贻害于我，从这一点来看，个人的确是强大了。然而，对别人不得任意干预，从这一点来看，个人的力量又明显地比以前弱了。强大起来都高兴；软弱下来没人喜欢。于是，一边固守强处：‘不许他人动我一根毫毛！’一边却又硬要扩大弱点：‘哪怕动他人半根毫毛也好。’这样一来，人与人之间就失却了空间，活得窘迫了，人们都尽可能地自我膨胀；直到胀得破裂，只得在痛苦中生存。剧痛之余，想出的第一个方案便是老少分居制。

“在日本，请您到山沟里去看看。一户一个门口，全家人都挤在一所房子里。他们没有值得强调的个性；即使有个性，也并不强调，如此也就一顺百顺了。但是，对于文明人来说，即使亲子之间，如不任其自我扩张，都觉得吃亏。因此，为了保证双方的安生，势必分居。欧洲由于文明发达，比起日本更早地实行了这一制度。即使百里挑一，有的人家二世同堂，儿子跟老子借钱也要纳利，像陌生人一样付给房租。正因为老子承认和尊重儿子的个性，才出现了如此良好风气。这种良好风气早晚也一定要传到日本的。

“亲戚早已分手，老少今日分家，一直被压抑的个性得到发展，以至随着个性发展而受到的尊敬将无限地扩展下去。因此，再不分居，就不会舒心了。然而，在父子、兄弟都已分家的今天，再也没有什么人需要分手，于是，最后的方案是夫妻分居。按现代人的观点，男女同居便是夫妻，但这是极大的判断失误，要想同居，必须在足够的程度上性情相投才行。假如是从前，那倒无须赘言。当时讲什么‘异体同心’，看起来好像是夫妻二人，实质上不过是一人罢了。因此才宣称什么‘偕老同穴’，就是说，死了也变成一穴之狐。够野蛮的了。

“今天这一套就行不通。因为丈夫永远是丈夫，不管怎么说，妻子也还是妻子。为人妻者，都是在学校里穿着没有裆的和服裙裤，练就了坚强的个性，梳着西式发型嫁进门来的，毕竟不能对丈夫百依百顺。而且，如果是对丈夫百依百顺的妻子，那就不算是妻子，而是泥偶了。越是贤惠夫人，个性就越是发展得棱角更大；棱角越大就越是和丈夫合不来；合不来，自然要和丈夫发生冲突。因此，既然名之曰贤惠夫人，一定要从早到晚和丈夫别扭。这诚然是无可厚非的事；但越是娶了个贤惠夫人，双方的苦处就越是增多。夫妻之间就像水和油，格格不入，存在着不可逾越的铜墙铁壁。

“假如不出大事，那墙壁保持在一定的水平线上还要好些。但是，因为这水和油是双相发动的，家庭里就会像大地震一般震得七上八下。于是，夫妻同床异梦，对于双方都不利这个道理，才逐渐地被人们所认识……”

寒月说：“如此说来，夫妻都要分手？真令人担心啊！”

迷亭说：“要分手。一定要分手。天下夫妻都要分手。从前是同床共枕才是夫妻；今后，世人会把那些同床共枕的人看成没有做夫妻的资格。”

寒月在关键时刻问了一个无趣的问题：“照此说来，我这号人就该打进没有资格的一伙喽！”

迷亭说:“生在明治时代是幸运的哟！像我呀，就因为写《未来记》，头脑比当前形势先迈了一两步，所以，现在就干脆过起独身生活了。有些人七言八语他说我这是失恋的结果，等等，然而，近视眼的目光真是浅薄得可怜！这且不提，还是接下来谈《未来记》吧！

“那时，一位哲学家从天而降，宣传破天荒第一次发现的真理。其曰：人是具有个性的动物。消灭个性，其结果便是消灭人类。为了实现人生真正的意义，必须不惜任何代价保持并发展自己的个性。那种拘泥于陋习、并非两相情愿的婚姻，实在是违背自然法则的野蛮风习。姑且不谈个性不发达的蒙昧时期，即使在文明昌盛的今日，却依然沉沦于如此陋习，恬不知耻，这未免太荒谬了。

“在文明开化已经登峰造极的今日世界，两种个性不会有任何理由以不寻常的亲密感情联结在一起。尽管原因十分显而易见，而一些没有受过教育的男女青年都在一时卑劣感情的驱使下，擅自举行新婚合卺之礼，其行径，实属悖德犯伦之极。吾等为了人道，为了文明，为了保护那些青年的个性，不能不全力抵制这种野蛮之风……”

“迷亭先生，这种学说我彻底反对！”东风啪的一声用手心拍着膝盖，以破釜沉舟的语调说，“依我看，世界上什么最珍贵？再也没有比得上爱与美了。多亏这二者，才使我们有了慰藉，生活美好，得到了幸福。多亏这二者，才使我们情操优美，品格圣洁，同情心纯净。因此，我们不论生在何时、何地，都不能忘记这二者。二者一旦降临人间，爱就化身为夫妻关系，美就分身为诗歌与音乐。因此我想，只要人类还生存在地球上，夫妻与艺术便决不会消亡。”

“不消亡当然很好；然而，这个世界会像哲学家所说的那样彻底消亡的，又有什么办法？什么艺术？艺术也将落得和夫妻命运相同了。所谓个性发展，就是个性自由吧？至于艺术嘛，岂不没有存在的必要了？所谓繁荣艺术，是因为艺术家和欣赏者之间个性上有些共同点吧？不管你是多么了不起的俳诗诗人，假如读你的诗没有一个人觉得津津有味，尽管令人同情，但是除了你自己，再也不会有人欣赏了吧？任凭你作了多少篇《鸳鸯歌》也无济于事，幸而你生在明治时期，那么多人都爱读你的诗……”

“哪里有那么多人啊，还差得远呢？”

“假如现在就差得远，那么，到了文明的未来，就是说到了那位大哲学家，提倡‘非婚论’时，可就没人看了。不，并非因为是你写的才没人看，而是因为人人都有自己独特的个性，对别人的诗文完全不感兴趣。眼下在英国文坛，这种倾向，已经表现得十足。你读读梅瑞狄斯和詹姆斯的小说！他们在今日英国小说家中最善于把人物性格鲜明地反映在作品当中。然而，读者不是少得可怜吗？难怪要少的。那种作品，如果不是那种富有个性的人读，是不会感兴趣的。这种倾向逐渐发展，到了认为结婚不道德的时候，艺术也就彻底消亡了。是吧？你写的诗文我不懂，我写的诗文你不懂。到了那一天，你我之间，还有什么艺术可言呢！”

东风说：“说得倒是有理。不过，凭我的直感，总是不以为然。”

迷亭说：“你是凭着直觉不以为然；而我是凭着弯觉颇以为然。”

“直觉也好，弯觉也好。”独仙说道，“总而言之，越是放宽个性自由，人与人之间就越是紧迫，这是肯定的。尼采之所以抛出超人哲学，就是因为这种紧迫感无处排遣，不得已才化身于哲学的。乍一听来，这仿佛是尼采的理想，但那不是理想，而是不平。蜷缩在个性发展的十九世纪，连对邻居都不放心不敢大胆地睡个好觉，因此，那位老兄才豁了出去，胡说八道起来。读那本著作，与其说痛快，不如说可怜。那不是奋勇前进的呼喊，总觉得是深恶痛绝的声音。这也难怪。从前是‘圣人出，天下翕然汇于旗下’，真痛快！既有如此快事成为现实，又有什么必要像尼采那样靠着纸笔的力量写在书本上呢？

“所以，不论是《荷马史诗》，还是英国民谣，同样是写超人性格，但给人的印象却截然不同，它们更明朗，更快活。这是因为有快活的事。把这些快活的事写在纸上、也就没有苦涩味。到了尼采的时代，可就做不到这一点了。没有一个英雄问世。即使有，也没有人推崇他是英雄。从前只有一个孔子，因此孔子也很有权威；如今却有多少个孔子，说不定天下人都是孔子。因此，尽管你神气十足地说：‘我是孔子！’但也没人认同。于是，牢骚满腹。有牢骚才一味地在书本上卖弄超人哲学。

“我等盼望自由，也得到了自由；得到了自由的结果，却又感到不自由，因而烦恼。因此，西方文明似乎好些，但归根结底还是不行的。与此相反，东方自古讲求精神修养，还是这样正确。试看个性发展的结果，全都害了神经衰弱症，弄得不可收拾。这时，才能发现‘王者之民荡荡焉’这句话的真正价值，才能醒悟到‘无为而治’这句话不可轻视。但是，到了那时，幡然醒悟，已经为时已晚，宛如酒精中毒以后才明白：‘啊，早知道就不喝酒了！’”

寒月说：“各位说的，大部分似乎是厌世哲学。但是我这个人真怪，装了满耳朵，却没有半点反应。这是怎么回事？”

迷亭立刻向他解释：“那是因为你娶了老婆嘛。”

这时，主人突然说起这么一番话：“娶了老婆，就认为女人真好，这是天大的错误。为了供你们参考，我念几句有趣的文字给你们听。都给我仔细听着！”说着，他拿起早已从书房带来的一本古书，说：“这是一本古书，但是从那个年月起，就对女人的恶德一清二楚。”

寒月一听，说：“啊，惊人！那是什么时候的书？”

“作者名叫托马斯·纳什[①]，是十六世纪的著作。”

“越说越惊人了。那时候就已经有人咒骂我的老婆啦？”

“咒骂了各种女人，其中也一定包括你的妻子。所以，你就听下去吧！”

“我听！太幸运了。”

---

① 托马斯·纳什（1567—1601），英国作家，作品多表现讽刺。

“书中说：首先，应该介绍一下自古以来贤人哲士们的女性观。注意！都在听吗？”

东风说：“都在听！连我这个光棍也在听的！”

主人读道：“亚里士多德说：‘既然女子为尤物，则娶大女不如娶小女，因小尤物总比大尤物为灾祸少也……’”

迷亭问：“寒月君的妻子是大女？还是小女？”

“属于大尤物之类吧！”

迷亭笑起来：“哈哈，这本书有意思，请继续读！”

“有人问：‘何为最大奇迹？’贤者答曰：‘贞妇……’”

“所谓贤者是谁？”

“没有署名。”

“反正一定是个被女人甩了的贤者。”

“随后出场的是第欧根尼。有人问：‘应何时娶妻？’他回答说：‘青年还早，老年则迟。’”

“这位先生是在酒桶里思索的吧？”

“毕达哥拉斯说：‘天下可畏者三，曰火，曰水，曰女人。’”

“希腊的哲学家们竟然出乎意料地说了些迂腐的话呢。依我说：天下一切都不足惧。入火而不焚，落水而不溺……”独仙只说到这里便没词儿了。

迷亭充当援兵，给他补充说：“见色而不迷。”

主人迅速地谈下去：“苏格拉底说：‘驾驭女人，人间最大之难事也。’德摩斯梯尼说：‘欲困其敌，其上策莫过于赠之以女，可使其夜以继日，疲于家庭纠纷，无力应付。’塞内加将妇女与无知看成全世界的二大灾难；马可·奥勒留说：‘女子之难以驾驭处，恰似行船。’普罗塔斯说：‘女人爱穿绫罗绸缎，以饰其天赋之丑，实为下策。’瓦勒里乌斯曾赠书于某友，嘱咐说：‘天下一切事，无不偷偷地干得出。但愿皇天保佑，勿使君堕入女人圈套。’又说：‘女子者何也？岂非友爱之敌乎？无计避免之苦痛乎？必然之灾害乎？自然之诱惑乎？如蜜是毒乎？假如摈弃女人为非德，则不能不说不摈弃女人尤为可谴。’……”

寒月说：“够了！先生。听了这么多咒骂我老婆的话，已经很不舒服了。”

主人说：“还有四五页，接着听下去，如何？”

迷亭开玩笑说：“大致说说算啦，已经是夫人快回来的时辰了。”

这时，忽听夫人在饭厅里呼喊女仆：“阿清！阿清！”

迷亭说：“这下子坏了！夫人在家呢！”

“嘿嘿嘿……”主人笑着说，“管她呢！”

“嫂夫人！嫂夫人！什么时候回来的？”

饭厅里悄然无声，没人答话。

“夫人，刚才念的文章你听见了吗？嗯？”

依然没人答话。

“刚才念的不是你丈夫的想法，是十六世纪纳什的看法，你放心好了。”

“不懂啊！”夫人远远地回答，冷冰冰的。寒月咯咯地笑着。

迷亭也无所顾忌地大笑道：“我也不懂。对不起喽！哈哈……”

这时，房门哗啦一声拉开，有人既不告知一声，也不客气，就响起了沉重的脚步声。接着把客厅的隔门粗鲁地拉开，原来是多多良三平。

三平君不同往日，身穿洁白的衬衫、崭新的礼服，这已经令人有几分另眼相待，何况他右手还沉甸甸地拎着用绳绑的四瓶啤酒，往木松鱼旁一放，不打招呼便扑通坐下，而且两腿伸开，一副非凡的武士风度。

“先生近来胃病好些吗？这样总是闷在家里，行吗？”三平说。

“看不出是好是坏。”主人说。

“我虽然没说，可是面色不好呀！老师的脸色发黄啊。近来正好钓鱼。从品川租一条小船……上个星期天我曾去过。”

“钓了些什么？”

“什么也没钓上来。”

“钓不上来还有意思吗？”

三平毫不客气地跟在场所有的人说：“告诉你吧，养吾浩然之气呀！钓鱼可太有意思了，在广阔的海面上，驾一叶扁舟，随处飘荡……”

迷亭搭腔说：“而我，很想在小小的海面上驾起一条大船自由漂荡呢。”

寒月说：“既然垂钓，不钓上些鲸鱼或是人鱼，那就没意思了。”

三平说：“能钓上那些东西吗？文学家！缺乏常识哟！”

“我可不是文学家。”

“是吗？那，你是干什么的？像我这样的实业家，最重要的是常识。老师，近来我的常识极大地丰富起来了。还得说在那个地方，‘近朱者赤’，自然而然地就被熏陶成这样。”

“成了什么样？”

“就拿抽烟来说吧！抽‘朝日牌’‘敷岛牌’香烟，太掉价了。”说着，他抽出一支金纸烟嘴的埃及香烟，美美地吸了起来。

主人问："你有那么多钱乱花吗？"

三平说："钱倒是没有，不过，立刻就会有的。一抽上这种烟，信誉可就大大提高了。"

"比起寒月君磨玻璃球来，信誉来得更舒服、更稳当，不费多大劲儿，堪称'轻便信誉'喽！"迷亭对寒月说罢，寒月一时对不上。

这会儿，三平说："您就是寒月先生吗？到底没有当上博士吗？因为您没有当上博士，所以，我就要了。"

"指的是博士？"

"不，是金田家的小姐。说真的，我觉得很不好意思。不是，对方一再求我娶了她吧，娶了她吧，终于这才下决心要她。不过，我觉得对不起寒月先生，正心里不安呢。"

"请不必介意！"寒月说。

主人的回答很暧昧："你想娶，就娶她好了。"

迷亭像往常一样又说得十分起劲："这可是大喜事！所以说，不论养了个什么样的姑娘，也不必发愁。谁要？刚才我就说过不必发愁，这不是有了一位英俊的绅士要做乘龙快婿了吗？东风君，有了新体诗的素材了，赶快写呀！"

三平说："您就是东风君吗？我结婚时，你不给写点什么吗？我很快就去铅印，向八方散发，但愿也能投到《太阳》杂志社去。"

"好，那就写点什么吧！您什么时候用？"

"都可以。从现成的诗里选一篇也行。有报酬，举行婚礼的时候请你去喝喜酒，请你喝香槟。你喝过香槟吗？香槟很甜的……苦沙弥先生，举行婚礼时您打算请乐队来吗？将东风君的诗作谱成曲演奏如何？"

"随你啊！"

"老师，您不能给谱出曲来吗？"

"胡说！"

"各位当中有人会谱曲吗？"

迷亭说："落榜的乘龙快婿候选人寒月君可是个小提琴高手！好好求求他！不过，只是香槟，恐怕他不会答应的。"

"虽说都是香槟，四五元钱一瓶的不好喝。我请人喝的可不是那种便宜货。您就给我谱一曲行吗？"

寒月说："好的，谱吧！即使给我喝两角钱一瓶的，我也谱。如果不便，白谱也行！"

"不能白白地求你，会报答你的。如果不喜欢香槟，这玩意儿行吗？"三平说着，从上衣暗兜里掏出七八张照片，纷纷扔在床席上。有的是半身像，有的是全身像；有的站着，有的坐着；有的穿着和服裙裤，有的穿着长袖和服，有的挽着高岛田式发髻；全是些妙龄女郎。

迷亭说："先生，有这么多候选人！为了表达谢意，不久我可以给寒月和东风君各介绍一名。这样如何？"说着扔给寒月一张照片。

寒月说："多美呀！请您一定代为周旋。"

"这个也美吧？"三平又扔过去一张。

"这个也美，请一定代为周旋。"

"哪一个？"

"哪一个都行。"

"你可真多情，先生！这位是博士的侄女呀！"

"是吗？"

三平自言自语："这一位性格温柔，年龄也好，现在才十七岁……如果娶她，有上千元的陪嫁金呢……这一位是县长的小姐。"

寒月说："我都娶到家，不行吗？"

三平说："都要？这可太贪了。你是一夫多妻主义者吗？"

"那倒不是，可我是个肉食主义者。"

主人大声申斥道："爱什么主义就什么主义！把你那一套赶快收起来不好吗？"

三平说："那么，一个也不要？"他边催问，边将照片一张张地装进口袋里。

主人问："那啤酒是怎么回事？"

三平说："是我带来的礼品！为了提前祝贺，我在路口的酒馆买来的。请干一杯吧？"

主人拍拍手，叫来了女仆，启了瓶塞。主人、迷亭、独仙、寒月、东风，这五位毕恭毕敬地捧起酒杯，祝贺三平君的艳福。

三平貌似非常高兴地说："我邀请今天在场的各位都参加我的婚礼，都肯赏光吗？我想，会赏光的吧？"

主人立刻回答说："我免啦。"

"为什么？这可是我一生当中只有一次的大礼呀！你不去吗？有点不通人情哟！"

"并非不通人情，可我不去！"

"没有衣服吗？短褂、裙裤总还是有的吧？先生，偶尔见见世面还是好的呀！给你介绍些名家。"

"恕难从命！"

“那会治好胃病的呀！”

“胃病不好也没关系。”

“既然如此顽固，也就不能勉强。您怎么样？肯赏光吗？”

迷亭说：“我呀，一定去。如果可能，还巴不得当个媒人呢。‘香槟九巡闹春宵’……怎么？媒人是铃木藤？不错，我心想也会是他的。这太遗憾了，但也没有办法。若有两个媒人，太多了吧？就算是个小人物，也要出席的嘛。”

“您怎么想？”

独仙说：“我呀，‘一竿风月闲生计，人钓白苹红蓼间。’”

“说些什么？是唐诗选里的吗？”

“我也不知道是什么。”

“不知道？真麻烦！寒月先生会赏光的吧？老交情嘛！”

“一定出席。如果错过良机听不到乐队演奏我作的曲子。那太遗憾了。”

“就是嘛！东风君，你呢？”

“我呀，很想出席，在你夫妻面前朗诵我的新诗。”

“那太高兴了。先生，我有生以来也没有这么高兴过。所以，再喝一杯啤酒。”

于是他把自己买来的啤酒咕嘟咕嘟喝了起来，喝得满脸通红。

秋日短，转眼天黑了。看一眼横七竖八乱扔着烟蒂的火炉，才发现炉火早已熄灭。就连逍遥自在的诸位也似乎有些尽兴。独仙首先说：“太晚了，该回了！”接着其他人也都说：“我也回去！”于是，客厅里像杂耍散场似的，变得异常冷清。

主人晚餐后进了书房。夫人觉得冷飕飕的，紧了紧衬衫的领子，在缝补一件洗褪了色的便服。孩子们并枕而眠。女仆沐浴去了。

人们似乎悠闲，但深究内心深处，总是发出悲凉的声音。

独仙貌似已经得道，但是两脚依然没有离开大地；迷亭也许自在逍遥，但是人间并非画中美景；寒月不再磨玻璃球，终于从家乡领来了太太。这是正常的。

然而，正常生活过得太久，也会感到无聊的吧！东风再过十年，也会懊悔今日胡乱奉诗的活计吧！至于三平，就难说他将钻进山，还是混进水。他只要平生能够请人喝几盅三鞭酒，牛哄哄的，也就满足了。而铃木藤会闯江湖的，闯来闯去，就沾了污泥。尽管沾了污泥，也比不去闯荡的人神气！

我托生为猫而来到人间，转眼已经两年多了。自以为比得上我这么见多识广的人还不曾有过。然而此前，有个叫雄猫莫尔[①]的素不相识的同胞，突然大侃特侃起来，我有点吃惊。仔细一打听，据说它原来一百多年前就已经死亡，由于一时的好奇心，特意变成幽灵，为了吓唬我才从遥远的冥界赶来。还听说这只猫曾经叼着一条鱼，作为母子相逢时的见面礼，可半路上终于馋得受不住，竟自己吃了。这么个不孝的猫！可是另一面，它又才华横溢，不亚于人类，有时还曾写诗，使主人惊讶不已。既然如此豪杰早已出现在一个世纪之前，像我这样的废物，莫如速速辞别人间，回到虚无之乡去，倒也不错呢。

主人早晚要因胃病而身亡。金田老板也快因贪得无厌而丧命了。

秋叶几乎全已凋零。死亡是万物的归宿，活着也没有什么大用，说

① 雄猫莫尔，德国小说《雄猫莫尔的生活观》中的主人公。

不定只好尽早瞑目才算聪明。照几位先生的说法，人的命运，可以归结为自杀。如果不加提防，我也非投胎到束缚太多的人世上去不可。可怕呀！心里总有些闷闷不乐，还是喝点三平先生的啤酒，提提神吧！

我转到厨房。秋风敲打着屋门，只见从缝隙处钻了进去。不知什么时候油灯灭了。大约是个月明之夜，从窗子洒进了月光。茶盘上并排放着三个玻璃杯，两只杯里还残留着半杯茶色的水。放在玻璃杯里的，即使是开水，也令人觉得冰冷，更何况那液体在寒宵冷月下，静悄悄地挨着一个灭火罐，不等沾唇，已经觉得发冷，不想喝了。然而，不入虎穴，焉得虎子！三平喝了那种水，满脸通红，呼吸热乎乎的。猫若是喝了它，也肯定会快活的吧！反正不知什么时候就要死的，万事都要趁着有这口气体验一下。不要等死了以后躺在坟墓下懊悔："哎，遗憾！"但是，后悔莫及，那也是枉然了。

我横下一条心，喝点尝尝！便鼓起劲来，伸进舌头去，吧唧舔了几下，不禁大吃一惊，舌尖像针戳得一样，酥酥的。真不知人们为何要喝这种酸臭的玩意儿。猫是无论如何也喝不下去的。再怎么说，猫与啤酒没有缘分。这可受不了！我曾一度将舌头缩了回来。但是，又一想，人们常说："良药苦口"。每当害了风寒，便皱着眉头喝那些莫名其妙的苦水。至今还纳闷儿：到底是喝了才好？还是为了好才喝？真幸运，就用啤酒来解这个谜吧！假如喝下以后五脏六腑都发苦，也就罢了；假如像三平那般快活得得意忘形，那便是空前的收获，可以对邻近的猫们传授一番了。唉，管它去呢！一命交天，决心干了，便又伸出舌头。睁着眼睛喝不舒服，便死死地闭上眼睛，又吧唧地舔起来。

我最大限度地耐着性子，终于喝光了一杯啤酒。这时，出现一种奇怪的现象。最初舌头酥酥麻麻的，嘴里像从外部受到了压力，好苦！不过，喝着喝着，逐渐舒服起来。当喝光头一杯酒时，已经不怎么难受。没事儿！于是，第二杯又轻而易举地干了。顺便又把洒在盘子里的啤酒也舔进肚里，盘子像擦洗过一般。

后来，片刻之间，我为了视察自身变化，纹丝不动地蹲着。逐渐的身子发热，眼圈发红，耳朵发烧，很想唱歌——“我是猫，我是猫”。很想跳舞。想大骂一声主人、迷亭和独仙：“胡扯蛋！”想挠金田老头，咬掉金田老婆的鼻子。我什么都干得出。最后，踉踉跄跄地站起来。站起来又想摇摇晃晃地走。这太有意思了。我想出门！出得门来，想招呼一声：“月亮大姐，晚上好！”我高兴极了。

所谓“怡然自乐”，大概就是这种滋味吧！我漫无目标，到处乱走，像似散步，又不大像，怀着这样的心情胡乱地移动着软绵绵的四肢。怎么回事！总是犯困。简直搞不清我是在睡觉，还是在走路。我想睁开眼睛，但是眼皮重得很。这下子算完蛋了。管它高山大海，什么都不怕，只管迈着软趴趴的前爪。突然扑通一声。猛然一惊，糟了！究竟怎么糟了，却连思考的工夫都没有。只是刚刚意识到糟糕，后面便一片空白了。

清醒时，我已经漂在水上。太难受，用爪子乱挠一气；但是挠到的只有水。我一挠，立刻就钻进水里。没办法，又用后爪往上蹿，用前爪挠。这时，微微听到咕嘟一声，好歹露出头来。我想了解一下这是个什么地方。四周一看，原来掉进一个大缸里。这口大缸，直到夏末，密麻麻地长着一种叫“莼菜”的水草。后来，不祥的乌鸦飞来，啄光了莼菜，就用这口缸洗澡。乌鸦洗澡，水就浅了，水浅，乌鸦就不再来。不久前我还在想：“水太浅，乌鸦不见了。”万万想不到，如今我代替乌鸦在这里洗起澡来。

水面距缸沿大约四寸多。我伸出爪也够不到缸沿，跳也跳不出去。满不在乎吧，只有沉底。挣扎吧，只有脚爪挠缸壁的声音咯吱地响。挠到缸壁时，身子好像浮起了些，但是爪一滑，立马又扎了个猛子。扎猛子太难受，便又咯吱咯吱地挠。不久，身子就累了。尽管焦急，脚又不好使。终于，自己也弄不清是为了下沉而挠缸，还是由于挠缸而下沉。

这时，我边痛苦边想：有如此遭遇，全怪我一心盼着从水缸里逃命出去。若能逃命，那是一万个求之不得。但是逃不出去，这是明摆着的。我腿不足三寸。好吧！就算浮上水面，站在水面上尽最大努力伸出腿去，离缸沿还有五寸多高。既然无法将爪搭上缸沿，管你怎么焦急啊，就算花上一百年的时间，也不可能逃出去。明明知道逃不出去，却还幻想逃出去，这未免太勉强。勉强硬干才是痛苦的根源。无聊！自寻烦恼，自找折磨，真糊涂！

算啦！随意吧，再也不挠得咯吱响，去他的吧！于是，不论前爪、后爪还是头、尾，全都随其自然，不再抵抗了。

逐渐地变得舒服。说不清这是痛苦，还是欢快，也弄不清是在水中，还是在客厅。爱哪儿哪儿，都无所谓了。只觉得舒服。不，就连是不是舒服也没有了感觉。

日月陨落、天地粉碎！我进入了不可思议的太平世界。

我死了，死后才得到太平，太平是非死得不到的。

南无阿弥陀佛！南无阿弥陀佛！谢天谢地！谢天谢地！

我是猫

总 策 划：刘志则　　产品总监：庞　涓
策划编辑：许　峥　　责任编辑：谢仁林
版式设计：苏洪涛　　媒体推广：周莹莹
责任印制：周莹莹　　封面插画：Asch 修

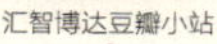

汇智博达豆瓣小站

汇智博达公众号

团购热线 | 010-84827588

书友会微信号 | bjbwsyh

官方微博 | @ 北京汇智博达